펜으로 길을 찾다

임재경
회고록

펜으로
길을
찾다

창비

회고록에는 본문 이외에 일절 군소리를 달지 않기로 한 나의 결심을 책을 편집하는 막판에 바꾸었다. 회고의 글을 쓰기 시작하고 그것을 정리하여 책 모양을 갖추어 세상에 내놓기까지 음양으로 도와준 여러분에게 고마움을 밝히는 것이 최소한의 도리라 믿었기 때문이다.

따져보니 회고록에 손을 댄 것은 2008년 한겨레신문 창간 20주년을 기리는 연재 기획물 '길을 찾아서'에 붓을 들고서부터다. 신문을 창간할 때 함께 일했던 김경애 팀장(현 인물탐구부장)이 '길을 찾아서'의 첫번째 필자로 나를 택한 것은 분에 넘치는 대접이었다. 하지만 회고록을 쓰리라 전혀 상상치 못했던 나의 글 내용도 내용이려니와 '사진자료 전무'라는 불량 필자를 만난 인연으로 담당 기자들은 무척 애를 먹었다. 그것마저 당초의 80회 연재 약속을 45회로 반 토막 내고 말았으니 하는 이야기다.

'길을 찾아서' 연재기간 중 조선일보 동료 기자이자 한겨레신문 창간 동인인 신홍범 선생은 내가 까맣게 잊은 여러가지 일들을 일깨워주었다. 고맙기 그지없다. 한편 창비의 염종선 편집이사는 7년 전『한겨레』에 처음 연재될 무렵 종로구 낙원동에 있던 사무실까지 찾아와 점심을 사며 회고록을 책으로 내자고 제의하여 나는 소년시절과 20대의 기억을 더듬어보겠노라 일단 응낙했다. 그러나 이 언약은 장장 6년이나 지켜지지 못했다.

그런 가운데 2014년『녹색평론』김종철 대표가 '생각나는 대로 쓰면 된다'라며 나를 부추긴 바람에 이 격월간 잡지에 1년여(7회)에 걸쳐 회고록 제1부의 글을 허둥지둥 마무리하였다. 70대 후반의 산만한 기억력을 근거로 여러 사건들을 뜯어맞추는 것은 정말 벅찬 일이 아닐 수 없었다. 『녹색평론』의 김정현 편집장이 대단한 참을성을 지니고 나의 원고를 정리해준 결과 한결 읽기 좋아졌다.

온전치 못한 회고담을 나의 팔순 잔치에 곁들여 2015년 중에 책으로 내자는 의견이 자유언론운동 동지들 사이에 있었던 모양이다. 이런 요망에 따라 창비는 서둘러『한겨레』와『녹색평론』에 연재된 글을 취합하여 '펜으로 길을 찾다'라는 제목의 임재경 회고록을 만들었다. 책을 편집하는 작업을 맡은 창비의 황혜숙 교양출판부장은 원고정리에 그치지 않고 두서없이 써내려간 이야기들을 연대순으로 재배치하는 덧일을 해야 했다. 부끄러운 내용의 회고담보다는 책의 모양이 훨씬 더 마음에 든다.

회고록에 나오는 인명, 날짜, 장소에 적지 않은 착오가 있을 것으로 믿으며 앞으로 독자의 질정이 있을 때 겸손한 마음으로 받아들이겠다. 착오는 전적으로 나의 책임이다.

2015년 10월 7일
임재경

차
례

책머리에 **5**

제1부

1. 일제하 어린 시절 **15**
말 종축 현장 훔쳐보기 / '인문적' 시각에서 본 나의 유년기 / 아이들의 놀이 / 분단, 사라진 고향 / 임씨 집안, '누보리쉬'

2. 해방에서 월남까지 **43**
해방되던 날 / 소련군 진주와 토지개혁 / 인민극장, 흰 저고리, 검정 치마 / 북의 쌍둥이 누이야! 살아 있으면 보아라

3. 월남 후 소년 시절 **77**
38선을 넘어 '해방촌'으로 / 남대문시장, 물비누 장사 / 일제하 고학력 여성들 / 서울에서의 초등학교 시절 / 『백범일지』, 4·3사건 / 대한민국 정부 수립, 김구 암살 / 중학교 진학, 소설 읽기 중독

4. 6·25 전란기, 생존투쟁 118
6·25, 그날 / 양식을 구하러 / 용산 폭격 / 1·4후퇴 피란길

5. 피란지 군산에서의 고교생활 153
펄 벽과 루쉰 / 군산으로 가다 / 피란생활, 모자를 만들어 팔다 / 고등학교 입학 전후 / 독일어 선생님 / 프랑스어 학습에 골몰하다

6. 대학과 군대 시절 196
군산에 홀로 남아 / 대학생이 되어 '돌체'를 드나들다 / 이기양 선배에 대한 기억 / 썩을 대로 썩은 군대

7. 4·19와 초년 기자 시절 233
소설을 쓰려다가 / 4·19 열외 데모 / 신문사 입사시험에서 낭패를 보다 / 경제부 기자가 되어

제2부

8. 60년대 후반 경제부 기자 시절 265

'밀수' 삼성, 그때도 국고헌납 약속 / '입막음 술판'서 용춤 춘 기자들 / '비판 기사'와 맞바꾼 67년 삼성 광고 / 기자로서 '삼십이립'은 교우들 덕 / '텃세 조선일보'서 빛난 이단아들 / '악몽의 정권'서 벗들은 떠났다

9. 빠리에서 보낸 1년 284

빠리에서 포도주도 못 마신 촌놈 / '좌파' 싸르트르는 '면담 불가' / 피끓는 '68세대'에게 박수를 받다 / '살인자 프랑꼬!' 시위는 축제였다

10. 유신독재하의 나와 친구들 298

'혼란 서울'……낭만 빠리는 잊었다 / '유신 쿠데타', 편집국은 조용했다 / '중정' 돈으로 연 48% 사채놀이 / '셋방' 친구에게 집 사주는 의리 / '박통'의 미움 산 대한일보 문닫다

11. 유신독재하의 자유언론운동 316

거짓 담합 "실종 김대중 서울 귀환" / '자유언론선언 지지' 좌절된 사설 / '민주회복선언' 하자 "반성각서 쓰라" / 긴급조치가 부른 '노·장·청 결합' / 민주인사 '집회장' 된 리영희 재판 / 유신정권 '아첨명단' 작성합니까? / "박정희, 살아선 청와대 안 뜰 거요"

12. 전두환 정권하의 언론 340

'결혼위장 집회' 짓밟은 79년 겨울 / 남영동으로 끌려간 '언론자유' / 전두환 사령관 겨눈 '지식인 선언' / '5월 광주' 보도사진을 구해달라 / 과도내각? 옷깃도 안 스쳤는데…… / 김지하·리영희·이부영은 '옥중철인'? / 정부는 그자를 빨갱이로 보고 있소 / 겨울산 잠깨운 민주인사들 '연애담'

13. 하버드 연구원, 창비 편집고문 시절 369

'신여성' 어머니의 '아들 구출작전' / 하버드서 DJ와 11년 만의 재회 / "독재에 항거 못한 하버드인 유감" / "임 동지, 정치할 생각 없소?" / 귀국 비행기에 두고 온 '조국의 산하' / '창비' 살리려면 그자를 내쫓아라 / 검단산 등반, 『말』지를 낳다

14. 한겨레신문에 희망을 걸다 395

'중년 서생', 색다른 신문에 미치다 / 'CTS 혁명' 염탐온 뜻밖의 손님 / YS, "내가 기둥 하나 세워줬는데" / 자율을 찾아서 '한겨레 백가쟁명' / '쿠사바나' 기자는 없다 / "광고 차별, 그건 위법이오" / 정론 위한 자기희생 잊지 마오

발문 참언론을 향해 걸어간 머나먼 발길 _ 신홍범 420
인명 찾아보기 428

일러두기

1. 1부는 격월간 『녹색평론』(2014.5·6~2015.5·6)에, 2부는 『한겨레』(2008.5.15~
   7.18)에 연재된 회고록을 엮고 다듬은 것이다.
2. 외국 인명, 지명의 표기는 현지음에 가깝게 적는 창비식 표기에 따랐다.

제1부

1. 일제하 어린 시절

말 종축 현장 훔쳐보기

"야 토요까와(豊川), 나하고 오늘 재미있는 거 보러 갈래?"라는 것이 내 집을 찾아온 카네우미(金海) 입에서 나온 첫마디였다. 토요까와는 나의 성(姓)인 임(任)씨네들의 본관 '풍천' 두자를 빌려와 새 성을 만든 것이고, 카네우미는 같은 방식으로 김해 김씨의 본관을 따온 것이다. 식민지 강점기(1910~45) 말에 이르러 일제가 조선사람들에게 강제한 이른바 창씨개명(創氏改名)의 결과다.

토요까와와 카네우미는 1944년 여름 강원도 김화(金化) 읍내의 초등학교 2학년 같은 반 동무였다. 잠방이 바람으로 뛰어다니는 여름철이었으니 방학 중이거나 일요일 오후였을 것이다. 내 유년기 짝패의 창씨개명 성이 카네우미인 것은 쉽게 기억해냈는데, 지금 그의 본래 이름은 아무리 용을 써보아도 떠오르지 않는다. 창씨개명 이전의 이름은 집안에서 부모나 형제자매 사이에서만 불렸다. 아쉬운 대로 카네우미에게 대한민국에서 흔하디흔한 '철수'라는 이름을 붙여주자.

여덟아홉 안팎 나이의 우리는 학교 교실에서는 일본말을 해야 했지만 교실 밖에서는 조선말을 썼다. 그런데도 상대방을 부를 때는 으레 일본말 발음의 창씨개명 성을 이용했으니 왜 그랬을까. 일제의 창씨개명 효과가 아이들의 일상생활에서 일정하게 발휘되고 있었다는 증거다. 호칭은 상호 인지의 신속·정확성 확보가 중요하기 때문에 하는 말이다. 아주 훗날, 1950년대 중반 내가 서울 명동의 음악감상실 '돌체'에 드나들 때 배재중학의 주먹이었다며 거드름을 부리던 사람은 여전히 '시라까와(白川)'로 통했고, 다시 그로부터 10여년 뒤 내가 일하던 신문사의 수송 관계자(실제 업무는 사주실 경호)는 본 이름을 어디다 내팽개쳤는지 항상 '아라이(荒井)'라 불렸다.

카네우미, 아니 철수가 재미있는 곳이라며 끌고 간 곳은 내 집이 있는 생창리(生昌里)로부터 서울로 치면 종로에 해당하는 읍내리(邑內里)에 이르는 중간쯤에 위치했다. 허름한 목조 단층 건물 앞으로 제법 높은 송판 담장을 삥 둘러친 꽤 넓은 공터가 있는 곳인데 말 훈련장이라 했다. 말 울음소리를 간혹 들은 적은 있으나 거길 지나칠 때마다 언제나 문이 닫혀 있었던 까닭에 담장 안을 들여다볼 수는 없었다. 철수는 송판 담장의 연결 틈새에 눈과 귀를 번갈아 대고 나더니 담장에서 몇발짝 물러나 송판 담장의 이곳 저곳을 휘둘러보았다. 그러고는 손가락으로 담장 저만치에 있는 옹이구멍을 가리키며 나에게 그쪽으로 가라는 신호를 보내는 거였다.

옹이구멍으로 말 훈련장 안을 들여다보라는 뜻은 금방 알아차렸으나, 아뿔싸! 내 키로는 도저히 엄두가 나지 않는 높은 곳에 옹이구멍이 있지 않은가. 내 손을 잡고 옹이구멍 아래로 간 철수는 쪼그려 앉으며 자기 어깨를 밟고 올라서라는 시늉을 했다. 가까스로 철수 등에 올라선 내가 옹이구멍에 눈을 댔을 때는 수말과 암말이 '종축(種畜) 행사'를 막 벌이려는 순간이었다. 10초나 지났을까 말까 잠시 어깨를 빌려준 철수는 돌연히 "고만 보고 내려와" 하는 거였다. 이번에는 내 어깨를 빌려 철수가 올라가 송판 옹이구멍에 눈을 댄 것까지는 좋았으나 그는 도무지 내려올 염을 하지 않았다. 2~3분이 족히 지난 다음 참다못해 마침내 내가 소리를 버럭 질렀다. "야! 카네우미, 나도 좀더 봐야 할 것 아냐" 하자 철수의 대답은 짤막했다. "인마 다 끝났어."

같은 반의 철수가 생창리가 아니라 김화읍 동쪽의 암정리(岩井里)에 산다는 것은 알고 있었으나 그의 집에 가본 적은 한번도 없었다. 김화군청을 중심으로 삼는다면 생창리는 7시 방향이고, 암정리는 3시 방향인데 걸어서 15분 내지 20분 정도 상관이다. 내가 사는 동네의 다른 아이들이 서로 어울릴 때는 대체로 밖에서 '토요까와' '키무라(木村)' '미하라(三原)', 이렇게 창씨 성을 불러서 동무를 불러냈다. 그러나 대문 안에 서슴없이 들어와 '토요카와'를 찾는 일은 드물어서 철수 하나만이 예외에 속했다. 내 집은 생창리 가운데 몇채 안되는 기와집일뿐더러 100~200석의 소출을 자랑하는 지주였던 터라 같은 동네 아이들은 은연중 우리 집에 거리감을 느꼈던 게 분명하다. 더구나 집 바로 옆(서쪽)에는 400평가량의 텃밭이 붙어 있었는데, 거기에 곡식(보리, 밀, 조, 수수 따위의 잡곡)이 아니라 채소류를 심었던 것이 동네 사람들의 심기를 불편하게 했던 모양이다.

이제껏 귀청에 쟁쟁한 것은 언젠가 마을사람 두셋이 우리 집 근방을 지나가며 "토요까와네는 뱃대기가 불러 채소만 심으니……" 하던 소리다. 철수가 다른 동네에 산다는 것은 그가 지닌 확실한 매력이었다. 그와 만나면 아버지 어머니 그리고 동네 어른들의 시선으로부터 벗어나 여기저기 돌아다니는 맛이 쏠쏠했다. 또 철수와 놀 때는 왜 그랬는지 두살 위의 내 형(운경)이 끼어들려고 하지 않았다.

형제의 체수가 엇비슷해서 오히려 아우에 대한 형의 간섭과 견제가 심했던 걸까. 철수와 다툰 적이 없었던 것은 아니지만 그와 함께 어울리는 것은 구속으로부터 벗어나는 것을 뜻했다.

말 종축 현장을 답사한 지 얼마쯤 지나 제법 쌀쌀한 날 오후 철수가 나를 데리고 간 곳은 김화역이었다. 경원선(서울과 원산을 연결하는 간선철도)상의 요충인 철원역으로부터 동쪽 방향으로 70리 거리인 내금강의 장안사(長安寺)를 잇는 금강산전철의 주요 지점이 김화역이다. 김화역의 역 건물은 지방 간이역이 그런 것처럼 조그마하고 초라했으나 그 옆으로 양철지붕에다 사방이 터진 널찍한 화물 하치장이 있고, 남향으로 꽤 넓은 역전 광장과 그 서편으로 기다란 목조 창고 두채가 자리하고 있었다.

나는 초등학교 다니기 전부터 기차 타기를 무척 좋아해 예나 지금이나 기차역 주변을 어슬렁거리는 습성에는 변함이 없다. 이를테면 프랑스의 적포도주 집산지이자 대서양 연안의 유서 깊은 도시 보르도를 1971년에 딱 한번 방문한 적이 있는데 다른 것은 깡그리 뇌리에서 사라졌으나 보르도 역사 건물 외부 인상은 아직 지워지지 않은 상태다.

김화역 부근 동서남북이라면 또래의 누구보다 내가 잘 안다고 생각하며 철수를 따라갔다. 철수는 역 건물이 아니라 그 서쪽 화물 하치장으로 발걸음을 옮겼다. 회색 가리개로 덮인 화물더미 앞에 선 철수는 사방을 한번 살피고 나서 화물의 가리개 천막을 들췄다.

　말 훈련장에서와는 달리 역 화물 하치장에서는 거기에 무엇이 있을지 나는 전혀 예상치 못했다. 그런데 북어쾌가 어른 키만큼의 높이로 차곡차곡 쌓여 있지 않은가. 북어 정도라면 먹고 싶을 때는 언제나 집에서 먹을 수 있는 것인데, 하는 표정을 지으며 철수를 쳐다보았다. 그는 호주머니에서 꺼낸 손가락 길이의 기역 자 형태로 꺾인 못 두 개를 내밀며 북어 눈알을 파먹자고 했다. 나이가 들고 나서 어두육미(魚頭肉尾)란 말을 들을 때마다 철수와 김화역에서 파먹던 북어 눈알 맛이 혀끝에서 아른거릴 뿐 결코 자책감 같은 것은 들지 않았다. 스무개인지 서른개인지 확실치 않으나 무척 오랜 시간 우리 둘은 말없이 북어 눈알 파먹기를 계속했다. 내가 못 끝을 이곳저곳으로 돌려 겨우 하나를 후벼내면 철수는 두셋을 쉽게 처리했고, 북어 눈알은 파먹으면 파먹을수록 약간 짭짤하면서 고소한 맛이 더했다. 나는 연방 북어 눈알을 입속에 집어넣으면서도 다른 한편으로는 북어 주인이 눈알 빠진 북어쾌를 보고 어떤 반응을 보일지가 몹시 궁금했다. 우리 같은 아이들이 아니라 쥐가 파먹은 것으로 알았으면 좋겠다는 생각을 했다.

'인문적' 시각에서 본 나의 유년기

21세기 한국 지식인 사회에서 선호도가 높은 단어를 하나를 고른다면 그것은 '인문학(人文學)'이다. 정치성향이나 이념의 차이를 넘어 인문학은 적극적 가치를 내장하는 관심 대상으로 제시되는데, 그렇게 되기까지는 반세기 동안 이어진 경제성장 제일주의에 대한 반발이 적지 않게 작용했다고 믿는다. 거기다 한가지를 더 보탠다면 1950년 한국전쟁 이후 약간의 부침은 있었으나 줄기차게 사회 전반에 만연된 군사·군인 우위 관습에 대한 염증이라 할 것이다. 공문서 표기에 그동안 어떤 변화가 있었는지는 알 수 없으되 일상 대화에서는 '민관군(民官軍)'이라는 말은 절대 쓰지 않았고 어디까지나 '군관민'이었다. 이것은 어쩌다 정착된 무해무득의 단순한 언표상 관행으로 국한되지 않는다. 불행하게도 나의 유년시절은 일본군국주의와 떼려야 뗄 수 없이 밀접하게 겹친다. 되풀이해서 강조하거니와 겉으로는 일본군국주의가 지나간 일로 여겨지고 있으나 유교 전통의 하나인 민본주의(民本主義), 더 구체적으로는 '문민정신'과 '문민통치'의 지반이 심하게 흔들리고 말았던 것이다. 어찌되었든 간에 인문이란 시각에서 내 유년시절을 한번쯤 되돌아보는 것은 싫든 좋든 피할 수 없는 일이 돼버렸다.

유년기를 회고하고 기술하면서 인문적 혹은 문민적 시각의 접근이 가능할는지가 여전히 의문으로 남는 것은 사실이다. 철수와 나의 종축장 관람과 북어 눈알 파먹기에 '인문적'이란 관형사를 붙여 이러쿵저러쿵하기는 적이 민망하다. 반면 학교교육, 부모님의 좋은 말씀, 책(만화 포함) 읽기, 노래 부르고 춤추기, 연극·영화 보기, 그림 그리고 붓글씨 쓰기, 이런 것들이 열살 미만의 아이들에게도 인문적 관심과 가치관을 열어주고 심어주는 것임에는 틀림없다고 하겠다. 하지만 그런 의미와 맥락에서 나의 유년기를 말하기란 정말 내키지 않는 일이다. 일본제국주의 식민지 치하에서 창씨개명을 한데다가 학교에서 일본말을 써야 했던 상황이 가장 주된 이유다. 나의 유년기가 야만적이고 비열한 일제의 식민통치기와 중첩되었으니 이를 어찌하랴.

철수, 아니 이번에는 카네우미라고 다시 고쳐 불러야겠다. 북어 눈알 파먹기가 끝나고 얼마 뒤 그는 영화관과 극장이 없었던 김화읍에서 일본사람들만이 보는 일본영화를 일본인 학교 건물 안에서 상영한다고 했다. 내 집에서 북쪽으로 200~300m 거리에 조선 아이들이 다니는 김화초등학교가 있고 길 건너편에 일본 아이들만의 김화소학교가 있었다. 조선인 학교는 교실이 20개가 넘었고 일본인 학교는 교실 6~7개에 강당과 교무실이 달랑 있는, 비교적 작은 규모였으나 외관이 깨끗했다. 일본인 학교는 울창한 포플러 나무들이 공책에 자를 대고 네모를 그어놓은 듯 빼곡하게 운동장 주위를 둘러싸고 있었다. 반면 내가 다니는 조선인 학교 운동장 둘레의 포플러는 듬성듬성했던 덕에 굳이 교문을 통하지 않고도 학교에 드나들 수 있어 편하기는 했으나 어딘가 엉성해 보였다. 아무튼 우리 조선 아이들은 일본학교에 들어갈 필요가 없었고 솔직하게 말하면 거기 갈 엄두를 내지 못했다. 카네우미는 토요일 저녁에 일본인 학교 강당에서 사무라이 영화를 하는데 자기가 거길 들어갈 수 있게 해주겠노라고 했다. 종마 현장과 북어 눈알 건으로 범상치 않은 견문과 꾀를 확인한 나로서는 그가 거짓말을 한다고 믿지는 않았다. 그런데도 이번에는 선뜻 응하기가 왠지 겁이 났다. 남녀노소 할 것 없이 조선사람들은 김화초등학교 운동장에 설치된 야외 스크린을 통해 겨울과 장마철을 빼고 1년에 대여섯번 정도 영화를 보는 터였다. 그것도 전쟁 뉴스와 코미디류가 전부였다.

조선 아이들이 일본인 학교에 몰래 들어가 일본인 틈에 끼여 영화를 보다 들키는 날이면 경칠 것이 뻔했다. 하지만 카네우미로부터 겁쟁이라는 비웃음을 사기는 정말 싫어서 결국은 그를 따라갔다. 기억에 남는 것은, 어떻게 들어갔는지 그리고 영화의 줄거리나 멋있는 장면 같은 것이 아니라 영화가 끝난 다음에 줄행랑치던 일이다. 영화가 끝나고 전등불이 켜지자마자 우리 둘은 문밖으로 뛰쳐나와 달음질을 쳤다. 등 뒤에서 "키사마, 도마레!(이놈들, 거기 서!)"하는 소리가 들렸으나 한참 달리다 보니 아무도 쫓아오는 사람이 없었다. 숨을 몰아쉬는 나를 향해 카네우미는 웃음 머금은 소리로 "오늘 우리가 본 사무라이가 미야모또 무사시(宮本武藏)야. 칼싸움 멋지지"라며 동의를 구했다. 말 종축 행사를 훔쳐볼 때에는 나를 제쳐놓고 오랫동안 송판 옹이구멍에서 떨어질 줄 모르던 것이 미웠는데, 이번에는 나를 헐떡거리며 뛰게 만든 그가 몹시 미웠다. 사무라이 일본영화가 기대했던 만큼 내겐 재미가 없었던 것이 더 큰 원인이었는지 모른다. 학교에서는 공부를 잘하는 축에 꼽혔으나 여덟살 나이의 지능과 초등학교 2학년생의 일본말 이해력으로는 영화의 줄거리를 따라갈 수 없었을 것이다. 게다가 나는 내 또래 아이들과는 달리 칼싸움을 좋아하지 않았다.

동무들과 어울려 노는 것, 특히 집으로부터 멀리 가 노는 것을 즐겨했으나 주먹으로 하든 막대기로 하든 우격다짐은 별로였다. 특별한 장기랄 것은 없었지만 어디 부딪히거나 살갗이 긁혀 피가 나더라도 좀처럼 울거나 하지 않는 것이 유년기부터 몸에 밴 나의 장기라면 장기다. 동무들 사이에서 귀찮은 존재가 되면 같이 놀려고 하지 않을 것이라는 나름대로의 계산이 깔려 있었던 것일까? 보통 애들과는 달리 걸핏하면 울고불고 하지 않는 것이 집안에서 종종 이야깃거리가 되었다. 어디가 아프면 나는 입을 꼭 다물어버리는 바람에 어머니의 속을 무척 썩였다는 거였다. '무언 인내'는 타고난 성격이라기보다 흔히 있는 수유기·유년기의 일정한 신체반응이라고 해야 옳을 것이다. 나와는 달리 형은 반응이 즉각적이고 격렬하여 오히려 어머니의 대처가 수월했다고 한다. 그러고 보면 내가 장기라 여긴 '무언 인내'는 기실 집안에서는 단점이었던 셈이다.

아이들의 놀이

철수와의 모험적인 어울림 말고도 나는 동네 아이들과 여기저기 많이 쏘다녔다. 그 시절 시골 아이들 대개가 그랬던 것처럼 어딘가 놀러간다는 것은 입에 들어가는 것을 찾는 행위와 직간접으로 연결된 것이었다. 되풀이하거니와 우리 집안은 굶주림과는 거리가 멀었다. 청결과 위생을 유난스럽게 강조하는 편이었으나 어머니는 내 동무의 옷이 더럽다고 하여 같이 노는 것을 가로막거나 하지는 않았다. 어른 아이를 불문하고 세상에 혼자 노는 법은 없지 않은가. "그 소년은 홀로 산보하기를 즐겼다"고 썼다면 문학작품 주인공의 특이한 성격을 돋보이게 하기 위해서는 불가피한 것인지는 몰라도 실제로는 아주 드문 경우거나 거짓에 가까운 과장일 것이다.

　손가락을 포함한 손동작 전반이 날렵하지 못한 나의 신체적 특성을 일찍부터 자각했다면 과한 표현일 테고 그것을 의식했던 것만은 확실하다. 아버지와 어머니가 이따금 "둘째(집안에서의 내 호칭)는 손재주가 없어"라고 할 때, 나는 흉을 보는 것이 아니라 "손놀림을 많이 필요로 하는 귀찮은 일을 하지 않아도 된다"는 면제의 특전으로 받아들였다. 그런 가운데 1학년 석차가 1등을 기록하자 '손재주 없다'는 말의 아전인수식 해석은 어느 틈에 객관적 사실로 굳어졌다. 쉬운 예를 들자면 새끼줄로 뭔가를 묶는 일 따위는 내가 하려고 해도 아버지는 극구 말리는 거였다. 두 번 손이 가지 않게 물러나 있으라고 했다. 손재주 없음의 '특권'은 한 세대가 지난 다음 이상한 형태로 재현되었다. 나 자신이 한 집안의 가장이 되고 나서도 이삿짐을 싸는 일에서는 언제나 면제되었으니 하는 말이다. 이번에는 아내가 "당신은 이삿짐 꾸리는 데 도움이 되지 않으니 어서 나가 볼일 보고, 저녁에 너무 늦지 않도록 이사 가는 새집으로 오면 된다"고 했다. 결혼하고 예닐곱번 이사를 다녔는데 한번도 이삿짐을 내 손으로 싸고 푼 기억이 없다.

　먹잇감 찾는 아이들 놀이로 시작하려던 이야기가 자꾸 빗나간다. 김화는 북쪽으로 1,000m 이상 높이의 제법 웅장한 오성산(五聖山)이 솟아 있고 남쪽으로는 한탄강(漢灘江) 지류를 낀 두메산골이다. 그런데도 김화읍은 강원도 북부에서 철원 다음으로 살기 좋은 고장이라는 말을 가끔 들었다. 원래 살기 좋은 고장이라는 것은 농사지을 들이 넉넉해야 말의 앞뒤가 맞는다. 강원도 북쪽 내륙은 철원을 제쳐놓으면 대부분 '평야'라는 말과는 인연이 없는데도 김화를 살기 좋은 고장이라 우기려 들었다면 그건 중소 지주층이 '산자수명(山紫水明)'이란 말을 하고 싶었던 것이리라. 비옥한 땅은 원래 물이 맑지 못할뿐더러 우거진 숲으로 덮여 산이 시야에 들어오지 않는 법이다. 호남 곡창지대인 김제·만경평야와 나주평야를 가보라.

일제강점기 농촌지역의 사회경제관계(지주·소작인 관계에서 연유하는 각종 차별)에도 곡창지대와 강원도 내륙에 적지 않은 차이가 있었을 것이다. 생창리는 김화읍 가운데서도 한탄강 지류를 끼고 있었던 덕에 비록 농지 규모는 보잘 것없었을지라도 자작농이 많았고, 남의 땅만을 부치는 소작 농민은 그리 많지 않았다. 마을의 가옥들은 우리 집 빼고는 대부분 초가집이긴 했으나 단칸방 집은 몇채 안 되었던 것으로 기억한다. 지금 김화의 유년시절을 되살리며 다행이라 여기는 것은 지주 임덕원(任德元, 나의 아버지) 명의의 농지를 경작하는 농민(소작인)들이 생창리가 아니라 읍내에서 20~30리씩 떨어진 근북면과 근동면에 집중되어 있었다는 점이다. 그런 연유로 나는 생창리 아이들과는 비교적 격의 없이 함께 쏘다녔다. 만약 나와 생창리 아이들의 관계가 지주와 소작인들의 그것이었다면 우리가 아무렇지 않게 섞여 놀 수 있었을 것이라고는 아무도 장담할 수 없을 것이다. '착취계급'이라는 사회과학 용어를 꼭 들이댈 필요조차 없이 지주와 소작인의 자녀가 사이좋게 지내는 것은 불가능하다고 믿는 것은 예나 지금이나 변함이 없다.

종잡을 수 없이 뒤바뀌는 유년시절의 기억들을 춘하추동 네 계절에 따라 순서대로 적어보자. 겨울방학이 끝났다고는 하지만 강원도 내륙은 눈발만 비치지 않을 뿐 기온은 겨울과 엇비슷했다. 달라진 게 있다면 날씨가 청명한 오후, 동네의 계집아이들이 조그마한 바구니를 옆구리에 끼고 들녘과 산자락으로 네댓씩 짝을 지어 아장아장 걸어가는 광경이었다. 누가 특별히 시킨 일도 아닐 터인데 냉이와 달래를 캐러 가는 길이다. 나물 캐는 계집아이들에 비하면 사내아이들의 먹을 것 채집은 능률이 현저하게 떨어지고 방법이 거칠기 이를 데 없었다. 내가 해본 것 가운데는 삼태기로 참새 잡는 일이 초봄의 가장 재미있는 놀이였다. 삼태기로 참새를 잡아? 삼태기라면 거름, 흙, 밭작물 쓰레기 등을 담아 나르는 기구인데 삼남 지방에서는 대나무로, 강원도에서는 가는 싸리나무로 만든다. 참새가 많이 날아드는 집 앞마당에 삼태기를 뒤집어놓고 30~40cm 길이의 막대기로 삼태기 아가리 한쪽을 받쳐놓은 다음 막대기 아래쪽에 긴 노끈을 매어놓고 좀 멀리 떨어져 참새가 모여들기를 기다리는 것이다.

가장 중요한 것은 참새들이 모여들도록 삼태기 밑에 낟알을 뿌려놓는 것이다. 조, 수수, 그리고 내가 집에서 주머니에 몰래 넣고 나오는 쌀이 참새를 유인하는 먹이였는데, 동무들은 참새가 쌀알을 제일 좋아한다고 했다. 일제 말기의 농촌 식량사정에 비추어보아 참새잡이용으로 쌀을 땅바닥에 내뿌린다는 것은 아무리 아이들 짓이라도 망종 중의 망종이 할 짓이다. 어찌되었거나 아버지와 어머니는 내 망종 짓거리를 알고도 모르는 척했는지, 정말 몰랐는지 한 번도 야단맞은 기억이 없다. 다음으로 중요한 것은 참새가 삼태기 안에 모여들어 낟알을 쪼아 먹고 있을 때 삼태기 아가리를 받친 막대기의 줄을 낚아채는 일이다. "그걸 누가 못해!" 할지 모르겠으나 참새가 삼태기 속에 갇히도록 살짝 끈을 잡아채 성공하는 확률은 매우 낮다. 삼태기 자체가 뒹굴어서는 절대 안 되고 삼태기 아가리와 땅바닥에 조그마한 틈만 생겨도 참새는 잽싸게 틈바귀를 비집고 나와 날아가버리기 때문이다. 번갈아가며 삼태기 받침대에 매어놓은 끈을 잡아당기는 기회가 주어졌지만 내 경우는 번번이 허탕이었다. 내 손동작이 민첩하지 못해서 매양 그 꼴이었지만 동무들 가운데 한둘은 곧잘 성공하여 반나절 만이면 참새 여러마리를 잡을 수 있었다. 자리를 옮겨 즉석 참새구이 파티를 하기까지 참새를 두 손에 감싸 안고 동무들을 뒤쫓아가는 것이 그렇게 좋을 수가 없었다. 하늘을 이리저리 나는 새를 내 손으로 만진다는 것이 꿈만 같았다.

초여름에서 가을까지는 아이들의 먹잇감 채집 놀이가 글자 그대로 황금기다. 이야기를 어디서부터 시작할까. 노랗게 익은 열매가 주렁주렁 매달린 이장네 집 살구나무 밑에서 서성거리다 혼쭐이 나기도 했고, 뽕나무밭에 숨어들어가 닥치는 대로 오디를 따 먹느라 두 볼에 온통 자주색 물이 들어 흉잡히던 일이 한두번 아니다. 우리 집 뒤뜰에 제법 오래된 앵두나무 두그루가 있어 늦봄·초여름의 과일로는 풍성하기 이를 데 없었다.

그런데 앵두 이야기를 여러번 했는데도 왠일인지 동네 아이들은 들은 척하지 않았다. 혼자 따 먹기가 별로 내키지 않았으나 터질 듯이 통통하고 새빨간 앵두의 탐스러움에 끌려 나는 어른 키만 한 높이의 앵두나무 사이를 비집고 들어갔다. 한두알 따 입속에 넣었을까. 목덜미에 갑자기 스멀거리는 느낌이 들어 손을 갖다 대었더니 손아귀에 잡힌 것은 꿈틀거리는 송충이였다. 목덜미와 손바닥에 남은 근질근질함과 내 시선에 박힌 앵두나무 송충이에 대한 거부감은 평생 지워지지 않고 남아 있다. 엄지손가락보다 굵고 긴 놈이었는데 빛깔이 소나무에 기어다니는 보통 송충이같이 흑갈색이 아니라 아주 흰빛이어서 더 징글맞고 역겨웠다. 꼭 누가 나를 놀려주려고 흰 송충이를 거기다 갖다놓은 것 같은 느낌마저 들었다. 앵두나무 사이에서 뛰쳐나와 윗저고리를 벗어보았더니 여러마리의 그것들이 이곳저곳에서 어슬렁거리는 거였다. 그 뒤로는 우리 집 앵두나무 근처에 아예 얼씬하지 않았다.

혼자 앵두를 따 먹다 흰 송충이에 기겁한 나는 생창리에 흔해 빠진 복숭아와 자두를 따 먹으러 다시 동무들의 꽁무니를 쫓아다녀야 했다. 김화의 철이 원래 늦은 탓인지, 아니면 우리가 너무 이르게 덤벼들었는지 복숭아와 자두는 너무나도 시었다. 그때 생각만 하면 지금도 입속에서 군침이 저절로 돈다. 초록 빛깔의 복숭아 껍질에 이빨을 대는 순간 벌써 시고 떫은맛이 입안을 가득 채워 더이상 복숭아를 베어 물 수가 없었는데 다른 아이들은 어느새 입속에 넣고 우물우물 잘도 씹어댔다. 복숭아는 내 손으로도 딸 수 있을 만큼 나지막하게 달려 있었는데 자두는 그렇지 않았다. 훗날 본 자두나무에는 자두가 낮게 매달려 있었는데, 김화에서는 꼬마들 키로는 어림도 없이 높게 매달린 것이 자두였다. 동무들은 앞다투어 나무를 타고 기어올랐으나 나는 손재주만 없는 게 아니라 발동작 역시 둔해서 나무타기는 진작에 포기했다. 나무를 탄다는 것은 발바닥을 나무에 밀착시키고 두 손아귀로 체중을 지탱하면서 동시에 몸뚱아리를 추슬러 올리는 것이다. 그러므로 나무 타기는 사지와 체력을 합친 몸 전체 운동인 셈인데 나는 약간 비만했으니 당연히 안 되는 일이다. 먼저 올라가 자두를 딴 녀석은 의기양양해 나를 향해 한개를 던졌으나 나는 그것을 손으로 받지 못하고 땅에 떨어뜨렸다. 나무를 타지 못하는 꼴에 던져준 것마저 받지 못하였으니 놀러 다니는 팀원으로서는 완전 실격이다. 하지만 나는 부끄러움을 참는 한편 짐짓 아무렇지도 않은 듯 땅에 떨어진 자두를 집어 바짓자락에 쓱쓱 문지르고 나서 입에 물었다. 자두에는 퍼런 복숭아의 떫은맛은 없었으나 신맛은 더하면 더했지 결코 덜하지 않았다. 문제는 그다음부터였다. 씹을 수도, 삼킬 수도, 더더구나 내뱉기는 정말 어려운 국면이었다. 동무들이 나무에 올라가 따서 던져준 자두를 씹다 말고 뱉는 장면을 본다면 생창리 아이들은 더이상 나와 상종하려 들지 않겠구나 싶었다. 나는 머리를 굴렸다. 잠깐 뒤 "저기도 자두 한개 떨어졌네" 하며 저쪽 구석으로 슬쩍 뛰어가 허리를 구부려 입속의 씹다만 자두를 슬그머니 내뱉고야 말았다.

분단, 사라진 고향

한반도의 동해안 중간쯤에 위치한 강원도 고성군으로

부터 서쪽으로 향해 인제군, 양구군, 화천군, 김화군, 평강군, 철원군을 지나가면 경기도의 연천군, 파주군으로 이어지고 거기서 임진강을 만나 마침내 서해로 빠진다. 이게 무얼까. 지리·역사 교사가 아닌 터라 단언하기는 조심스러우나 중·고교생의 십중팔구는 무슨 뚱딴지 같은 질문인가 하고 의아해할 것이다. 하지만 자신이 직접 체험하지는 않았다 하더라도 나와 DNA를 공유하는 경우는 김화읍 혹은 휴전선에 관련된 정보와 지식에 특별히 민감할지도 모르겠다는 생각이 들었다. 그리하여 주저하던 끝에 중2짜리 손자 놈에게 실제로 물어보았더니 잠시 눈을 깜박이다 "38선인가" 했다.

38선은 아니지만 그 변형된 유산이 휴전선이니까 반은 맞는 대답이다. 1953년 7월 미국과 북한·중국 쌍방이 6·25전쟁을 중지하기로 협정을 맺고 그은 군사분계선을 통칭 휴전선이라 일컫는다. 전체 길이 250km, 이 휴전선 남북 양쪽에 각기 폭 2km의 비무장지대(DMZ)를 두었고, 남한의 경우는 지역에 따라 일정치 않으나 더 남쪽으로 '민간인 통행 금지선'(민통선)을 획정하여 출입을 엄격하게 통제했다. 내가 어린 시절을 보낸 김화 근방으로 휴전선이 지나간다는 사실은 일찍부터 알고 있었으나 '근방' 이상의 상세한 무엇을 알고자 하지는 않았다. 1970년대 중반부터 20여년 이상 '반체제 지식인'으로 분류되어 중앙정보부와 경찰로부터 색안경을 낀 감시를 받아온 경험 때문이다. 불필요한 오해를 살 만한 까탈일랑 일절 부리지 말자는 몸가짐이 김화에 대한 무관심으로 이어졌다고 보면 크게 빗나가지 않을 것이다. 그러다 2000년 6월 미국 시민권자인 내 형이 30여년 만에 귀국하여 죽기 전에 먼발치로나마 김화를 한번 보고 싶다고 조르는 바람에 드디어 김화를 찾아갔다.

민통선 초소 근무병의 특별한 호의로 옛 김화읍이 한눈에 내려다보인다는 곳까지 접근할 수 있었다. 그러나 어린 시절 뛰놀던 고향을 조망하게 된다는 행운이 조국 분단의 현실을 다시 한 차례 확인하는 비참한 기회가 될 줄은 꿈에도 상상치 못했다. "앞에 보이는 들이 옛 김화읍"이라는 안내자의 말을 듣는 순간 퍼뜩 드는 느낌은 '아닌데'였다. "허튼소리 하지 마시오" 하고 벌컥 소리를 지를 뻔했다. 저게 김화읍이라면 건물은 6·25전쟁 중에 모두 파괴되었다 하더라도 최소한 금강산전철이 지나간 선로 정도는 남아 있어야 할 것이 아니냐며 싸울 듯이 대들었다. "망원경 좀 빌립시다"라고 하자, 곧 망원경과 사진촬영은 허용되지 않는다고 했다. 내심 '20대의 병사가 김화읍을 알 턱이 있나, 저들이 태어나기 전에 실재했던 내 고장의 지형을 어떻게 알겠어' 하며 다시 원근 이곳저곳을 180도로 천천히 살폈다. 내 형은 12시 방향의 까마득한 곳을 가리키며 "저게 높은 것을 보니 오성산이야" 했으나 우람하다는 느낌 이외에 달리 꼭 그것이라 입증할 방도는 없었다. 온통 사람 키 이상으로 무성하게 자란 풀밭 사이로 시냇물 같은 검푸른 줄기가 지나가고 있었다. 저게 우리가 물장구를 치던 한탄강 상류 시내라고 하자니 폭이 너무 좁다. 시내의 북쪽에는 홍수를 대비한 둑이 있었고, 남쪽으로는 제법 넓은 백사장이 깔려 있었는데 그게 전부 어디로 갔단 말인가. 비무장지대는 백사장을 불허한다는 말인가. 하긴 반세기 동안 장마철마다 상류에서 토사가 흘러 내려오고 여기에 사람 손이 가지 않았다면 둑과 하상(河床)의 높이가 엇비슷해지는 것은 불가피할지 모른다. 시선을 다시 동북쪽으로 돌렸다. 우리가 서 있는 곳으로부터 2km쯤 떨어졌을까, 2시 방향에 희끄무레한 시멘트 덩어리가 시야에 들어왔고 거기에 회색 콘크리트 상판 같은 것이 모로 걸려 있었다. 그렇다면 저것은 폭격을 맞았거나 폭파된 암정리 큰 다리의 끔찍한 지금 모습일 것이다. 인조물은 깡그리 사라지고 결국 부서진 교각과 거기에 걸친 상판 조각 하나로 우리 형제는 김화읍의 잔영을 겨우 수습한 꼴이 되고 말았다.

진부하기 이를 데 없는 사자성어의 하나가 상전벽해(桑田碧海)다. 2천년 전 중국사람들은 한반도 김화읍의 변한 꼴을 미리 내다보고 그렇게 읊조렸더란 말이냐.

임씨 집안, '누보리쉬'

1943년 봄 초등학교에 들어가 해방되던 해(3학년) 여름까지 다섯 학기 동안 나는 하루 몇시간씩 거의 매일 일본말 교과서로 공부했다. 너무 오래된 탓에 교과서 내용은 설사 지금 그때의 같은 반 동무가 곁에서 도와준다 해도 단한줄조차 재생이 불가능하다. 반면 천황제 군국주의 일본국가라 일컬어지는 「키미가요」, 스코틀랜드 민요의 복사판인 졸업식 노래 「호따루노히까리(ホタルノヒカリ, 반딧불의 빛)」, 억지로 눈물을 쥐어짜는 일본해군 장송곡 「우미유까바(海行かば, 바다로 가면)」 따위는 그 첫 구절들이 여태까지 귓전에 윙윙거린다. 미성숙한 연령층에 일단 들어박히기만 하면 의미 전달 목적의 문자기록보다 사람의 감정을 부추기는 노랫가락이 훨씬 더 오래 남는다.

중학교가 없는 김화읍내에 책방이 있을 턱이 없는데 우리 집에는 두살 위 형이 보는 만화책 나부랭이와 『소년구락부(少年俱樂部)』라는 어린이 잡지가 굴러다녔다. 해방 뒤 서울에 온 12~13세쯤부터 미친 듯이 소설에 빠졌던 내가 김화 유년기에는 이상스러울 만큼 책에 열중하지 않았다. 종축장 훔쳐보기와 북어 눈알 파먹기에도 바쁜 판에 일본말로 된 아동도서 따위에 관심을 둘 리가 없었다.

종축장의 카네우미가 쌍칼잡이 미야모또 무사시 영화를 보여주고 나서 나와의 관계를 청산했느냐 하면 그건 물론 아니다. 3학년 1반 교실의 뒤쪽에 앉은 카네우미와 그 밖의 덩치 큰 녀석들은 방과 후 사무라이 이야기로 열을 올리곤 했다. 녀석들 이야기는 옛날 사무라이로부터 어느덧 러일전쟁 때의 해전 영웅 토오고오 헤이하찌로오(東鄕平八郞)와 2차 세계대전 초기에 전사한 야마모또 이소로꾸(山本五十六)로 옮겨가곤 했다. 둘 중 어떤 쪽이 더 '에라이'(훌륭하다)인가를 두고 말다툼이 벌어지곤 했는데, 언제나 '토오고오 겐스이' 혹은 '야마모또 겐스이'란 호칭으로 불렸다. '겐스이(元帥)'라는 한자 단어를 메이지유신 이후 일본사람들이 유난스럽게 입에 담기 좋아했던 것은 특기할 일이다. 같은 한자 사용국인 중국과 한국에 '원수'라는 단어가 있기는 하였으되 그리 애용하는 편이 아니며 해방 후 북한에서 자주 쓰이고 있다. 지금 생각하니 그 나이의 아이들이 일제의 조어(造語)인 '군신(軍神)'이란 단어를 뇌까리지 않은 것은 천만다행이다. 열살 될까 말까 한 아이들이 걸핏하면 토오고오 겐스이, 야마모또 겐스이 운운했으니 그보다 대여섯살 위의 10대 중반 소년들은 일본 군국주의에 얼마나 물들었을지 기가 차다. 해방 뒤 1950년대 중반부터 한 세대 가까이 대한민국에서 일본의 사무라이 시대를 주제로 한 시바 료오따로오(司馬遼太郞)의 역사

소설 『대망(大望)』(원제 '토꾸가와 이에야스德川家康')이 장기 베스트셀러로 독서계를 석권한 것은 결코 우연이 아닐 것이다. 덧붙이고 싶은 것은, 나이 60이 넘어 심심풀이로 일본의 현대소설, 예를 들면 무라까미 하루끼(村上春樹)의 『노르웨이의 숲』 『해변의 카프카』 『1Q84』 등은 읽었으나 번역본 『대망』이나 원서 『토꾸가와 이에야스』나 간에 사무라이류는 일절 가까이해본 적이 없다. 나의 편견인지는 모르겠으되 시바 료오따로오의 소설이 어딘가 미심쩍어지는 것은 일제강점기의 어릴 적 기억과 무관치 않을 것이다.

우리말을 쓰고 창씨개명한 일본식 이름이 아닌 원래 내이름을 부르는 집안에 한글로 된 책은 몇권이나 있었을까. 어머니의 것인 찬미가(찬송가) 책과 아버지의 것인 『사명당(四溟堂)』이 기억에 있지만 책상 위나 눈에 잘 띄는 곳에 놓아두지 않았음은 분명하다. 고백하거니와 우리 집안식구의 누구도 이 두 책과 관련하여 '한글'이란 말을 쓴 적이 없다. 심지어 '우리말'이란 표현도 듣지 못했다. 누구도 우리 형제에게 '가나다'를 가르쳐주지 않았고 우리가 가르쳐달라고 매달리지도 않았다. 그런데도 어머니와 아버지는 왜 자식들이 모르는 '조센고(朝鮮語)' 책을 갖고 있는지를 묻고 싶었다. 어머니는 서울서 중학교를 마치고 일본전문학교에 유학을 갔을 정도이며, 아버지는 학교 문턱에도 가보지 못했으나 독학으로 일본말을 배워 읽고 쓰는 데 큰 불편이 없었다. 그럼에도 굳이 왜 '조센고' 책을 갖고 있는지가 한동안 풀리지 않는 수수께끼였다. 열살 안팎의 두 아들을 일제하의 생존경쟁에서 도태되지 않도록 열심히 키우면서 한편으로는 수십년 동안 당해온 일제의 민족적 차별과 억압으로부터 언젠가는 풀려날 것이라는 막연한 기대를 품고 있었는지 모른다. 우리 집안은 재산(토지) 규모와 일제의 지배체제에 대한 적응태세(일본어 구사 능력)에 있어서 2차대전 말기를 기준으로 할 때 중상층 내지 중간층에서 흔히 보던 현실순응주의에 가까웠다. 그런 면에서 우리 집안은 이른바 '불령선인(不逞鮮人, 불만을 품고 설쳐대는 조선사람을 가리켜 한국에 거주하던 일본 관헌이 주로 쓰던 표현)'으로 분류될 가능성은 아주 희박했다.

나의 아버지와 어머니는 출생지가 평안도라는 공통점 말고는 출신 배경과 성장과정이 매우 대조적이었다. 1894년 평안남도 순천(順川)에서 태어난 아버지는 두살 적에 호열자가 창궐하여 거의 동시에 부모를 잃고 같은 마을에 살던 고모의 손에서 미음을 먹고 자랐다. 여섯살 때 서당에 반년 동안 다니며 천자문을 외운 것이 학력의 전부다. 애기지게를 지고 농사일을 돕던 끝에 열한살에 고모집을 뛰쳐나와 평양으로 도망쳤다고 나에게 여러차례 말씀하셨다. 정월 초하루와 할아버지 제삿날, 이렇게 1년에 두번 쌀밥을 구경할 정도로 고모 집은 가난했기 때문에 오늘날의 상투적 표현으로 '비전'이 없었다는 게 가출 이유였다. 임씨의 조상, 아니 나의 조상은 번식력이 무척 약했던지 제일 가까운 친척이 10촌이어서 한끼 밥을 신세질 만한 곳도 순천 근방에는 없었다. 평양에 온 처음 며칠은 실제 구걸로 허기를 메우며 평양 보통문 근처 시장의 쌀가게, 잡화점, 양복점 등에서 심부름 일꾼으로 연명했다. 이런 고생이 고아의 입신 기회였다. 혈혈단신 임 소년의 평양 입성 시기를 한국 근대사 연표에 맞추어보면 1905년 을사늑약이 체결된 때에 해당하는데, 단발령과 불가분의 관계에 있는 복장 변화가 그에게는 시운을 뜻했다. 아버지는 양복점의 심부름꾼에서 양복 제조 견습공, 그리고 양복 제조공, 거기서 또 한참 올라 양복 재단사로 변모했고 5~6년 뒤에는 그 자신이 조그마한 양복점을 차렸다. 조선 제2의 대도시 평양, 비록 그 변두리의 작은 양복점이나마 한 가게의 주인이 된 것은 가출소년으로는 대단한 성공이다. 하지만 자신의 노동력에만 의존하는 영세 제조업으로 입에 풀칠은 할 수 있어도 큰돈을 벌기 어렵다는 자본주의 원리를 터득했던 모양이다.

그는 변화하는 남자 옷차림(양복 착용)에 대한 새로운 수요를 찾아 움직였다. 일본자본이 본격적으로 투입되는 함경남북도 신흥도시, 원산, 성진, 나진 그리고 한반도 최북단의 두만강을 낀 남양까지 진출했다. 최성기의 아버지는 재단사 2명과 재봉공 10여 명을 고용하는 나사점(羅紗店, 고급 양복점)을 경영하는 외에 포목 도매업에 손을 대는 데까지 이르렀다. 거기서 번 돈으로 장만한 것이 김화의 전답이다. 따라서 그는 대대로 토지를 물려받은 김화의 토박이 지주가 아니라 외지에서 굴러든 일제하의 '누보리쉬'(nouveau riche, 벼락부자)였던 것이다. 아버지가 14세 연하의 어머니를 만나 결혼한 것은 30대 후반의 일이다.

1908년 평안북도 영변(寧邊)에서 출생한 나의 어머니 장규선(張奎善)은 부유한 자작농이자 마름의 4남매 중 둘째 딸이었다. 조선조 역사에서 마름은 지방 관서의 하급관리인 아전(衙前)과 더불어 부재지주와 지방관(수령 혹은 원님)의 위세를 업고 농민을 괴롭히던 존재다. 소설들에 묘사되는 마름과 아전의 못된 행태는 이따금 부풀려지긴 했어도 그들이 가난한 농민의 한결같은 원성 대상이었음은 누구도 부인할 수 없는 사실이다. 동일한 평안도 출신이지만 어머니와 아버지는 가해자층과 피해자층의 자손으로서 부부의 연을 맺었으니 운명의 장난치고는 참으로 공교롭다. 부농 겸 마름인 나의 외가가 영변에서 어느 정도 호강했는가를 문서 사료를 통해 입증하기란 불가능하다. 하지만 어머니와 아버지의 성장 환경과 조건이 천양지차인 것은 불문가지다. 김화 유년기의 어머니로부터 들은 이야기이지만, 어머니의 언니(나의 이모)가 시집갈 때 혼수와 예단으로 준비한 물건이 엄청나게 많아 달구지 열대도 모자라서 다섯 인부가 등짐으로 날랐다고 한다. 또 어머니와 큰외숙 둘을 거의 동시에 서울의 중학교에, 작은 외숙을 평양에 유학을 보냈다는 것이다. 때는 1920년대 초·중반인데 외조부가 미두(米豆, 현물 없이 쌀을 사고파는 일종의 투기거래)에 손을 댔다가 전답을 한참 축낸 뒤의 일이란다. 불행하게도 외조부가 미두에서 손을 떼지 못하는 바람에 몇해 뒤에는 영변의 전답은 물론 살던 집까지 날렸다.

그리고 또하나 흥미로운 것은 외조부의 형은 묘향산 자락 영변 구석의 마름으로 족하지 않았던지 일찍이 상경하여 당대의 명문 고관 한규설(韓圭卨)에 접근했다는 이야기다. 몇해 동안 대감집 수발을 들면서 대감과 그의 소실의 눈에 들어 마침내 한 대감과 특별한 연척관계를 맺는 데 성공했다. 신분상승이라 할 수는 없을지라도 패가한 영변의 아우와는 전혀 다른 서울사람이 되었다. 해방 직후(1947) 내가 어머니 손에 끌려 서울 신설동의 큰외할아버지 집을 방문했을 때 이분의 아들(어머니의 사촌 오빠)은 동대문 밖에서 꽤 이름난 내과의사로 성업 중이었다. 어머니는 평안도 억양이 심한 편인데 50세의 의사는 순 서울토박이 말씨여서 사촌 간이라는 게 도무지 믿어지지 않을 정도였다.

2. 해방에서 월남까지

해방되던 날

유년기는 몇살쯤에 끝나는 것일까. 사람마다 젖을 떼는 시기가 다른 것처럼 유년을 마감하는 데도 다소의 시간차가 있을 것이다. "유년기는 유아기와 소년기의 중간 시기, 곧 유아기의 후반 2년과 초등학교 1~2학년의 시기"라는 게 국어사전의 풀이다. 1944년 초등학교 2학년 때의 말 종축 현장 훔쳐보기가 유년기의 종결이라 주장한다면 나의 성장은 유달리 빠른 편도 늦은 편도 아니다. 하지만 인간의 지능과 초보적 판단력은 단선적이 아니라는 사실에 유념해야 한다. 제국주의 일본의 강점하에서 온갖 민족적 차별을 다 당하고도 일본의 패전을 마음속에서나마 그려보지 못한 것이 그 단적인 예다. 그런 면에서 나의 유년기는 조금 길었던 게 분명하다.

8·15해방이 있었던 1945년, 초등학교 3학년 여름방학은 말이 방학이지 학기 중보다 더 부산했다. 미군이 실제 공습을 했는지 아니면 방공연습이었는지 모르겠으나 어디선가 사이렌 소리가 울리기 무섭게 마을사람들은 방공호로 뛰어 들어가야 했다. 또 '출정인'(조선인 징병) 환송식을 한다고 며칠마다 초등학교 학생 전원을 김화역 앞에 소집했다. 출정 군인 환송식에 나오지 않으면 나중에 벌을 받는다고 했으며, 또 행사가 끝나자마자 개별적으로 할당된 송지(松脂, 송진)를 긁어모으러 산으로 가야 했다. 송지를 긁으러 산에 가는 생창리 아이들 틈에 내가 끼는 것을 어머니는 극구 말렸는데, 이유는 산에 함부로 쏘다니다 뱀이나 독충에 물린다는 거였다. 그러나 어머니가 어디서 무슨 수로 송지를 구해 오실지 나는 의문이었고, 송지 말고도 아주까리(피마자) 씨를 방학 중에 준비하는 것 역시 큰 걱정거리였다.

해방되기 한달 전쯤의 학기 중에는 어떤 일이 있었을까. 2학년 때까지만 해도 신사참배는 일주일에 한번씩 했는데 해방되기 얼마 전부터 갑자기 매일 하는 것으로 바뀌었다. 신사에서 멀지 않은 곳에 사는 학생들을 아예 학교가 아니라 신사에 모이도록 했다. 나는 신사 앞뜰에 들어서기만 하면 매번 메슥메슥하는 느낌이 들곤 했는데 마침내 어느날 아침 구역을 못 참아 목구멍으로 거슬러 올라온 것을 입안에 잔뜩 물고 있어야 했다. 고개를 숙인 채 꼿꼿이 줄서 있는 아이들 틈에서 입속에 든 것을 뱉어낼 재간, 아니 용기가 없었던 것이다.

그보다 더한 참사가 있었으니, 그것은 3학년부터 시작된 교련과 제식훈련 중의 일이다. 5~6학년 학생들은 목총을 사용하는 일종의 총검술 훈련을 했고 3~4학년 아이들은 '좌향좌' '우향우' '뒤로돌아가'로 시작하여 나중에는 열을 지어 사열대 앞을 행진했다. 내 유년기 최대 재앙이라고 하면 지나친 표현일 터이나 여하튼 평생 잊히지 않는 부분이다.

훈련 그 자체가 아니라 훈련 복장의 일부인 각반(脚絆, 당시 일본어로 '게또루ゲ一トル'라 했음, 프랑스어 'guêtres'에서 유래)이 문제였다. 각반은 한국전쟁 당시 미군과 한국군이 착용했던 것처럼 통으로 된 가죽의 두터운 천이 아니라 7~8cm 폭의 국방색 얇은 천을 붕대처럼 종아리 아래로부터 위로 감는 것이다. 그런데 종아리에 감은 이 각반이 훈련 중 자주 풀어지는 거였다. 제식훈련이 있는 날에는 아버지에게 특별히 부탁하여 풀어지지 않도록 단단히 매달라고 했지만 그래도 이따금 풀어져 아이들의 손가락질을 받았다. 해방되던 해 여름방학이 시작되기 전 마지막 사열식에서, 학

교 교장이 서 있는 단상 앞을 행진하는 도중에, 하필 그 순간 각반이 풀려나갈 줄 누가 알았으랴. 풀려나간 각반의 끝이 질질 끌려 뒤에 오는 아이가 짓밟는 바람에 내가 넘어진 것은 말할 나위 없고, 넘어진 내 몸뚱어리에 걸려 또 다른 아이가 넘어졌다. 각반이 풀어진 원인을 지금 곰곰이 짚어보니, 우선 어릴 적 나의 장딴지가 유난히 토실토실하였던 게 큰 병통이고, 방학을 앞둔 마지막 제식훈련인지라 긴장한 나머지 너무도 '보무당당히' 두 발을 올리고 내린 것이 사단이라면 사단이었을 게다. 아무튼 해방을 맞이한 순간 나는 각반의 악몽으로부터 벗어난 것이 제일 기뻤다.

1945년 8월 15일 정오, 일왕 히로히또(裕仁)가 항복을 선언한 시간쯤에 나는 동네 아이들과 생창리 냇물에서 자맥질을 하며 모래무지를 잡고 놀고 있었다. 유년기와 소년기를 통틀어 운동이라고는 아예 젬병이었지만 예외가 있었으니 수영이었다. 접영이나 배영까지는 아니고 평영으로 20~30m는 갈 수 있으니, 자전거 못 타고 탁구 못 치는 주제로는 거짓말 같은 진실이다. 수영을 할 수 있었던 것은 뭐라 해도 김화의 한탄강 상류에서 자맥질을 하는 행운을 누린 덕이다. 거기다 아버지는 어떤 물고기든 잡아오기만 하면 마리당 동전 한닢(1전)을 주는 물질적 자극(material incentive)을 가했다. 물놀이도 하고 용돈까지 생기니 뽕도 따고 님도 보는 격인데 그래도 수영실력이 늘지 않는다면 그야말로 이상할 일이다. 둘째 아들의 손동작이 둔해빠져 걱정된 나머지 아버지는 그 나름의 자극 효과를 노렸던 게 분명하다. 아버지의 물질적 자극책은 벼를 베고 난 논에서 아이들이 열을 올리는 메뚜기 잡이에도 활용되었다. 내가 메뚜기 잡이에 나서도록 이번에는 10전의 상금을 걸었다. 조건은 유리병에 메뚜기를 가득 잡아넣어 오는 것인데, 톡톡 튀는 메뚜기 잡기가 생각만큼 쉽지 않았다. 나는 아버지보다 한걸음 더 나아가 동무에게 5전짜리 동전 한 닢을 주기로 하고 메뚜기를 한병 가득 채워달라고 부탁했다. 이 메뚜기 잡이 하도급(下都給) 비밀은 아버지가 끝내 눈치 채지 못했을 것이다. 이런 것을 가리켜 '승어부(勝於父)'라 할 수 있을까. 아버지와 달리 어머니는 자맥질을 한사코 말렸는데, 홍역 뒤끝에 생긴 중이염 때문이었다. 이따금 진물과 고름이 묻어 나오는 판인데 냇물이 귓속에 들어가는 날엔 병이 도진다며 물가에 갈 때는 언제나 귀막이용 탈지면 한 뭉치를 호주머니 속에 찔러주곤 했다.

그날(8.15) 저녁을 먹고 난 뒤 어머니가 몸뻬(일본에서 들어온, 여자들이 일할 때 입는 바지의 하나)를 벗어던지고 흰 치마저고리로 갈아입는 모습을 나는 의아스럽게 쳐다보았다. 어디 가느냐고 묻자 일본이 항복을 했기 때문에 김화 사람들이 모두 군청 앞에 모이기로 했다며 어머니는 가고 싶으면 같이 가자고 했다. 일본의 항복 방송이 나왔다는 것은 그날 오후 동무들 사이에서 줄곧 화제가 되었지만, 일본 항복이 곧 치마저고리로 이어진다는 이야기는 누구도 하지 않았던 것이다. 처음에는 임신한 어머니가 조금 불룩한 배를 감추려고 치마저고리를 입는 것이려니 했다. 그러나 이 아이답지 않은 짐작은 조금씩 흔들리다가 군청이 가까워지면서 여지없이 무너졌다. 어머니뿐만 아니라 군청 쪽으로 걸어가는 사람은 남녀노소 할 것 없이 거의 모두 흰색 한복을 입고 있었던 탓이다. 김화 사람들은 그날 흰 치마저고리, 흰 바지저고리를 입고 군청에 모이자고 사발통문이라도 돌렸던 말인가. 한여름이라 낮이 길어서인지 아니면 온 천지의 흰색 옷 때문인지 저녁을 먹고 한참이나 지났는데도 사방은 흰했다. 군청 정문 앞 공터는 우리보다 먼저 온 사람들로 꽉 찼고, 군청 현관에 있는 과일상자 같은 것 위에 흰색 셔츠 차림의 남자가 올라가 '조센고(朝鮮語)'로 목청을 높여 연설을 하고 있었다. 내 손목을 잡은 어머니에게 "저기서 말하는 사람이 누구야?"라고 묻자, 내 뒤에 섰던 어떤 사람이 마쯔야마(松山) 군수라 했다. '아니, 김화에서 제일 높은 사람이 군수인데, 국방색이나 검정색 정장이 아닌 흰 셔츠 바람으로, 거기다 조선말로 연설을 하다니……' 이때 비로소 해방의 뜻을 어렴풋이나마 알 것 같았다. 그러나 저 군수는 어제까지 '황국신민(皇國臣民)'과 '내선일체(內鮮一體)'와 '옥쇄(玉碎, 옥처럼 아름답게 부서진다는 뜻으로, 공명이나 충절을 위하여 깨끗하게 죽음을 이르는 말)'를 부르짖던 사람이 아닌가. 군수의 선창으로 "조선독립 만세"를 주위 사람들이 하는 대로 나도 세번이나 따라 불렀다. 해방되던 그날, 저녁부터 밤늦게까지 한반도 전역에서 기쁨에 들뜬 조선사람들은 노래를 부르고 춤판을 벌였을 것이다. 김화군청 앞에 모였던 군중이 어떤 노래를 불렀는지는 기억에 없다.

소련군 진주와 토지개혁

김화군수의 1945년 8월 15일 하루는 24시간이 아니라 12시간으로 끝났다. 그날로부터 며칠 뒤 동네 아이들한테 들은 말로는, 김화군수가 야밤중 경성(京城, 일제하에 서울을 일컫던 이름)으로 도망쳤고, 기가 막힌 것은 군청의 현금 뭉치를 가방 속에 가득히 넣어 갔다는 거였다. 아이들이 부모로부터 들은 소리일까, 아니면 꼬마들 자신이 지어낸 것일까. 군수가 도망갔든 말든 우리들은 송지와 아주까리 할당이 없어진 진짜 방학을 맞이한 즐거움으로 며칠 내내 냇가에서 살다시피 했다. 이 글을 쓰면서 해방 전후사 관련 서적을 들춰보니 소련군이 원산에 상륙한 것은 8월 22일이다.

그러니 일러야 8월 말 아니면 9월 초에 소련군이 김화에 도착할 터였는데 군수는 무엇이 두려워 일본이 항복한 그 날 밤중에 서둘러 김화를 등졌을까. 소련은 8월 9일 일본에 선전을 포고함과 동시에 중국 동북지방(만주)과 함경북도 청진·웅기를 공격하여 파죽지세로 일본군을 제압했다. 그렇다면 일제 관헌에 종사했던 조선인과 거기 줄을 대고 있던 사람들은 머지않아 소련군이 한반도 중부를 석권하리라 믿어 안절부절했을 것이 뻔하다. 이런 정황에서 김화 군수가 황급히 남행한 것은 놀랄 일이 아니다.

여름방학이 끝날 무렵 생창리 아이들 여럿은 읍내리에 가보기로 했다. '읍내리'는 이름 그대로 읍내이자 김화의 중심이다. 동서로 뻗은 큰길 양쪽에 옷가게, 과자가게, 문방구점, 은행, 자동차부(창도리, 운장면 등 김화의 변두리로 운행하는 화물차 터미널)가 있고, 가장 중요한 것은 김화경찰서가 자리잡고 있었다. 아이들은 자신들이 제일 두려워했던 곳이 어떻게 되었을까 궁금했던지, 누가 딱히 발의한 것도 아닌데 발길은 자연스럽게 경찰서로 향했다. 멀리서도 눈에 금방 뜨이는 검정 차림의 정문 보초 경찰관이 보이지 않았다. 경찰서 건물 앞에서 잠시 서성거리던 우리는 하나둘 창문 쪽으로 다가가 발돋움을 하고 안을 살펴보았다. 실내의 전등이 켜 있지 않아 어둑했지만 인기척이 없는 것은 완연했다. 군수만이 아니라 경찰도 다 도망갔다면 김화 사람들은 어떻게 살아간단 말인가. 허전함이 엄습했다. 자글대던 아이들은 달라진 현실을 믿기 어려웠던지 한참이나 조용했다. 얼마 전까지 허리에 찬 칼의 절그럭대는 소리와 매서운 눈초리로 아이들의 공포와 증오의 대상이었던 일제 경찰이 우리 스스로 의식하지 못하는 사이 아이들 내면에서 보호자의 위치를 단단히 굳혔던 모양이다. 읍내리로 몰려갈 때 신나게 떠들어대던 우리는 생창리로 돌아오면서는 말수가 확실히 줄어들었다. 아버지에게 들은 바로는 해방이 되자마자 평양에서는 못되게 굴던 조선인 경찰(고등계 형사) 하나가 대로에 끌려 나와 '후꾸로다따끼'(袋叩, 원뜻은 머리에 보자기를 씌운 다음 뭇사람이 두드려 패는 것, 뭇매)를 당했다고 했다.

생창리에 가까워지면서 동무 중 하나가 침묵을 깨고 "로스께가 올 터인데 무어가 걱정이야"라고 했다. 해방 후 '로스께'와의 첫 상봉에 앞서 그 호칭과 관련하여 그냥 지나쳐서는 안될 일이 하나 있다. 내 연배의 사람들은 공통적으로 경험했을 테지만, 한가지 확실한 것은 학교든 어디서든 해방 전에는 러시아 혹은 소련이란 국가 이름은 들어보지 못했던 것이다. 외국이라면 일본의 적인 미국과 영국을 가리키는 '베이에이 키찌꾸(米英鬼畜)'라는 소리만 요란했다. 두말할 나위 없이 '로스께'('露助'의 일본어 발음, 러시아 사람을 가리킴)라는 말에는 '센징'(鮮人, '賤人'과 일본어 발음이 같음), '짱골로'(중국인에 대한 비칭)라 할 때처럼 멸시하는 의도가 강하게 배어 있다. 해방을 38선 이북에서 맞이한 세대에게서 보이는 표현의 악습 중 하나가 '로스께'라는 말 다음에 '다와이'(러시아말로 '내놔'라는 뜻)라는 말을 붙이는 것이다. "로스께 다와이", 이런 식이다. 2차 세계대전 직후 미국에 비해 소련의 소비생활 수준이 몹시 낮았고 생산력이 뒤졌던 것은 부인하지 못할 사실이다. 그러나 역사의 특정 시점을 기준으로 이웃나라 사람을 두고두고 멸시하는 버릇은 제국주의 일본이 심어놓고 간 아주 나쁜 유산이라 할 것이다.

내가 김화에서 소련군을 처음 본 것은 생창리와 지척에 동서로 뻗어 있는 운장리 방향의 대로상에서였다. 길게 이어진 소련군의 대형 차량들 사이에 지프차와 비슷한 소형차도 간간이 보였다. 군인들은 철모가 아니고 헝겊으로 된 접히는 모자(보이스카우트 모자와 유사함)를 썼으며, 따발총을 가슴에 가로로 멘 것이 장총을 어깨에 멘 일본군과 달랐다. 대로변에 선 생창리 아이들이 소련군을 향해 손을 흔들면, 그쪽에서도 알았다는 듯이 가볍게 응답했다. 가장 신기했던 것은 정지한 차량 대열의 끝에 나타난 취사차의 엄청나게 큰 가마였다. 거기서 무럭무럭 김이 솟고 있었는데 아이들은 가마에 끓이는 것이 국이냐 밥이냐를 두고 잠시 입씨름을 벌였으나 국으로 결판이 났다. 국방색 옷에 기름이 얼마나 배었던지 반질반질하고 거무튀튀한 바지를 입은 취사병이 아이들에게 빵 한 조각씩을 나누어주었기 때문이다. 빵을 먹는데 거기다 밥을 또 지을 필요가 없다는 게 판정 근거였다. 소련군 취사병이 건넨 빵 조각을 입에 넣고 우물거리던 아이들은 서로 표정을 살피면서 얼굴을 찡그리기 시작했다. 읍내리 과자가게에서 어쩌다 사 먹어본 '앙꼬빵'이나 '곰보빵'과는 다르게 시큼했다. 우리 가운데 하나가 "쉬었나봐" 하자 다른 아이들은 고개를 끄덕였으나, 나는 그때까지 쉰 음식을 입속에 넣어본 적이 없었던 까닭에 쉰 맛이 어떤지를 몰랐다. 며칠 지나 어른들로부터 얻어들은 바로는 소련군이 김화에 진주한 첫날 아이들에게 준 문제의 빵은 '흘레브'이고, 장기간 이동 중에 변질되지 않도록 빵에 특별히 식초를 넣어 만든다는 거였다. 1945년 김화에서 먹은 시큼했던 흘레브가 제맛인지 아니면 쉰 것이었는지는 내게 오랫동안 숙제로 남아 있다. 2011년 여름 한겨레가 주최한 시베리아 횡단 여행 중 하바롭스끄에서 한나절을 보낼 기회가 있었다. 마음속에 품었던 의문을 기어코 풀어보겠다는 기자 근성에서라기보다 시장을 구경하는 김에 식료품점에 들러 러시아 사람들이 상용한다는 두서너 종류의 식빵을 샀다. 행인지 불행인지 열차 안에서 조심스럽게 맛본 결과로는 그중 어느 하나 시큼하지 않았다.

소련군은 일본 경찰이나 일본 헌병보다 복장이 어딘가

헐렁한 것은 여실했으나, 김화에 진주한 소련군을 '다와이'와 연결시킬 만한 현장을 나는 목격하지 못했다. 해방되던 날로부터 소련군(38선 이남은 미군)이 진주하는 시각까지를 식자들은 즐겨 '진공상태'라 부르는데, 나는 이런 표현이 아주 못마땅하다. 아버지와 어머니는 소련군이 김화읍내에 진주한 날부터 우리 형제에게 밤에는 절대 마을 밖으로 나가지 말라고 했고, 나도 그 말에 따랐다. 소련군이 으슥한 곳에서 여자와 마주치면 겁탈을 서슴지 않고 남자는 다짜고짜 옷을 벗긴 다음 귀중품을 강탈한다는 소문이 돌았기 때문이었다.

여름방학이 끝나 학교에 가보니 교장과 선생들은 복장이 조금 달라진 점을 제외하고는 모두 그전 그 얼굴이었다. 하지만 개학식을 하는 순간 천지가 개벽한 것 같았다. 우선 교장 훈화가 우리말이고, 그 지긋지긋한 '황국신민서서'가 없어졌다. 교실에 들어가 자리에 앉자 담임선생은 일본말을 쓰면 안 된다고 했다. 교실에서 일본말을 쓰다 들키는 날엔 벌을 받는다면서, 재차 "너희들 '바찌'(罰, '벌'의 일본어 발음) 알지" 해서 아이들은 와하고 웃었다. 이튿날인가에는 큰 종이에 '가갸거겨'로 시작하여 '후휴흐히'로 끝나는 한글교재 유인물을 나누어주었다.

수업을 마친 어느날, 뒤에 앉았던 아이들 몇이 소련군이 김화군청에 있다며 거길 가자고 했다. 군청 건물 앞에 따발총을 멘 소련군의 모습이 보였고 저만치에 엄청나게 큰 '도라꾸'('트럭'의 일본어 발음) 한대가 서 있다. 어렵쇼, 소련군이 처음 진주할 때 마주쳤던 자동차 행렬의 그것과는 생판 달랐다. 우리 눈이 동그래진 것은 자동차의 바퀴가 네개가 아니라 그보다 훨씬 많아서였다. 그때까지 우리가 본 자동차란 자동차는 앞뒤 바퀴를 모두 합쳐 네개가 전부였다. 뒷바퀴 네개의 타이어가 겹으로 두개씩 끼어 있는 것이 도무지 신기했다. 누군가 한놈이 "열 바퀴 차야" 했다. 아이들이 자동차의 밑바닥을 보려는 욕심에 고개를 아래로 힘껏 숙여 이리저리 살피고 있을 때 군청에서 나온 어른 하나가 미국에서 만든 것이라고 일러주었다. 몇해 뒤 서울에 와 들으니 사람들은 이 대형 트럭을 'GMC'라 했다. 뒤에 안 일이지만 이 GMC는 2차 세계대전 말기 미국이 소련에 건넨 군수물자의 한 품목이다. GMC의 호칭이 북한 지역마다 달랐던 모양인데 함경남북도와 강원도에서는 '십발이'(바퀴 열개 달린 차)로 통했다. 군청 건물 앞을 지나면서 힐끔 안쪽을 살피니 현관 기둥에 '김화군인민위원회'라는 현관이 한글로 쓰여 있었다.

해방 뒤 2년 3개월 동안 김화에 살며 가장 자주 듣고, 가장 많이 입에 담은 말은 '붉은'이란 형용사다. 엄밀하게 따지고 들면 '붉은'이란 낱말은 순전히 색깔만을 가리키는 형용사가 아니라 고유명사와 추상명사에 가까울 때가 많다. '붉은 깃발'이라 할 때는 형용사에 틀림없지만 '붉은 군대'(소련군) '붉은 돈'(일제강점기에 통용되었던 조선은행권을 대체하기 위해 소련군이 발행한 신권의 속칭)은 고유명사다. '붉은 소년단'에 이르면 색채와 아주 무관하다 할 수는 없으나 사회주의를 구현한다는 뜻이 강하다. 반 아이들 전부가 단원인 학교의 소년단에서 나는 서기로 선출되었고, 서기장은 반장 하던 아이가 맡았다. 담임선생이 뒤로 영향력을 행사한 것인지는 모르겠으나, 일단 형식은 반 아이들 모두가 종이쪽지에 이름을 써 낸 결과였다. 소년단 간부를 선출할 때 초등학교 3학년 꼬맹이들은 '동의합니다' '재청이오' 하는 회의 진행 용어를 제법 능숙하게 구사했는데, 나는 내심 피식 웃었다. 해방되기 전 내내 학업성적이 좋았고 집안 형편이 유족했던 게 붉은 소년단 서기로 뽑히는 데 한몫한 것일까. 두살 위 5학년의 내 형은 어쩐 일인지 소년단 간부(서기장, 서기)에 뽑히지 못해 섭섭해했다. 그러나 결국은 우리 형제 둘 다 훗날 북한을 소개하는 각종 사진집에 빠지지 않고 등장하는 붉은 소년단의 상징물인 동시에 「붉은 소년단 단가」의 한 구절로도 나오는 빨간색 카우스트(스카프)를 목에 감아보지 못하고 월남하게 된다.

뭐니뭐니 해도 해방 12개월간의 가장 큰 변화는 1946년 3월에 있었던 토지개혁이다. 재산이 몽땅 날아간 것은 아니라 하더라도 지주들이 떵떵거리며 살던 재미를 보지 못하게 된 것은 말할 나위 없다. 소년단 활동에서 나는 정치 구호를 선창하는 역할을 자주 맡았는데, 그러면서 마음 한 구석에 머지않아 우리 집안이 숨을 죽이고 지내야 할 날이 오겠구나 싶었다. 소년단 회의를 열기 전 칠판에 미리 적어놓는 구호에는 '일본제국주의 잔재를 일소하자' '민족 반역자를 처단하라' '일하지 않는 사람은 먹지를 마라'라는 것이 가장 빈번했다. 토지개혁법령이 나오기 몇달 전 그러니까 1945년 초겨울쯤 되었을까, 같은 반 동무와 나는 읍내리를 걷던 중 시위대와 마주쳤다. 이것이 해방된 뒤 김화에서 본 첫 데모였다. 시위대가 든 펼침막의 큰 글씨, "소작료 삼칠제(三七制)를 즉각 실시하라"는 글귀가 언뜻 이해되지 않았다. '소작인'이라는 말은 자주 들었으나 우선 '소작료'라는 표현이 생소한데다, '삼칠제'란 생전 처음 듣는 숫자 비율이다. 나보다 공부를 못하는 반의 동급생에게 무엇을 물어보는 것은 여간 낯이 깎이는 일이 아니었으나 꾹 참았다. 짐짓 지나가는 말투로 "그전에는 어땠는데" 하자, "반타작도 몰라" 하는 퉁명스러운 대답이 튀어나왔다. '반타작'이라면 아이들끼리 산에서 주운 밤, 산딸기 같은 것을 나눌 때 쓰던 말이다. 천지신명 앞에 맹세하거니와 소작인이 거둔 쌀의 절반을 지주가 차지했다는 것을 나는 정말 그때까지 까맣게 몰랐다. 손가락 하나 까닥하지 않고 소작 농민이 지은 쌀의 절반을 갖는다는 것은 도무지 이치에 맞지 않는다고 생각했다. 실제는 헛발질이었지만 나는 이때 마음속으로 팔짝팔짝 뛰었다.

'이왕 소작료를 내리라고 요구할 바에야 2 대 8로 하든지 1 대 9로 할 것이지 구차스럽게 3 대 7이 뭐람⋯⋯.' 집에 돌아와서는 아버지에게 시위대의 펼침막 내용과 '삼칠제' 그리고 '반타작' 이야기를 일절 꺼내지 않았다. 그날 하루 사이에 나의 정신연령은 세살 아니 다섯살가량은 좋이 자랐다고 믿는다. 그런 까닭에서인지 토지개혁법령이 나왔을 때 비록 나이는 어렸지만 나는 공황상태에 빠진 아버지·어머니와 달리 제법 심리적 여유를 지닐 수 있었던 게 아닐까 싶다. 그게 진실일까.

인민극장, 흰 저고리, 검정 치마

해방공간에서 생기를 발한 곳을 찾는다면 인민위원회나 학교가 아니라 역 앞 광장 왼쪽의 큰 창고 건물을 개조하여 만든 '김화인민극장'이었다. 극장에서는 해방 전에 볼 수 없었던 서양 영화, 이를테면 찰리 채플린과 소련 영화를 틀었다. 한글 자막이 없는 것이 흠이긴 했으나 변사(辯士)가 있어 그런대로 줄거리를 따라가기에 부족함은 없었다. 내 형이 영화를 좋아한 덕에 아버지는 군말하지 않고 입장요금을 주어 형제가 극장에 같이 다녔다. 2차대전 중 소련군의 활약상, 그리고 제정러시아 귀족의 횡포를 테마로 한 영화가 많았으며, 그 가운데 기억에 남아 있는 영화는 「석화(石花)」와 「전함 뽀뗌낀」 둘뿐이다.

사춘기라기엔 조금 이른 내 소년기의 꿈을 키우고 나를 각종 공상에 잠기게 한 것은 영화보다 인민극장의 연극이었다. 학예회에서 아이들의 노래와 춤 따위를 본 것이 전부인 나에게 조명과 음향효과를 곁들인 극장 연극은 새로운 세계를 열어주었다. 연극은 대개가 해방 전 일제의 조선인민 탄압과 거기에 힘겹게 맞서는 모습들을 담은 것인데, 말로 듣던 것과는 비교할 수 없이 강렬한 충격과 감흥을 주곤 했다. 일제에 끌려가는 징용병과 정신대(일본군 위안부), 악랄한 지주의 포악질에 관한 이야기는 소년단 모임에서 들을 만치 들었고 다 아는 내용인데도, 연극 막이 내리면 나는 한동안 자리를 뜨지 못했다. 옆에 앉았던 형이 "야, 가자 일어나!" 해야 정신을 차려 극장을 나서는 것이었다. 집으로 돌아오는 내내 무대 위 배우들의 비명과 절규, 피묻은 흰 저고리 자락이 귓전·안전에서 사라지지 않았다.

연극을 관람하면서 뇌리에 가장 깊이 각인된 것은 흰 저고리 검정 치마를 입은 조선의 여성상이다. 농군 남정네들이 둘러앉아 있는 곳에 머리에 이었던 함지박을 내려놓으며 '반타작' 이후의 먹고살 일에 한숨 짓던 아주머니, 징용으로 끌려가는 남편의 팔에 매달려 떨어질 줄 모르는 아기 업은 새댁, 딸을 정신대에 보내지 않으려다 경찰에 잡혀가 피투성이가 되어 돌아온 아버지를 감싸고 오열하는 큰애기…… 연극 속 여성 주인공들은 한결같이 흰 저고리 검정 치마를 입고 있었다. 해방 이후 북한에 직물 공급 사정이 어려워 여배우들의 의상에 다양성을 기할 수 없었던 탓일까. 천만의 말씀이다. 내게 감명을 준 세 여성 주인공들은 흰 저고리 검정 치마 이외의 다른 어떤 옷차림도 불가하다는 것이 나의 변치 않는 믿음이다.

흰 저고리 검정 치마에 대한 나의 집착이 손윗누이가 없었던 데서 온 일종의 보상심리와 관련이 있지 않을까 하는 데 생각이 미쳤다. 해방 뒤에 태어난 동생이 사내아이여서 우리 집안은 아들 3형제였다. 어머니는 "계집아이는 낳아서 무얼 해" 하는 말을 이따금 내뱉을 만큼 남아(男兒) 선호를 공언했다. 거기다 어머니는 당신이 옷치장에 신경을 쓰지 않는 것을 은연중 우리 형제에게 자랑으로 삼았다. 그런 연유로 다른 집에 놀러 갔을 때 치마저고리 차림의 나이 든 누이와 머리를 곱게 다듬은 동무의 어머니를 볼 적마다 내 어머니도 저랬으면 좋겠다는 느낌이 간절했다. 또 자식들을 엄격하게 기르겠다는 의도에서인지는 몰라도 내 어머니의 말투에서는 흔히 말하는 '여성다움'을 거의 찾아볼 수 없었다.

김화역 근방은 원래 내가 즐겨 찾던 곳이었지만 극장이 들어서고 나서는 틈만 나면 거기로 갔다. 연극 공연이 아니더라도 극장에서는 거의 매일 각종 집회가 열렸는데 나는 거기 끼여들 엄은 내지 못하고 밖에서 기다렸다. 집회를 마치고 나온 사람들이 역전 광장에서 구호를 외치고 이어 시위에 나서는 것이 볼만했던 까닭이다. 기억에 떠오르는 대로 적으면, 플래카드에 '농민동맹' '민주청년동맹' '북조선직업동맹' 등의 단체 이름을 단 시위대들이다. 어느 날 오후 김화극장 문에서 쏟아져나오는 흰 저고리 검정 치마의 젊은 여성들 모습이 눈에 들어왔다. 그들은 극장 앞 광장에서 잠시 대오를 정돈하고, "남녀평등법령을 열렬히 지지한다"라는 구호와 '조선여성동맹'이라는 이름이 적힌 플래카드를 펼쳐 들었다.

30~40명의 여성이 하나같이 흰 저고리 검정 치마를 입은 것도 적잖이 놀라운 일이지만, 더욱 놀라운 것은 여성 가운데 하나가 흐느껴 울던 연극 속 주인공(큰애기)인 것이었다. 분장한 여배우와 그의 평상시 모습은 아주 가까이서 자세히 관찰하지 않으면 구별이 쉽지 않다는 것을 뒷날 경험을 통해서 알았다. 아무튼 내가 순간적으로 알아본 여성은 무대에 섰을 때보다 키가 커 뜻밖이었으나 목소리는 연극에서 들었던 바로 그 고음에 틀림없었다. 극장을 나선 그들은 4열 종대를 편성하여 김화역 역사 방향으로 걷기

시작했는데, 학교의 학생 줄서기와는 반대로 키가 큰 여성들이 앞에 섰다. 여성이 행렬의 선두에 선 것이 눈에 익지는 않았으나 오히려 더 멋져 보였다. 맨 앞줄 오른쪽에서 걷는 그 여성 옆으로 바싹 다가가 힐끗힐끗 곁눈질한 보람이 있었다. 그 여성은 단지 '큰애기' 역만이 아니라 '아이 업은 새댁' 역 그리고 '함지박 아주머니' 역 등, 나를 눈물의 홍수에 빠뜨린 연극들 모두에 나온 주연 여배우라는 것을 이내 알 수 있었다. 열살 남짓한 사내녀석이 옆에 따라오고 있다는 것을 그 여배우는 의식했을까. 여맹(조선민주여성동맹)의 맹원이란 것 이외에 그 여배우의 이름, 나이, 결혼 여부를 알아볼 방도가 없었으며 알려고 하지도 않았다. 그날부터 나는 몇날 며칠 역전 광장과 극장 주변을 맴돌았다. 오로지 흰 저고리 검정 치마의 그 여배우를 먼발치에서나마 보는 것이 유일한 소망이었다. 하지만 내가 바라던 일은 끝내 이루어지지 않았다.

한국 여성의 치마저고리는 외국에서 발간한 사전들에 코리아 심볼로 게재되어 있다. 고쳐 말하면 치마저고리는 코리아의 지난날 여성 복장으로 그치지 않고 세계에 내놓아 손색이 없는 문화유산으로 꼽히게 되었다.

그래서 오히려 한국사람은 남녀를 불문하고 치마저고리를 입에 담기가 조심스러워졌다. 치마저고리를 폄하한다? 그거야말로 터부이고, 쉽게 칭송하는 것 역시 "제가 무엇을 알아서?" 하는 비웃음을 사기 십상이다. 하지만 오늘날 한국의 치마저고리가 밥·김치·된장찌개와 동일 층위의 일상성을 확보하고 있느냐는 것은 의문이 아닐 수 없다. 객관적 현장조사가 아닌 주관적 관찰로는 여성의 치마저고리가 이 땅의 생활에서 점차 멀어져간 것은 숨길 수 없는 현실이다. 해방을 전후하여 농촌에서 소년기를 보낸 친구 몇과 지난날의 기억을 더듬는 가운데 의외의 소득이 있었다면, 흰 저고리 검정 치마에 모두 동경과 애틋한 추억을 간직하고 있음을 발견한 것이다. 나는 이 기회를 빌려 전부터 지니고 있던 의문들을 열거해야겠다.

첫째, TV 역사극 등에서 자주 보는 호화찬란 한복을 예외로 할 때, 반세기 전에 입었던 (통)치마, 저고리가 살림살이나 외출, 노동에 그다지도 불편했던가.

둘째, 한국의 치마저고리가 중국의 치파오(旗袍), 인도의 사리(Sari), 일본의 키모노(着物)에 비해 생활·외출복의 위치로부터 더 멀리 밀려난 것을 어떻게 설명할 것인가.

셋째, 치마저고리 착용이 남녀 성차별을 항구·고정화하는 데 일조한다는 주장은 객관적 근거가 있는 이야기인가, 얼토당토않은 과장인가.

넷째, 구미 백인 여성의 몸매와 체형을 따라가려는 일반적 경향이 치마저고리의 퇴장 추세에 박차를 가했을 가능성은 어느 정도인가.

다섯째, 상류 계층 여성의 연회용 한복의 고급화는 단순 흑백 치마저고리의 복권(復權)에 기여할 것인가, 아닌가.

우리 가족이 1947년 11월 중순, 월남하여 서울에 정착하는 시점까지 김화는 외가의 친척들이 38선을 넘는 최종 기착지로 활용되었다. 미두(米豆) 외할아버지, '혼수 열 달구지' 이모와 그 가족, 두 외숙 가족들이 전부 따로따로 우리 집을 찾아왔다. 특기할 일은 그것은 남행 길목인 김화에 내 어머니가 살고 있어 헤어지는 마당에 마지막으로 얼굴을 보려는 데 뜻이 있었던 게 아니라, 어디까지나 월경(越境)의 편의와 안전을 도모하기 위해서였다는 점이다. 어머니가 친정 식구들에 대하여 물심양면으로 성의를 다하는 것과는 대조적으로 아버지는 장인을 크게 반기지 않는다는 것이 여러 측면에서 감지되었다. 한학 교양을 갖추었다는 영변의 마름 미두 외조부와 평남 순천의 고아인 아버지는 어울리기 힘든 사이였다. 미두 외할아버지는 봇짐 하나를 어깨에 메고 38선을 넘어야 할 신세였는데, '공자'까지는 좋았으나『주역』과『자치통감』말씀을 자주 했다. 소년 단 회의에서 내 귀에 익은 '봉건주의'가 미두 외할아버지를 두고 하는 소리라고 여겨졌다. 반면 이종사촌 형 둘과 이종 누이 셋은 잠시 같이 지내는 동안 정이 많이 들어 서울에 와서도 왕래가 잦았다.

북의 쌍둥이 누이야! 살아 있으면 보아라[1]

지금 이 글을 쓰고 있는 서울에는 근래에 보기 드문 혹한이 찾아왔다고 야단법석이란다. 밤중의 기온은 영하 15도. 대낮 기온이 영하 6~7도라는 거야. 너희 둘, 큰형 운경, 둘째인 나, 너희보다 반년 뒤에 태어난 아우 한경, 이렇게 우리 이복 5남매가 한 지붕 아래서 살던 강원도 김화읍 생창리의 겨울 날씨는 정말 매섭게 추웠지. 어제 저녁 TV 뉴스에서 김화와 80리 떨어진 철원의 기온이 영하 25도라고 하였으니 우리가 살던 고장의 그 강추위는 변함이 없는 모양이다.

1947년 초겨울 너희 세 모녀와 이쪽 다섯 식구가 남북으로 갈라진 다음 다시 상면하지 못한 것은 물론이고 서로 생사조차 모르는 판이다. 그런데 너희 쌍둥이 자매에게 마치 이따금 만나는 동기간에 전화하듯 날씨 타령으로 말문을 열다니, 이게 어디 사람이 할 짓이냐. 비록 어머니는 다르다 해도 한 아버지 핏줄의 5남매가 반세기 이상 소식을 나누지 못하였으니 이걸 전적으로 민족 분단의 비극으로 돌릴 수만은 없구나. 운경 형과 한경 아우는 미국에서 산

---

1 이 대목은 『말』 2003년 2월호에 실렸던 글이다.

지가 30년이 넘는 터라 너희에게 무심했던 허물은 오로지 남쪽에서 언론인으로 행세하는 나에게 있다고 보면 된다.

아무튼 가장 중요한 남쪽 가족의 변동 사항부터 먼저 알려야겠다. 아버지는 1961년 10월에 돌아가셔서 서울 북쪽 고양군 벽제면 대자리 가톨릭 묘지에 묻히셨다. 1894년생이라 67세의 수를 누리신 아버지는 당시의 평균수명으로 보아 단명하신 편은 아니지. 3형제의 어머니는 1994년 4월 향년 86세로 미국의 큰아들 집에서 돌아가셨고 시카고에 묻혀 계시다. 형과 나는 그때나 지금이나 너희 생모를 '아지미'(강원도 사투리로 아주머니라는 뜻)라 부르니 너희 속내가 어떠하든 여기서는 3형제의 생모를 큰어머니라 간혹 표기하더라도 양해하거라.

살아 계신다면 내가 짐작하는 너희 생모의 연세는 90세 전후이므로 안부를 묻기가 매우 조심스럽다. 결국 쌍둥이 누이인 너희에게 어릴 적의 추억을 더듬는 것으로 인사를 대신할 수밖에 없구나. 강원도 통천 출신의 아지미는 내 유년기에 어머니나 다름없는 분이다. 왜냐고? 큰어머니는 당시 김화읍내에서 최고로 유식한 전문학교 졸업의 신여성이었는데, 그래서 그런지 매우 병약하여 대처의 큰 병원 출입이 잦았다. 그래서 나는 서너살 때까지, 물론 너희가 태어나기 전 일이지만, 며칠을 아지미 품에서 젖을 만지며 잠이 들었다. 한번은 장기간 병원신세를 지고 나온 어머니가 "내가 병원에 있는 동안 너는 매일 아지미 젖을 만지며 잤으니 이제부터는 아지미를 엄마라 불러라" 할 정도였다.

아지미를 생각하면 제일 먼저 떠오르는 모습이 우람한 체격이다. 김화군 주최로 열린 단옷날 그네타기 대회에서 아지미는 여러번 상을 타 와 어린 나이에도 나는 여간 기쁘지 않았다. 또 아지미가 방바닥 걸레질할 때 곧잘 나는 아지미 등에 올라 말 타는 시늉을 하다가 어머니로부터 야단을 맞던 일이 아직도 눈에 선하다. 아지미가 힘든 것을 참았는지, 아니면 등에 오른 네댓살짜리 꼬마의 무게쯤은 아무렇지 않을 만큼 체력이 좋았는지, 그것은 오로지 아지미 당신만이 말할 수 있는 것이다. 지금도 나는 후자 쪽이라고 믿고 있다.

쌍둥이 누이야. 이쯤 해서 우리 형제자매 사이에서 비밀일 수 없는 사연을 터놓고 이야기해야겠다. 마음이 아프더라도 끝까지 읽어다오. 근대적인 혼인관계(일부일처제)로 따지자면 어떻게 규정해야 할지 모르겠으나, 너희 쌍둥이 자매와 우리 3형제는 한 아버지의 다섯 남매인데 어머니가 서로 다르구나. 봉건시대의 관습은 쉽게 우리 다섯을 적서로 나누어 3형제를 적자, 너희 쌍둥이를 서녀로 구분하겠지만 50여년간 집안에서 누구도 '적서'라는 두 글자를 입에 담은 사람은 없었다. 땅마지기나 소유한 시골 지주이기는 했으나 문벌을 자랑할 지체가 아니었을뿐더러 미션 계

통의 초·중등교육을 받은 어머니의 영향 때문에 우리 3형
제는 신분차별 따위를 전혀 의식하지 못하며 자랐다.

해방되던 해 봄에 태어난 너희 쌍둥이와 그해 가을에 난
한경이는 나이가 어려 경험할 수 없었던 이야기다만, 아지
미가 아버지와의 성적 접촉 결과로 너희 쌍둥이가 출생하
게 된 것을 당시 열살 전후의 형과 나는 몹시 부끄럽게 생
각하였던 게 사실이다. 동네의 또래 조무래기들이 놀다가
티격태격하는 경우에는 나를 향해 야유의 손짓(왼손의 엄지
와 검지로 동그라미를 만들고 오른손 검지를 넣다 뺐다 하는 시늉인데
성교를 가리키는 것)을 해 보이며 달아나곤 했다. 짓궂은 녀석
들은 아예 목청을 높여 "너희 아버지와 아지미가 X를 했다
며……" 하는 소리를 내지르기도 했다. 고향에서 10대 말
에 출가했던 아지미는 나와 동갑의 아들을 낳고 소년과부
가 된 다음 우리 집에 왔다는데 옛날식으로 하면 남의집살
이이고 요새 말로 하면 가정부의 위치였다.

너희 생모, 아니 아지미가 아버지를 유혹했다든가, 반대
로 아버지가 아지미를 겁탈할 정도의 우악스러운 호색한
이라고 믿고 싶지는 않다. 솔직히 고백하거니와 김화에서
살 때나 월남한 이후거나 집안에서 가족이 둘러앉아 공공
연하게 너희 세 모녀를 화제로 삼는 일은 거의 없었다. 아
버지와 아지미의 관계를 바라보는 나의 시각이 나이가 들
면서 달라졌다는 것을 부인하지 않겠다. 아버지와 아지미

의 관계를 '우발적인 성적 접촉'으로부터 능히 있을 수 있는 '성인 남녀간의 애정'으로 격상시키고 싶은 마음이 지금의 나를 지배하고 있다. 그 관계를 어떤 시각에서 조망하든 간에 '본처인 큰어머니'의 상처는 너희가 엄마 배 속에 있을 적부터 시작하여 당신이 돌아가시는 순간에 이르기까지 아물지 않았던 것은 분명하다. 큰어머니 생전에 되풀이한 유언 가운데 하나가 아버지와의 합장만은 제발 하지 말아달라는 것이었으니까.

쌍둥이 누이야, 정말 미안하구나. 너희 둘의 모습을 아무리 그려보려 해도 도저히 떠올릴 수 없으니 어떻게 하면 좋으냐. 형보다 내가 훨씬 더 아지미를 따른 것은 이유기에 아지미 젖을 만지며 잠든 인연인지도 모르겠다. 해방되기 전해 겨울에 그 튼튼한 아지미가 몸이 아파 고향인 통천에 간다고 할 때 나는 너희 생모에게 "아지미! 아주 가는 거야?"라며 몇번씩이나 되물었다. 아홉살의 사내아이가 임신과 출산의 과정을 짚어낼 능력은 없었던 거지. 아지미가 나에게 무슨 답을 해주었는지 확실치는 않으나 희미한 기억 속에서도 약간 훌쩍인 듯한 인상이 남아 있다. 이듬해 봄 아지미는 흰빛 융 강보에 싸인 너희 쌍둥이를 두 팔에 하나씩 안고 김화로 돌아왔다. 핏덩어리 그대로인 너희 쌍둥이를 본 것은 그때가 처음인데 갓난아기 얼굴에 무슨 특징이 있었겠느냐. 그리고 몇달 뒤에 큰어머니가 한경이를 낳았지 무어냐. 너희 셋과 나와의 터울은 아홉살이라 동생이 없던 내가 한꺼번에 동생 셋이 생겼으니 얼마나 신바람이 나던지…… 이따금 너희를 업어주겠다고 자청한 일도 떠오른다.

우리가 월남하여 서울에 정착한 한참 뒤, 물론 아버지가 돌아가신 다음 일인데, 나는 두어번 어머니에게 너희 쌍둥이 이야기를 꺼낸 적이 있었다. "쌍둥이 둘 중의 하나가 네 아버지를 어쩌면 그렇게 빼닮았는지 모르겠더라"고 하시더구나. 너희 둘 가운데 하나가 아버지를 닮았다면? 우리 세 형제가 외모로는 조금씩 다른데, 아버지로부터 이어받은 공통의 유전적 특징은 머리숱이 적어 40대 중반에 벌써 대머리가 되는 거야. 어머니의 말을 듣는 순간 아버지를 빼닮은 쌍둥이 누이 중의 하나가 대머리이면 어쩌나 하는 걱정이 들었다. 하지만 내 자식 남매 가운데서 나를 많이 닮았다는 딸이 지금 30대 중반인데 머리숱이 적은 것은 사실이지만 여자 대머리가 될 가능성은 없어 보이니 그점 하나만은 안심이구나.

남이거나 북이거나 간에 일부일처 원리의 근대적 혼인 제도에서 한 아버지와 두 어머니, 그리고 배다른 5남매가 내놓고 한 지붕 아래 산다는 것은 쉬운 일이 아니다. 아지미와 큰어머니는 "형님, 아우" 하는 다정한 사이였다고 들었지만, 해방 직후 38선 이북의 혁명적 변화들(소작제 폐지,

남녀평등 선언 등)은 당시 우리 집안 형태의 존속을 허용치 않았음을 나는 인정한다. 집안에서도 갈등이 싹트는 것이 느껴졌는데 어느날 밤 잠자다 오줌이 마려워 눈을 부비며 일어났을 때, 아버지와 어머니는 비록 낮은 어조이긴 했으나 심각한 표정으로 다투는 장면이 시야에 들어왔다. 어린 나이에도 너희 쌍둥이 모녀와의 관계를 어떻게 정리하느냐는 것이 화제인 것쯤은 금방 짐작이 갔다.

1946년 겨울인가 아니면 이듬해 초인가 너희 세 모녀가 마침내 철원으로 이사를 가더구나. 이런 경우를 가리켜 무엇이라 불러야 할지. 중성적으로 표현하자면 분가인 셈인데 분가가 거주 형태의 변화임에는 틀림없으나 우리 집안의 혈연관계를 청산할 수는 없는 것이지. 아버지는 사업을 한다는 구실로 뻔질나게 철원에 가셨으니까. 한번은 이틀 뒤에 온다며 철원에 간 아버지가 일주일이 지나도 안 오시는 거야. 강원도 촌구석에 전화 같은 것이 있을 리 없던 시절이라 어머니는 열두살과 열살의 우리 형제를 철원에 보내 아버지의 안위를 확인케 하였다. 하지만 두 꼬마를 철원으로 보낸 어머니의 내심은 정작 아지미 집에 눌러앉은 아버지를 김화로 돌아오게 하려는 데 목적이 있지 않았을까 싶다. 아무튼 종이쪽지에 적힌 아지미 집 주소를 찾아간 우리 형제는 거기 계신 아버지를 발견했고, 아지미는 "그동안 많이 컸구나" 하며 우리 형제의 볼을 쓰다듬어주었다. 그날 저녁 아지미가 차려준 닭백숙을 먹은 것이 어떤 기억보다 또렷하다.

김화의 가족 다섯이 월남한 지 2년 반이 지나 6·25전쟁이 터졌고 그로부터 다시 3년이 지난 1953년 7월에 휴전이 성립했다. 이로써 우리가 살던 김화와 너희 세 모녀가 살던 철원의 일부가 군사분계선의 남쪽에 속하게 되었단다. 휴전선은 한반도의 허리를 자른 것으로 만족하지 않고 우리 고향의 한가운데를 지나갔으니 이 무슨 운명의 장난이냐. 그때 내 나이는 열일곱, 신문과 잡지 읽기를 좋아한 덕분에 세상 돌아가는 사정을 어느 정도 알고 있었지. 입 밖에 내지는 않았으나 너희 쌍둥이를 만나게 될지도 모른다는 희망이 싹텄던 거야. 그 희망을 나는 왜 가족에게 공개하지 못했을까. 너희도 이제는 자식, 아니 손자를 두었을 나이라 충분히 이해하리라 믿지만 아무도 어머니의 상처를 건드려서는 안 된다는 금기를 어길 수 없었던 때문일 거야.

이복 남매간의 정에 비하면 어버이가 자식을 그리워하는 정은 하늘과 땅 차이라는 것이 드러났다. 내가 쌍둥이 누이들이 어떻게 생겼을까 하고 공상에 잠겨 있을 동안 아버지는 너희들의 안위를 알아보기 위해 행동에 나섰던 것이다. 아버지는 큰어머니에게는 수복지구(남한에서는 6·25 전쟁 이전에는 38선 이북이었다가 휴전 이후 남쪽에 편입된 지역을 그렇게 부른다)의 당신 명의의 토지가 어떤 상태인가 궁금하다고 말하고선 정작 너희를 찾기 위해 철원과 김화 근방을 찾아가셨단다. 그러나 철원과 김화는 지도상으로만 남쪽 땅이지 민간인의 접근은 금지되어 너희 모녀를 수복지구에서 만나보고자 했던 아버지의 꿈은 물거품이 되고 말았다. 강원도 여행에서 돌아오시던 날 아버지는 몹시 술을 많이 드셨고 이튿날부터 철원군민회와 김화군민회를 찾아가 휴전 이후 철원과 김화에서 내려온 사람들의 주소를 수소문하여 직접 그들로부터 너희 세 모녀의 생사와 소재를 탐문한 결과로는 남쪽으로 오지 않았다는 것이 전부였단다. 그때 아버지의 얼굴은 까맣게 타들어갔고 거의 매일 저녁술을 마시더구나.

그로부터 4년 뒤인 1957년 대학 3학년 때 나는 학보병(학적보유병이라는 뜻으로 대학 재학 중인 사람은 1년 6개월간의 단기근무 특혜를 받았는데 그 대신 반드시 최전방 근무 조건이었다)으로 철원시내가 멀리 내려다보이는 관측소에 서 "저기 어디선가 쌍둥이 누이가 살고 있겠지" 하며 한해 겨울을 보냈다. 관측병의 신원은 이른바 특기사항에 이북에 가족이 있는지 여부를 밝히도록 되어 있었지만, 나는 끝내 너희 쌍둥이의 존재에 대하여 함구했다. 지금 되돌아보니 부끄럽기는 하지만 배다른 누이들이 북에 있다는 사실을 밝힘으로써 어떤 불이익을 당하지 않을까 두려워서였다. 이 점은 내가 자유언론운동과 관련하여 여러차례 안기부와 치안본부 대공분실에 붙들려가 조사를 받을 때도 마찬가지였지. 어차피 우리 집 호적에 너희 쌍둥이가 기재되어 있지 않은 바에야 말하지 말자는 것이 일관된 생각이었어. 호적이라는 게 뭔데. 호적에 기재되어 있다 한들 3형제와 쌍둥이 누이의 상봉을 누가 보장해준다는 말이냐!

남북으로 흩어진 가족들의 한 맺힌 사연을 들을 때면 문득 너희 쌍둥이 생각이 스치고 지나갔지만 남에게 뒤지지 않고 살기에 바쁜 나는 뇌리에서 한동안 너희들을 지워버렸다고 해야 정직할 거다. 그러나 세상사에 우연이 많다고 하지만 우연이라고 흘려버리기에는 너무나 기묘하게도 '쌍둥이'가 나를 자꾸 찾아오는구나. 우선 1964년에 나와 결혼한 너희 올케가 쌍둥이란다. 내외간에 각기 자기 집안의 비밀이나 추문을 굳이 감출 필요는 없을 법한데 상당히 긴 시간 동안 너희 쌍둥이 이야기를 나는 꺼내지 않았다. 혹시 아버지와 아지미의 관계를 불륜이라고 하지 않을까 하는 자격지심 때문이었을 게다. 알고 보니 너희 올케의 하나밖에 없는 서울의대 학부 2학년이던 오빠가 6·25전쟁 중 북으로 갔다는 거야. 그러니 실인즉 우리 내외는 겹으로 이산가족인 것이었지.

더 기막히는 일은 너희를 고모라고 불러야 하는 내 아들이 결혼한 지 10년 만에 아들 쌍둥이를 얻은 것이다. 너희에게 조카며느리가 되는 쌍둥이 손자의 어미는 조산을 했고 쌍둥이 중의 하나가 웬 까닭인지 병원신세를 자주 진단다. 그럴 때마다 할미와 할애비의 속이 몹시 타곤 하는데, 이 쌍둥이의 할애비인 나는 유독 남모를 강박에 시달리는 것이다.

단도직입적으로 말해, 56년 전 우리 5남매가 헤어진 것이 피할 수 없는 유일한 선택이었는가 하는 죄책감에 사로잡힌다는 뜻이다. 그때 우리 남매 다섯은 모두 미성년이라 분가와 월남의 결정에 간여할 수는 없었으나, 아버지가 큰어머니의 반대를 무릅쓰고 너희 세 모녀와 동거·동행하려는 결심을 꺾지 않았다면 어떻게 되었을까, 이런 자문을 해볼 때는 아버지가 내릴 수 있는 또다른 선택들을 열거할 수 있을 터이지. 이를테면 '1부, 2모, 5남매'가 북한에 거주하는 경우, 아버지가 아지미와 쌍둥이만을 데리고 월남하는 경우, 아버지를 북에 남겨놓은 채 우리 네 모자만이 월남하는 경우 같은 것이 그에 속한다. 그러나 이 네가지의 조합은 모두 어디까지나 돌이킬 수 없는 가정이므로 길게 늘어놓을 가치는 없다.

반세기 전에 아버지가 이성관계에서 저지른 행위의 결과에 "둘째 아들인 내가 왜 책임을 져?" 하는 철없는 반발심에 사로잡힐 나이가 지난 지는 이미 오래다. 이제 와서 내가 책임을 지겠노라고 나서는 것이야말로 주제넘은 짓인지 모르겠으나 흩어진 원인이 누구에게 있든 간에 우리 형제자매가 서로 생사를 확인하고 상봉하려고 노력하는 것은 최소한의 인간 도리라 생각한다. 이런 도리를 아버지가 돌아가신 이 나이에 이르러서야 비로소 깨닫다니……. 용서하여라! 쌍둥이 누이야.

마지막으로 다시 한번 너희에게 용서를 빌 일이 있다. 정말 한스럽게도 우리 3형제는 너희 쌍둥이와 아지미의 이름을 기억하지 못하는구나. 최후의 수단으로 아버지의 이름을 여기에 적는다. 덕(德) 자와 원(元) 자다.

하루속히 만날 날을 그리며,
2003년 1월 서울에서 둘째 오빠가

3. 월남 후 소년 시절

38선을 넘어 '해방촌'으로

1947년 10월 말 아니면 11월 초 어느날 밤 우리 가족 다섯은 38선을 향해 남행의 첫걸음을 내딛었다. 아버지와 어머니는 디데이를 알려주지 않았으나 살림살이 처분을 서두르는 품으로 미루어 그날이 머지않았음은 짐작하고 있었다. 동네 아이들이 다 안다는 표정을 지으며 "너네 울타리 넘어간다며"라 할 때는 뜨끔했으나 그럴 적마다 나는 "우린 안 가"라며 딴청을 부렸다. 해방 이듬해(1946) 가을부터 김화 읍내리의 이 집 저 집 월남한다는 이야기가 돌다가 47년부터는 우리가 사는 생창리에서도 몇 집이 울타리를 넘어갔다는 소문이 났다. 그러나 아이들끼리라도 대놓고 "우리 월남한다"는 말을 입 밖에 내는 경우는 아주 드물었다.

앞장선 아버지는 꽤 큰 등짐에다 양손에 각기 보따리를 들었고, 어머니는 머리 위에 묵직해 보이는 보따리를 인 데다 두살배기 아우(한경)를 업고 걸었다. 형과 나는 중간에서 묵묵히 걸었다. 캄캄한 밤중이고 인기척 없는 길을 두세시간 걷다가 길이 갈릴 때면 어머니가 "왼쪽입네다" 혹은 "바른쪽으로 도시우" 하였으니 영락없는 내비게이션이다. 또 얼마쯤 걷고 나서 어머니는 쉬자고 하며 머리에 이었던 것을 내려놓고 보따리를 풀었다. 그 속에서 주먹밥과 삶은 달걀을 꺼내 내밀며 "목메겠다, 천천히 먹어라" 하고 나서, 다시 손을 넣어 물을 담은 조그마한 유리병을 꺼냈다. 그러고는 등에 업은 막내를 앞으로 돌린 다음 가슴을 헤치고 젖을 물리는 거였다. 지금 생각하니 그때 39세였던 어머니에게서 동생이 먹을 젖이 나왔다는 것이 도시 불가사의하다.

우리는 다시 걸었다. 큰길에서 벗어나 야산의 좁은 길을 끼고 내려가니 개울이 나왔고, 물가 나무 하나에 철사가 묶여 있었다. 어머니가 철사를 잡아 흔들자 개울 건너편에서 사람 하나가 조각배에 올라타 머리 위의 철사를 두 손으로 잡아끌며 이쪽으로 건너왔다. 정한 시간에 우리를 태우기로 약조가 되어 기다렸던 게 분명했다. 김화읍 생창리로부터 걷기 시작하여 예닐곱시간 좋이 흘렀으나 내무서원(당시 북한의 경찰 호칭)은커녕 사람 그림자 하나 보지 못했다. 개울 건너 저만치에 초가집 두서너채가 있었고 조각배로 우리를 건네준 사람을 따라 어느 집엔가 들어갔다. 방에 들어서자마자 우리 형제는 곯아떨어졌다. 어머니가 흔들어 깨우는 바람에 눈을 떴을 때는 훤한 새벽녘이었다. "이제 걱정하지 않아도 되니 그리 알고, 아침밥 먹은 다음 바로 떠나야 한다. 서둘러야 해." 38선을 넘은 다음 어머니 입에서 처음 나온 의미있는 상황설명이었다.

새벽녘 산길을 내려오면서부터는 아버지가 아니라 어머니가 앞장을 섰다. 한참 걷고 나니 초가집이 옹기종기 들어선 마을이 나타났고, 또 한참 걸으니 신작로가 나왔다. 큰길을 걷는 가운데 이따금 좌우의 마을로부터 우리 가족처럼 보따리를 지거나 인 어른과 아이들이 나와서 합류했는데 전날 밤중 38선을 넘은 패들이 확실했다. 우리가 걸었던 큰길은 한반도 중부의 북으로부터 서울로 향하는 간선도로였다. 해가 아직 솟지 않은 시각인데도 신작로에 들어선 사람들은 침묵의 굴레로부터 벗어난 것을 확인하려는 듯 제법 시끌벅적했다.

언제쯤부터인지 사람들의 보행 속도가 서서히 완만해졌다. 왜일까. 앞에 가고 있는 사람들이 서성거리며 차례를 기다리는 품이 완연했다. 마스크를 쓴 국방색 옷차림의 키 큰 사람 두엇이 한 50m 앞에서 생철통 같은 것을 휘두르며 손짓을 했다. 두줄로 나누어 서라는 신호였다. 우리 차례가 오자 어머니는 "입은 다물고 눈을 꼭 감아라"고 일렀다. 힐끗 쳐다보니 생김생김이 서양사람이고 옷 색깔로 미루어 미군이지 싶었는데 내 팔을 확 낚아챘다. 등덜미와 옷 사이로 생철통 봉을 집어넣는 거였다. '디디티'(DDT)라는 살충제 가루약을 몸에 뿌렸다고 어머니가 말해주었다. 북에서 남으로 넘어오는 사람들의 몸에 이가 많아 그런다는 이야기였으나 고맙다는 느낌보다 반발심이 들었다. 겨울옷을 두텁게 껴입은 까닭에 무엇을 집어 넣을 만한 틈이 없었을 터인데 우격다짐으로 분무기를 들이밀었던 것이 다. 금속에 등이 긁혀 며칠 동안 몹시 쓰라렸다. 이처럼 38선을 넘은 첫날 미군과의 대면은 별로 유쾌하지 못하였다.

발이 아팠거나 추웠던 기억은 없으나 졸음을 참는 게 얼마나 힘든지 난생처음 그때 알았다. 서둘러야 한다는 어머니의 말 때문에 무슨 수가 있어도 걸어야 한다고 나는 이를 악물었다. 반나절쯤 걷고 나니 김화읍내보다 큰집이 더 많은 대처에 이르렀는데 동두천이라 했다. 거기서 점심을 먹고 기다렸다가 차편을 이용한다는 것이 어머니의 일정이었다. 도대체 어떻게 이남(해방 직후 남한의 호칭)의 교통편을 어머니가 아는지 의문이 고개를 들었으나 묻지 못했다. 아무튼 동두천에서 몇시간을 기다린 끝에 우리 가족은 화물차에 올라타 의정부에 도착했다. 남한에서의 첫날 밤은 의정부의 버젓한 여관에서 잤으니 38선을 막 넘어온 월남민 치고는 호강을 단단히 한 꼴이다. 더구나 우리가 묵은 여관 바로 앞에서 서울로 가는 자동차가 떠난다는 것이었으니 그 이상 편할 데가 어디 있으랴. 한데 서울행 자동차는 버스가 아니라 트럭이었고, 그래서 상상만 해도 끔찍한 변을 당할 뻔했다. 사건의 원인은 사람들이 서로 먼저 타려고 앞다투어 트럭에 매달린 데 있었다. 아버지는 형과 나를 트럭 위로 올려놓은 다음 자신이 올라타는 데 성공했으나, 막내를 업은 어머니는 키가 작아서인지 자꾸 사람들 뒤로 밀리며 차에 오르지 못했다. 트럭은 발동을 걸어 붕붕 소리를 내는 판이라 형과 나는 "엄마 못 탔어!" 하고 악을 썼다. 트럭 뒤에 있던 어머니는 몸을 돌려 트럭 옆으로 뛰어가면서 아버지를 향해 "내 손 좀 잡아주" 하며 트럭 뒷바퀴를 발돋움 삼아 차에 오르려고 했다. 아뿔싸! 그 순간 트럭이 움직이는 게 아닌가! 여러 사람이 한꺼번에 "스톱! 사람 타고 있어요!" 하고 소리를 질렀다. 트럭은 멈추었으나 어머니의 몸은 이미 한참 옆으로 기울어진 상태다. 그런데도 어머니는 바퀴에서 미끄러지지 않고 아버지 손에 매달려 트럭에 기어올랐다. 만약 어머니가 트럭에서 떨어져 다치거나 그 이상의 큰 변을 당했다면 우리 가족의 앞날은 어떻게 되었을까. 간발의 차이로 위기를 모면했지만 그 장면이 떠오르면 온몸에 소름이 끼친다. 나의 성장과정에서 가장 큰 복이라면 어머니로부터 사랑을 듬뿍 받은 것인데……

아침결 의정부에서 출발한 우리 가족이 청량리에 도착하여 점심을 먹고 전차 편으로 용산 남영동에 내린 것은 그날 오후였다. 그리고 남영동에서 다시 걸어서 용산중학교 동쪽 뒷담 건너편 해방촌 판잣집에 들어선 것은 해가 막 떨어지려고 할 무렵이었다. 어머니가 "다 왔다, 여기가 우리 집이다" 했을 때 나는 아연실색했다. 방 둘에 코딱지만 한 부엌. 지붕은 검정 콜타르를 입힌 골판지에다 외벽은 진흙 바탕 그대로였다. 전차 차창을 통해 바라본 서울 거리는 꽤 멋져 보였는데 그와는 너무나 다른 우리 집 몰골이다. 전기도 들어오지 않았다. 나는 살기가 불편하겠다는 생각보다 앞으로 동무가 생기면 창피해서 어떻게 부르나 싶은 걱정이 먼저 들었다.

야밤에 남이 볼세라 숨죽이고 38선을 넘어올 때는 서울에 가서 겪어야 할 고생은 얼마든지 참겠노라 마음속으로 다짐했으나 해방촌 판잣집 방 안에 들어서는 순간 누구에겐가 한바탕 푸념을 하고픈 심사가 꿈틀거렸다. 전등이 매달리지 않은 천장을 바라보며 아버지가 오래전부터 서울서 살아온 부자라면 얼마나 좋을까 하는 상념에 빠져들었다. 뜬금없는 망상을 떨쳐버리려고 나는 고개를 흔들었다.

내 속내를 꿰뚫어본 것일까. 그 판잣집을 마련하느라 얼마나 공을 들였는지 어머니는 작심한 듯 한참 동안 이야기를 이어나갔다. 우선 어머니는 김화에서 38선 월경 지점까지 네 차례에 걸쳐 왕복했으며, 마지막에 서울까지 와서 직접 판잣집을 사놓고 다시 김화로 돌아왔다고 했다. 38선까지의 여러차례 행보는 김화에 머물다 남행한 미두 외할아버지, '혼수 열 달구지' 이모, 두 외숙들의 편의를 도모한다는 구실이었으나 더 중요한 목적은 자신의 가족을 안전하고 신속하게 인도하기 위한 예행연습에 있었을 것은 불문가지다. 그러고 보니 김화읍에서 38선에 이르는 발길은 물론이고, 서울 해방촌 판잣집까지의 어머니의 일정은 완벽에 가까웠다. 해 지기 전에 서울 '내 집'에 와 짐을 푼 것이 그 유종의 미가 아닌가.

남대문시장, 물비누 장사

해방 직후부터 1950년까지 5년간 38선을 경계로 이루어진 남북 간 인구 이동에 관한 공식 통계는 찾아보기 힘들다. 더구나 이동 주체의 사회경제적 변화에 관한 연구·조사는 전무한 상태이며 오로지 월남한 사람들의 증언이 단편적으로 전해지고 있을 뿐이다. 그나마 이러한 것들도 대부분 냉전 초기의 진영논리에서 의미를 찾거나 아니면 남한(미군정 당국)의 월남민 지원대책이 미흡했던 것에 초점을 둔 것이어서 객관성이 떨어진다.

월남민 가운데서 우리 가족이 처한 사회경제적 위치는 어디쯤이라고 해야 맞을까. 거처는 비록 판잣집이었으나 월남민 중에서 중급에 해당했으며 불안정하나마 중상급으로 이동했다고 생각한다. 가장 중요한 사회경제적 조건은 '일자리'를 구했느냐 여부다. 농수산업과 광업을 논외로 한다면 관공서, 은행과 전기회사 등 큰 기업, 각급 학교가 가장 안정적인 직장이었다. 공장의 숙련노동자와 기업형 판매업체의 피고용인 그리고 구멍가게 주인 등이 그다음 범주이고, 소득안정성과는 도무지 거리가 먼 일용노동자(막벌이꾼)와 떠돌이 자영업자가 맨 마지막일 것이다. 월남민 다수가 이 떠돌이 자영업자였는데 나의 부모는 거기에 속했다.

그러나 '떠돌이 자영업'이라 하여 입에 풀칠하기 바쁜 행상(行商)으로 모두 획일화하면 그건 잘못이다. 일정한 토지 위의 구조물 점포를 소유하지 못했다는 면에서는 동일하지만, 밑천(자본)의 크기, 취급 상품 혹은 서비스의 종류, 마진(중간이윤)에 따라 비점포 자영업자들 간에도 실제 수입에 엄청난 차이가 있음을 주목해야 한다.

여기서 월남 이후 내 부모의 생계방편이었던 비점포 자영업의 내용과 성격을 보고 들은 대로 기록하는 것은 6·25

전의 사회경제상의 일면을 전하고 싶어서이다. 일제 지배하의 왜곡된 산업구조와 미국과 소련의 남북 분할점령으로 인하여 어떤 결과들이 나타났는가를 이해하는 데 도움이 되리라 믿는다.

취급 상품은 비누이고 영업 장소는 남대문(숭례문)의 3시 방향, 즉 2014년 현재 롯데손해보험 빌딩이 들어선 자리다. 나의 부모가 비누장사를 시작한 1947년 연말에는 이곳에 동서로 100m, 남북으로 150m가량의 장방형 공터가 있었는데 '남대문공원'이라 불렸다. 헌 옷가지, 개털모자, 신다 만 구두 따위가 있는가 하면 다른 구석에는 음식물 좌판들이 줄을 이루고 순대와 김밥과 떡을 팔았으며 엿장수는 목판을 메고 다니며 엿가위를 절컥거렸다. 두고두고 기억에 남는 것은 '심지 뽑기' 야바위꾼들이 구성진 목소리로 손님을 끄는 장면이다. "여보, 여보, 여보! 한강물이 조청이라도 입에 들어가야 단맛이 나는 거요. 맨가치(지) 잡으면 10원에 30원! 100원에 300원을 주어요. 안 맨가지 잡으면 소용이 없어요⋯⋯." 내가 구경을 할 요량으로 그 틈에 고개를 들이밀면 매번 어느 곳에서인지 어른 손이 덜미를 잡아 "애들은 집에 가"라며 끌어냈다. 난장판에 가까운 남대문공원은 오래된 남대문시장에서 파는 물건들보다 품질이 떨어진다는 점과 아울러 헐한 것으로 유명했다. 한가지 더 보태자면 남대문공원 장터에선 미군 진주(進駐)와 더불어 선보인 각종 근대적 상품을 찾아보기 힘들었다. 대조적으로 지척에 있는 남대문지하도 입구 주변의 '양키시장'은 라이터돌, 다이아찡(미군 진주와 함께 들어온 약으로 만병통치약으로 통했다), 면도날, 색안경, 각종 미제 담배와 술을 파는 조그마한 가게들이 즐비했다. 지하도 계단 양편에는 "달러 사요" "군표(MPC, 주한미군 피엑스에서 지불수단으로 이용하는 군용화폐) 팔아요" 하는 아주머니들의 호객 소리가 요란했다.

먼저 와 자리를 차지하는 사람이 하루이용권을 행사하는 이상한 형태의 무주공산(無主空山)이 1947년 연말경의 남대문공원이었다. 경찰이나 경비원에 의해 장사하는 사람이 쫓겨나는 장면을 목도하지는 못했지만 자릿세를 뜯는 패거리가 없었으리라 믿을 수 있을까.

'물비누'라는 이름의 상품을 파는 어머니의 자리는 남대문공원으로 오르내리는 계단 목이어서 금싸라기 같은 위치였다. 겉모양은 두부모 크기, 용도는 세탁이므로 빨랫비누라 하면 간단할 터인데 왜 물비누라 했을까?

남한, 특히 폭발적으로 늘어나는 서울의 인구가 일상적으로 사용할 생필품이 절대적으로 부족한 데서 발생한 조악품의 범람과 무관치 않다. 딱딱하고 건조한 형태의 보통 빨랫비누 대신 함량 부족의 물렁물렁한 비누를 물비누라 보면 된다. 조악품이란 것은 한눈에 알 수 있으나 값싼 것이 매력이어서 오전 중에 서너 상자가 거뜬히 팔렸다는 것이 뒷날 어머니의 회고였다. 서대문 밖 홍파동과 을지로6가 광희동에 물비누 공장이 있었는데 물건이 달리던 세월이라 선금을 내고 새벽같이 물건을 받아 남대문공원까지 운반하는 것이 가장 중요한 일이었다. 물비누를 나르는 유일한 수단은 지게꾼이었고 거기는 동행자(감시자)가 붙어야 했다. 어머니와 아버지는 두세 상자씩 물비누를 짊어진 지게꾼과 함께 매일같이 홍파동과 광희동에서 남대문공원 시장까지 걸어와야 했으니 그 고생이 오죽했을까.

우리와 비슷한 시기에 월남한 사람들이 서울에 와 고생한 이야기는 귀가 따갑도록 들었다. 현금 또는 귀금속 보유량, 서울에 거주하는 인척의 유무, 가장(家長, 반드시 남자일 필요는 없다)의 재빠른 상황판단과 과감한 결단력 등이 생활에 결정적 영향을 미쳤을 것이다. 실제로 예를 하나 든다면 나와 동갑의 대학 친구는 부모가 평안도 사람인데 월남 직후 한동안 온 집안이 담배꽁초를 주워 모아 그것을 재료로 궐련을 만들어 생계를 이어갔다고 했다.('담배꽁초 친구'는 오늘날 대학교수직을 정년퇴임하고 학술원 회원이 되었다.) 상상해보라. 피우다 내버린 담배꽁초를 재생하여 온전한 길이의 궐련 한개비를 만들려면 꽁초가 최소한 다섯에서 열개는 필요할 것이다. 까고, 고르고, 종이에 말고, 적당히 포장하는 일에 비하면 내 부모의 물비누 장사에 든 품은 약과라 해야 맞다.

일제하 고학력 여성들

월남 직후 우리 집안의 가장 큰 경사라면 해방촌에 정착하고 불과 며칠 만에 형과 내가 학교에 전입할 수 있었던 것이다. 서울로 폭주하는 인구 유입으로 말미암아 초·중고 교실이 턱없이 부족하여 월남민들은 새 학기가 시작되기를 기다렸다가 거주지로부터 멀리 떨어진 곳이나마 전입할 수 있으면 그것으로 만족해야 했다. 우리보다 반년 먼저 월남한 '열 달구지 이모'네 5남매도 그때까지 학교에 다니지 못하고 있었다. 형과 나의 학교 전입은 두말할 필요조차 없이 어머니의 정성·억척스러움이 한몫을 단단히 한 결과다. 강원도 골짜기에서 뛰놀던 아이들이 서울에 와 바로 전학을 못하면 학업을 영영 따라가기 힘들 거라는 어머니의 조바심이 작용하였을 것이다. 하지만 당시의 사정을 감안하면 월남 즉시 학교 전입은 어머니의 집념 하나로 될 일이 아니었다. 여기에 결정적 도움을 준 사람은 어머니의 큰남동생, 즉 나의 큰외숙(장규태)이다.

네살 아래 큰외숙은 어머니가 평북 영변으로부터 서울에 올라와 경기여상에 다니며 뒤를 보아주는 가운데 제2고보(경복고등학교의 전신)를 마쳤고, 이어 일제의 괴뢰국가인 만주국(1932~45) 관리 양성소였던 신징(新京, 중국 지린성吉林省

장춘長春) 소재 건국대학(1938~45)을 졸업했다. 박정희(朴正熙)와 정일권(丁一權)이 만주 군관학교 출신이고 군사정권에서 출세했던 강영훈(姜英勳)과 민기식(閔機植) 등이 만주 건국대학 출신이란 사실을 기억한다면, 나의 외숙은 해방 직후 남한의 미군정 관료조직에 진입 중이던 '만주 친일 인맥'에 연이 닿았다면 닿았던 존재다. 그러나 어머니의 표현을 빌리면 "네 큰삼촌은 공부는 잘했어도 속이 좁아 출세하긴 어렵다"고 했다. 1947년 초에 서울에 온 큰외숙은 해방촌 우리 판잣집에서 직선거리 100m 위치의 용산고등학교 교사였고, 처가 쪽으로 교장과 인척관계에 있었던 덕에 학교 구내의 사택에 살고 있었다. 어머니가 해방촌에 집을 마련한 것부터가 가까이 살며 동생에게서 도움을 받고자 하는 계산이 깔려 있었고, 그 성과는 우리 형제가 서울 도착 수일 안에 학교에 전입하는 것으로 나타났다.

그런데 훨씬 먼저 월남한 이모네 5남매 역시 큰외숙에게는 우리 형제와 다를 바 없는 생질인데 그들의 학교 전입은 왜 도와주지 못했을까. 당시엔 전혀 갖지 못했던 의문이지만, 60여 년이 지난 오늘에 이르러 생각하노라니 불현듯 그 해답은 내 부모의 혼인 이면(裏面)에서 찾아야 할 것이라는 느낌이 든다. 앞에서 말했듯이 나의 부모는 집안 배경, 성장과정, 학력, 연령 차이(열네 살) 등으로 미루어볼 때 한마디로 미스매치(mismatch), 어울리지 않는 조합이다. 어찌되었거나 둘이 죽도록 사랑해서 결혼한 것 아니냐고 반문하는 사람이 있다면 나는 자식 된 입장에서 고마운 말씀이라고 할밖에 없다. 그러나 내 부모의 결합은 두 사람이 만난 시점에서 각기 처한 필요 때문에 이루어진 일종의 정략결혼으로 분류해야 사실에 가깝다. 판단의 근거는 내가 성인이 된 다음 어머니가 간간이 들려준 과거사들을 종합·분석한 것이 전부이다.

중학교를 마친 어머니는 1930년대 초 일본 코오베(神戶)여자상업학교 전문부에 들어갔는데 거기서 무산자운동(無産者運動)에 열성적인 조선인 유학생들과 어울리면서 좌익사상에 빠졌다. 그런데 어머니가 일본에 건너간 직후 외할아버지는 투기 빚을 갚기 위해 전답을 거의 팔아치워야 했으므로 중학 2학년생이던 큰외숙마저 학업을 더이상 계속할 수 없는 지경에 빠졌다. 그리하여 어머니는 유학을 포기하고 1년 만에 귀국했다. 그리고 생계와 부모 봉양, 두 남동생의 학업을 돕기 위해 일자리를 급히 찾아야 했다. 코오베의 무산자운동 경력 때문인지 아니면 대공황으로 인한 일반적 구직난의 결과인지 어머니의 학력은 구직에 전혀 도움이 되지 못했다. 어머니가 선택한 것은 신간회(新幹會)의 자매관계 여성운동단체 근우회(槿友會)의 평양지부에서 발행하는 잡지 『새동무』의 편집기자직이었다. 『새동무』는 평양에 밀집한 고무신 공장과 방직공장 등

에 고용된 여성노동자를 주요 구독자로 삼았다니 기자의
봉급이 적었을 것은 뻔하다. 거기다 중앙의 근우회보다 더
급진적이었다는 평양지부에 가입한 까닭에 어머니의 무산
자운동은 계속된 셈이다. 그런 가운데 일제 관헌의 와해공
작이 주효하여 좌우합작의 신간회가 해소함에 따라 근우
회가 해산했고, 어머니 직장도 문을 닫았다. 생활고는 개
인차가 있을망정 당시 무산자운동에 참여했던 젊은이들의
삶의 공통된 모습이었을 것이다. 그러나 고학력 미혼의 좌
파 여성활동가들에겐 생활고보다 견디기 어려운 박해가
있었으니 그건 '성적(性的) 시달림'이었다. 일제 고등계 형
사들은 미혼의 좌파성향 여성운동가들을 개별적으로 찾아
다니며 "나와 결혼하지 않으면 감옥에 보내 일생을 망쳐버
리겠다"는 투의 위협을 일삼았다는 것이다. 예사로 "언제,
어느 곳에서 있었던 모임은 치안유지법 몇조 위반" 운운
했다고 한다. 위협을 가하는 고등계 형사가 기혼 남자라면
'결혼'은 곧 첩 신세로 전락함을 뜻하는 것이다.[2]

---

2 1970년대 초 당시 신흥 아파트촌인 서울 용산구 이촌동에서 어머니
를 모시고 있을 때다. 어느날 어머니가 "옛날 근우회 동료를 40년 만에
쇼핑센터에서 만났지 무어냐! 55평짜리 큰 아파트에서 산대" 하셨다.
28평 아파트에 살던 처지라 호기심에서 나는 "아들이 무얼 하는 사람
인데요?"라고 물었더니, 어머니는 "아들이 무얼 하는지는 모르겠고,
남편은 해방 전 평양에서 고등계 형사 노릇 하다가 월남하여 돈을 많
이 벌었대"라고 하셨다.

단적인 표현은 쓰지 않았으나 어머니는 고등계 형사들의 시달림을 회피하기 위하여 14세 연상의 졸부 독신남과의 혼인을 서둘렀다는 투였다. 동무 집에 가면 으레 벽에 걸려 있는 부모 결혼사진이 우리 집에만 없는 것이 수수께끼였는데 얼마나 다급했으면 혼인신고는 하면서 결혼식 사진을 찍지 못했을까. 그러나 어머니가 혼인을 서두른 데는 동생들의 학비 조달이 더 긴박한 이유였을지 모른다. 14세 연하의 신여성을 아내로 맞이한 아버지의 호의(처남의 학비보조)가 20년 뒤에 우리의 학교 전입 주선으로 응보의 결실을 맺은 것이다. 큰외숙은 중학교 1학년 형을 그즈음 신설된 공납금 면제 국립 서울사범학교(서울교대의 전신)에 전입시켰다.

서울에서의 초등학교 시절

내가 다닐 학교는 숙명여자대학 캠퍼스 뒤의 청파초등학교였다. 해방촌으로부터 수도여고 옆을 지나 남영동 큰길을 건너고 다시 언덕배기로 올라가는 데는 줄잡아 30분은 좋이 걸렸다. 등에 멘 책가방 속에는 공책 한권과 연필 한자루가 들어 있을 뿐이다. "어휴, 엄마는! 달포만 지나면 방학일 텐데, 새 학기 시작하고 나서 학교에 가면 안 되나" 하는 불만이 떠나질 않았다. 나를 데리고 간 큰외숙은 교장과 몇마디 나누고 돌아갔고, 나는 교장의 뒤를 따라 3층 5학년 교실로 갔다. 선생님이 지시하는 대로 학생들에게 인사를 하고 둘씩 앉은 책상들 가운데 앞쪽의 빈 좌석에 앉았다. 산수시간이었는데 선생님이 흑판에 쓴 수식은 나눗셈이었다. 김화인민학교에서 배우던 산수보다 진도가 뒤졌다는 느낌이 들었지만 내색하지 않았다. 이북의 시골 학교보다 서울이 진도가 뒤진다는 것이 믿기지 않았던 게 한가지 이유였고, 전학 첫날 입을 함부로 놀려서는 안된다는 조심성이 발동했던 것이다. 차림새가 촌스러웠고 막 월남했다는 것 자체가 어딘가 꿀리는 판이라 교실에 들어설 때는 꽤 긴장했으나 수업이 진행되면서 한결 마음이 놓였다. 선생님의 물음에 반 아이들이 답하는 걸 보노라니 반 전체가 약간 내려다보이기까지 했다. '1등은 내 차지다' 싶은 자만심마저 드는 거였다.

휴식시간에 옆 아이는 "너 전과 갖고 있니?" 하며 말을 건넸다. '전과(全科)'라는 말은 난생처음 들었고, 더구나 그것이 책의 한 종류라는 것은 생각도 못했다. 고개를 흔들자 그는 책가방 속에서 교과서 서너배 두께의 책을 꺼내 내밀었다. 우선 책의 부피가 큰 게 이상했고 글씨가 깨알같이 작은 것이 놀라웠다. 국어, 사회생활, 산수에 이르기까지 전과목의 참고서를 큰 책 한권에 모을 필요가 어디에 있는지 이해하기 힘들었다. 그는 이어 집이 어디냐, 형은 있느냐 등의 질문을 던지고 자기는 공덕동에 살며 청파학교는 해방 전 일본인 학교여서 여러 동네의 애들이 모여 있다고 했다. 그리고 불쑥 "서윤복(徐潤福, 1947년 보스턴 마라톤 대회 우승자) 알아?"했다. 처음 듣는 이름 석 자에 나는 재차 고개를 가로흔들 수밖에 없었는데, 그는 기다렸다는 듯이 "이북 애들은 소식이 깡통이구나"했다. 깔보인 것 같아 얼굴이 확 달아올랐다. 나는 '너 3대 주요 법령(북한이 1946년에 실시한 토지개혁, 산업국유화, 남녀평등 정책) 알아?' 하고 싶었으나 참았다.

수업이 끝나고 학교를 나서는데 교문 옆에 애들 대여섯이 조그만 좌판을 둘러싸고 있었다. 궁금한 건 그냥 지나치지 못하는 성미라 기웃해 보았더니 '꽝'(지역에 따라 호칭이 다양한데 30여년 전부터는 '달고나'라고 불린 설탕과자) 뽑는 좌판이었다. 어른이 교문 앞에 쪼그리고 앉아 아이들 상대로 소꿉장난 같은 밥벌이를 하는 것이 매우 한심하게 보였다. '한심하다'는 표현은 '저러면 안 되는데'라는 내 나름의 가치판단에서 나온 형용어구다.

월남하여 서울에 온 열두살배기 사내아이 눈에 들어온 장면들 모두가 조금씩 생소했고 때로는 신기했을 것이다. 서울시내에서 마주친 각종 사회현상이 내게 끼친 충격의 심도(深度)를 1부터 10까지 수치화한다면 꽝 뽑기는 2~3

에 해당할지 모른다. 그렇다면 심도 10은 어떤 것이었을까. 이 글을 쓰는 지금껏 지워지지 않는 것은 덕수궁 담장 옆에서 보았던 소경 엄마의 구걸 장면이다. 서울에 온 해 겨울, 제법 추운 어느 일요일 오후에 덕수궁 담을 끼고 광화문 네거리 쪽을 향해 홀로 걷고 있었다. 4~5m 앞에 걸음마를 시작한 어린아이 하나가 허리에 노끈을 드리우고 팔다리를 이리저리 놀리는 모습이 눈에 들어왔다. 세살짜리 내 동생보다 체구가 작았다. 아기는 뒤뚱거리며 걷다가 나자빠졌다. 그리고 일어나 다시 걸었다.

무슨 까닭인지 나는 도시 짐작이 가지 않았다. 덕수궁 담 옆 저만치 아기 허리에 감긴 노끈 자락을 쥔 여인이 맨바닥에 앉아 있었다. 동냥 통을 앞에 놓은 소경 엄마였다. 노끈을 두 손에 움켜쥔 채 연신 상체를 굽혔다.

행인들에게 적선을 애걸하는 몸짓이다. 발이 땅에 붙은 사람처럼 나는 단 한발짝도 내딛을 수 없었다. 많은 행인 가운데 누구 하나 소경 엄마와 아기에게 눈길을 주지 않는 거였다. 어떻게 세상이 이럴 수가 있나! 남한이 이북보다 좋다더니 고작 이런 거였나. 그때까지 나는 '자선사업'이나 '장애인 복지'라는 개념은 고사하고 그런 단어조차 들어보지 못했다. 나라의 잘잘못을 가렸다기보다 어른들의 무감각에 분노가 치솟았다. 울컥 흘러나오는 눈물을 주체할 수 없었다. 양쪽 소매로 닦아도 닦아도 눈물은 하염없이 쏟아져 내렸다. 내게는 전차표 한장밖에 없으니 소경 엄마를 돕는 길은 아기를 돌봐주는 것뿐이다. 소경 엄마에게 다가가 "내가 아기 봐줘도 돼요?"라고 청을 넣자, 앳된 목소리로 나이를 짐작했는지 "학생은 집에 가봐요"라 했다. 어조가 귀찮게 굴지 말아달라는 듯한 느낌이어서 서운했다. 여하간 그들 곁을 떠나 걸으면서 태평로 큰길에서 나는 엉엉 소리 내어 울었다.[3] 아버지와 어머니가 돌아가셨을 때는 나이가 든 탓도 있으려니와 장례를 치러야 하는 부담으로 대성통곡까지는 하지 않았다. 흘린 눈물의 양으로 따지면 그로부터 60여년 후 단성사 시사회에서 영화 「화려한 휴가」(2007)의 마지막 장면을 볼 때와 비견되지만, 그때도 소리를 내지는 못했다.

청파초등학교는 무슨 이유에선가 교실 몇개를 서울시에 내놓아야 했던 바람에 이듬해 연초 각 학년은 한 반씩을 줄여야 했는데, 그 결과 내가 속했던 반 아이들이 인근의 여러 학교로 나누어 전학하게 되었다. 내게 배당된 학교는 청파학교에서 효창공원을 끼고 남서쪽 용문동 방향

---

3 이 이야기는 적어도 한 세대 이상 가슴속에 묻어두었는데, 1960년대 말 언젠가 '사회정의' 실현에 앞장선다고 자부하는 친구들과 술판을 벌이다 우연찮게 안줏감이 되고 말았다. 친구 하나가 "너는 그 센치(감상주의)가 병이야"라 빈정거렸고, 다른 친구는 "신문기자 하는 놈이 소경 엄마가 앵벌이란 거 몰랐구나" 하며 웃어넘겼다. 뒷맛이 여간 씁쓸하지 않았다.

으로 500~600m쯤 내려간 곳에 위치한 금양초등학교였다. 청파학교에 다닌 기간이 고작 두세달인데 겨울철이었던 터라 한가지 기억을 빼놓고는 옮길 만한 것이 없다. 그런데 그 한가지가 월남 이후 최초로 접하는 정치적 견해여서, 해를 두고 혼란과 회의(의심과 경계)에 빠져드는 시초를 이루었다. 담임선생님이 아파서 결근한 어느날 대신 수업에 들어온 여자 선생님은 교단에 올라서자마자 세상 돌아가는 추세를 개탄하며 열변을 토했다. 몇달 전(1947.7)에 암살당한 여운형(呂運亨)이 "앞으로 우리나라를 이끌어갈 드문 지도자였는데 민족반역자들의 야심에 희생당했다"고 선생님은 말했다. 해방 직후부터 월남하기까지 김화에서 어머니가 내세운 큰 인물은 평양의 조만식(曹晩植)이었고, 이남의 인물로 여운형, 김병로(金炳魯), 허헌(許憲), 홍명희(洪命熹)를 들었다. 반면 아버지는 이승만(李承晩)에 견줄 만한 사람이 없다고 했으나 자식들 앞에서 논란을 벌이지는 않았다. 여운형이라는 사람이 위대한 지도자인지 아직은 알 수 없었다. 나를 '소식 깡통'이라 하던 녀석이, 선생님의 의견에 전폭 지지를 보내는 데 그치지 않고 자신의 아버지가 여운형을 존경한다고 해서 나는 내심 웃었다. 책상을 나란히 하고 매일 보고 느낀 짝은 공부를 잘하는 편도 아니었고 여러모로 궁리가 모자란다고 여겨졌기 때문이다. 나는 여운형에 대해서는 판단을 유보하기로 했다.

금양학교 아이들은 일제강점기에 조선인만 다녔던 학교라는 점을 은연중 자랑으로 여겼다. 먼 곳에서 통학하는 아이들이 별로 많지 않았고, 수업은 물론 휴식시간에조차 마포 일대 특유의 토박이말로 떠들어대는 것이 청파학교와 달랐다. '야, 이놈아!'에 해당하는 말이 '야, 이 뉴네야!'로 되는 것이 한 예다. 1948년 초부터 49년 6월까지 고작 1년 반에 지나지 않으나 금양학교 시절은 내가 서울아이로 변모하고 적응하는 귀중한 시기였다고 믿는다. 교실수업, 운동회, 원족(소풍) 등 학교의 정규활동보다 아이들끼리 몰려다니며 노는 게 즐거웠다. 청파학교의 짝이 서윤복이란 이름으로 나를 쪽팔리게 했다면, 금양학교의 어떤 녀석은 정복수(鄭福壽, 권투선수로 해방 직후부터 수년간 남한의 프로 복싱 챔피언으로 활약)란 이름을 갖고 나를 촌놈 취급했다. 그런 연유로 프로권투의 강자 계보가 정복수, 박형권, 송방헌으로 이어졌다는 것은 여태껏 내 기억에 남아 있다. 당시 아이들은 서열 7~8위까지 이름을 줄줄 외웠다.

　서울 변두리 초등학교 아이들이 대동소이했겠으나 금양학교 아이들은 미제 물품에 대한 호기심과 욕구를 행동으로 옮기는 데까지 나아갔다. 한강 인도교 근처 제방에 가면 미군이 버린 폐품이 산더미처럼 쌓여 있다는 소문에 따라 방과 후 아이들 여럿이 지금의 동부이촌동 입구 주유소 근방으로 향했다. 물론 걸어서다. 아닌 게 아니라 때마침 미군 트럭 여러대가 줄을 지어 오갔고, 트럭이 실어다 버린 쓰레기 같은 것이 여러 곳에 무더기로 쌓여 있었다. 그러나 나는 정작 애들이 원하는 것이 무엇인지 몰랐다. 우리는 우르르 쓰레기더미로 몰려갔고, 어떤 아이가 "야, 여기 덴찌(전지電池의 일본어 발음) 있어, 다마(전구電球를 가리키는 일본말) 가져와봐" 했다. 어른 팔뚝만 한 각목형 배터리를 한 아이가 쳐들자 다른 아이는 얼른 주머니에서 손가락마디만 한 소형전구를 꺼내 그 접촉부를 배터리에 가져다 댔다. 긴장한 가운데 아이들은 전구에 불이 켜지는가 지켜보았으나 헛수고였다. 어떤 아이가 '덴찌 약'이 다 나갔다고 했다. 한두시간 시행착오 끝에 축전량이 남아 있는 배터리를 서너개 찾아냈는데, 내 차례는 오지 않았다. 무엇을 구하러 가는 줄도 모르고 졸졸 따라온 놈이 공들여 구한 것을 한몫 차지하겠다는 논리가 통할 리 없다. 미군 폐품 가운데서 왜 하필 쓰다 버린 배터리에 아이들이 집착했는지는 지금도 모르겠다.

북한의 단전(斷電) 조치(당시 남한의 전력은 수자원이 풍부한 이북지역의 전력에 의존해왔는데, 남북한 정세가 악화되어 1948년 5월 남쪽으로 보내지던 전력이 끊겼다) 결과 서울의 가정에 제한송전이 실시되어 그로 말미암아 아이들이 전력의 필요를 절감한 나머지 마침내 미군의 폐품 배터리 수집에 나섰다? 논리의 비약도 볼품없는 졸작이다. 내가 금양학교로 전학

할 무렵 우리 집은 해방촌에서 나와 남대문공원 근처 다다미방 두개짜리 일본식 나가야(長屋, 연립주택)로 이사를 했는데, 예고 없는 정전으로 짜증나는 날이 많았다. 그래서였는지 그날 나는 돌아오면서 폐품 배터리를 활용하여 정전될 때 잠시나마 방 안을 밝힐 수는 없을까 하는 공상에 빠지기도 했다.

『백범일지』, 4·3사건

청파와 금양 두 학교 공히 아이들이 틈만 나면 손에 드는 것은 만화책이었다. 『삼국지』『서유기』 같은 고전을 만화로 만든 것도 간혹 있었지만 십중팔구 탐정물이었다. 연애 혹은 에로물은 단언컨대 전혀 보지 못했다. 두살 터울의 형과 나는 유년기와 10대 소년시절을 통틀어 다정한 사이가 못되었으나 그렇다고 험악한 관계는 아니었다. 손목을 잡고 같이 놀러다니지 않는, 말하자면 따로 노는 관계였다. 형과 나는 아침 밥상 계란찜을 갖고도 아웅다웅했다. 아버지 담배 심부름을 누가 가느냐 하는 것 역시 항상 다툼거리였으나, 어쩐 일인지 책과 관련해서는 내 것 네 것을 따지지 않았던 것 같다. 그런 연고로 나는 보통은 두살쯤 더 먹어야 읽게 될 책을 앞서 손에 넣는 운을 누렸다.[4]

전깃불 없는 해방촌 호롱불 아래서 읽은 『로빈슨 크루소』 『걸리버 여행기』 『15소년 표류기』 등의 모험소설들은 모두 형이 읽은 다음 내게 던져준 것들이다. 밤새워 책을 읽는 날이 있어도 형은 학교수업을 중요하게 여겼고 노트를 깨끗이 정리했으며 글씨가 매끈한 것이 나와 달랐다. 이런 것들은 본받아야 할 점인데 나는 무슨 심보인지 형의 모범생 기질을 별로 우러러보지 않았다. 누구나 노력하면 되는 일인데 그게 무슨 대수인가.

진정으로 칭찬받을 대상은 아무나 쉽게 흉내 낼 수 없는 일을 한 사람이라고 생각했다.[5] 남대문 근방에 살던 어느 날 형은 밤새 읽은 듯이 보이는 책, 표지가 회색빛 양장으로 된 것을 여느 때와는 달리 조심스럽게 쥐여주며 "다른 애들에게 빌려주지 마" 했다. 평소엔 버리듯 내주며 단 한

---

4 비슷한 행운의 주인공은 20대에 가까웠던 친구 김상기(金相基, 서울대 철학과 출신으로 미국 남(南)일리노이대학 명예교수)다. 세살 위 형과 다섯살 위 누나 모두가 매우 총명했던 덕에 폭넓은 독서의 지평이 열렸던 게 아닌가 짐작된다. 해방 직후의 열악했던 출판 사정으로 동서양 고전 번역은 전무에 가까웠는데, 김상기는 일본 카이조오샤(改造社)판 세계문학전집을 거의 다 읽었다. 그 나이의 다른 친구들로서는 상상도 못할 일이다. 그는 독서의 양뿐만 아니라 일본어의 이해력을 높이는 데 형과 누이가 큰 도움이 됐다고 술회했다.
5 이런 생각은 아버지나 어머니가 일깨워준 것이 아닐뿐더러 학교 선생님들의 훈화의 결과도 아니다. 필시 월남 직후 초등학교 5~6학년 어간에 읽은 책들의 영향일 것이다.

차례도 책을 빌려주지 말라고 당부한 적이 없었다. 그 책은『백범일지』였다. 대한민국임시정부 주석 김구(金九)의 이 회고록은 내 사고의 틀에 영향을 끼친 최초의 책이다. 수십년 간격을 두고 훗날 두번씩이나 고쳐 읽은『백범일지』는 그때마다 판본이 다른 것이었는데 10대에 감명받았던 핵심 부분은 그냥 그대로였다. 나는 첫째, 백범은 행세하는 양반의 자식이 아닌 게 제일 기분이 좋았고, 둘째, 꼬마(어린 백범)가 놋숟가락을 부러뜨려 엿을 바꾸어 먹은 것이 신났으며, 셋째, 열여덟살의 동학군 '아기 접주' 백범이 해주성(海州城)을 위협하던 모습은 늠름하기 그지없었다. 내게『백범일지』를 능가하는 감동을 준 책은 최소한 10대 후반에 이르기까지 존재하지 않았다.

월남 이후 적어도 1년간 우리 집에는 라디오가 없었다. 신문은 제호는 확실하게 기억나지 않으나 해방촌에 살 때부터 구독했다. 당시의 내 한자 해독 실력을 할아버지한테 회초리를 맞아가며『천자문』『명심보감』『논어』를 외웠다는 삼남(三南) 향반 자제들에 비하려 한다면 망발이다. 그러나 금양학교 안에서는 내로라하고 자부했다. 한자 실력이 곧 신문의 가독성을 좌우한다면 세상 돌아가는 판세를 짐작하는 데는 반 아이 누구도 내 상대가 되지 못했다. 유엔이 한국임시위원단을 설치하기로 결정한 것이며, 김구가 남한의 단독정부 수립을 반대한다는 성명을 발표한 것, 국제뉴스로는 코민포름 형성과 영국 노동당 정부의 교통·운수기관을 포함한 주요 산업 국유화 조처 등등 그 함축은 올바로 파악하지 못했다 하더라도 사실 자체는 신문을 통해 알았다. 특별히 기록하고 싶은 것은, 수만의 무고한 민간인이 학살당한 제주 4·3사건을 우리가 구독한 신문은 눈에 띄게 보도하지 않았다는 사실이다. 1948년 4월은 5·10선거를 코앞에 둔 시기인지라 아이들마저 대통령에 이승만이 된다 어쩐다 하며 전례 없이 정치 이야기가 무성했는데, 교실에서나 아이들 사이에서 제주 4·3 민간인 학살은 거의 화제가 되지 않았다. 신문과 방송이 사실 보도를 게을리한 결과임은 두말할 나위 없다. 그후 반세기에 걸쳐 한국의 신문이 중요 사건 때마다 사실 보도의 책임을 다하지 않았는데 제주 4·3사건이 가장 대표적인 경우라 할 것이다.

5·10선거가 끝나고 두어달 뒤에 시작된 5학년 여름방학에 나는 신문 가판(신문팔이)에 나섰다. 21세기 한국에서는 신문 가판이라면 대도시 간선도로나 버스터미널, 지하철역 구내의 신문 가판대를 떠올리겠지만 내가 여기서 말하는 신문 가판은 주로 10대 아이들이 신문을 안고 길거리를 다니며 "내일 아침, 신문이요" 하며 파는 것이다. 내가 가판에 낀 것은 남대문 근처 단칸방에 세들어 사는 가난한 애들과 사귀면서다. 오전 11시쯤이 되면 신문팔이 아이

들은 광화문 네거리 동아일보사의 청계로 쪽에 북적거리며 줄을 섰다. 서울에서 인쇄되는 모든 신문의 가판 물량은 거기 집중된 다음 신문팔이 아이들에게 배분되었다. 신문팔이들은 신문을 받아(현금을 내고 산다) 각자 원하는 방향으로 달음박질치는 것이 최초의 필수 동작이다. 남을 밀치고 앞에 서는 것, 달음박질치는 것 두가지 다 시원찮은 나는 서울 도심의 신문팔이 초반전은 아예 포기하고 광화문 중심을 벗어난 곳으로 가 지구전(持久戰)을 도모하는 수밖에 없었다. 판매마진은 대략 50% 안팎이었던 것 같다. 신문 50부를 받았다고 하면 25부를 처리하고 난 다음부터 파는 것은 전액 내 수입이 되는 것이다.

　나의 가판 아르바이트에 대해 가족의 찬반이 엇갈렸다. 아버지는 당신이 어렵게 자수성가한 탓인지 원하면 신문팔이도 해보아야 한다고 했다. 어머니는 그럴 시간에 공부나 하라는 거였고, 형의 반응은 아주 차가워, 창피하게 집안 망신시키지 마라며 얼굴을 붉히는 거였다. 나는 개학하기 직전까지 신문팔이를 계속했는데 주머니에 남는 것은 읽고 싶은 소설책을 살 만큼도 안 되었지만 신문팔이 아이들과 어울려 떠드는 것이 더없이 재미있었다. 신문을 팔아 번 돈으로 동아일보사 건너편(현재 서울파이낸스센터 북녘)에서 아주머니들이 파는 우무국수를 거의 매일 사 먹었는데 맛이 그렇게 좋을 수 없었다.

내가 초등학교 6학년 때는 전국의 중학교가 입학시험을
통해 신입생을 뽑았다. 지금의 한국이 대학교 입학시험과
수능고사를 두고 온 나라가 법석인 것처럼 당시는 서울의
중학교에 서열을 매겨놓고 난리를 벌였다. 중심부에 위치
한 초등학교들의 법석이 변두리 학교보다 우심했을 것이
고 밥술이나 먹는 집안이 한층 더했을 것이다. 서울에 처
음 왔을 때는 1등은 내 것이라 여겼는데, 금양학교로 다시
전학하고 학기말고사를 치렀을 때 5~6등에 그쳤다. 전혀
예상치 못한 결과였다. 성적표를 자세히 살펴보니 국어,
산수, 사회는 100점에 가까웠으나 체육, 음악, 미술 성적이
80~85점이었다. 담임의 재량 폭이 큰 과목들이 결국 석차
결정에 작용한 것 같은 의심이 자꾸 들었다. 한 녀석이 "담
임선생한테 먹이지 않고는 1등은 안 되는 거야"라고 단정
적으로 말했을 때, 반신반의하면서도 어쨌든 억울하다는
느낌은 가시지 않았다. 아버지와 어머니는 담임선생을 대
접하기는커녕 내가 금양학교로 전학한 이후 한번도 학교
에 와본 일이 없었다. '성적표 1등'은 포기하는 수밖에 없
다고 생각하며 내심 중학교 입학시험에서 실력을 발휘하
겠다고 다짐했다.

대한민국 정부 수립, 김구 암살

1948년의 9월 신학기가 되고 나서 학교 아이들 사이의 가장 큰 화제는 대한민국 헌법이 제정·공포되고 이승만이 대통령에 취임한 뒤 임명한 국무총리와 장관들의 인물평이었다. 내 깐에는 신문에 난 장관 사진 옆 이력을 열심히 읽어 잘 안다고 생각했는데 아이들은 나보다 더 많이 떠들어댔다. 법무장관 이인(李仁)과 농림장관 조봉암(曺奉岩)을 빼놓고는 전부 이승만의 아첨꾼이라는 것이 아이들의 중론이었다. 정부 수립 후 최초의 여성 각료로서 상공장관이 된 임영신(任永信)에 대한 평가는 유난히 좋지 않았다. 처음에는 남한 아이들의 여성차별이 이북보다 심하다고 여겼으나, 밥 지을 줄 모르고 설거지와 바느질을 해보지 않은 여성 임영신이 어떻게 상공장관이 될 수 있느냐는 주장에는 나도 고개를 끄떡이지 않을 수 없었다. 그래도 나와 같은 임(任)가이며 본관은 풍천(豊川)이라니 종씨인 그를 공공연히 비난하는 것이 적잖게 마음에 걸렸다. 그러나 문득 고아인 아버지가 족보라는 물건을 우리 형제에게 보여준 적이 없다는 사실이 떠오르면서, '족보 없는 주제에 종씨는 찾아서 무얼 해' 하는 억하심정이 들었다.

이승만 정권 치하에서 풍천 임가로서 세평이 매우 좋지

않았던 사람은 임영신 말고 둘이 더 있었는데 임철호(任哲鎬, 농림장관 역임)와 임흥순(任興淳, 서울시장 역임)이 곧 그들이다. 대학 다닐 적 일일 터인데, 누군가가 "임가들은 왜 다들 그래? 임사홍(任士洪, 1445~1506, 조선시대 고관, 탐학과 사화士禍의 상징)의 피가 흘러서 그런 모양이지"라며 나를 놀려댔다. 어디서 생긴 순발력인지 나는 기죽지 않고 받아쳤다. "맞긴 맞는 소리다만 너희 문중에 사명당 임유정(任惟政) 같은 사람 있어?" 일제강점기 우리말과 우리글을 쓰지 못하던 그 시절, 김화의 집에 있었던 두권의 조선어 책 가운데 하나인 『사명당』이 뇌리에 박혔던 모양이다. 이승만의 '3임(任)'과 '족보 없음' 때문인지 나는 보학(譜學)을 연상케 하는 구설·한담을 몹시 싫어했다. 족보타령을 늘어놓는 사람을 만나면 그의 인간 됨됨이를 근저에서 의심해 보고 싶은 충동도 때론 생겼다.

정부 수립(1948)으로부터 6·25전쟁(1950)까지 2년은 서울에 온 내가 만 12세에서 14세를 경과하던 시절인데 이 시기에 우리 세대 개개인의 생애뿐만 아니라 겨레의 삶 전반에 결정적 변화를 가져온 큰일들이 빚어졌다. 하나는 1948년 10월의 여수·순천 반란이고 다른 하나는 1949년 6월의 김구 암살이다. 제주 4·3사건과는 달리 여순사건은 신문에 크게 보도된 것은 물론이고, 교장선생님의 월요일 아침 훈화에서도 언급될 만큼 대대적으로 홍보되었다.

그러나 반란의 동기, 목표, 경과, 진압과정, 인명 피해상황, 법적 처리 내용 등은 제대로 발표되지 않음으로써 온갖 억측과 풍설이 난무했다. 남대문에 살던 때라 일요일이면 아이들과 어울려 거의 매번 명동 일대를 돌아다녔다. 어느 오후 명동 네거리의 시공관 2층 벽에 '여순 반란사건 보고대회'라는 현수막이 걸려 있고 오가는 시민이 자유롭게 출입하고 있어 거길 들어갔다. 나이가 꽤 들어 보이는 연사는 순천에서 막 오는 길인데 반란 와중 그에 동조하는 부녀자들이 경찰관을 잡아 생식기를 가위로 절단하는 만행을 저질렀다고 했다. 그 밖에도 귀를 의심할 정도의 끔찍한 이야기들이 연단의 마이크를 통해 장내에 울렸다. 여기저기서 기다렸다는 듯이 "빨갱이는 모두 죽여버려" 하는 소리가 연방 터졌다. 강연이 끝나면 영화를 보여줄지 모른다는 기대에 부풀었던 우리는 강연 내용도 내용이려니와 살벌해지는 분위기에 질려 모두 슬금슬금 빠져나와 헤어졌다.

김구 암살 뉴스는 어떤 경로를 통해서 처음 알았는지 모르겠으되 사건 당일인 1949년 6월 26일 오후 서대문 쪽을 향해 내가 집을 나섰던 것만은 확실하다. 현역 군인 안두희(安斗熙)가 백주에 김구를 저격한 것은 거대한 음모의 결과이지 안두희의 단독범행이라 도저히 믿을 수 없었던 게 내가 현장을 찾은 동기였다. 이승만 정부가 심히 부패했다는 여론에다 점증하는 독립투사 김구의 인기가 마침내 살인음모로 귀결되었다는 것이 내 추리였다. 각종 소설을 탐독한 데다 『몬테크리스토 백작』(당시의 번역서 제목은 '진주탑')을 때마침 읽던 중이어서 상상력이 한창 기세 좋게 솟는 시기이기도 했다. 김구가 머물러 살던 경교장(京橋莊)에 직접 가볼 요량으로 서대문 쪽으로 걸어갔으나 경교장 입구는 사람이 하도 많아 발을 한치도 내디딜 수 없었다. 길 건너 동양극장(현재 문화일보사 자리) 앞에 서서 멀리서 바라만 보다 돌아왔다. 이튿날 다시 경교장을 찾으려 했을 때는 서울고등학교(현재 서울역사박물관) 근처에서 헬멧을 쓰고 권총을 찬 헌병들이 시민들의 근접을 막고 있었다.

암살사건이 발생한 지 일주일이 지났을까. 드디어 김구의 국민장이 거행되는 날이 왔다. 묘지가 효창공원으로 결정되었으므로 영구는 서대문 경교장을 출발하여 광화문 네거리에서 우회전한 뒤 시청과 남대문을 지나 갈월동과 남영동을 거칠 것이다. 운 좋게 당시 우리 가족은 남대문 연립주택으로부터 남영동 단독주택으로 이사 온 직후였던 터라 남영동 큰길에서 하루 종일 영구 행렬을 기다려도 될 듯싶었다. 김구의 국민장이 거행되던 날이 임시 공휴일이었던가 아니면 일요일이었던가. 나는 아침밥 수저를 놓자마자 남영동 큰길로 나갔다. 오전 중에 벌써 사람들이 모이기 시작하여 대낮에는 큰길 양쪽 인도에 통행이 불편할 정도로 인파가 운집했고, 맨 앞줄의 노인과 아이들은 종이를 깔고 아예 땅바닥에 주저앉았다. 날씨는 청명했으나 무더웠다. 오후 2~3시쯤 마침내 영구차가 갈월동 저편에서 천천히 다가오자 사람들은 일제히 훌쩍이기 시작했다. 나도 따라 울었다.

김구 암살의 배후 진상은 아직 낱낱이 밝혀지지 않은 상태다. 내가 해직 언론인으로서 미국 하버드대학 국제문제연구원(CFIA)의 연구원으로 있을 때(1983~84)의 일이다. 당시 미국 망명 중이던 김대중(金大中)이 나와 같은 연구원에 소속되었던 관계로 그의 후원자들과 격의 없이 만났는데 그중의 하나가 미국 우스터대학 교수 최기일(崔基一)이다. 그는 1946년 초부터 1949년 도미할 때까지 초대 내무장관 윤치영(尹致暎)과 대통령 이승만의 비서를 지낸 흔치 않은 이력의 소유자다. 무슨 말 끝에 김구 암살의 배후 이야기가 나오자 그는 약간 머뭇거리다 "매스터마인드는 윤치영이외다"라 했다. 너무나 간략하고 단정적인 표현이 놀라워 그에게 좀더 자세한 설명을 듣고자 청했으나 그는 짐짓 화제를 바꾸는 거였다. 최기일은 평안북도 삭주 출신으로 장준하(張俊河)와 김준엽(金俊燁)의 동향이자 가까운 친구였다.

중학교 진학, 소설 읽기 중독

내가 중학교에 입학한 것은 1949년 9월이고, 입학시험은 그보다 두세달 앞서 치렀을 것이다. 성적표상의 1등은 포기하는 대신 경쟁률이 제일 높은 중학교에 들어가고 싶었다. 장사하느라 고생하는 아버지와 어머니에게 보답하고, 실력을 제대로 평가해주지 않는 담임선생과 반의 상위권 성적 아이들을 한번 깜짝 놀라게 하고 싶은 거였다. 그러나 의외의 복병이 기다리고 있었다. 제일 유명하고 경쟁률이 치열한 경기중학교는 6학년 1~2학기를 통틀어 성적이 가장 좋은 학생 하나만을 골라 입학지원서를 써주게 되어 있다는 거였다. 입학원서는 입학하려는 학생의 희망대로 쓸 수 있는 일인데 어떻게 학교에서 되니 안 되니 할 수 있느냐고 대들었으나 담임선생은 들은 척도 하지 않았다. 학교문제로 어머니에게 의논을 하거나 도움을 청한 적이 그때까지 한번도 없었으나 역부족을 절감한 나는 어머니에게 나서달라고 했다. "네가 1등을 못해놓고 누구한테 원망이냐"면서도 어머니는 다음 날 담임선생을 만나 나의 희망대로 경기중학교에 지원할 수 있게 해달라고 간청했다. 그러나 아이들이 요구하는 대로 원서를 써주다간 1차 시험에 금양학교 졸업생 전부가 떨어진다는 담임의 말에

도리어 설복되어 돌아왔다. 그리고 아무 데나 될 만한 곳에 지원하라며 재론 불가의 쐐기를 박았다. 입학원서 문제 말고 다른 사항 하나가 돌출했다. 인문계 1차, 실업계 2차의 오래된 중학 입학시험 관행을 고쳐 그해(1949)는 실업계 중학교(공업학교, 상업학교 등)를 1차로, 인문계 중학교를 2차로 바꾸었던 것이다. 학업성적 상위권 학생을 실업계로 유도·권장하기 위해 문교 당국은 중학교 입학시험 방침을 변경했던 모양이다. 그래서 그런지 2학기 말이 끝날 무렵 어느날 교장선생이 졸업예정자 전원을 강당에 불러놓고 실업학교에 많이 지원해야 나라가 잘살게 된다는 훈화와 함께 6학년 5개 반의 석차 상위권은 일단 모두 실업계 1차에 지원하고 반드시 응시해야 한다고 했다. 전교 석차 1위의 이종호(李鍾浩, KBS 엔지니어로 복무)는 1차로 경성공업에, 2차로 경기중학에 원서를 냈고, 나는 1차에 경기상업(현재 청운중학교 자리에 교사校舍가 있었다), 2차로 경복중학에 배정되었다.

어머니와 아버지의 남대문시장 비누장사는 그 무렵 이미 접은 상태였고, 어머니가 한산모시를 떼어다 서울에 갖다 팔면 어떨까 하는 이야기를 하는 것을 들었다. 쌀값이 매달 1할 이상 뛴다며 걱정하는 소리가 자주 들려 우리 형제의 학비가 문제될 날이 머지않았구나 하는 생각이 들었다.

경기상업에 합격한 뒤 경복중학에 시험을 보겠다고 하자 어머니는 "상업학교라도 다니며 공부 잘하면 고등학교는 인문계로 바꾸든가 하자"고 했다. 드디어 어머니가 나에 대한 신뢰를 잃은 것은 아닌가 하면서도 한편으로는 집안 형편이 상당히 궁해진 결과라고 여겼다. 아니나 다를까. 중학교 입학금 통지서를 받은 날 저녁, 아버지와 어머니는 드물게 목청을 높여 싸웠다. 다툼의 주제가 표면적으로는 돈이 아니더라도 돈을 꼭 지출할 일이 생겼는데 형편이 넉넉지 못하면 신경이 곤두서 십중팔구 부부싸움으로 발전하는 것은 내가 체험을 통해 아는 동서고금 만고불역의 법칙이다. 어떻게 줄을 댔는지 어머니는 경기상업의 국어교사를 지낸 김용경(金龍卿, 뒤에 확인한 바로는 나와 대학 입학동기이며 국립극장장을 지낸 김의경의 친형)의 도움으로 교장과의 면담 약속을 잡았다. 어머니는 나를 데리고 교장실에 들어서자마자 교장 맹주천(孟柱天, 1897~1973)에게 "월남한지 얼마 되지 않아 입학금을 낼 형편이 되지 못하여……"라 운을 뗐다. 교장은 냉랭한 어조로 "월남 이야기는 그만하세요, 임재경이는 월남민 자제여서가 아니라 입학시험성적이 전체의 6등 안에 들어 입학금을 면제하는 겁니다"라는 말로 면담을 끝냈다. 입학금 면제가 이루어져 어머니에게 약간의 체면은 섰다.

외견상으로는 검정색 교복과 교모를 착용하고 아침저

녁으로 비좁은 전차에 매달리는 중1짜리 보통 학생이었을
지 모르나 나의 내면은 상당히 꼬이기 시작했다. 용모, 체
격, 옷차림 같은 것은 다른 아이들에 비해 뛰어나지 못했
으나 그렇다고 특별히 모자랐던 것도 아닌데 초등학교 때
와는 달리 어딘가 자꾸 꿀리는 거였다. 입학식을 마치고
학급편성이 끝나자마자 담임선생은 신상명세서를 써 내라
고 종이 한장씩을 나누어주었는데 아버지 직업란에서 나
는 주춤했다. '무직'으로 할 것이냐 '상업'으로 할 것이냐?
양쪽 다 마음에 들지 않아 '월남민'이라고 썼다. 그런데 이
것이 사달이 되고 말았다. 신상명세서 뭉치를 훑어보던 담
임선생은 "임재경! 앞으로 나와봐" 했다. 아버지 직업이
무어냐는 물음에 "상업, 아니 무직이에요" 하며 더듬자 담
임은 "월남은 직업이 아니야, 무직이라고 써" 했다. 애들
몇이 킥킥 웃었다. 그로부터 학기가 끝나는 이듬해(1950.5)
까지 반 아이들이 내 아버지의 직업에 대해 어떻게 생각할
지가 줄곧 의문으로 남아 나를 괴롭혔다. 같은 반 아이 하
나는 아버지가 한국은행 이사라고 했으며, 어느날 점심시
간에 검은색 승용차를 탄 그의 아버지가 교장을 만나러 학
교에 왔던 일이 기억에 남아 있다.

나의 소설 읽기는 중학교에서 박차를 가했다. 문안(사대
문 안)의 초등학교를 졸업한 아이들 가운데 하나가 내가 손
에 들어보지 못했던 연애소설을 읽는 거였다. 그 아이로부

터 빌려 읽은 책은 박계주(朴啓周)의 『순애보』, 이광수(李光洙)의 『사랑』인데, 내가 소설을 좋아하면 자기 형이 갖고 있는 역사소설들을 갖고 오겠다고 했다. 하루 안에 돌려 주어야 하는 조건이므로 박종화(朴鍾和)의 『금삼의피』, 김동인(金東仁)의 『수양대군』, 이광수의 『원효대사』 등 줄잡아 역사소설 7~8권을 매일 하루에 한권씩 떼는 독서의 강행군이었다. 『원효대사』를 읽고 난 후에는 여주인공 요석공주의 용모와 말소리가 눈앞에 어른거리고 귓속에서 메아리치는 것 같았다. 중1의 소설 읽기는 탐닉의 정도가 아니라 중독증세라고 해야 맞을지 모르겠다. 반 아이들로부터 소설을 빌려 읽는 것은 마침내 한계에 달했다. 더 읽기 위해서는 도서관에 가거나 책방에 가는 두가지 방법이 있었는데 나는 두가지를 다 택했다. 남대문로의 국립도서관 (현재 롯데백화점이 들어서 있는 곳)은 부지런을 떨지 않으면 읽고 싶은 책이 이미 대출되는 것이 흠이고, 책방의 소설 읽기는 우선 장시간 서 있어야 하고 서점 여직원의 핀잔을 참아야 하는 끈질김이 필요했다. 서울시내 서점이 가장 많이 밀집한 곳은 중앙우체국 옆의 1가로부터 시작하여 6가까지 이어지는 충무로(그때는 일제하의 호칭인 '본정통'이란 이름으로 불렀다)의 좁은 골목길이었다. 일요일과 겨울방학에 거의 매일 거길 갔는데 한곳에서 30페이지만 읽으면 열번째 책방에서는 소설 한권이 거뜬히 끝났다.

중독에 가까운 소설 읽기가 나의 성장에 어떤 기여를 했을까. 남녀간 애정과 빈부의 문제에 일찍 눈을 뜨게 된 것은 플러스라 할 수 있겠으나 통속소설들의 해피엔딩은 세상살이를 단순하게 보는 타성을 길렀는지 모른다. 그러나 직접적 영향이 있었으니 학업성적의 추락이었는데, 1학년 학기말 성적표를 보고 내 눈을 의심했다. 평균 69점! 이것은 나의 군번 '0007763'과 더불어 종생 잊히지 않을 숫자다. 특히 영어과목의 60점은 평균성적 하락에 큰 영향을 미쳤던 것이 분명했다. 무릎 위에 소설을 올려놓고 이따금 선생 얼굴을 쳐다보는 척했던 짓이 결국 사고를 친 것이다. 우리말에선 '내가 노래한다' '그가 노래한다' '노래한다' 다 마찬가지인데 영어로는 'I sing' 'He sings'처럼 달라지는 것을 나는 전혀 이해하지 못했다. 3인칭 단수 현재형 동사 어미에 's'를 붙인다는 영어 교습 과정을 통째로 빼먹었던 탓이다. 어머니에게는 학기가 단축되는 바람에 성적통지표 발급이 늦어졌다고 거짓말을 하고, 형에게 성적표를 내밀었다. 형은 몇가지 영어 테스트를 하고는, 너는 처음부터 영어를 다시 공부해야 하는데 방법은 강습소에 다니는 길이라고 했다. 우리 집안 형편에 입이 열이라도 영어강습소에 다니겠다고 돈을 달라고 할 수는 없었다. 나는 간청하다시피 형에게 영어를 가르쳐달라고 했지만 형은 즉답을 피했다. 2학년 올라가선 영어수업을 열심히 들었지만 이해하기는 더 어려웠다. 정말 죽고 싶었다. 학교를 집어치우고 가출할까도 생각했다. 1950년 6월 25일 전쟁이 났다. 적어도 2~3일간은 나는 "이제 살았구나" 했다.

4. 6·25 전란기, 생존투쟁

6·25, 그날

6월 25일, 그날은 일요일이었다. 나는 남대문에 살던 초등 6학년 때 한철 교회에 다닌 적이 있으나 그 뒤로는 교회 근처에 얼씬하지 않았다. 일주일에 한번 오는 일요일 반나절을 경건한 표정의 어른들 사이에 앉아 매번 그게 그것 같은 설교를 들으며 보내는 것은 벌충할 수 없는 시간 낭비라고 느꼈기 때문이다. 특별히 갈 곳을 미리 생각해두는 때도 없진 않았으나 '선(先) 외출, 후(後) 방향설정'이 내 일요 수칙이었다. 남영동에서 전차를 타고 남대문에서 내려 충무로나 명동 쪽으로 가는 일이 흔했는데, 그날은 화신(백화점) 앞(지금의 종각)에서 내렸다. 백화점 앞 하차라 해도 쇼

펑과는 애당초 거리가 멀었고, 4층인가 5층의 책 파는 코너에 갈 속셈이었다. 두세시간 좋이 백화점 책방에서 소설을 읽다가 내려왔더니, 종각 앞 네거리 여기저기 사람들이 옹기종기 모여 종이쪽지를 읽는 모습이 눈에 들어왔다. 신문팔이 경험으로 긴급 뉴스를 알리는 신문 호외라는 것을 금방 알 수 있었다. 나는 얼른 사람들 틈에 끼어들었다.

'25일 새벽 이북괴뢰집단 38선 남침'이란 제목의 호외였다. '일제 공격' 혹은 '전면 공세'라는 표현이 제목에 들어 있었는지 내 기억으로는 확인 불가능하다. 6·25 발발 이전부터 38선을 사이에 두고 남북한 군대 사이에 총격전이 제법 심심찮게 벌어졌던 까닭에, 아이들끼리도 '송악산 전투' '옹진 교전'을 놓고 자주 이러쿵저러쿵했다. 신문에 '육탄 10용사'란 제목의 기사가 크게 나온 적도 있다. 나는 일제 말기 김화에서 초등학교 다닐 때 귀가 따갑도록 들은 '육탄 3용사'의 기억이 떠올라 기분이 영 좋지 않았다. 이렇게 군사충돌은 빈번했지만 학교나 집에서 전쟁이 일어날지 모른다는 이야기는 듣지 못했다.

군 지휘관이라기보다 일본 스모 씨름꾼에 알맞을 비만한 채병덕(蔡秉德) 육군 참모총장이 "점심은 평양에서, 저녁은 신의주에서 먹는다"고 한 말이 어른 아이들 사이에 꽤 널리 퍼졌다. 남한의 군사력을 과시하려는 의도였겠지만 국군에 대한 신뢰를 높이기는커녕 체구에 걸맞지 않게 가벼운 입놀림이라는 평이 자자했다. 내가 중학교에 입학하고 이내 '학도호국단'이란 것이 설치되면서 교련(학교 내 군사훈련)시간이 생겼으나, 나는 이런 변화를 전쟁 발생 가능성과 연결시켜 생각하지는 않았다. 전쟁은 2차 세계대전처럼 큰 나라들끼리 하는 것이고, 우리보다 수십배 큰 중국 대륙도 4~5년간 계속된 내전이 장 제스(蔣介石)의 패배로 끝난 마당에 조그마한 한반도에서 전쟁은 무슨 전쟁? 하는 것이 당시의 내 전쟁관이었다. 그러나 1948~49년 중공군이 양쯔강(揚子江) 도하작전에 성공하고 이어 난징(南京)과 상하이(上海)를 함락했다는 신문기사를 읽었을 때는 막연한 불안감에 휩싸인 것은 숨길 수 없는 사실이다.

모시장사를 시작한 어머니는 산지(産地)에서 물건을 사오기 위해 충청남도 한산으로 향해서 집을 비운 상태였다. 그날 오후 내가 집에 들어서자마자 아버지는 "너는 일요일마다 어디를 쏘다니느냐"며 야단을 쳤다. 전쟁이 일어나 온 세상이 야단법석이니 일절 밖에 나가지 말라는 당부였다.

38선에서 전투가 일어난 것은 호외로 아는 일이었지만, 아버지가 전쟁이 났다고 단정하는 데는 선뜻 수긍하기 힘들었다. 어머니가 집에 있으면 더 확실한 판단을 할 수 있을 터인데 하며 저녁 숟가락을 놓자마자 슬며시 밖으로 나와 원효로 입구의 성남극장 쪽으로 걸어갔다. 극장 옆 골목은 저녁이면 언제나 10대 후반의 날라리들로 들끓었고,

또 근처에 파출소가 있었다. 남영동 큰길은 용산 일대의 군부대 막사와 인접해서 평소 군용차량 통행이 많았다. 그날 저녁의 군용차들은 유난히 빠른 속도로 달리는 것 같았다. 하지만 마음 한구석에, 전쟁이 뭐 이렇게 시시해 하는 생각도 들었다.

이튿날 아침 신문의 큰제목은 '괴뢰군 패주, 국군 해주 진입'이었다. 등굣길의 전차는 여느 날처럼 붐볐고, 수업도 평상시와 다름없이 진행되었다. 휴식시간에 아이들은 약속이나 한 듯 모두 전투이야기로 시끌벅적했다. 국군의 해주 진입이 압도적인 화제였는데, 어떤 아이는 국군은 해주뿐만 아니라 동해안 고성에도 진입했으며, 오늘 저녁에는 원산에 도착할 거라고 내다봤다. 집에 돌아오니 어머니가 '급거 상경 중'이라는 전보를 쳤다며, 아버지에 이어 형도 전황에 관심을 나타내면서 말끝에 국군이 밀리는 게 아닌지 모르겠다고 했다. 뜻밖의 이야기였다. 그러고 보니 어머니의 전보는 지금 벌어지고 있는 전투상황이 '점심은 평양에서' 하던 소리와는 전혀 딴판이라는 판단에서 나온 것이 아닌가.

27일 아침은 전날과는 천양지판이었다. 우리 집에서 구독했던 『경향신문』 1면 큰제목은 '아군 용전, 괴뢰군 패주'였지만 전날의 '해주 진입'과 같은 구체적 내용이 없어 어딘가 미심쩍은 구석이 있었다. 학교에 가려고 전차를 타러 큰길에 나왔더니 시골티가 완연한 성인 남녀들이 보따리를 지거나 트렁크를 이고 줄지어 한강 방향으로 걸어가고 있었다. 학교에는 결석한 아이들이 눈에 띄게 많았는데 첫째시간 수업이 끝나자마자 수업이 더이상 없으니 모두 집에 돌아가라고 했다. 언제 다시 수업을 할지는 모르고 추후에 통지할 것이라 했다. 집으로 가는 전차를 탄 나는 도중에 광화문 네거리에서 내렸다. 서울 한복판에서 정세 파악을 해야겠다는 나름대로의 궁리가 섰기 때문이다. 등굣길에 전차 차창으로 간간이 보였던 남대문로의 흰 바지저고리 행렬은 그다지 흉하지 않았으나 지금 내 눈앞에 벌어지는 광경은 너무나 생경했다. 황소를 이끄는 노인 뒤로 아이 업은 아낙이 한 손에는 식기 보따리, 다른 손엔 대여섯살 난 아이의 손목을 잡고, 경기도청(광화문에서 2시 방향에 있던 2층 벽돌건물, 현재는 준準녹지) 쪽에서 지금의 KT 건물 앞으로 허둥지둥 걸어가고 있었다. 이 근방에 우시장은 없는데! 순간적으로 전세가 뒤집혔다는 느낌이 왔다. 국군이 밀리는 바람에 38선 남쪽 어딘가의 농사꾼들이 창졸간 집을 나선 것이 뻔했다.

나는 광화문 네거리부터 시청 앞, 남대문, 서울역, 갈월동을 거치면서 행인들의 합류 현상을 목도했다. 짐을 지거나 인 사람의 물결이 모두 남으로 향하는 간선 종관(縱貫) 도로로 모여들고 있었다. 서울역을 지나 용산 쪽을 향해 분주하게 발걸음을 재촉하고 있었다. 비교적 깨끗하게 차려입은 어른에게 다가가 "다들 지금 어디로 가는 거예요?"라 묻자, "집이 어딘지 모르지만 아버지보고 빨리 한강다리를 넘자고 해"라는 대답이었다. 역시 내가 짐작한 대로구나 싶었다. 집에 다다르니 먼저 와 있던 형은 동생이 어머니를 찾으며 울며불며 보챈다고 나보고 달래보라고 했다. 그때 비로소 '급거 상경'이라는 전보 생각이 퍼뜩 떠올랐고, 어머니가 없으면 우리 집은 절대 중요한 결정을 내리지 못하는 법이니 한강다리 넘기는 글렀구나 하는 낭패감이 엄습했다. 혹시 서울의 우리 네 식구가 먼저 한강다리를 건너서 그쪽에서 어머니를 만날 수는 없을까? 2층에 세든 사람이 이승만 대통령이 "서울을 사수한다"는 방송을 했다고 알려주었다.

28일 아침 눈을 뜨자마자 신문을 찾았다. 아버지는 인민군 탱크가 지나갔다고들 하는데 신문은 '의정부 탈환'이라고 하니 무슨 소린지 모르겠다며 혀를 찼다. 옷을 입는 둥 마는 둥 밖으로 뛰쳐나와 큰길을 향해 달리는데, 멀리서 "따따따" 하는 총소리와 지축을 흔드는 듯 "쿵쿵쿵" 하는 땅의 흔들림이 느껴졌다. 남영동 큰길 숙명여대 입구에 섰을 때 갈월동 쪽에서 영화에서나 보던 시커먼 탱크가 포신을 수평으로 한 채 전속력으로 달려왔다. 국군 탱크? 국군에는 탱크가 없다고 들었는데…… 인민군 탱크는 왜 저리 빨리 달리는 걸까. 전날 오후 분주히 남행하던 피란민 행렬은 자취를 감추었다. 정황이 궁금한 주민들이 드문드문 인도에 나와 서성거릴 뿐이다. 발길을 집으로 돌려 내가 본 대로 아버지와 형에게 이야기했으나 벌써 구문(舊聞)이었다. 새벽 3~4시에 굉장한 폭음이 여러차례 났는데, 그게 한강 인도교와 철교를 폭파한 소리라고 했다. 그 시각에 다리 위를 지나던 구름 같은 인파는 강에 떨어졌거나 해서 목숨을 잃었을 것이다.

어른들은 뜬눈으로 밤을 새워가며 서로 주위들은 소문을 교환·취합한 모양이다. 한강이 끊어졌으면 어머니는 집에 어떻게 돌아온단 말인가! 전쟁이 일어났고 나는 그 한가운데 있는 꼴이었지만, 나의 가장 큰 걱정은 전선(戰線)의 저쪽 한강 이남에 있을 어머니의 안위였다.

놀라움과 두려움보다 더 견디기 어려운 것은 궁금증이다. 국군이 해주에 진입하고 의정부를 탈환했다는 신문보도와 서울을 사수한다는 이승만 대통령의 방송의 진부(眞否)가 28일 낮까지도 내게는 풀리지 않는 수수께끼였다. 전세(戰勢)가 바뀌었어도 해주와 의정부의 국군은 아직 싸우고 있는데 인민군은 다른 길로 우회해 서울로 들어왔을 수도 있지 않을까? 그러면 이승만은? '사수(死守)'란 죽음을 각오하고 지킨다는 뜻인데, 그는 이미 전사했나 아니면 인민군에 붙들렸나? 의문이 꼬리를 물었다.

아버지의 엄포 때문에 몇시간 동안 방구석에 처박혀 있었으나, 점심을 먹고 나서는 더이상 견디지 못하고 집을 빠져나왔다. 성남극장을 향해 발걸음을 조심스럽게 내디뎠다. 아침결하고는 비교가 안 될 정도로 남영동 큰길에는 사람들이 들끓었다. 저만치 성남극장 앞에서 왁자지껄하는 사람들 목소리가 멀리서도 들렸다. 파출소 안을 슬쩍 들여다보니 경찰 복장을 한 사람은 하나도 자리에 없고, 민간인 여럿이 앉거나 서서 열띤 음성으로 떠들고 있었다. 한편 원효로 입구에는 첫눈에 미군 GMC가 아닌 큰 트럭 두대가 서 있었으며 한 손을 따발총에 얹은 인민군들이 트럭 위에서 사방을 경계하는 태세였다. 인민군 병사들의 첫인상은 1945년 초가을 강원도 김화읍에 진입하던 소련군의 그것과 너무나 유사했다. 군복 색깔과 따발총 때문이었을까. 삼각지 쪽으로 조금 더 내려가니 성남극장 입구에는 따발총을 목에 걸친 군인 셋이 서 있고, 그 주위에 언제 모여들었는지 꼬마 20~30명이 서로 밀고 당기며 인민군 곁으로 다가가려고 다투고 있었다. 내가 예상했던 삼엄한 분위기는 전혀 아니었다. 중학생 차림 아이가 인민군을 향해 "그 따발총, 이북에서 만든 거예요?"라 물었다. "물론이지"라는 대답이 너무 쉽게 나오는 바람에 오히려 미덥지가 않았다. 내가 월남한 지 3년밖에 되지 않았는데 그 사이에 따발총을 만들 만큼 이북의 공업이 발전했다는 것은 도무지 믿을 수 없었다.

6·25 전까지는 피차 눈길조차 주지 않던 동네 아이들이 갑자기 다정해졌다. 세상이 뒤바뀐 판이니 일류 학교와 깡패 학교의 차이나 가정형편을 따질 계제가 아닌 터였다. 더구나 이상스러운 일은 하루 사이에 밥거리가 떨어져 끼니를 거른 것은 아닐 터인데 아이들은 인민군이 서울에 들어온 이후부터 먹는 것 타령뿐이었다. 29일 아침, 함께 어울린 아이들 가운데 하나가 남영동 동쪽으로 길에 연이은 미군부대에 가면 먹을 것이 많다며 거길 가자고 제안했다. 미군이건 국군이건 인민군 탱크가 서울에 들어온 마당에 부대 안을 지키는 사람이 남아 있을 리 만무했지만, 군대 막사에 마구 들어가는 것은 겁나는 일이 아닐 수 없다. 내심 불안하기 그지없었으나 김화에서 콩서리 가자는 동무들 제안을 뿌리치지 못했던 것처럼 나는 아이들의 꽁무니에 섰다. 부대 입구는 후암동 쪽 용산중학교 정문 건너편이었는데 앞장선 아이가 우리를 이끌고 간 곳은 부대 서쪽의 철조망으로 된 경계담이었다. 이미 사람들이 여러차례 드나들었는지 철조망에 큰 구멍이 나 있었다. 우리보다 앞서 누군가 출입했다는 징표이니 불안감은 한결 덜했다. 하나씩 차례로 철조망 구멍을 통해 부대의 뜰 안으로 들어가자 바로 앞 막사에서 어른들 한 떼가 쏟아져나오고 있었다. 의자를 든 사람, 국방색 모포를 양팔에 낀 사람, 내

용물은 알 수 없되 음식물이 들었을 성싶은 자루를 멘 사람…… 모두 잰걸음으로 우리가 막 빠져나온 철조망 구멍을 향해 밀려왔다. 빈집털이의 막판에 들어선 모양이니 들어가보았자 먹을 것이 남아 있을 것 같지 않았다. 이런 생각을 하는 순간 돌연히 귀청이 째지는 듯한 '탕' 하는 소리가 났다. 막사와 막사 사이 한 70~80m 저편에서 인민군 복장의 사나이가 뛰어나오며 하늘을 향해 권총을 쏜 것이다.

"물건은 놓고 빨리 나가라우"고함이 들렸다. 우리는 오던 길을 되돌아서 달렸다. 들어올 때는 넉넉해 보이던 철조망 구멍이 어찌나 좁던지, 어깨가 철조망에 긁혀 피가 난 것을 나중에야 알았다.

양식을 구하러

어머니는 인민군이 서울에 진입한 지 이틀 뒤 아침녘에 집에 돌아왔다. 반가운 나머지 동생이 어머니의 목을 얼싸안고 우는 바람에 형과 나도 따라서 찔끔거렸다. 어머니는 "한강다리가 끊어진 후 서울로 온 사람은 내가 첫번째일 거야"라 했다. 한산에서 자동차 편으로 서천읍에 닿은 것은 6월 26일 저녁이고, 27일 아침 천안에 도착하니 북행 열차는 끊어지고 모든 열차는 남행뿐이었는데 군인과 민간이 뒤엉켜 아비규환이었다. 중간중간 트럭을 얻어 타기는 했으나 거의 걷다시피 하여 영등포에 온 것은 28일 아침이었는데, 한강다리가 폭파되고도 몇시간이 지난 다음이다. 나룻배라도 있기를 바라고 강변에 나가려 했더니 국군이 민간인의 한강 접근을 허용치 않더란다. 어머니는 한강 인도교를 중심으로 하류 쪽으로는 마포 건너편, 상류로는 광나루까지 두세번 오르내렸으나 도강할 배는 고사하고 강가로 접근조차 번번이 실패했다. 그런데 30일 새벽 한남동 건너편에 이르니 참호 속에 있던 군인들이 일제히 나와 어디론가 사라지더라는 거였다. 어머니는 강가의 이곳저곳을 기웃거리던 끝에 조각배 하나가 묶여 있는 것을 발견하고 근처 민가에 들어가 배의 주인을 찾아냈다. 뱃삯은 달라는 대로 줄 테니 한강을 건네달라고 했다. 그러나 주인은 "강 가운데로 가기도 전에 이쪽저쪽에서 총질을 할 게 뻔한데 죽으려면 몰라도……" 하며 고개를 저었다. 그러는 중에 도강을 하려는 사람 몇이 더 모여들었다. 여럿이 입을 모아 국군은 모두 수원 쪽으로 갔으니 총알 날아올 걱정은 안 해도 된다며 배 주인을 설득하는 데 성공했다. 그렇게 마침내 배를 띄워 한강을 건넜다는 거였다. 이야기가 대충 마무리되자 형은 뱃삯은 얼마나 주었는지 물었다. 네 사람이 탔는데 합해서 쌀 한가마 값은 줬을 거라고 했다.

가족의 이산을 모면하긴 했으나 인민군 점령하 서울생

활에서 우리는 이중 삼중으로 난감한 처지에 놓였다. 우선 월남했다는 조건 때문에 기가 죽을 대로 죽은 데다, 식량이 바닥났기 때문이다. 아이들 입에서 식량을 구하러 "문산 할아버지 집에 간다"느니, "고모가 가평에 산다"느니 하는 말이 나올 때마다 나는 여간 부럽지 않았다. 나에게도 외숙 둘과 이모 하나가 있지만 같이 서울에 사는 처지에 우리보다 나을 것이 없을 건 뻔했다. 그들도 모두 월남민 아닌가.

200리 길을 이틀간 걸었고 목숨을 건 한강 도하를 감행했건만 어머니는 어디서 힘이 나는지 서울에 온 다음 날 아침 일찍 나갔다. 서울의 어느 장거리에서도 쌀은 고사하고 잡곡조차 구경할 수 없으며, 근교 시골에 가보았자 종이돈(한국은행권)으로는 식량을 사기 힘들다는 것이 어머니의 결론이었다. 식량을 구하는 확실한 방법은 농촌에 사는 사람들이 필요로 하는 물건을 가지고 서울서 한 100리쯤 떨어진 곳으로 직접 찾아가 물물교환을 시도하는 것이라 했다. 식량 교환용 물품의 순위는 재봉틀, 의약품, 손목시계, 겨울용 옷가지 그리고 마지막이 프라이팬 등 식기류이고, 그래서 이런 물품을 구하는 것이 급선무라고 했다. 재봉틀과 의약품류는 서울에서도 이미 동이 났고, 며칠 고생 끝에 어머니가 사 모은 것은 겨울용 의복류와 식기류가 전부였다. 어머니를 따라 형과 내가 양평을 거쳐 여주로 가기로 작정하고 배낭 두개를 장만했다. 잡화류와 그것으로 바꿀 식량을 우리가 날라야 한다.

식량조달 길에 나서기 며칠 전 나는 인민군의 서울 점령 이후 처음으로 학교에 가보았다. 아이들이 학교에 가면 노래도 가르쳐주고 비스킷 과자도 준다고 하는 데 솔깃했던 것이다. 경기상업이 위치한 효자동 종점까지 전차를 탔다. 학생들은 교실이 아니라 강당에 전부 들어가 있었으며 내가 들어섰을 때는 노래를 배우는 중이었다. "아침은 빛나라 이 강산~" "장백산 줄기줄기~" "원수와 더불어 싸워서 죽은~" 등으로 시작하는 노래 등을 합창으로 번갈아 불렀다. 앞의 두 곡은 김화에서 배워 잘 아는 노래였고, 세번째 곡은 이때 처음 들었다. 「인민항쟁가」라는 이 노래는 월북 시인 임화(林和)의 가사에다 작곡가 김순남(金順南)이 곡을 붙인 것인데, 나 자신의 출신성분이나 우리 집안 사정과는 무관하게 심금을 울렸다. 집으로 돌아오는 전차 안에서도 저절로 흥얼거려졌다. 일제강점기 말 초등학교 학생들에게 하루에 몇번이고 부르게 한 「우미유까바(海行か ば)」라는 일본 해군 '장송곡'에 비하면 「인민항쟁가」는 어딘가 모르게 생동감이 넘쳤다. 노래연습에 이어 중1 시절 내가 제일 좋아했던 지리 선생님이 강단에 올라가 이승만의 민족반역행위를 성토하는 일장 연설로 일과는 끝났다. 도수 높은 안경을 썼고 중키에 둥그레한 얼굴의 선생님은

지리 수업시간에 동북아시아 지도를 칠판에 아주 잘 그렸
다. 중국과 한반도와 일본을 그리는데 고치지 않고 단번에
완성하는 거였다. 칠판의 지도가 교과서의 그것보다 훨씬
고왔다. 내가 좋아한 지리 선생님의 모습을 먼발치에서나
마 볼 수 있었던 건 학교에 간 큰 보람이었으나 고대하고
고대했던 비스킷은 끝내 나오지 않았다.

장마가 가신 7월 중순 어느 새벽 어머니, 형 그리고 나,
세 모자는 식량을 구하러 동쪽을 향해 집을 나섰다. 전차
도 끊어지고 자동차를 이용하는 것은 상상조차 할 수 없
으며 오로지 걷는 것이 유일한 이동 방법이었다. 망우리고
개를 넘어 덕소에서 점심을 먹고, 양평 못 미쳐 국수리라
는 데서 첫날 밤을 묵었다. 다음 날 또 새벽부터 걷기 시작
하여 양평을 조금 지나 나룻배로 한강을 건너 시골길에 접
어들었을 때 돌연 매미 한마리가 찢어져라 울었다. 김화
에 살던 어린 시절에 한여름이면 줄창 듣던 게 매미소리였
지만 인민군이 이남을 석권한 이 마당에 매미가 우는 것이
참으로 반가웠다. 아니 신기할 지경이었다. 조금 있으니
여러 곳에서 노래자랑이나 하듯이 매미들이 떼거리로 마
구 울어댔다. 매미들은 세상이 바뀐 것도 모른단 말인가!
오후 늦게 여주의 어느 마을 초가에 들어서자마자 형과 나
는 툇마루에서 곯아떨어졌는데 어머니는 그동안 서울서
준비해온 물건들을 이 집 저 집 찾아다니며 양식으로 바꾼

모양이다. 눈을 떠보니 형과 내 배낭은 부피가 약간 준 대신 더 무거워졌다. 어머니가 이고 온 남은 물건까지 바꾸기 위해 다른 마을로 갔다. 반 푸대 남짓 감자로 바꾸어 마침내 서울로 돌아갈 판이다. 형과 내 배낭에는 밀과 보리가 두어말씩 들었는데 내 배낭이 조금 더 무거운 것 같았다. 두살 터울 형제의 키는 엇비슷했고 살집은 내가 조금 나은 편이었는데, 생전 처음 서로 힘든(무거운 배낭) 쪽을 메겠다고 우겼다. "6·25가 터지니 너희 형제가 철이 드는구나" 하며 어머니가 중재에 나서서, 번갈아 배낭을 바꾸어 메기로 했다.

양식을 구했다는 안도감에 서울로 돌아가는 발걸음은 한결 가벼웠으나 마(魔)는 시와 때를 가리지 않는 법이다. 양평 채 못 미쳐 하룻밤을 유하고 이튿날 새벽 다시 걸음을 재촉하여 다음 날 대낮에 양수리에 닿았다. 서울서 올적에는 끊어진 다리 밑으로 힘들이지 않고 나룻배로 왔는데 2~3일 사이에 상황이 달라져 있었다. 강 건너편 모래밭에 인민군이 갖다 놓은 큼직한 상자들이 더미로 여기저기 쌓여 있는 것이 매우 불길했다.

아니나 다를까 뱃사공은 전날 오후 미군 정찰기가 왔다 갔다며 언제 공습할지 모르니 배를 띄울 수 없다고 했다. 설왕설래가 한참 이어진 다음 '뱃삯은 달라는 대로 주겠다'는 어머니 장기가 통하여 우리는 북한강 건너 모래사장에 발을 디디는 데까지 성공했다. 그런데 무기와 탄약이 들어 있을 것이 분명한 상자더미로부터 멀리 떨어지려고 몇발짝 내디딘 순간, 서쪽 하늘로부터 쌕쌕이(6·25전쟁 초기 미군의 신형 전투기에 대한 통칭, 별칭 '호주기') 두대가 우리 쪽으로 날아들었다. 백사장의 야적 상자더미가 공격목표인 걸까. 우리 세 모자는 그 자리에 엎드렸다. 나는 고개를 들었는데 전투기 조종사의 눈과 내 눈이 마주쳤다는 느낌이 들었다. 어머니가 소리를 질렀다. "고개 숙여라! 윗도리를 안 입었으니 너희 맨몸이 군복 빛깔로 보이겠다!" 그리고 얼른 당신이 입고 있던 흰 치마를 벗어 형과 나를 감쌌다. 한여름이라 형과 나는 소매 없는 러닝만을 입고 있었던 것이다. 전투기는 어느새 우리 머리 위를 지나쳐 갔고, 강 건너편에서 물보라와 불빛이 동시에 튀며 요란한 기관총 소리가 났다. 어머니를 따라 일어서서 우리는 강둑을 향해 줄달음쳤으나 아뿔싸! 언제 유턴을 했는지, 쌕쌕이 두대가 순식간에 다시 날아드는 거였다. 강변의 무기탄약 더미와 우리가 있는 곳의 거리는 고작 100m. 거기에 폭탄을 떨어뜨리면 열에 아홉은 죽을 것이다. 다시 어머니는 치마로 형과 나를 감싸 머리를 땅바닥에 수그리게 했다. 나는 아주 어릴 적부터 사람이 죽을 때 매우 아플 거란 생각을 했는데, 정작 코앞에 날아드는 전투기 앞에서는 의외의 장면이 떠올랐다. 참으로 이상한 체험이다. 아버지와 동생이 우리가 가져올 식량을 기다리다 굶주린 나머지 뼈만 앙상한 채로 누워 있는 흉측스러운 모습이 머릿속에 홱 지나갔다. 강변 백사장 두세곳에서 산더미 같은 불꽃과 폭음이 일었다. 모래, 돌, 나무, 쇳조각 들이 떨어지는 소리가 들렸다. 흙먼지는 잔뜩 뒤집어썼으나 천만다행 모자 셋 중 누구 하나 상처를 입지 않았다. 나는 폭탄이 터지기 직전 내 머리에 스쳤던 끔찍한 장면 이야기는 일절 입 밖에 내지 않았다.

덕소역 근처에 이르자 며칠 전 서울 용산에서 미군의 대폭격이 있었다는 것과, 그로 인해 최소 수천명은 죽었을 거라고 어떤 사람이 지나가는 말투로 떠들어댔다. '서울 용산'이라면 아버지와 동생이 우리를 기다리고 있을 남영동이 위치한 곳 아닌가. 청천벽력 같은 소식이다. 어머니는 얼굴이 백지장처럼 되면서 덕소에서 쉬자던 조금 전 이야기를 잊고 형과 나보고 일어서라고 다그쳤다. 망우리고개를 넘을 때는 허기와 피로가 겹쳐 탈진상태에 빠졌다. 어디다 감추어두었던지 어머니는 검푸른 밀기울 떡을 내주며 다 왔으니 기운 내라고 우리 등을 두드렸다. 남영동 집에 도착한 것은 어둑한 저녁나절이었는데, 마침 동생이 집 앞 골목에 나와 있었다.

그런데 우리를 보자마자 달려와 엄마 품에 안겨야 할 동생이 딴 데 정신이 팔려 있었다. 고개를 숙이고 땅바닥을 살피며 무엇인가 열심히 줍고 있었다. 바로 조금 전 남영동 일대에 우박처럼 쏟아진 고사포 탄피를 줍고 있는 것이라는 아버지 설명을 듣고 나서 파편 조각에 손을 대보았다. 제법 따뜻했다.

용산 폭격

6·25전쟁이 터진 후 최초의 미 공군 대규모 서울 폭격은 1950년 7월 16일 대낮의 일이다. 바로 그날 어머니와 형과 나는 여주에 도착했으니, 철 이르게 울어대던 매미소리를 들었던 시각이 아니었는지 모르겠다. 용산구의 용문동, 도원동, 원효로1·2·3가에서 수를 헤아릴 수 없이 많은 사람이 죽거나 다쳤고, 주택이 파괴되는 등 엄청난 피해가 발생했다. 대폭격이 있고 나서는 미군 전투기가 하늘에 나타나기만 하면 인민군의 고사포가 용산과 남산 곳곳에서 작열했으나, 고사포에 격추된 미군 비행기는 한대도 없었다고 아버지는 빈정거렸다. 어머니는 하루빨리 거처를 옮겨야겠다고 했다. 다음 날 아침 옮겨갈 곳을 알아본다며 어머니는 외출했고, 나는 폭격 현장을 내 눈으로 보고 싶어 원효로로 향했다. 용산경찰서 쪽으로 내려갈수록 무너진 집이 많았다. 내가 다녔던 금양초등학교가 궁금했다. 학

교에 가보니 다행히 교사(校舍)는 멀쩡했다. 학교 남쪽 담장 옆 골목을 지나가다 6학년 때의 동급생 하나와 마주쳤다. 그의 손을 잡고 폭격에 괜찮으냐고 물었더니, 그는 집에 다친 사람은 없는데 용문동에 살던 반 아이들 여럿이 죽었다고 했다. 이름을 주섬주섬 대는데 그중에 내 짝이었던 김은종이 나왔다. 붓글씨가 반에서 꼽혔고, 노트의 연필 글씨체도 한 자 한 자 모두 폼이 났던 아이다. 김은종이 용문동에 살았던가? 발길이 용문동으로 향했다. 폭격을 당한 지 며칠 지났건만 무너진 집들의 널판, 시멘트, 양철 무더기 사이사이에서 연기가 모락모락 솟아오르고 있었고, 탄내와 썩는 냄새가 뒤엉켜 코를 찔렀다. 윤장현의 집은 어떻게 되었을까? 반에서 평행봉과 철봉을 잘하는 것으로 소문났던 그의 집은 도저히 찾을 길이 없었다. 여러번 놀러가 눈에 익은 집인데도 일대의 집들이 겹겹으로 무너져 내려 어디가 어딘지 분간이 안 되었다. 용문동 서편 언덕배기 쪽, 금양학교 아이들이 많이 살았던 도원동으로 발길을 돌렸다.

얼마나 걸었을까. 큰길에서 5학년 때 같은 반이었던 아이를 만났다. 이번에는 그쪽에서 먼저 나를 알아보고 안부를 물으며, 자기 집이 불탔다는 것과 용문동 폭격은 돈을 찍던 '조선서적인쇄회사'를 때리려는 것이었다고 알려줬다.

뒷날 일선 기자 시절에 관련기관 간부들에게 직접 들은

바로는, 6월 27일 밤 서둘러 돈을 찍어내고 있던 조폐소 직원들이 화폐의 인쇄 원판을 윤전기에 걸어놓은 채로 피란을 간 것이 용산 대폭격의 결정적 이유였다. 조폐소에 진입한 인민군이 윤전기를 돌려 한국은행권을 찍었기에 그걸 못하게 하는 방법으로 미군은 군사시설이 없는 주거지역임에도 용문동을 표적으로 대폭격을 감행했던 것이다. 이때 인민군이 '불법 유통'시킨 것이 바로 9·28수복 이후 회수 소동으로 유명해진 '백원권 480-A'라 불리는 것이다.

또 있을지 모를 미군 폭격을 피하기 위해 어머니가 마련한 새 거처는 동대문구 신설동의 사촌 오라버니(장규항)의 한옥이었다. 신설동은 용산의 군부대 막사들을 멀리하기에 안성맞춤이었고, 어머니는 식량공급처인 여주 쪽 방향이란 점도 고려했을 성싶다. 대청마루를 두고 방 둘의 한옥 단칸방에 우리 다섯 식구가 들어간 것까지는 좋았으나, 한 열흘 지나자 식량이 또 바닥이 났다. 두번째 여주행에서 어머니는 나를 떼어놓았는데, 먼젓번 귀갓길의 양수리 폭격으로 놀란 나머지 공습위험에 대비한 것으로 짐작했다. 그러나 나는 어머니가 야속했다. 신설동에 와서 제일 귀찮았던 것은 동생을 돌보며 같이 놀라는 아버지의 주문이었다. 말 상대가 안 되는 아홉살 아래 동생과 하루 종일 붙어 있으려니 답답하기도 하려니와 어린 동생 손을 잡고 멀리 돌아다니는 것은 엄두가 나지 않았다. 그래서 나는 꾀를 냈다. 지난번 불발로 그친 '학교 비스킷' 이야기가 떠올라, 학교에서 등교하는 애들에게 건빵을 준다는 이야기를 들었다며 다음 날 학교에 가겠다고 했다. 처음에는 의용군을 뽑으려는 학교의 술책이라며 반대하던 아버지도 "너는 어려서 의용군 나가라고 하기는 힘들겠고……" 하며 마지못해 수응했다. 마음속으로 '학교는 왜 가' 하며, 나는 신설동 로터리로 내려와 동대문을 지나 종로를 쭉 걸었다.

단성사 앞에 왔을 때 사람들이 신문을 보고 있는 게 보였다. 세상이 바뀌었는데 신문이 나오나 의문이 들어 흘낏 쳐다본 신문의 제목은 '인민군……'이어서 조금은 놀라웠다. 이내 흰색 제복의 이북 여자 내무서원(경찰관)이 종각 앞 네거리에서 교통정리를 하는 광경을 만났다. 한 블록 더 걸어 광화문 네거리에 다다라 2년 전 신문팔이를 하며 눈에 익은 동아일보사 건물 근처로 갔다. 신문팔이 아이들 한 떼가 신문을 받느라 분주했다. 거의 자동적으로 나는 줄 끝에 서서, 주머니에 있던 돈 전부를 꺼내 신문을 받아 들었다. 신문의 제호는 '인민보'였고, 1면 큰제목은 '영용무쌍한 인민군 ○○ 해방'이었는데, 문제의 지역이 대전인지 전주인지는 확실치 않다. 남대문 쪽을 향해 "내일 아침 인민보"라 외치며 걸었다. 전세를 궁금히 여기는 시민이 많았던지 얼마 지나지 않아 신문은 다 팔렸다.

한 차례 더 팔아볼 요량으로 동아일보사 옆으로 되돌아왔으나 신문을 나누던 어른도 아이들도 모두 어디 갔는지 아무도 없었다. 신문 판 돈을 주섬주섬 계산해보니 원금의 몇배로 불었다. 이 돈으로 무엇을 살 수 있을까 궁리하며 선 채로 사방을 훑어보았더니, 건너편(현재 서울파이낸스센터가 있는 자리)에 2년 전처럼 아주머니들의 좌판이 있었다. 놀랍게도 2년 전에 맛있게 먹었던 우무국수였다. 신문 판 돈으로 우무국수 열 그릇을 먹을 수 있을 만큼 값이 쌌다. 나는 그날 저녁 아버지에게 사실대로 신문팔이를 한 것과 우무국수 사 먹은 이야기를 하고, 이튿날 다시 신문팔이를 하겠다고 했다. 아버지는 집에 늦지 않게 돌아오는 조건으로 외출을 허락했다. 이튿날은 신문팔이 수입이 더 많아 우무국수를 두 그릇이나 먹었다.

이틀간 주머니가 제법 두둑한 상태로 집에 들어왔으나, 사흘째 되던 날은 어머니가 돌아오기로 되어 있어서 신문팔이 외출은 불발로 끝났다. 어머니가 돌아온다고 해도 오후 늦게일 텐데 새우젓 맛을 본 스님처럼 나는 아침부터 안달이 났다. 하루 낮 내내 동생과 방 안에서 뒹구는 것은 상상만 해도 끔찍했다. 읽을 책도 없다. 남영동에서 옮겨올 때 이불, 옷가지, 그릇개비 같은 세간 보따리가 하도 많아 형과 나는 이삿짐 속에 책 따위를 챙겨 넣을 엄두도 못 냈던 것이다. 나는 동생을 데리고 신설동 로터리에 나가

참외나 복숭아를 사 먹겠다고 제의해 아버지 승낙을 받아 간신히 집을 빠져나왔다.

신설동 로터리에는 좌판을 벌인 아주머니들이 많았으나 설익은 과일류밖에 없었고, 가게들은 거의 모두 덧문을 닫은 상태였다. 동대문 쪽으로 조금 걸어가니 서점이란 간판이 붙은 가게에 사람 하나 드나들 만큼 문이 빠끔히 열려 있다. 고개를 디밀어보니 책이 서가에 꽉 차 있고 바닥에도 여기저기 책이 쌓여 있는 것이 아닌가. 나는 잡담 제하고 들어갔다. 주인인 듯한 사람이 나와 반갑지 않은 낯빛으로 무슨 일이냐고 하여 순간적으로 둘러댔다. "아버지 심부름을 왔는데 『임꺽정』이라는 소설이 여기 있다며 사 오래요." 주인은 의아해하던 표정을 완전히 거두고 "『임꺽정』은 여러권으로 되어 있는데, '의형제편'이냐 '화적편'이냐"라 되물었다. 나는 의형제편을 이미 읽은 터라 즉시 화적편이라고 대답했다. 안으로 들어간 주인은 책 세권을 들고 나오며, 화적편은 모두 네권인데 지금은 세권밖에 없으니 그거라도 가져가려거든 사 가라고 했다. 새 책인데도 책값은 우무국수 값에 비해 놀랄 만치 쌌다. 내처 "이기영(李箕永)의 『고향』이라는 소설 있어요? 두권짜리라던데요. 심훈(沈熏)의 『영원의 미소』는요?"라 물었더니 그것도 있었다. 주인은 노끈으로 책들을 묶어주었다. "내일도 열어요?"라는 말로 나는 작별인사를 대신했다. 1950년 여름 인민군이 서울에 머문 90일간 내가 내 힘으로 해낸 가장 재미있고 기억에 남는 비즈니스라 믿는다. '인민보'를 팔아 한 시대의 대표 작가 세 사람의 소설 여섯권을 사서 읽은 사람 있으면 나와보라.

통칭 '적치하 90일'에 비하면, 9·28수복으로부터 1951년 1·4후퇴까지의 석달 남짓 기간은 생존의 위협이 덜해서 그랬는지, 기록으로 남기고 싶은 일들이 뇌리에 거의 남아 있지 않다. 이른바 부역자로 몰려 기관에 붙들려가 큰 곤욕을 치르거나 북으로 끌려가 생이별을 한 일이 우리 집안과 친척(외가)에 없었던 게 주원인일 게다. 문제의 석달 동안 얼마나 끔찍한 일이 많이 일어났는가. 1·4후퇴는 말이 1951년 1월 4일이지 실제 남하(南下)는 12월 초에 시작되었다고 써야 옳다. 돈이 많거나 연줄이 좋거나 영호남 지방에 친척이 있는 사람들은 '적치하 90일'의 악몽 때문이라도 서둘러 보따리를 꾸렸을 것이다. 악몽 중의 악몽은 공습이었다.

우리 집안은 조기 남하의 이유 세가지 가운데 어느 하나도 갖추지 못했고, 9·28 이후라 하여 생활조건이 크게 좋아질 이유가 없었다. 어머니의 물물교환 방식의 식량조달이 아버지의 제조업으로 바뀐 것이 변화라면 큰 변화였다. 무슨 종류의 제조업? 그해 겨울은 이르게 왔을 뿐 아니라 매섭게 추웠는데, 겨울철 장기 여행이라는 특수 상황을 기

회로 포착한 털모자 제조였다. 중공군(中共軍, 한국전쟁 중 북
한 측을 돕기 위해 참전한 중국군)이 총공세를 취해 국군이 평양
에서 철수한 12월 초순은 이미 추위가 본격화하여 방한 용
구 준비가 한창이었다. 일제 말기 일본군이 썼던 털모자
의 외양과 비슷했는데, 털가죽을 붙인 천으로 두 볼을 감
쌌다. 털모자의 핵심 부분인 개털은 넝마로 시장에 나오는
일본군의 개털외투를 사 모아 재활용했다. 개털모자 제조
기구는 재봉틀이고, 재단과 재봉 일은 아버지와 형이 맡았
다. 평안남도 순천 출생의 고아로 자라나 양복점 견습생으
로 시작하여 재봉공, 재단사, 양복점 주인으로 입신한 아
버지가 40년 만에 다시 재봉틀 앞에 앉은 것이다. 58세의
아버지가 17세의 큰아들에게 재봉 일을 가르치게 되었으
니 평시라면 어머니가 펄펄 뛰며 반대했을 터인데 때가 때
여서인지 그랬던 기억은 전혀 없다. 공부를 잘했고 나 못
지않게 소설 읽기를 좋아한 고1의 형은 기꺼이 아버지를
도왔으며 놀라운 속도로 재봉 일에 숙달했다. 그후에도 형
이 집안일에 발 벗고 나섰던 점은 두살 아래의 나와 심히
대조적이다. 어릴 적부터 '손재주 없는 둔한 녀석'으로 내
놓다시피 한 터라 털모자 제조작업에 참여하지 못한 것은
물론이고, '시다'로 써먹기에도 나는 부족한 점이 많았다.
1950년 12월 한달 동안의 털모자 제조업 성과를 간략하게
말하면, 재미를 단단히 보는 장사였다. 헌 개털외투 하나

로 새 개털모자 열개 이상을 만들었고 없어 못 팔 정도의 수요가 있어, 아버지와 형이 밤을 꼬박 새는 날이 하루 이틀이 아니었다. 그러나 안전하게 남하하는 결정적 수단인 트럭에 탈 만한 비용을 저축하는 데까지는 이르지 못했다.

1·4후퇴 피란길

서울을 떠나 피란길에 오른 것은 1951년 1월 1일. 손수레에 세간을 싣고 아버지와 형이 번갈아 끌고 어머니와 내가 뒤에서 밀었다. 여섯살 동생은 손수레 짐짝 위에 앉혔는데 떨어질 것을 염려하여 노끈으로 아랫도리를 짐짝에 동여맸다. 당시의 손수레로 말하면, 고무 타이어 리어카와 우리가 마련한 쇠바퀴 손수레 두 종류가 있었는데, 쇠바퀴 손수레의 길이는 2m에 이르러 짐을 더 많이 실을 수 있었다. 단점이라면 땅바닥이 평탄치 못한 길에서 짐 실은 손수레를 끌기가 몹시 힘들다는 것이다. 어쨌건 우리 다섯 식구의 손수레가 부교를 타고 한강을 건너 노량진역 근처에 다다랐을 때, 피란민 행렬을 막고 선 헌병들을 만났다. 군포, 안양을 거쳐 수원에 이르는 국도의 민간인 통행을 금한다고 했다. 강추위의 정월 초하룻날 걸어서 남행을 하는 것도 서글픈 마당에 민간인 통행을 금한다니 열다섯의 나도 열불이 나지 않을 수 없었다. 짐을 가득 실은 손수레를 끌며 밀며 땀을 흘리던 피란민 행렬 여기저기서 큰소리가 터져 나왔다. 항의가 거세지자 어디선가 헌병 장교가 나와, '작전상 이유'라는 간단한 대답과 함께 호루라기를 불어댔다. '작전상'이라는 어구에 뜨끔했던지 피란민 쪽 고함은 수그러들었으나, 50대 아주머니 한분이 영등포 쪽으로 달리는 트럭을 가리키며 "저 민간인 트럭은 왜 보내요"라고 따지고 들었다. 헌병 장교의 대답은 인천으로 가는 차일 것이며, 경부국도에는 민간 차량 통행이 절대 불가하다고 했다. 아주머니는 돌아서며 "트럭에 이삿짐을 있는 대로 다 싣고 가는 꼬락서니가 인천에 부산 가는 배를 한척 대절한 모양이지"라 했다. 이어 큰소리로, 돈 없는 사람은 자기 발로 피란 가기도 힘들다고, 푸념을 한바탕 늘어놓았다.

노량진역에서 되돌아 한강 인도교 앞을 지나 중앙대학교 쪽으로 갔다. 인산인해라는 말 그대로 인파와 차가 뒤범벅이 되었고, 손수레와 손수레의 바퀴가 부딪쳐 삐익 하는 소리가 연방 들렸다. 거기다 지금의 국군묘지 어간(동작동)을 지나자 한길이 갑자기 좁아졌을 뿐 아니라 도로 바닥이 울퉁불퉁하여 손수레가 도무지 앞으로 나가지 못했다. 남태령 고개를 넘을 때는 헐떡거리는 아버지와 형이 5분 간격으로 교대하며 손수레를 끌었다. 피란 행렬 속의 어떤

한 사람이 우리를 향해 "어떻게 고갯길에서 노인에게 손수레를 끌게 합니까"라며 마땅치 않은 표정을 지었다. 아버지는 50대 초에 이미 머리카락이 반 이상 빠진 상태였고 볼과 턱의 수염은 흰색에 가까웠지만 나는 아버지를 한번도 노인이라고 생각해본 적이 없었다. 밖에서는 대체로 모자를 썼던 아버지는 손수레를 끌면서도 줄곧 모자를 썼는데, 남태령에서 땀을 하도 많이 흘려 모자를 벗었던 것이 문제였다. 아버지 말고 우리 가운데 누가 손수레를 끈단 말인가. 나는 '노인 어쩌구' 하며 남의 기분을 상하게 한 사람이 이상하다고 여겼다.

피란길 초하룻날 밤은 과천 지나 안산 근처 어느 농가에 들어가 사정사정한 끝에 마루에서 다섯 식구가 새우잠을 잤다. 동이 트자마자 우리는 남쪽을 향해 지방도로를 타고 강행군을 시작했다. 식구 중에 식성이 제일 좋은 나는 아침을 어디서 어떻게 먹을지 아무도 입을 떼지 않는 것이 여간 답답하지 않았다. 뒤에 나란히 서서 손수레를 밀던 어머니는 돌연 내 얼굴을 살피며 "배고프지? 저쪽에 보이는 논에서 아침밥 해 먹자"라 했다. 내 마음을 꿰뚫어 아는 어머니가 고맙기는 했으나 논바닥 위에서 밥을 해 먹자는 말에 아연실색했다. 아무리 피란길이라도 겨울 논바닥에서 밥을 지어 먹는다는 것은 꿈에도 상상 못한 일이다. 그러나 논에는 이미 여러 가족이 냄비 등속을 끄집어내놓고 불을 지피느라 바빴다. 손수레를 세우고 아버지가 형과 나에게 야산 목에 달려가 삭정이를 주워 오라고 시켰다. 지푸라기와 삭정이를 한 아름씩 안고 큰길에서 논으로 뛰어내려오던 도중 나는 논둑에서 미끄러져 자빠졌다. 쥐고 있던 짚과 나뭇가지들이 사방으로 흩어지면서 바로 근처에서 밥을 먹고 있던 어느 가족의 머리 위로 먼지가 튀었던 모양인지, 심한 욕설이 들려왔다. 형이 나를 일으켜 세우며 "미끄러워 넘어진 것인데 너무 심하게 욕하지 마라"고 대꾸한 것이 사달이었다. 밥을 먹던 내 또래의 사내아이가 벌떡 일어서서 다짜고짜 형의 멱살을 잡고 "잘못한 놈이 무슨 말이 많아!" 하며 싸울 듯이 달려들었다.

저쪽에서 밥 지을 준비에 한창이던 아버지가 뛰어왔다. 그러자 기다렸다는 듯이 형 멱살을 잡은 아이의 아버지가 나서며 "잘못했으면 빌어야지" 했다. 아이 싸움이 어른 싸움 된다는 말대로 두 성인의 삿대질 시비는 어느 사이에 격돌로 치달았다. 상대방이 아버지보다 열살은 젊은 것 같아 나는 몹시 불안했다. 아니나 다를까 주먹질과 발길질을 동시에 허용하는 현대판 격투기가 벌어졌는데, 나는 그 실황을 1951년 1월 경기도 안산 논바닥 아레나(arena)에서 일찍이 관람했던 셈이다. 초전은 우열을 판별하기 힘들 만큼 호각지세였는데 조금 지나면서 남태령의 '노인', 나의 아버지가 완연히 밀리는 판세였다. 눈 깜짝할 사이에 급전하는 형세라 나는 어찌할 바를 몰랐으나 만약 아버지가 넘어지면 무슨 방법을 쓰더라도 대들어야겠다고 다짐했다. 상대방이 아버지를 넘어뜨리고 위에서 주먹질을 가할 때 그의 머리를 돌로 내리칠 수밖에 없다고 나는 결심했다. 손에 들기 좋은 돌을 찾으려 사방을 두리번거리니, 냄비를 올려놓으려고 주워온 돌들이 눈에 들어왔다. 저 돌을 집어 들고 있어야겠다 벼르는 순간, 뒤로 나자빠진 이는 불안했던 아버지가 아니라 상대방이었다. 아버지의 강력한 펀치 때문이 아니라 미끄러운 논바닥 덕에 넘어진 거였지만 6·25 이후 내가 본 가장 통쾌한 장면이었다. 논바닥 여기저기서 밥을 지어 먹던 사람들이 일제히 일어나 화해를 붙여 격돌했던 쌍방 가족은 각자의 아침 취사에 복귀했다. 만약 아버지가 넘어져 내 손아귀에 있던 돌멩이가 날았다면 우리 가족의 1·4후퇴 여정은 전혀 뜻밖의 경로로 치달을 뻔했다. 거기서 그치지 아니하고 가장으로서의 위신을 손상한 아버지가 활력을 잃어 우리 피란살이에도 적잖이 타격을 받았을지 모른다. 고아 출신에 무학력·무직의 아버지가 완력이 달려 자식들 앞에서 얻어맞는 꼴을 보였다면? 비극까지는 아니더라도 불운의 연속으로 이어졌을 가능성은 없었을까.

　안산 논바닥에서의 해프닝이 있은 다음 날 화성군 발안면 어느 농가의 빈 외양간에서 하룻밤을 보내고 나자 어머

니는 충청남도 온양에 닿는 대로 거기서 며칠 쉬자고 했
다. 피란길 일정에 대해서는 어머니 외에는 누구도 의견을
내놓을 만한 정보가 없었을 뿐 아니라 엄두가 나지 않는
일이어서 모권(母權) 전결사항이 되어버렸던 것이다. 평택
은 이름 그대로 평탄하여 고개가 거의 없었고, 포장 안 된
지방도로이긴 하지만 손수레 끌기에는 비교적 수월했다.
서울을 떠난 후 처음으로 먼 거리를 걷고 나서 안중의 제
법 번듯한 어느 양철지붕 집에 들어가 온돌방 하나를 빌려
서 유숙했다. 어머니가 방값을 단단히 치른 탓이겠지만 저
녁밥까지 해주는 것이어서, 거기서 단 하루라도 더 묵고
가면 좋겠다는 생각이 가득했다. 그러나 6·25전쟁 중의 마
(魔)는 너무나 예고 없이 그리고 이상스럽게 찾아왔다. 그
날 낮 큰길에서 마주쳤던 미군용 지프차를 가리키며 형이
태국군이라 했을 때 나는 왠지 꺼림칙했다. 그런데 그날
밤 마의 본당(本堂)이 태국군이었으니, 내 예감이 적중했
던 모양이다. 사실 나는 인민군과 중공군을 저지하기 위한
유엔의 깃발 아래 태국이 참여했다는 것이 영 마음에 들지
않았다. 유엔군이라면 어디까지나 미군이고, 그다음은 영
국, 프랑스 정도의 선진국들로 국한할 것이지, 태국 같은
후진국은 왜 불러들인담 했던 것이다. 그리고 느닷없이 해
방 직후 김화에 진입한 소련군이 부녀자를 겁탈하니 밤중
에 처녀들은 일절 밖에 나가지 말라고 했던 게 머리에 스

쳤다. 저녁 숟가락을 놓자마자 온 식구가 곯아떨어졌는데, 한밤중에 주인 아주머니가 장지문을 두드려 어머니를 깨워 나지막이 말하는 소리가 들렸다. "근처에 주둔한 태국 군인들이 여자를 겁탈하러 다니니 절대 호롱불 켜지 말고 뒷간 출입하지 마세요." 다시 잠이 들어 얼마나 지났는지, 멀지 않은 거리에서 총소리가 두세발 울렸다. 그리고 또 한참 뒤, 주인 아주머니가 다시 우리 방문을 두드렸다. "건너편 마을에 묵던 피란민 여자 둘을 (태국군이) 데리고 갔으니 오늘 밤은 괜찮을 거예요." 다음 날 아침밥을 먹고 나서도 우리 식구는 약속이나 한 듯 입을 봉했다. 태국 군인들이 우리가 묵었던 집에 들이닥쳤다면 어찌 되었을까 하는 공포감에 짓눌려 있었는지 모른다. 서둘러 손수레를 끌고 충청도와 경기도의 경계인 둔포로 향하는데, 둔포는 온양이 위치한 아산군에 속했다. 경상도와 전라도에도 물론 그때까지 가보지 못했지만 태어나 처음 충청도에 발을 들여놓은 것이다.

　늦은 점심을 먹기 위해 들어간 주막집에서 주위들은 이야기는 참으로 놀라웠다. 온양에는 서울서 피란 온 사람이 5만명이 넘을 것이라 했다. 그래서 읍내에서 방을 구하기는 하늘의 별 따기이고 5일장이던 온양장은 상설시장으로 변했단다. 온양에서 묵을 방을 구할 수 없다면 둔포에서 온양 가는 중간의 마땅한 데서 며칠 쉰다는 것이 어머니의 변경된 일정이었다. 그리하여 우리는 아산군 음봉면 '뒷내'라는 마을에서 두달 가까이 머무르게 되었다. 지리책과 어른들의 이야기 그리고 신문기사를 통하여 충청도가 한반도의 어디쯤 위치한다는 것은 알고 있었으나 지역의 문화와 역사 같은 인문지식은 초보적 수준에도 미치지 못했다. 소설에서 읽은 충청도의 특색도 머릿속에 그리 뚜렷하게 남아 있지 않았고, 충청남도의 도청 소재지가 대전, 그리고 대전은 경부선과 호남선이 갈리는 지점이라는 것이 내가 지닌 '충청 정보'의 전부였다. 우리 가족이 빌려 든 집은 20여호의 작은 시골마을 뒷내의 큰길에서 조금 떨어진 밭 가운데 달랑 하나 서 있는 초가집이었다. 기역자 집 안채 건너로 부엌이 딸린 두칸 방 별채에 우리가 들었는데, 주인은 안색이 창백한 30대 말의 농사꾼이었다. 왜정 말기 징용에 끌려가 병을 얻어 여러해 고생했단 말로 시작된 자기소개는 끝도 없이 이어졌다. 집주인 농군의 말투가 공손했던 것과 아버지의 질문에 매번 "여부가 있시유"라 대답했던 것이 매우 인상적으로 남아 있다. 나는 이 말을 처음 들었을 때 무슨 뜻인지 몰랐다. '여부가 있습니까'의 충청도 사투리라는 것은 한참 뒤에야 알았는데, 훗날 같은 뜻의 프랑스말 '비앙쉬르'(bien sûr)를 들을 때마다 그때의 "여부가 있시유"가 떠올랐다. 주인 농군은 자신이 충청도 태생이고 현재 충청도에 살고 있다는 데 대단한 긍지를 지닌 것 같았다. 이를테면 아산 사람들은 경기도 평택 사람들을 내려다본다는 것인데, 그 근거로 여러가지를 들었다. 옮길 만한 것은 별로 남아 있지 못한데 그중 하나를 꼽자면 '경기도 경아리, 충청도 양반'이다.

온양 하면 온천을 생각할 만큼 온양 온천은 유명했지만 거기서 고작 20리 상관의 뒷내에서 두달 이상 지내면서도 온천장에는 한번도 들어가보지 못했다. 하지만 온양읍내는 줄잡아 열번 이상, 아니 스무번은 갔다. 특별히 심부름이나 할 일이 있어서가 아니라 사람이 많이 모여 북적이는 곳에 가보고 싶었던 것이다. 뒷내에 도착하고 사나흘 지났을까. 반찬거리를 사러 가는 어머니를 따라 온양읍내에 처음 갔다. '온양 거주 피란학생 ○월 ○일 등록'이란 종이쪽지 안내문이 읍내의 제일 큰길 전봇대에 붙어 있었다. 쪽지를 가리키며 그날 꼭 읍내에 다시 오겠노라 하자, 어머니는 언제 떠날지 모르는데 여길 어떻게 오느냐며 시큰둥한 대답이었다. 하지만 나는 어머니와 형의 만류를 뿌리치고 안내문에 적힌 날짜에 온양읍내의 지정 장소에 갔다. 피란 중에도 고2, 고3짜리들을 징집한다는 소문이 있었던 때문인지 모인 학생은 내 또래 중학생과 여학생이 태반이었다. 어른 하나가 나서서 "해동이 되는 대로 피란 중인 학생들을 위한 수업 개시를 준비 중"이라고 했다. 그게 다였다. 수업보다도 읍내 구경에 목적이 있었던 터라 나는 하나도 아쉬울 것이 없었다. 우선 시장을 찾아갔다. 북적이는 사람들 틈에서 이곳저곳을 살피는데, 시장 가장자리에 이르자 한쪽 구석에 책 무더기가 가득 쌓여 있었다. 돌연 지난해 여름 서울 신설동 책방에서 우연히 만났던 소설책 행운이 머리를 스쳤다.

5. 피란지 군산에서의 고교생활

펄 벅과 루쉰

신설동이라면 서울 한복판은 아니지만 용산, 마포, 미아리, 청량리, 왕십리 등지보다는 도심에 훨씬 가까운 곳이고, 인민군이 들어온 지 한달 남짓한 시기였던 터라 그때 거기 책방에서 소설을 만난 것은 기실 대단한 행운은 아니었을 것이다. 그러나 서울서 밀려온 피란민이 들끓는 가운데 먹을 것과 추위에 견딜 옷가지에 열을 올리던 1·4후퇴 직후의 온양 장터에서 책을 만나는 것은 쉬운 일이 아니다. 여하튼 소설책 행운은 평생 나를 쫓아다녔다. 개눈에는 똥밖에 안 보인다는 속담대로 내가 소설을 유난스럽게 탐한 것과 무관치 않을 것이다. 온양 장터에서 산 것은 펄 벅(Pearl S. Buck)의 『대지』와 루쉰(魯迅)의 『아큐정전』 두 권이었다. 장바닥의 책 무더기 속에는 내게 친숙한 이름인 방인근(方仁根), 김내성(金來成)과 지금 일일이 책 제목을 대기는 힘들지만 읽고 싶은 소설들이 많았다. 그런데 하필 그 두가지를 고른 것은 어디선가 명작이란 소리를 들은 것이 중요한 이유였고, 또하나는 "이 판에 너는 아직도 연애 소설에 매달리느냐"는 어머니의 야단을 피하려는 조심성이 작용한 결과였다. 그 덕분인지 어머니는 '루쉰은 왜정 때 나도 읽은 적이 있는데 좋은 책'이라 하였고, 나 홀로 내빼듯 온양읍내로 간 것을 마땅찮아하던 형은 내가 사온 두 권의 소설 중에서 얼른 루쉰을 집어 드는 거였다.

나는 그날로 『대지』를 읽기 시작했다. 펄 벅이 미국 선교사의 딸로 태어나 부모를 따라 중국으로 건너가 거기서 성장한 작가이고 노벨상을 탄 『대지』가 현대 중국을 무대로 한 소설이라는 정도는 이미 알고 있었다. 내가 읽은 우리나라 장편소설 대부분은 첫머리부터 의외의 사태 진전이 있을 것 같은 전조(前兆)를 깔고 이야기가 전개되는 것이 보통인데 『대지』는 그렇지 않은 것이 매우 생소했다. 답답하게 시작하는 것이 명작의 특징인가보다, 생각했으나 끌리는 맛은 확실히 모자랐다. 그러다 초장 어느 대목에서 주인공 농부 왕룽 부자의 대화가 큰 부잣집에서 허드레 부엌일을 하는 여종을 며느리로 삼느냐 마느냐에 이르러, "언청이나 곰보가 아니면 된다"는 아버지의 직설에 나는 그만 화들짝 놀라고 말았다. 달콤하거나 푸근한 느낌과는 거리가 멀었지만 오로지 땅을 파 씨를 뿌려 가을하는 사람들에게 강렬한 삶의 의지가 있음을 알았다. 왕룽의 아내 아란이 밭에서 일하다 산기(産氣)를 느껴 집에 돌아와 홀로 아기를 낳고 갈대 조각으로 탯줄을 끊는 장면은 정말 끔찍했다. 거기에 더해 가뭄으로 농사를 망쳐 먹을 것이 깡그리 바닥난 마을에서 인육(人肉)을 먹는다는 소문이 퍼지는 장면에서는 책을 그만 내동댕이치고 싶었다. 그러나 소설이 과장을 했거나 있지 않은 일을 날조하여 중국을 매도한다는 생각은 전혀 들지 않았다. 어머니가 나를 배고 서울로 올라와 종로의 유명한 '신필호 산부인과'에 다니고 대학병원에서 해산한 것과 아란의 경우는 글자 그대로 하늘과 땅 차이다. 그래도 아란과 나의 어머니는 공통점이 있으니, 둘 다 지독하게 아들 낳기를 바랐다는 점이다. 나는 왕룽보다 그의 아내 아란에게 훨씬 더 호감이 갔다.

내가 소년시절에 읽은 미국 작가의 소설은 『톰 쏘여의 모험』이 먼저고 『대지』가 두번째다. 지울 수 없는 충격을 준 『대지』를 나는 누구에게도 권하지 못한 반면, 『톰 쏘여의 모험』은 아들과 손자들에게 책을 사주며 읽어보기를 권했던 기억이 남아 있다. 내가 대학 영문학과에 다니던 시절, 미국 소설을 논하는 자리에서 펄 벅이 그 대상이 되는 예가 거의 없었던 것과 관계있을지 모른다. 이제는 까마득한 옛이야기 같지만 1960년대 중반부터 한 세대에 걸쳐 중국과 전세계를 휩쓴 '문화대혁명'이 나의 펄 벅 평가에 영향을 끼쳤을 수도 있다. 실제로 1980년 초의 덩 샤오핑(鄧小平)의 개혁개방 이후 내내 『대지』는 중국에서 금서(禁書)가 되었다가 2000년대에 들어와 비로소 해금되었다.

일단 손에 든 『대지』를 빨리 끝내지 못하는 것이 나는 몹시 속상했다. 책 내용도 내용이려니와 전깃불이 들어오지 않았던 때라 해 떨어진 이후엔 책을 펼칠 수 없었던 것이 독서 진행의 제약이었다. 게다가 우리가 머문 아산군 음봉면 뒷내 마을 셋집에서 구들장을 덥히고 밥 지을 연료(땔감)를 조달하는 일이 형과 나에게 떨어진 것은 당연한 일이었다. 연료라 하면 석유나 전기, 연탄을 떠올릴지 모르나 그건 정말 가당찮은 오해다. 비단 우리가 머물렀던 충남 아산만이 아니라 이남의 농촌 전역에서 나무가 연료의 주종을 이루었고, 겨울철이면 산에 가 땔나무를 하는 것이 농가에서는 가장 큰일이었다. 개털모자 만들기와 손수레 끌기에서는 나서서 단단히 한몫을 하던 형이 무슨 까닭인지 나무하는 일은 자꾸 나에게 미루었다. 아무리 둔해빠져도 나무하는 것쯤은 단순한 일이라 동생도 능히 해내리라 여긴 모양이다. 그러나 '산에 가 나무하는 것'은 그렇게 간단치 않았다. 사람이 살아가는 데 유용한 일에는 그

것이 어떤 일이든 지능과 노하우와 정성과 끈기가 필요하다는 것을 나는 이때 처음 깨달았다.

'나무'라 하지만 농촌의 난방과 취사용 연료로 기본이 되는 것은 도끼로 찍거나 톱으로 벤 통나무가 아니라 땅에 떨어진 소나무 잎사귀(솔개비, 솔가루, 솔잎 등 지역에 따라 표현이 다양하다)를 주워모은 것이다. 첫날 나는 맨손에 새끼 두어발을 갖고 야산에 나무하러 갔는데, 주워모은 하루치 솔잎을 집으로 가져오는 것은 불가능했다. 코앞에 수북하게 솔잎을 쌓아놓았지만 새끼줄로 도저히 묶을 수가 없었던 것이다. 얼기설기 새끼로 묶어 어깨에 메었는데 집에 와서 보니 절반 이상이 땅에 떨어져버린 터였다. 이튿날 나보다 두어살 어린 주인집 아이에게 같이 나무하러 가자고 청하자, 그는 냉큼 애기지게에 갈퀴와 낫을 들고 앞장을 섰다. 솔잎이 많은 곳에 이르자 우선 삭정이를 주워다 놓고, 어디선가 마른 칡넝쿨을 잘라 왔다. 이어 칡넝쿨을 반 아름 기장(길이)으로 잘라 두개를 70~80cm 간격으로 평행하게 가지런히 놓고, 삭정이를 그 위에 가로놓고는 거기다 갈퀴로 긁어모은 솔잎을 차곡차곡 쌓았다. 그리고 솔잎 더미의 밀도를 대충 손으로 감정한 뒤 그 양쪽에 적당한 정도로 다시 삭정이를 얼기설기 붙여 세워 솔잎이 흩어지지 않게 하고 나서 그 위에 삭정이를 살짝 얹었다. 마지막으로 육면체의 솔잎 더미를 칡넝쿨 두줄로 동여매니 맵시 나는 솔잎 나뭇동 하나가 완성되는 거였다. 그는 솔잎 나뭇동 두 개를 만들어 한동은 자기 지게에 얹고 다른 한동은 칡넝쿨로 멜빵까지 만들어 내가 어깨에 지도록 해주었다. 나는 너무나 고마웠다. 아버지를 닮아 갸름한 얼굴에 말수가 별로 없는 주인집 아이는 나와 동행하여 며칠이나 나무하러 갔다. 그런데 바로 옆에서 그가 하는 대로 나도 따라 했지만 결과는 왠지 번번이 실패작이었다. 몇차례의 시행착오 끝에야 볼품은 없지만 솔잎이 흩어지지 않을 정도의 나뭇동을 내 손으로 만들어 오는 데 일단 성공했다.

『대지』에 나오는 중국의 억척 농군 왕룽에 비교한다는 것은 어불성설이겠으나 하루치 나무를 거뜬히 할 수 있게 된 임시 농군인 나는 중국 전통 농업사회의 몰락한 '먹물' 공을기(孔乙己, 단편 「공을기」의 주인공)를 루쉰의 소설에서 만났다. 공을기는 글을 좋아했고 글줄이나 읽은 것을 내심으로 무척 뽐내는 사람이었다. 나 역시 오랫동안 나무나 하러 다니다 보면 공을기처럼 되는 거나 아닌지 하는 공상을 해보았다. 공을기는 먹고사는 게 여의치 않아 삼류 인간으로 전락했고, 소설 초장에 술 외상 때문에 망신당하는 밑바닥 식충이 아닌가. 이런 인물이 주인공으로 나오는 소설책을 하필 열다섯 나이 피란길에서 마주치다니, 소설 좋아하다 횡액을 당한 기분이었다.

내용과 분량 때문인지 아니면 나무하는 일에 바빴던 탓

인지 나는 『대지』를 다 읽지 못했는데 형이 책을 바꾸어 읽자는 바람에 루쉰으로 옮겨 갔다. 소설에 손을 댄 이래 여러 종류의 것을 읽었지만 나는 단편소설에는 재미를 붙이지 못하는 성미였다. 그래서 『아큐정전』을 들어 목차를 보는 순간 적잖게 실망스러웠다. 이야기가 풀리기 시작하려는데 중간에서 끝나는 것은 어디가 잘못된 것이고, 단편만을 쓰는 작가는 소설을 만들 능력이 모자란다고 믿었다. 김동인, 김유정(金裕貞), 이태준(李泰俊) 등의 단편소설들이 어디가 어떻게 흠인지 대보라면 거기에 답할 준비는 되어 있지 못했지만, 그때 내게는 단편은 '아니'었던 것만은 분명하다. 단편집 『아큐정전』의 대표작이라 할 「아큐정전」은 그때까지 내가 읽은 단편 가운데서 처음 보는 긴 단편이었는데 끝도 없이 이어졌다. 단편이라고 해놓고는 정작 구성을 1, 2, 3 번호를 붙여가며 장(章)으로 나눈 것부터 못마땅했다. 주인공의 인생역정 전체와 시대배경을 담으려면 사건 진행과 서술 속도를 늦추어 찬찬히 나갔으면 좋지 않았을까. 중국 현대사와 그 밖의 정치경제 사정에 무지했기 때문이었겠으나 잘 읽히지 않기로는 루쉰의 단편들이 『대지』를 몇배 능가하고도 남았다. 그 가운데서도 「광인일기」는 일상 가까이 사는 사람들이 특정인을 눈여겨두었다가 같이 잡아먹는다는 주제여서 정나미가 떨어졌다. 아무리 정신병자의 피해망상증을 빌린 설정이라 해도 독자를 불편하게 하려고 작심한 것 같았다. 펄 벅의 소설에서 인육 먹는 이야기에 질린 나는 「광인일기」가 짧게 끝난 게 속이 시원했다. 중병에 특효라 하여 막 처형된 정치범의 피를 받아 만두 속에 넣는 이야기, 어느 단편에선가는 주인공이 이를 잡아먹는 역겨운 이야기가 나왔다. 배가 고파서? 천만에! "내 피를 빨아 먹는 고약한 놈이니 그놈의 피를 빨아 먹어야겠다"는 거였다. 훗날 20대에 루쉰을 다시 읽었을 때에는 당시의 느낌과는 많이 달라지긴 했으나, 루쉰의 소설들에 친근감이 생겼다고 하면 그건 거짓말이다.

두 소설을 읽어나가면서 중국을 무대로 한 것이라는 사실은 의식하고 있었다. 그러나 소설 속 등장인물과 시대가 지금 한반도에서 전쟁을 하고 있는 그 중국 사람이나 현실이라는 생각은 전혀 들지 않았다. 중공군의 참전과 남진으로 인하여 우리 집안이 서울을 떠나 피란길에 오른 것과는 별개로 생각되었다. 내 머릿속은 '제갈공명, 조자룡, 손오공, 흑선풍 이규, 그리고 반금련의 중국' '아편쟁이들에 둘러싸인 부패한 장 제스의 중국' '짜장면집 짱깨의 중국' 그리고 마지막으로 '마오 쩌둥(毛澤東)의 중국' 등 대여섯 중국이 뒤범벅이 되어 있었던 것이다. 어느 쪽이 진짜 중국인지 물어볼 만한 상대도 없었으려니와 물어보았자 누구도 명쾌한 답변을 해줄 것 같지 않았다. 음봉면 뒷내에서 듣는 소문으로는 중공군이 수원을 지나 혹은 오산, 혹은 서정리까지 왔다고 했다. 신문과 방송이 닿지 않는 곳이라 동네사람의 설왕설래가 정보의 전부였다. 소문을 두고 아버지와 어머니가 어두운 표정을 지을 적에는 왕룽, 아큐, 공을기는 중공군과 어떻게 되는 사이인가 하는 의문이 잠시 들었지만 곧 사라졌다. 펄 벅은 미국사람이니 처음부터 별문제가 없고, 루쉰은 오래전에 이미 죽은 사람이 아닌가. 6·25나 중공군의 참전과는 아무 관련이 없다고 마음속으로 정리했다. 소설은 어디까지나 소설일 뿐 소설과 현실의 관계를 따지는 것은 내가 할 일이 아니라고 치부했다.

군산으로 가다

아산군 음봉면 뒷내에서의 체류가 예정했던 것보다 길어진 것은 추위도 추위였지만 아버지의 체력 회복에 시간이 걸렸기 때문이다. 다음 목적지는 군산이었다. 어머니가 충청남도 서부 간선도로를 피란길로 택한 것부터 다 속셈이 있었던 것이다. 6·25 전에 고등학교 교사였던 큰외숙(장규태)이 '대한농회'의 전라북도 군산지점장으로 1950년 12월 초에 발령을 받았던 사실이 결정적 동기였다. 낙동강 너머로 다들 앞다투어 도망치듯 남행하던 시절, 큰외숙은 무슨 재주로 서울서 멀찌감치 떨어진 곳에서 안정된 직장을 갖게 되었을까. '빽'(연줄)이 말을 한 것이다. 그의 아우, 즉 나의 작은외숙(장규섭)이 대한농회 회장의 비서실장 자리를 차지하고 있으면서 만들어준 '1·4후퇴판 정실 낙하산 인사'였다. 당시 농민 혹은 농업 관련 조직은 전국 곳곳에 점포를 둔 금융조합이 대표적이었다. 그러므로 신용업무가 빠진 대한농회가 지금의 농협처럼 '생기는 것'이 짭짤하고 맥을 추는 반관반민의 기관이 되지 못함은 뻔하다. 하지만 군산은 큰 도시고 그 배후지가 김제와 옥구를 아우르는 전국 최대의 만경평야였던 터라 대한농회 군산지점장은 우습게 볼 자리가 결코 아니었다. 1947년 월남 때와 마찬가지로 친정 동생의 도움을 받아 세상 돌아가는 것을 보아가면서 당분간 군산에서 생계를 꾸려간다는 것이 어머니의 구상이었던 모양이다.

3월 중순 어느 아침, 우리 가족은 서울을 떠날 때와 마찬가지의 행장을 꾸렸다. 손수레에 짐을 싣고 그 위에 아우를 태워 아버지와 형이 번갈아 끌며 어머니와 나는 밀면서 뒷내 마을을 떠났다. 솔잎 나무하는 법을 가르쳐준 주인집 아이는 큰길에 나와 한참이나 우리를 따라왔다. 작별의 선물 하나 주지 못한 것이 못내 섭섭하다. 온양읍으로부터 예산, 홍성, 광천, 대천, 서천을 거쳐 장항에 이르는 200리 길인데 두달 전 한강을 건널 때와 달리 발걸음은 한결 가벼웠다. 강추위가 가신데다 모르는 사이 외지 피란생활에 익숙해져 자신감이 생겼을 것이다. 미지의 고장이지만, 장항에서 배를 타고 금강 하류를 건너기만 하면 외숙이 사는 군산이라는 것도 마음이 놓였다. 온양에서 예산으로 가는 길은 비교적 평탄했고, 피란민으로 보이는 행인은 별로 눈에 뜨이지 않았다. 인근 농촌마을 사람들이 장날 나들이하는 차림새로 이따금 드문드문 큰길을 걷고 있을 뿐이다.

6·25전쟁의 마(魔)는 끝나지 않았던 모양이다. 온양, 예산 중간쯤 그다지 높지 않은 고개에서 손수레에 올라앉았던 동생이 내리막길에서 약간 속도가 나는 바람에 손수레 아래로 굴러떨어졌다. 그야말로 눈 깜짝하는 사이에 생긴 일인데, 온 식구가 사색이 되어 동생을 안아 일으켰다. 2m 이상 높이의 움직이는 손수레 짐짝 위에서 떨어졌건만 이상하게도 어느 한곳 심하게 긁힌 데 없이 말짱했다. 아버지는 동생을 가리키며 "명이 긴 놈이니 앞으로 걱정 안 해도 된다"고 했으나, 어머니는 못마땅해하며 예산읍에 닿는 대로 병원에 가야 한다고 우겼다. 그날 저녁은 예산농고 앞 여관에 투숙했다. 다음 날, 병원진찰을 받는다던 어머니는 말을 바꾸어 군산행 이동방식을 돌연히 바꾸는 거였다. 무슨 수를 써서라도 나와 동생을 데리고 어머니는 자동차를 타고 갈 것이니, 아버지와 형은 손수레를 끌고 너무 서두르지 말고 조심해 따라오라는 거였다. 이 결정에

아버지와 형이 어떤 반응을 보였는지는 기억에 없다. 이래 저래 나는 편한 쪽으로 분류되었으니, 형보다 나이가 어렸던 까닭인지 아니면 어머니의 특별한 배려 때문인지 모르 겠다. 아마 두가지 다였을 것이다.

어머니는 천안, 장항 사이를 왕래하는 충남선 열차가 불 통이고 불규칙하게 운행되는 버스는 찻삯이 엄청나게 비 싸다고 했다. 다행히 그날 오후 예산읍에서 광천까지 가는 버스가 있어 우리 세 모자는 그걸 탔다. 광천 근처에 이르러 조그만 다리 위를 지나갈 때 다리 아래의 시커먼 진흙을 가리키며 어머니는 "이게 갯벌"이라고 했다. 나는 그 실 물을 처음 보았을 뿐 아니라 갯벌이란 말 자체를 처음 들 었다. 시궁창도 아니고 개천도 아닌 구덩이에 졸졸 흐르는 물은 더럽다는 느낌이 앞섰다. 어머니는 갯벌에 가재, 새 우, 꼴뚜기 등 여러가지가 산다고 하며, 썰물 때라 물이 검 게 보이는 것이라고 했다. 광천에서 하룻밤 묵은 여관은 여관이란 간판을 붙이기가 민망할 정도로 외양이 초라했 지만, 놀랍게도 저녁 밥상의 반찬은 줄잡아 열가지가 넘었 다. 6·25 전 서울에서 어쩌다 맛본 어리굴젓을 빼고는 모 두 생전 처음 구경하는 해물인데다 신기할 만큼 맛이 좋았 다. 어머니는 저녁 밥숟가락을 놓자마자 시장에 가 김 한 톳을 사 왔는데, 다음 날 길 가다가 먹을 김밥을 직접 만들 기 위해서였다. 아침 먹고 일찌감치 장항행 버스정류장에 나갔다. 그러나 온다던 버스는 아무리 기다려도 나타나지 않아 반나절이나 안달복달하고 있는 판에 GMC 군용 트럭 한대가 와 섰다. 버스를 기다리던 사람들이 하는 대로 우리도 거기에 올라타, 두세번 중간중간 머물긴 했으나 어렵지 않게 장항에 도착했다.

군에서 '후생사업'으로 여객운송업을 한다는 것을 동승한 중년 남자가 귀띔해주었다. 우리를 태운 GMC 운전사는 장항읍내 버스정류장이 아니라 군산으로 건너가는 도선장에 곧장 차를 갖다 대어주었다. 21세기의 널리 퍼진 표현을 빌리자면, '군·민 간의 서비스 경쟁'인 셈인데, 물론 돈을 벌기 위해서다.

통통배 위에서 바라본 금강 하류는 강이 아니라 바다였다. 바다는 바다인데 너무나 검다. 광천의 갯벌 색깔보다는 덜 검었지만 흐리기는 대차없었다. '흙탕물'이라 하면 대충은 통할지 모르겠으나 개울물 바닥의 진흙을 발로 비볐을 때 퍼져 올라오는 흙탕물 빛깔하고도 완전히 다르다.

배가 부두를 한참 떠난 다음 보니 멀리서 거무튀튀하게 비쳤던 바다 색깔이 달라지는 거였다. 고개를 숙여 찬찬히 내려다본즉 투명한 깊이가 제법 깊었다. 나는 장항, 군산 앞바다를 보기 전 꼭 두번 바다에 갔다. 첫번째는 네댓살 때 간 강원도 통천 아래쪽 휴양지 염성이고, 두번째는 초등학교 5학년 때 소풍 간 인천의 월미도 앞바다이다. 바닷

물의 맑기를 기준으로 해도 염성이 단연 으뜸이고 다음이
월미도, 마지막이 장항, 군산 앞바다이고 청정 순위도 마
찬가지다. 한 손에 동생 손목을, 다른 손에 짐꾸러미를 쥔
채 심란하게 앉아 있는 어머니를 향하여 나는 혼잣말 비슷
이 "바닷물이 왜 이렇게 흐리지" 했다. 누가 말문 열기를
기다리기나 한 듯 어머니는 "맑은 물에는 고기가 못 산다
는 말, 듣지 못했구나" 했다. 조금 빗나가는 답이지만 아주
딴청은 아니다. 이어 평안도의 '청천강'은 그 명칭과는 달
리 하구의 물이 탁한 편이고, 그런 연유로 고기가 많이 잡
힌다고 했다. 나는 내처 물었다. "어떤 종류의 물고기가 잡
히는데?" 뱅어라는 즉답이 나왔다. 지리 교과서를 아무리
열심히 읽어봐도 알기 힘든 이런 지식을 어머니는 어디서
습득했을까.

전라도 땅에 막 발을 디디고 몇분이 지나서다. 도선장에
서 걸어나와 승선하려는 사람들을 지나 부두 공터에서 한
숨을 돌리려 할 때였다. 군복 바지에 허름한 저고리를 입
고, 저쪽에서 힘없는 걸음으로 다가오던 야윈 청년이 어머
니 앞에서 꾸벅 머리를 숙였다. "이틀 동안 아무것도 먹지
못했어요. 먹을 것 있으면 주세요." 나이나 복장으로 미루
어 거렁뱅이는 아니고 말투도 공손했다. "우리는 지금 피
란 오는 중이외다. 줄 돈은 없고 먹다 남은 김밥이 있으니
그거라도⋯⋯" 하며 어머니가 머리에 이고 있던 보따리를

내리려 하자 청년은 얼른 부축했다. 수원이 고향인데 지난해 겨울 국민방위군에 끌려가 갖은 고생을 다했다며 전염병까지 걸려 죽을 뻔하다 집으로 돌아가는 길이라 했다. '국민방위군'이라면 '군' 자가 붙어 있으니 군인인데 왜 저렇게 구걸을 해야 하는지 의아해하는 나에게, 어머니는 "온양에서 제2국민병 이야기 들은 기억 안 나니?" 했다. 학생 이외에 17세 이상 40세 이하의 남자는 모두 제2국민병으로 끌려갔다는 이야기를 뒷내의 '여부가 있시유' 아저씨로부터 들은 게 떠올랐다. 김밥 서너줄을 걸신들린 듯이 삼키는 청년을 바라보던 어머니는, 지갑에서 지전 한장을 꺼내 네겹으로 꼬깃꼬깃 접어 청년에게 쥐여주었다. 어머니의 적선 현장을 이때 나는 처음 목격했다.

피란생활, 모자를 만들어 팔다

어머니, 동생 그리고 내가 비교적 편안하게 도착한 지 닷새 만에 아버지와 형은 손수레를 끌고 기진맥진한 모습으로 군산에 왔다. 온 가족이 10여일 이상 큰외숙 집에 기거하며 어머니는 셋집 구하기에 나섰는데, 그때 잡은 것이 영화동 큰길가 연립주택이다. 기묘한 일은, 아무런 인연도 없었지만 소설책, 특히 채만식(蔡萬植)의 장편 『탁류』를 통해 군산은 이미 내 머릿속에 일정하게 형상화되어 자리를 잡고 있었다는 것이다. 이 소설은 일제하 1930년대의 군산을 배경으로 한 것이다. 1950년대 초와는 최소 15년의 시차가 있음에도 내 시야에 들어오는 조형물들만을 기준으로 하면 소설 속 군산과 현실의 군산은 별반 다르지 않았다. 우선 부두와 평행하게 동서로 무리지어 있는 엄청나게 큰 창고들의 모습 하나만으로도 이 도시가 생활공간이기보다 쌀 수출항 위주로 기능했다는 것을 말해주는 데 부족함이 없었다. 시청과 경찰서를 중심으로 반경 1km의 지역이 일본식 집들 일색이란 점도 10여년 전 그대로라 할 외형이다. 더욱이 나가야(長屋)라 불리는 일본식 연립주택이 도심 여러 군데에 바둑판 모양으로 꽉 끼여 있는 것은 영화 촬영장 세트처럼 기괴한 느낌을 주었다. 서울에도 일본인들이 주로 살았다던 용산 일대, 갈월동, 후암동, 청파동, 원효로 등지에 일본식 주택이 태반을 차지하긴 했지만 연립주택이 군산처럼 조밀하게 이어진 동네는 보지 못했다. 한편 일제하에서 전국적으로 일본인 중심의 상업이 활발했던 고장의 하나가 군산이라는 이야기는 소설이 아니더라도 꽤 널리 유포되어 있었다. 그래서 군산이 다른 데보다 배금(拜金)의식이 강하고 인심이 사나울 것이라는 선입관을 내가 가졌던 면이 없지 않았다. 그러나 여기서 고등학교를 다니는 몇해 동안 아이들이 거침없이 "다른 도시, 이를테면 전주에 비해 돈을 훨씬 더 밝히는 것이 군산 사람들"이라고 내뱉을 때는 적지 않게 놀랐다. 자기비하를 서슴지 않는 고등학생의 '사회 관련 발언'은, 대체로 어른들의 말의 복사판이라 보면 크게 틀리지 않을 것이다. 여기서 한가지 유의할 일은 1950년대 초의 군산 거주민의 절반 내지 3분의 2는 군산 토박이가 아니라 인근 농촌이나 그 밖의 외지로부터 유입한 인구라는 사실이다. 여하튼 나 자신이 민감한 사춘기의 체험을 통해 확인한 것은, 유독 군산만을 비하할 어떠한 객관적 특이점도 실재하지 않았다는 것이다. 군산에 대한 편견은 우리 사회의 일반적 편견의 한가지 사례에 불과하다. 그것은 조선조에서 지방관이 주재하던 내륙의 성읍 사람들이 품었던 갯사람과 섬사람에 대한 뿌리 깊은 하대(下待) 습관과 연관돼 있다. 안동·대구 사람이 포항 사람에게, 밀양 사람이 마산·부산 사람에게, 나주·광주 사람이 목포·여수 사람에게 까닭 없이 우쭐댄 적은 없는가.

1951년 봄의 군산은 어느 곳 못지않게 벚꽃이 만발했거늘 우리 집안에서 꽃타령을 들은 적은 없다. 형과 내가 학교에 전입하는 문제도 급했지만 당장 입에 풀칠하는 것이 더 급했고, 그나마 동생을 초등학교에 입학시킨 것을 어머니는 대견하게 여기는 눈치였다. 1·4후퇴 직전 두달 동안 매달렸던 서울에서의 개털모자 제조업으로부터 멀리 나가지 못한 일로 생업을 다시 꾸렸다. 개털모자는 철이 지났고, 봄 여름 가을에도 쓸 수 있는 국방색 모자였다. 군모임에 틀림없었으나 그때는 전시(戰時)라서 그랬는지 민간인이 써도 무방했다. 60년이 훨씬 지난 지금 그 모자의 호칭과 형태를 옮기기는 마땅치 않다. 군인의 주종(主種) 약모 자체가 달라진 터라 무엇이라 형용해도 알아듣기 수월치 않기는 매일반이다. 쉽게 '역사적 사진 속에 선보였던 그 모자'라 해보면 어떨는지. 역사적 사진이라면 어떤 것? 5·16쿠데타 직후 서울시청 앞에서 박정희(朴正熙)와 박종규(朴鐘圭), 차지철(車智澈)이 폼을 내며 쓰고 있던 바로 그런 모자다. 오늘날 포목점에는 어딜 가든 '원단(原緞)'이란 말을 쓰겠지만 아버지가 군산에서 모자를 만들어 팔 때 '모자 원단'이란 말이 오가는 것은 듣도 보도 못했다.

짐작하는 대로 국방색 모자의 원단은 광목, 무명 혹은 삼베가 아니라 고급 직물류였다. 속옷을 제외한 군인 의복류는 6·25전쟁 초기 몇년간, 무기와 마찬가지로 미국이 공급했다. 국방색 직물류는 국내에서 생산되지 않았던 까닭에 포목점에서는 구경할 수 없었다. 이런 상황에서는 색깔과 자실이 동일한 중고 군복을 해체하여 '원단'으로 활용할 수밖에 없었다. 개털모자의 주요 자재를 일본군이 걸쳤던 중고 개털외투를 해체해서 얻은 것과 같은 이치다. 그렇다면 군모 제조용 중고 군복은 어디서? 미군부대로부터 흘러나

오는 각종 식료와 잡화류를 취급하는 군산역 앞 새 장터에 서였다. 이 장터는 6·25 이후에 생긴 것이라고 들었다.

개털모자를 만들 때처럼 이번에도 군모 제조 작업과 정에서 나는 제외되었다. 제조과정의 이른바 상류부문 (upstream, 원료 조달)과 하류부문(downstream, 제품 판매)을 어머니가 맡았는데, 그래도 어머니의 '시다'로 한철 쫓아다녔던 덕에 개략이나마 군모 제조업의 윤곽을 파악할 기회를 가졌다. 수익성은 원자재(중고 군복)를 어떻게 싼값에 사느냐와 제품을 어떻게 좋은 값에 파느냐에 달렸는데, 빼놓을 수 없는 것은 물론 제품의 질(質)이다. 우리가 만든 모자를 비싼 값에 팔거나 중고 군복을 싸게 사지 않는 한 이문은 없는데, 중고 군복은 염색만 하면 그 자체로 훌륭한 기성복이어서 헐값에 구하기가 수월치 않았다. 그리하여 어머니는 군모 원자재를 헐값에 구하기 위해 반년 전 고생스럽게 지나갔던 남행길을 이번에는 방향을 바꾸어 반대로 가지 않으면 안 되었다. 군산에 간 그해 여름철 일인데 나는 거기에 따라붙었다.

남행한 지 3~4개월이 지났건만 장항에서 천안으로의 북행 교통편은 이전보다 별로 나아진 게 없었다. 철도는 계속 불통이었고, 다만 '후생사업'이란 명목의 군용 트럭 숫자가 늘어난 것이 달라졌다면 달라진 것이다. 트럭 편으로 이틀 만에 천안 근처에 도착했으나 시내에는 민간인이

들어갈 수 없다고 했다. 천안시내의 '화롯불시장'에 가야 미군부대에서 흘러나온 중고 군복을 구할 수 있다는 것인데, 큰 길목에서 헌병이 '출입증'이 없으면 통행이 안 된다며 앞을 막았다. 휴전협정이 성립된 1953년 여름철에도 이미 수십만 민간인이 서울에 들어가 있는데도 우리 가족은 '도강증' 때문에 영등포에서 하루를 묵어야 했다. 고생 끝에 결국 돈을 써서 도강증을 손에 쥐고서야 한강을 건넜던 것이다. 6·25전쟁 중은 말할 것도 없고, 이승만 정권 시기에는 어딜 가나 그놈의 '쫑'(각종 증명서의 통칭)이 사람을 괴롭혔다. 어머니는 이때 천안에서 출입증의 위력을 실감하고, 그것은 일단 돈을 쓰지 않고는 구할 수 없다는 것을 터득하셨을 성싶다. 어머니는 어디서 무슨 재주를 부렸는지 한참 만에 쪽지 하나를 들고 나에게 따라오라고 손짓을 하는 거였다. 과연 '프리 패스'였다. 천안 서쪽편, 이름도 요상한 화롯불시장에는 온갖 물건이 다 있는 것 같았으나 내가 마음속에 담아두었던 소설책 꿈은 여지없이 깨졌다. 국군이 중공군을 밀고 올라가 전세가 크게 호전되었다는 소문이 파다했지만 천안시내 어느 구석에도 책 파는 데는 없었다. 그 대신, 사 모은 중고 군복 보따리는 꽤 여러개여서 군산으로 돌아오는 데 무척 애를 많이 먹었다.

군모 제조과정을 처음부터 자세히 살피지는 못했으나, 견본이 될 군모를 해체하여 그 본을 뜬 다음 중고 군모를 원단으로 삼아 재단하고, 그다음 재봉틀에 박는 것이라 하면 사실과 크게 다르지 않을 것이다. 완성된 모자는 집 앞 큰길가에 진열대를 세우고 거기다 걸어놓고 팔았다. 내 눈에는 아버지와 형의 합작인 군모가 '정품'과 비겨서 손색이 없어 보였으나 '짝퉁'은 역시 짝퉁이었다. 개털모자를 만들 때는 아버지가 마이스터(Meister, 숙련공)이고, 형은 어디까지나 도제(徒弟, 견습공)의 위치였는데, 군모를 만들면서 형이 이따금 자기주장을 세웠던 것으로 미루어 모자 만드는 일에 형은 상당히 이골이 났던 게 확실하다.

당시에 모자에 대한 새로운 수요가 발생할 이유가 없는데도 우리가 만든 모자를 10개, 20개씩 도매로 떼어가는 뜨내기 장사꾼들이 찾아왔다. 무엇인가 사고파는 과정에서 떨어지는 돈으로 먹고살던 시절이어서 그랬을 것이다. 재봉틀 한대로는 물건을 다 댈 수가 없게 되어 한대 더 마련했고, 견습공으로 스무살 전후의 큰애기 둘을 썼다. 두 처녀는 황해도 풍천에서 1950년 겨울에 배를 타고 남하한, 이른바 '서해판 흥남 부두' 아가씨들이었는데, 미모가 뛰어났다는 느낌보다 수줍음을 잘 탔다는 인상이 남아 있다. 김화에서 어린 시절 손윗누이가 있는 동무를 몹시 부러워했던 나는 이들이 무조건 맘에 들었다. 단지 오래오래 우리 집에 머물기를 바랄 뿐, 쓸데없는 말을 건넨다든가 하는 일은 상상도 못했다. 어머니가 내 장점으로 여긴 붙임성이 영 맥을 추지 못했으니 은연중 두 연상의 큰애기들에게 사모의 감정을 품었던 것 같다. 그런데 안타까운 것은 이들이 군모 제조 재봉공으로는 번번이 수준 미달로 찍히는 거였다. 아버지가 눈살을 찌푸릴 때가 잦아지는가 하면 이내 그들은 집으로 돌아갔고, 그들이 가고 난 뒤에 형은 일을 맡길 수가 없다고 큰소리로 불평을 늘어놓았다. 그네들이 상업용 입체물의 재봉 일을 단시일에 숙달하길 바란 것 자체가 과욕이다.

장마철이 지난 어느날 오후였다. 대위 계급장을 단 군인 하나가 저녁나절에 찾아와 소리를 지르며 우리 집에서 샀다는 군모를 방 안에 내동댕이치는 거였다. 군모의 챙이 흉하게 쭈그러져 있었다. 굵은 장맛비를 흠뻑 맞고 나서 원상태로 돌아가지 못한 때문이다. 학생 모자도 그렇거니와 군인 모자의 멋있는 부분은 무어라 해도 빳빳한 챙인데 임씨 부자가 만든 군모에는 경도(硬度)를 유지할 심지(芯地)가 들어가 있지 않았던 것이다. 아니, 심지를 구할 길이 없었다는 것이 아버지의 억울한 사연이었다. 양복 재단사 출신의 아버지가, 심지가 들어가지 않은 모자챙에 빗물이 고이면 우그러진다는 걸 몰랐을 리 없다. 그러나 각종 물자공급이 제대로 되지 않던 시절이니 어찌하랴. 보루가미(판지)를 중간에 넣은 다음 천을 앞뒤 두겹으로 대고 박은 것이다. 그날 밤 아버지와 형은 장시간 숙의에 들어갔

174 제1부

다. 비상 대책으로 미군용 판초(야전 우비)를 구해다 조각을 내 판지 대신 심지로 사용하는 방안이 나왔다. 그 뒤에 군모 챙에 대한 소비자의 반응이 어떠했는지는 알아보지 못했다. 솔직히 말하면, 손재주 없는 나야 이 문제에 관심을 꺼야 속이 편하겠다고 생각했다.

고등학교 입학 전후

그럭저럭 생계가 안정되자 미룰 대로 미룬 학교 전입문제가 닥쳤다. 6·25만 아니라면 나는 중3, 형은 고2 가을학기를 맞이했어야 할 1951년 9월이다. 아버지가 바쁘다고 할 때 잠시 거드는 것은 일이라 할 수도 없다. 틈타는 대로 소설책을 읽고, 이따금 어머니의 천안행에 따라붙으며 나는 그날그날의 재미가 영속되었으면 하고 바랐다. 하지만 형은 달랐다. 대학에 들어가려면 입학시험을 치러야 하고 그러기 위해선 학교에 꼭 전입해야 한다는 것이며, 어머니도 적극적이었다. 1년 2개월 동안 꼬박 학교수업을 받지 못했으니, 우리 형제는 최소한 한 학년씩 꿇어야 정상이었다. 실제로 몇해 뒤 대학에 들어가 보니, 서울과 인천, 경기도 출신 학생들 가운데 열의 두셋은 한 학년을, 열의 하나는 두 학년을 꿇은 거였다. 그러나 형은 고2로 전입하겠다고 박박 고집을 부렸다. 그제나 이제나 보통 학교전입에는 오로지 연줄과 돈이 말을 하는 법이다. 1947년 초겨울 38선을 넘어 서울에 왔을 때처럼, 형은 군산에서도 큰외숙의 도움으로 군산사범학교 2학년에 전입되었다. 다만 영어, 수학의 간단한 능력 테스트는 받았다고 들었다.

내 경우는 형과 달랐다. 군산에는 군산중학교, 군산상업중학교, 동산중학교 등 중학교가 셋 있었는데 큰외숙이 힘을 써도 나의 전입이 여의치 않은 게 분명해졌다. 앞의 둘은 공립이고 동산중은 사립인데 전입을 성사시키기에 외숙의 힘이 약했거나, '돈질'을 하기에는 우리 집안 형편으로는 엄두가 나지 않는 규모였던 모양이다. 내심 잘되었다는 느낌과 다른 한편으로 이러다 학교를 영영 못 다니고 마는 것은 아닌가 하는 막연한 불안감이 오갔다. 정비석(鄭飛石)의 『소설작법』의 부록에 나오는 우리나라 소설가들의 약력을 보았을 때, 내가 좋아하는 소설가들은 거반 '학력 별무'거나 '중퇴'였던 것이 적잖이 위안이 되었다. 학교를 다니지 않았거나 다니다 말아도 '문호'가 되었는데, 하는 엉뚱한 생각을 해보았다. 형은 학교수업을 마치고 집에 오는 대로 재봉틀에 앉아 일했고, 저녁 숟갈을 놓기 무섭게 교과서를 펼쳤다. 자나 깨나 나의 학교전입 걱정이던 어머니는 어느날 영화동 우리가 살던 집으로부터 서너 블록 서쪽 골목에서 중학교 간판을 보았다고 하며 같이 가자고 했다. 한일자 모양의 단층 붉은 벽돌집 건물에 교실 셋과 수위실 크기의 교무실이 있었고, 교정은 농구장 정도였다. 출입문에는 '광동중학교(光東中學校)'라는 간판이 붙어 있었는데 도무지 어울리지 않게 컸다. 유치원이나 강습소라야 알맞을 작은 건물에 나는 실망했다. 어머니는 나를 밖에 세워놓고 교무실에 들어갔는데, 집에 와 들은 바로는 열달치 수업료를 한꺼번에 내기로 하고 3학년에 전입키로 했다는 거였다. 이듬해 2월 초에 있는 고등학교 입학시험 준비를 열심히 하면 일없다고 했다.

6·25가 나기 전 중1 시절의 형편없던 영어실력과 그로 인한 악몽이 되살아났다. 1951년 10월 말 아니면 11월 초부터 광동중학교에 다니기 시작했는데, 출석부에 기재된 3학년 학생 수는 30여 명이었으나 결석하는 아이가 열이 넘었다. 거기다 선생의 결근도 잦아 학교에서 무얼 배우고 익힌다는 것은 애당초 바랄 수 없음을 직감했다. 그러나 어머니는 눈 하나 깜짝하지 않으며 "학교 꼬락서니 보고 몰랐느냐"고 했다. 중2, 중3 과정을 형에게 배우라는 말에 나는 거역하지는 못했지만 기가 찼다. 형이 동생들에게 정답게 대하는 성격이 아닌 데다 나도 형에게 고분고분하지 않았던 것이다. 6·25 나기 직전 내가 영어를 가르쳐달라고 부탁했을 때 형이 차가운 반응을 보이며 영어강습소에 다니라고 한 기억이 생생했다. 수학, 국어, 사회생활 세 과목

은 교과서와 참고서 한두가지를 구하는 대로 해치울 작정이었으나 영어는 독학할 엄두가 나지 않았다. 고등학교 입학시험이 고작 석달 남은 시점이라 형에게 빌붙을 수밖에 없었다. 하루 한시간씩 영어를 가르쳐달라고 사정하여 응낙을 받고, 중2, 중3 영어 교과서 앞에 나란히 앉아 일대일 개인교수에 들어갔는데, 형은 작심한 듯 발음부터 조져대는 거였다. "너는 어떻게 된 애가 알파벳 'l'과 'r'의 발음도 제대로 구별하지 못하느냐"고 개인교습 첫날 다그친 기억이 남아 있다. 형의 영어 실력과 뛰어난 교습방식의 효험인지, 아니면 내가 열심히 공부한 보람인지 한달여 만에 독습으로 전환했다. 비단 영어만이 아니라 외국어 학습은 사전을 자주 뒤져 어휘를 많이 익히는 것이 유일최상의 길이라는 것을 깨우친 것도 이때의 소득이다. 영어 독습과정에서 제일 혼란스러웠던 것은 문법용어인데, 이를테면 부정형(否定形, negative)과 부정법(不定法, infinitive)이다. 처음부터 선생님이 문법용어를 한자로 써주고 친절히 설명을 해주면 몰라도 동일한 발음의 두 문법 용어가 전혀 상이한 내용을 담고 있으면 혼란은 피할 길이 없다. 6·25 이후의 그 어려운 시기에도 소설을 손에서 놓지 않은 덕에 나의 독해력은 나이에 비해 상급에 속하였을 터이지만, 내가 아는 범위에서는 '부정'이란 발음의 단어는 대개가 '긍정'의 반대말이고, 어쩌다 '정숙하지 못하다'(不貞)는 뜻이 들어 있었을 뿐이었던 것이다.

1952년 2월에 군산고등학교 입학시험을 보았는데, 크게 마음을 졸였던 것 같지는 않다. 광동중학교 졸업생으로 김문식이라는 아이와 나 둘이 합격했다. 문과 1반에 배치되어 수업이 시작된 며칠 뒤에 교장실에서 나와 김문식을 호출한다는 전갈이 왔다. 우리가 졸업한 광동중학교가 인가받지 않은 학교이므로 입학을 취소한다는 통고였다. 그날 저녁 내 손목을 잡고 광동중학교 재단 이사장(이종록) 집으로 찾아간 어머니는, 고등학교 입학이 취소되면 형사 고발을 하겠다고 마구 악을 썼다.

이튿날 광동중학 재단 이사장과 함께 어머니와 나는 군산고등학교 교장실에 갔다. 재단 이사장은 문교부 인가 아니면 전라북도 도청 학무과에서 발급한 중학교 설립 내인가 문서를 보이며, 곧 정식 인가를 받을 예정이라는 말로 교장의 양해를 구하였다. 그러나 교장은 내가 입학시험을 치른 시점에서는 정식으로 중학교 설립 인가가 발급되지 않았으므로 나는 중학교 졸업생이 아니며, 따라서 (고등학교) 입학자격이 없다고 했다. 법률적으로나 이치로나 교장의 주장이 맞는 것 같았다. 이번에는 어머니가 나서서 눈물을 훔치며 내 아들이 무슨 죄가 있느냐고 애걸하자 교장의 태도가 누그러지며 입학시험 성적 대장을 가져오라 지시했다. 시험성적 대장을 잠시 훑어본 다음 교장은 1학년의 학업성적을 참작하여 입학취소 여부를 결정한다는 말로 일단락을 지었다. '휴' 하는 한숨이 저절로 나왔다. 1949년 중학교 입학할 때 입학금 면제받은 일에 이어 1952년 고등학교 입학취소를 뒤집는 일을 어머니는 모두 해냈던 것이다.

한 반 학생 60명 가운데서 서울서 피란 와 전입한 수가 네댓에 달했는데, 가정 형편이 어떤지 확실히는 몰라도 나처럼 1년 이상 학교를 아주 내팽개친 경우는 없었다. 반은 달랐지만 개성 출신에 서울서 나와 같은 경기상업중학교에 다니다 피란 온 이재흥(서울대 의대 명예교수, 안과 전문의)은 아버지가 '군산제지회사'에 다녔으며 중3 과정을 동산중학교에서 마쳤다고 했다. 한두달 지나면서 안 것인데 장항, 서천, 한산, 웅천, 보령 등 충청남도 서남부 농촌지역에서 군산에 와 하숙을 하며 고등학교에 다니는 아이들이 10여명에 이르렀다. 대전이나 공주보다 가깝고 군산고등학교의 대학 진학률이 좋다는 것이 이유였다. 그뿐만 아니라 전라북도의 옥구, 부안, 고창에서 온 아이들 수도 적지 않아 군산시내의 자기 집에서 통학하는 아이들 숫자는 통틀어 절반에 그쳤다.

나는 아이들 영어실력이 어느 정도인지가 제일 궁금했다. 문법과 단어 아는 수준은 그저 그랬는데 한창 건설 중인 미군 전용 군산비행장 근처에 사는 아이들은 내가 알아듣지 못할 영어를 마구 씨부렁댔다. '홧스매러유?'(what is (the) matter with you) '곤나'(gonna = going to) '게라리!'(get away), 이런 영어를 들었을 때 나는 뜨끔했다. 영어는 문법과 단어만 가지고 되는 것이 아니라 회화라는 것이 있구나 하는 생각이 들었다. '하우스보이 영어'라며 대놓고 비양하는 아이들이 무성했으나, 미군과 말이 통할 수 있는 것은 비행장 근처에 사는 아이들이라고 했다. 한 아이 이야기로는 군산비행장의 미군 장교가 지난해 가을, 학교 비품 물자를 한 트럭 싣고 군산중학교에 찾아왔는데, 미군과 의사소통에 자신이 없는 영어 선생들이 슬금슬금 교무실을 빠져나가더라는 거였다. 이명박(李明博)이 대통령이 되고 나서 한동안 세간에 화제가 된 이른바 '어린지(orange) 영어'의 필요성을 6·25전쟁 피란 중에 처음 들은 꼴이다.

독일어 선생님

중1 때처럼 소설책에 몰두하지 않아서라기보다 교장선생의 입학취소 엄포의 강박이 작용한 결과라 하겠으나, 여하튼 고등학교 1학년 첫 학기 성적은 1등이었다. 2학기도 마찬가지였다. 일제하 강원도 김화의 초등학교 시절을 빼놓고는 오랜만에 수석을 한 것인데 어머니는 좋아서 어찌

할 줄 몰랐다. 중학교 과정이라고는 전부 합해야 고작 1년밖에 다니지 못한 나로서는 큰 짐을 던 것같이 홀가분했다. 말씨도 다르고 해서인지 서울서 피란 온 아이들을 떨떠름하게 여기던 군산 토박이들이 나를 대하는 태도가 현저하게 달라졌다. 반 수석인데도 뽐내지 않는 몸가짐이 호감을 준 것이라고 누군가가 나중에 귀띔해주었다. 돌이켜보니 그때 군산고등학교에서 처음 가까워진 아이들은 대개가 형편이 괜찮았고, 학교 성적이 중급 이상이었다.

군산시내에는 신간 서적을 취급하는 책방이 두군데였다. 그중 큰 책방이 군산극장 골목 입구에 있는데, 일주일에도 여러차례 드나들었으나 역사·정치에 관련된 책은 거의 찾아볼 수 없었다. 친한 아이들끼리 만나면 대개 화제는 읽을 만한 책이 무엇이냐로 시작되었다. 하지만 그들은 본격적인 문학에 별 관심이 없었고 읽은 소설이래야 『삼국지』 『수호지』, 국내 작품으로는 통속소설과 탐정물이 고작이었다. 순수소설은 여학생들이나 좋아하는 것이라 여기는 눈치여서 나는 홍명희의 『임꺽정』이나 이상(李箱)의 『날개』 따위 이야기는 일절 끄집어내지 않았다. 한치진(韓稚振)의 철학 서적들을 들고 다녔던 고양곤, 미군부대에서 흘러나온 포켓북(paperback)을 구해 자랑스럽게 내보였던 김진숙, "일본말을 잘했으면 좋은 책을 많이 읽을 텐데" 하였던 권영철이 고등학교 초기부터 친했던 친구들이다.

새 책을 손에 쥐기 좋아했던 것 이외에 이들의 공통점은 국내정치의 동향에 비교적 관심이 높았다는 점이다. 1951년에는 군산시에서 발행하는 신문은 없었고, 전북 이리(현재의 익산)에서 찍는다는 삼남일보를 우리 집에서 구독했다. 1면만을 대충 읽어도 이승만 정부의 부패와 독재의 악취가 진동했다.

국민방위군이라는 이름으로 불려 갔던 젊은이들이 폐인이 되다시피 한 사실은 군산 도선장에 도착하던 날 목격한 일이거니와, 거창에서 민간인 수백명을 국군이 학살했다는 소문은 하도 끔찍하여 만들어낸 이야기 같았다. 고등학교 아이들은 신문과 방송이 '공비(共匪)'라 호칭하는 지리산 일대의 무장 반정부군을 가리켜 '유격대' 혹은 '빨치산'이라 불렀다. 집안에서 입에 담지 않는 단어여서 생소했으나 곧 익숙해져 나도 다른 아이들을 따라 그렇게 불렀다. 임시 수도 부산에서 일어나는 이승만 지지 폭력단체(땃벌떼, 백골단)의 테러행위와 헌병대의 야당 국회의원 집단 연행은 신문을 열심히 보는 내가 더 잘 알았다. 반면 빨치산 부대가 전북 임실을 거쳐 전주 근처 완산에까지 출몰했었다는 이야기는 아이들한테서 처음 들었다.

일제시대 초등학교에서 교련을 받으면서 각반이 풀어져 웃음거리가 된 이후 7년 만에 군산에서 다시 교련시간을 맞이하였다. "무찔러라 오랑캐 몇백만이냐~"로 시작하

는 군가를 교련시간뿐만 아니라 월요일 아침마다 학교 운
동장에서 열리는 전교생 조회 때 어김없이 불렀다. 열살과
열일곱살의 차이에서 연유하는 것이겠으나 교련시간을 좋
아하는 아이는 별로 없었고, 더욱이 나와 가까이 지내던 패
들은 노골적으로 염증을 토로하였기에 무척 반가웠다. 국
사시간에 병자호란 대목에 이르자 선생은 목청을 높여 척
화파(斥和派)가 옳고 주화파(主和派)는 매국노라고 몰았다.

중국대륙의 판도 변화에 대하여 제대로 설명을 하지 않
은 채 명(明)을 좋은 쪽, 청(淸)을 무조건 나쁜 쪽(오랑캐)으
로 구분하는 것이 나로서는 이해가 가지 않았다. 그러나
다른 아이들은 이 문제에 별다른 반응을 보이지 않았다.

전쟁 중이고 입에 하루 세끼 밥 들어가는 것이 힘겨운
시절인데 군산고등학교에서는 고2부터 문과 학생들에게
제2외국어로 독일어를 가르쳤다. 21세기 같으면 중국어,
일본어, 러시아어, 스페인어, 프랑스어 그리고 독일어, 이
런 외국어들 가운데 하나를 선택하게 하겠지만, 그때는 제
2외국어 하면 곧 독일어였다. 왜 그랬을까. 중·고교의 교
과내용이 일제하의 그것으로부터 멀리 나아가지 못했다
는 증거다. 학교수업과 책(신문) 읽기를 통해 내가 아는 독
일은 히틀러가 가장 큰 부분을 차지했고, 역사시간에 들은
마르틴 루터와 비스마르크가 다음이며, 어머니가 독일이
낳은 세계적 사상가라 한 헤겔과 맑스가 나머지다. 따라서

독일 하면 전쟁 좋아하여 살육을 일삼다 망한 나라라는 것이 당시의 나의 독일관(觀)이라면 어떨지 모르겠다. 그러나 프랑스는 달라『장발장』(『레 미제라블』을 가리킴. 주인공 이름을 딴 당시 책명)『몬테크리스토 백작』『삼총사』등의 소설을 통해 약간은 친숙한 편이었고, 러시아는 똘스또이(L. N. Tolstoy)의 소설『부활』과『바보 이반』을 읽었던 덕에 제정 러시아 귀족과 농노 간의 지독한 신분차별을 짐작하는 터였다. 중1 때 독일의 문호라는 괴테(J. W. von Goethe)의『젊은 베르테르의 슬픔』을 읽다가 재미가 없어 팽개친 적이 있다. 1950년대 후반부터 60년대에 걸쳐 한국 청소년들에게 인기 작가였던 헤르만 헤세(Hermann Hesse)가 중역(重譯)으로나마 6·25를 전후해 출간되었는지는 확인해 보지 못했다. 이렇게 독일을 잘 모르면서 독일어를 배워야 했던 것이다.

독일어 학습과정은 10대 중반을 막 넘어선 나에게 시계(視界)를 넓혀주었다. 독일어 학습과정이라 해도 아주 틀린 이야기는 아니겠지만 정확하게는 어디까지나 '독일어 교사와의 만남'이라 써야 옳다. 전주 출신으로 서울대학교 철학과를 졸업한 20대 후반의 독일어 교사 차재철(車在哲)은 내 인생에 지울 수 없는 영향을 미친 몇 사람 중의 하나다. 차 선생은 나를 서양세계와 근대적 가치관에 눈을 뜨게 만든 분이다. 학교교육을 받은 사람들에게는 학창생활을 통해 깊은 인상을 남기지 않은 선생이 없을 것이며, 개중에는 직업 선택, 가치관 및 세계관 형성, 라이프스타일의 모델이 되었을 수 있다. 차 선생은 세상이 현명하다고 믿는 길로 학생을 교육시키는 것이 아니라 그가 옳다고 믿는 방향으로 우리를 끌고 가려 했다. 교실에 들어서서 교단에 올라서는 순간 차 선생은 그 자신이 먼저 학생들을 향해 꾸벅 절을 했다. 반장이 "일어서! 경례!" 할 때쯤엔 흑판에 그날 가르칠 내용을 깨알같이 써내려가는 선생이었다. 독일어에 흥미가 없는 애들이 수학 공식이나 영어 단어를 외우려 노트에 끄적여도 차 선생은 못 본 척했다. 독일어 교습은 아주 구식(일본이 2차대전 전에 대학에서 제2외국어 교습을 하던 방식)일 수밖에 없어 'der, des, dem, den'으로 시작하는 것이긴 했으나 열의는 대단했다. 특기할 일은 매번 수업시간 마지막 10분간 차 선생이 우리에게 던지는 질문이 색달랐던 탓인지 학생들 사이에 인기가 높았다는 사실이다. 이를테면 극장 간판에 쓰여 있는 '바리에떼쇼'가 무엇을 뜻하는지 아는가라고 우리에게 묻는 거였다. 교실 뒤쪽에 몰려 있는 날라리패들은 "와" 하며 좋아했으나, "웃기는 쑈지 뭐예요"라는 대답이 고작이었다. 프랑스말이라며 흑판에 'variété'라 쓴 다음, 다시 영어의 'variety'를 쓰고 두 단어의 어원이 같다는 것과, 그 말의 여러가지 쓰임새를 소개하고 뜻을 풀이해주는 거였다. 어느날은 "라 꿈빠르시따"(La Cumparsita) 하자, 역시 뒤쪽에서 "탱고지 뭐예요" 하는 대답이 어렵지 않게 나왔다. 그러나 어느 나라 탱고냐는 물음에 대답이 없자 차 선생은 아르헨띠나의 탱고라 했다. 항구도시 군산 청소년 특유의 관심을 간파한 차 선생의 질문과 응답은 이어졌다. "왈츠는 어느 나라 춤?" 하자 한 녀석이 미국이라 했다. 차 선생은 고개를 흔들며 원래는 독일에서 유래한 것인데 전 유럽과 미국에 보급되었다고 했다.

차 선생이 던지는 질문과 아이들의 답변이 항상 웃음 속에 재미있게 진행되었던 것만은 아니다. 한번은 신문에 실린 사진 중에서 가장 인상에 오래 남아 있는 사진이 무어냐는 질문에 가지각색의 대답이 나왔다. 6·25가 나던 해 12월 평양으로부터 국군이 철수할 때 흰 한복 차림의 남녀노소가 보따리를 등에 메고 대동강 다리의 아치 철탑 위를 기어가는 사진이라는 답변이 가장 공감을 많이 얻었다. 그러자 선생은 왜 그렇게 많은 이북 사람들이 위험하게 남쪽으로 오려고 했을까라고 묻는 거였다. 즉각 아이들은 "자유를 찾아서요"라 합창하듯 소리를 질렀으나, 선생은 성에 차지 않는 듯 "또" 하며 다른 응답을 기다렸다. "공산주의가 싫어서요"라는 답에도 차 선생은 몇 아이들의 얼굴에 흘깃 시선을 던지며 다른 답을 기다렸다. '라 꿈빠르시따' 류의 질의응답에는 냉소적인 편이었으나 이날 나는 손을 들고 "미국의 폭격이 두려워서요"라 대답했다. 기다렸던 대답이 나와 만족했던지 차 선생은 교단 위의 출석부를 들고, "수업 끝" 하고 우리를 향해 꾸벅하며 교실을 나가는 거였다.

프랑스어 학습에 골몰하다

1953년 초여름일까, 고2의 1학기 어느 일요일 나는 용기를 내어 차 선생 집을 찾아갔다. 누님 댁에 기식하고 있던 미혼의 선생은 예고 없이 방문한 나를 반갑게 맞이하였다. 무슨 이야기가 오갔는지 그 시종을 자세히 옮기기는 어렵지만 내 장래계획에 대해 물어, 나는 소설가가 되겠노라고 대답했던 것만은 확실하다. 그랬어야 다음 일들이 연결된다. 차 선생은 소설을 쓰려면 풍부한 생활체험이 있어야 하는데 억지로 되는 것은 아니고 우선 세계 명작을 많이 읽는 것이 중요하다고 했다. 세계 명작이란 말이 나오기 무섭게 나는 얼마 전에 읽은 앙드레 지드(Andre Gide)의 『좁은 문』에 대해 주섬주섬했다. 듣고 싶었던 앙드레 지드 이야기는 짧게 끝내고 차 선생은 20세기 프랑스 소설보다 19세기 러시아 소설이 더 중요하다고 하며 고골(N. V. Gogol'), 도스또옙스끼(F. M. Dostoevsky), 체호프(A. P.

Chekhov)을 꼽는 거였다. 세 러시아 작가의 이름은 익히 알았지만 정작 읽은 것은 『죄와 벌』밖에 없어 당황했다. 그래서 얼른 뚜르게네프(I. S. Turgenev)의 『아버지와 아들』을 보았노라고 둘러댔다. 러시아 문학작품이 제대로 번역된 것이 우리나라에 없다며 선생은 대학에 가 러시아 문학을 전공할 생각은 없느냐고 묻는 거였다. 대학에 가 러시아어를 공부하는 것은 상상조차 해본 적이 없었다. '그럴려면 왜 고생고생 38선을 넘어와' 하는 이상한 반발심이 솟구쳤다. 차 선생의 이야기는 서울대학교에 러시아문학과가 없다며 '외국어대학'이 설립되면 러시아문학과가 생긴다는 데까지 나아갔다. 나는 자존심이 상했다.

어머니는 그때까지 나의 대학 진학 이야기를 구체적으로 꺼낸 적은 없었으나 대학 하면 당연히 서울대학교이고, 이공계가 아니라는 정도로 모자 간에 양해가 이루어진 상태였다. 그해(1953) 봄 형은 군산사범학교를 졸업하고 서울대학교 공과대학 화공학과에 지망했다. 그런데 국가의 보조로 사범학교를 졸업한 학생이 사범대학을 제외한 서울대학교의 다른 단과대학에 입학하면 고등학교 3년 과정에 면제된 공납금을 모두 반납해야 한다는 복병을 만났다. 결국 어머니의 눈물에 형이 승복하여 연세대학교 화공과에 지원하여 우수한 성적으로 입학했고, 대학 3년 내내 등록금 면제를 받았다. 1956년 미국에 가 고학으로 미주리 주립대학에서 석사, 캔자스 주립대학에서 박사학위를 받고 귀국한 형은, 미국 원조로 건설된 충주비료공장의 기술자로 일하다 1968년 다시 미국으로 가 영주권을 취득했다. 그는 미국 시카고를 중심으로 한 중서부 굴지의 정유 및 석유화학회사 아모코(Amoco)의 여러 공장에서 공장장을 지냈으니, 도미 1세대 한국인의 어김없는 '성공 스토리'이다. 6·25전쟁 중 10대 어린 나이에 개털모자와 군모 만드는 노동을 마다하지 않고 집안일을 도운 내 형의 그 뒤 이력인데, 한 아버지와 어머니의 부지런하고 손재주 좋은 큰 아들과 둔해빠진 게으름뱅이 둘째의 인생 항로는 이렇게 사뭇 다르다.

'소설가가 되겠노라'고 한 말은 진정이었을까. 죽는 날까지 소설을 계속 읽었으면, 하는 것이 꿈이라 했다면 정직한 소리다. 하지만 소설가가 되려면 경험을 쌓는 것에 그치지 않고 쓰는 행위가 필요한데, 그 '절대 노동량'에 대하여 나는 막연하게 두려움 비슷한 것을 느꼈다. 그러므로 소설가 어쩌고 했던 것은 군인, 관리, 회사원, 상인 따위의 직업은 갖고 싶지 않다는 뜻을 에둘러 표현한 것이라 하면 어떨지 모르겠다. 서양식 개념의 보헤미안, 조선조로 말하면 글줄이나 읽고 술이나 퍼마시는 한량과 비슷한 존재인데, 둘 다 확실한 물적 기반 위에서만 가능한 것이다. 차 선생도 나의 꿈이 허황됨을 짚지 못한 것 같다. 생활체험을 말하면서도 현실적 생활의 구체적인 문제에는 미치지 못했던 것이다. 어머니는 내가 소설에 심취한 것을 잘 알고 있으면서 짐짓 모르는 체했다. 그러다 군산에 살던 때 언젠가 "너는 글재주가 없으니 소설가 같은 건 꿈도 꾸지 마라"고 밑도 끝도 없이 지나가는 투로 한마디 던지는 거였다. 내 소설 습작 원고를 어머니에게 보여준 적도 없는데 무엇을 근거로 그렇게 말했는지 알다가도 모를 일이다. 어쩌면 어머니가 20대 초에 신춘문예 같은 곳에 응모를 했다가 예선에도 뽑히지 못하자 직업문인의 길을 일찌감치 포기한 경험이 있고, 당신에게 없는 글재주가 자식새끼에게 있을 턱이 없지 하고 푸념한 것이라고 나대로 풀이했다. 이후 어머니는 40년을 더 살았지만 나에게 다시는 글재주나 문학 이야기를 꺼낸 적이 없다. 어찌되었든 간에 나는 고2 시절로부터 10년 가까이 소설책을 손에 들면 마음 한구석에 "나는 언제 쓰기 시작하지" 하는 자책감이 스쳤고, 그럴 적이면 어머니의 글재주 타령이 덩달아 떠올랐다.

차 선생을 찾아간 소득은 프랑스어 학습으로 귀결되었다. 앙드레 지드를 들먹이며 프랑스 소설을 좋아한다고 깝죽인 경박한 나의 입놀림이 자초한 징벌이다. 러시아문학은 먼 장래의 일이고 프랑스어를 배울 의향이 있으면 일주일에 하루, 두시간을 내겠다고 하였다. 차 선생은 문학을 할 뜻이라면 국문학과가 아니라 프랑스문학과에 가야 한다고 단정적으로 권했다. 중1 시절 영어시간에 다른 짓을 하다 혼쭐이 난 나다. 그 상처를 잊기 위해서라도 프랑스어를 잘하여 보이고 싶은 욕심이 우러났던 점도 있다. 또 이태 전 구박을 받으며 영어지도를 받은 형에게 "내 프랑스말 어때?" 하고 싶은 마음이 꿈틀거렸던 것 역시 사실이다. 아무튼 그 시기 군산에서 프랑스어를 배운 것은 내 일생 최대의 허영심이라 하면 어떨지 모르겠다. 먹물들은 이런 경우를 대개 '지적 호기심'이라 표현하지만 그게 그거다. 불가(佛家)에서는 안 통할 말이겠으나 인간의 허영심을 반드시 나쁘다고 말할 수만은 없지 않을까.

이휘영(李彙榮)의 『프랑스어 입문』과 한불사전을 사 들고 차 선생 집을 일주일에 한번씩 찾아갔다. 단칸방 안에서 일대일 독습을 받는 자리라 한눈을 팔거나 공상에 잠기는 것은 불가능했다. 더구나 선생의 지도방식은 철저한 예습과 복습을 요구하는 거였다. 그의 방에 들어가자마자 전 시간에 배운 불규칙동사 직설법의 현재형, 반과거(半過去)형, 미래형과 가정법을 줄줄이 외지 않으면 그 자리에서 계속 되풀이하도록 하였다. 지난날의 학습 기억은 태반이 지워졌으나 노경에 이른 지금껏 비교적 차곡히 남아 있는 것은 차 선생에게서 배운 프랑스어 불규칙 변화 동사의 중요한 사례 몇개다.

1953년 여름방학이 시작되기 전 우리 집은 서울로 이사

했으나 나는 군산에 남아 프랑스어를 계속 공부했다. 프랑스어를 계속할 결심이 섰으면 강습소에 다니라는 차 선생 말이 떨어지고 나서야 비로소 나는 기차를 타고 서울 집에 왔다. 종로구 공평동(조계사 건너편)의 프랑스어 강습소(C. E. F.)의 중급과정에 등록했는데, 불규칙동사가 나오기만 하면 이휘영 선생은 반과거 혹은 가정법 변화 형태를 외어 보라고 하였다. 차 선생의 프랑스어 교습방식은 족보가 있는 거구나 생각했다. 이휘영 선생은 내게 어디서 프랑스어를 배웠느냐고 물었다. 차재철 선생의 이름을 대자 이휘영 선생은 "철학과 나온 사람" 하며 누군지 알겠다는 듯이 고개를 끄덕였다. 무슨 인연인지 나는 이휘영의 손(孫)제자가 되었던 것이다. 중급 프랑스어반은 대학생과 서울 명문 고교 학생들 7~8명으로 편성되었는데, 내가 불규칙동사 변화를 줄줄 외는 것을 보고 나서야 수강생들은 내게 눈웃음을 던지는 거였다. 그때 만난 수강생 가운데 몇은 대학에 들어와 다시 교류하며 친밀하게 지냈는데, 경기고등학교의 이병룡(李秉龍, 통일부차관 역임)·조두영(趙斗英, 서울대 의대 명예교수, 정신과 전문의)과 서울고등학교의 현희강(玄熙剛, 스페인 대사 역임) 등이 그들이다.

좋은 대학에 들어가면 '좋은 직장'을 얻을 수 있고, 둘째 (나)는 공부를 잘하니 미리 이래라저래라 할 필요가 없다는 것이 내 진학(대학 입학)에 대한 어머니의 기본구상이었던 모양이다. 그러나 모자간의 '상호이해'는 결정적 대목에서 파국 요소를 안고 있었다. 어머니 머릿속의 '좋은 대학, 좋은 직장'과 나의 그것이 서로 다르다는 것을 나는 잘 알고 있었으나 어머니와 대결을 미루려 발설을 하지 않았던 터였다. 하지만 고3에 올라가서는 더이상 미룰 수가 없었다. 1954년 가을쯤인가 어머니는 저녁밥상에서 나의 장래는 서울대학교 법과대학에 들어가 열심히 공부하여 고등고시(사법시험)에 합격하고 판사가 되는 것이라고 또박또박 이르는 거였다.

기정사실을 확인한다는 식이었다. 즉석에서 내 뜻을 밝히지 않으면 앞으로 화가 도지고 어머니의 충격이 더 커질 것 같았다. "나는 법과대학에는 가지 않을 것이며 판사 같은 직업은 싫어한다"고 분명하게 대꾸했다. 불문학을 공부하고 나서 학교 선생을 하겠다고 하자 벼락이 떨어졌다. "불란서문학? 그건 망종들이나 하는 짓인데 네가 불문과에 가겠다니 나는 학비 못 대니 그리 알아라!" 결연하게 선언하는 거였다. 더 놀란 것은 '망종'이란 표현을 쓴 것이다. 영어의 'son of a bitch'(개새끼)에 해당할 만큼 강한 멸시를 담은 평안도 말이 망종인데, 어머니가 왜 프랑스를 그토록 깔보는지 도시 종잡을 수 없었다. 나는 가족 누구에게나 오래 쌀쌀맞게 굴지 못하는 성미인데 이때만은 어머니에게 지지 않으려고 버티었다.

그런 보람이 있어선지 며칠 뒤 어머니가 슬그머니 타협을 시도하는 거였다. 프랑스문학과가 아니라 영문학과를 가는 것이 어떠냐며 법과대학 못지않게 들어가기 어렵다니 걱정이라고 했다. 어머니가 형과 의논한 절충안인 것 같았다. 내가 어머니의 타협안을 받아들여서 실망한 사람은 두말할 필요도 없이 군산고등학교 독일어 교사 차재철 선생이다. 과외 지도료라고는 한푼도 받지 않고 1년 이상 공들인 제자가 심하게 말하면 배은망덕한 놈이다. 또 한 사람은 서울대 프랑스문학과 창설 공로자인 이휘영 교수다. 나는 2년에 걸쳐 그의 강습소에 다녔는데 대학 입학시험이 있기 얼마 전 "군은 물론 프랑스문학과 지망일 터이고……" 할 때, 난 아니라고 대답하지 못하였다.

6. 대학과 군대 시절

군산에 홀로 남아

1953년 여름, 온 가족이 서울로 되돌아가는데도 나는 1년 반 동안 군산에 홀로 남아 고등학교를 마쳤다. 열일곱 나이에 자청한 색다른 경험이었다. 환도(1953.8)하기 무섭게 집안 사정 넉넉한 지방의 고등학교 2~3학년 아이들이 대학 입시를 대비하여 다투어 서울로 올라가던 때다. 그러나 서울시내 명문 고등학교 전입에는 오로지 돈이 말을 했는데, 우리는 그럴 형편이 되지 못했다. 어느 사이에 '명문학교병'에 걸린 나는 서울의 일류 고등학교에 다니지 못할 바에야 차라리 군산에 머물겠노라 우겨 뜻을 관철했던 것이다. 물론 다른 이유도 없지 않았는데, 차재철 선생에게서 더 많은 것을 배울 수 있다고 생각했기 때문이다. 또하나 있다면 가출 심리라 할지 아니면 역마살이라 불러야 할지 모를 묘한 충동인데, 과보호의 어머니 곁을 벗어나고 싶은 욕구가 꿈틀거렸다. 하지만 10대 후반의 소년들이 흔히 빠지는 모험적 행동, 이를테면 이성과의 교제, 노름, 술 담배 따위에는 관심이 없었다. 보헤미안 생활을 추구했다고 하면 과한 표현일 테고, 가족과 떨어져 있는 데서 오는 소극적 해방감을 1년여 군산에서 누렸다고 한다면 어떨지 모르겠다.

휴전협정(1953.7) 이후인데도 전시 못지않게, 아니 군산 시내를 누비고 다니는 미군 차량은 오히려 많아져 평화가 왔다는 실감은 들지 않았다. 최신 설비의 미 공군 전용 군산비행장이 본격적으로 기능을 발휘했던 때문인지, 항공기 이착륙 폭음이 밤낮으로 귓전을 때렸다. 고등학교의 교련시간은 휴전 이후에도 계속되었으나 고3이 되자 대입준비를 빌미로 유명무실해졌다. 대신 휴전협정에 반대하는 데모에 동원되었는데, "체코슬로바키아, 폴란드 중립국 감시단에서 물러나라"는 것이 가두시위 구호였다. 당시의 대통령 이승만이 휴전을 반대하여 협정문 서명을 거부한 것을 가리켜 '애국적 용단'이라고 말하는 라디오방송을 들은 기억이 생생하다. 또 휴전 이후에도 비무장지대에서 남북의 잦은 군사충돌이 있었던 것은 신문보도를 통해 알고 있었다. 중립국 휴전감시단은 스위스, 스웨덴, 체코슬로바키아, 폴란드 4개국으로 구성되었는데, 가두시위에 앞서 교장선생은 단상에 올라 "체코슬로바키아와 폴란드는 소련의 위성국이지 중립국이 아니다"고 열을 올렸다. 국제관계나 동서 냉전의 실상을 잘 알지는 못했으나 나는 '그럼 스위스와 스웨덴은 미국 편이 아니란 말인가'라는 의문이 들었다. 미국이 나서서 휴전협정을 맺은 판국에 고등학생들을 동원하여 거리에서 구호를 외치는 게 무슨 실익이 있느냐고 따져 묻고 싶었다.

혼자 군산에 머물기로 한 것을 알고 같은 반 문홍선은 내게 자기 집에 와 지내며 영어와 수학 공부를 도와달라고 했다. 그의 아버지는 시내 한복판에 제법 규모 있는 잡화 가게를 내고 있어 그 시절 군산에선 잘사는 축에 속했다. 홍선이의 모친은 내게 2층 독방 하나를 내주고, 학교 갈 때는 도시락을 싸줄 정도로 극진히 대해주었다.

동갑내기 개인교사가 제구실을 하기 어려운 것은 뻔하고, 극도의 근시인 문홍선은 교과서 글씨를 판독하는 것조차 애를 먹을 정도였다. 이런저런 이유로, 한 학기 동안 매일 머리를 맞대고 공부했지만 그의 학교성적은 오르지 않았다. 그리고 3학년 초, 그의 아버지가 큰아들(홍선)을 서울 명문 고등학교에 전입시키는 데 성공함으로써 결국 나는 그 집에서 나와야 했다.

문홍선과 같은 집에 기거하며 듣고 본 일이 많은데, 그
중 하나가 '일민공사(一民公社)'라는 간판의 실체였다. 군
산 한복판 시내 중앙로에 면한 건물에 나붙은 '일민공사'
간판이 이전부터 수상쩍다고 여기긴 했으나, 특무대(방첩부
대와 보안사령부로 개명)의 위장 간판이라는 말을 듣고는 적이
놀랐다. 통행인이 번다하고 상점이 즐비한 시내에 왜 군부
대가 이상스러운 이름의 사무실을 두어야 하는지 불쾌했
다. 게다가 특무대 성격상 시내에 별도의 사무실을 두어야
한다면 철저하게 위장할 일이지, 대통령 이승만이 잘 쓰던
'일민'이라는 말을 간판으로 내건 짓거리는 또 무언가 싶
었다. 문홍선은 나를 학교공부밖에 모르는 어린애로 보았
던지, "일민공사는 경찰보다 더 무서운 데"라고 귀엣말로
가르쳐주었다.

　전폭기 이착륙 소음으로 밤잠을 설치게 하던 군산비행
장은 그 시절 나에게 전혀 뜻밖의 선물을 안겨주었다. 호
주머니에 들어가기 알맞은 크기의 페이퍼백, 통칭 포켓북
이 군산비행장 미군부대에서 흘러나온 것이다. 미군부대
에서 나오는 쓰레기라면 '꿀꿀이죽'(미군부대에서 나오는 음
식물 쓰레기의 속칭)과 레이션(군인 배급 식량)류, 입다 버린 군
복이 사람들의 일차적 관심 대상이었고 폐금속류, 망가
진 가구 나부랭이는 부차적이었다. 당시 부산과 대구에서
는 어떠했는지 몰라도, 군산에서는 영어로 된 포켓북 수요

는 없는 것이나 마찬가지였다. 그 덕에 값이 매우 쌌다. 시간만 나면 가깝게 지내던 김진숙이 앞장을 섰고, 시내 두세곳 미군부대 쓰레기 상품을 취급하는 곳에서 책을 고르는 일에 나는 단단히 재미를 붙였다. 더미로 쌓인 포켓북은 대부분 소설이었고 간혹 잡지 『리더스 다이제스트』 따위가 섞여 있었는데, 소설이라 해도 태반이 공상과학소설 아니면 연애소설 나부랭이였다. 내가 찾는 유럽의 본격적인 명작 소설 같은 것은 없었다. 그래도 찾아다니기 한참만에 손에 쥔 것이 에드거 앨런 포(Edgar Allan Poe)의 단편집이었는데, 마치 보물을 땅속에서 캐낸 것같이 기뻤다. 김진숙은 윌 듀랜트(Will Durant)의 『철학 이야기』를 사고서 한동안 그 책 이야기만 했다. 고3 마지막 학기, 대학입학시험을 앞두고서도 포켓북 사 모으기는 계속되어 줄잡아 30~40권에 달하는 영문 소설책이 책상을 가득 메웠다. 이때 내 관심은 러시아, 프랑스 소설로부터 미국 소설로 옮아가 시어도어 드라이저(Theodore Dreiser), 셔우드 앤더슨(Sherwood Anderson), 윌리엄 포크너(William C. Falkner), 어니스트 헤밍웨이(Ernest M. Hemingway), 존 스타인벡(John E. Steinbeck) 등 10여명의 소설가 이름을 줄줄 외우게 되었다. 하지만 내가 그때 처음부터 끝까지 읽은 것은 몇권이나 될까. 기껏해야 네권이다. 확실히 기억나는 것은 헤밍웨이의 100페이지 내외의 『노인과 바다』,

셔우드 앤더슨의 이상스러운 형식의 소설『와인즈버그, 오하이오』이다. 그런대로 읽어나갔다고 하면 헛소리일 터이고 이 두 소설을 떼는 일은 글자 그대로 악전고투였다. 해독이 안 되는 대목에서 물어볼 선생이 없는 것이 제일 답답했다. 차재철 선생에게 헤밍웨이를 들이대는 것은 번지수가 틀리는 일이라 생각했다. 대학 학부에서 외국문학 전공생들이 배우는 원서강독 과정을 지방도시 고교생이 독학한 셈이니, 애당초 무모한 행동이다. 소설 한 페이지 넘기기 위해 나는 민중서관 영어 콘사이스를 수차례 뒤적였다. 그러나『와인즈버그, 오하이오』는 그 소설을 읽고 7~8년이 지나 신문기자가 된 나를 지배할 만큼 그 나름의 '영양가'를 지녔던 작품이었다.

조선일보 사회부 사건기자이던 1961~62년의 일이다. 하루는 용산경찰서 형사실에 들렀다가 흑인 병사 하나가 한강 인도교 철탑 위에서 투신자살했다는 이야기를 들었다. 부평 주둔 미군부대 소속의 '오하이오 (출신) 일등병'이란 것 외에 다른 정보는 없었지만 독자의 흥미를 돋우고자 사진을 곁들인 2단짜리 기사로 꾸며졌다. 그때 돌연히 떠오른 것이『와인즈버그, 오하이오』에서의 관찰자이자 실질적 화자이고 동시에 주인공의 하나인 조지 윌러드였다. 작품 속에서 조지 윌러드는 기자다. "인구 몇천의 미국 중서부 작은 도시의 주간지 기자가 보고 듣고 겪었던

것보다 너는 더 넓고 더 깊게 세상을 접해야 한다"는 소리
가 어디선가 들려오는 것 같았다. 투신자살한 병사의 일
상을 재구성해보자는 욕심으로 이튿날 경인선 열차를 타
고 소속 부대를 찾아갔다. 취재가 수월치 않으리라 짐작했
지만 부대 입구서부터 일은 엇나갔다. 초소에서 헬멧을 쓴
미군 MP(헌병)에게 용건을 말하자 어딘가 전화를 걸더니
수화기를 내게 건넸다. "유엔군 사령부 공보장교에게 물어
보라"는 간단한 전언과 함께 전화가 끊겼다. 나는 하릴없
이 부평시내로 돌아와 경찰서 외사과로 갔다. 관할 경찰에
도 정보가 없다는 말로 운을 뗀 형사는, 아마 정신이 시룽
시룽한 녀석이거나 마약 상용자일 것이라 했다. "미군부
대 근처 양공주촌에 가서 오하이오 일병의 신상을 알아보
시지" 하며 형사는 씽긋거렸다. 시건방지다고 느꼈지만 일
리가 있는 귀띔이라서 다시 발길을 돌렸다. 물어물어 기지
촌을 어렵게 찾아가 보니 '백양공주' 촌과 '흑양공주' 촌
이 나뉘어 있었다. 흑·백의 내객이 마주치지 않게 조금 거
리를 두고 떨어져 있었다. 아무리 취재라고 해도 흑인 병
사의 단골 양공주를 찾는 일은 거북하기 이를 데 없었지만
더욱 난처한 일은 조금 뒤에 벌어졌다. 마침내 찾은 오하
이오 일병의 단골 양공주는 투신자살 소식을 못 들었는지
나에게 싸울 듯이 대들었다. '신문기자'나 '취재' 따위 단
어는 귀에 안 닿는 듯했다. 대번에 "가보세요"라고 목청을

높였다. 예상치 못한 일이 이어졌다.

대문을 열고 흑인 사병 하나가 들어서다가 나와 눈길이 마주치자 몸을 홱 돌려 다시 밖으로 나가는 것이다. 손님 다 쫓는다는 원망을 듣게 되었는데, 미군은 (흑인·백인을 가릴 것 없이) 한국 남자가 드나드는 색싯집에는 발을 일절 들여놓지 않는다는 것을 뒤에 알았다. 난감한 자리를 벗어나는 것이 급선무였지만 나는 선뜻 일어나지 못했다. 세상사를 간단히 처리할 수는 없다는 것을 그때 나는 뼈아프게 배웠다.

대학생이 되어 '돌체'를 드나들다

1955년 4월 서울대학교 문리과대학 영문과에 들어갔다. 서울대 입학이라는 것은 예나 지금이나 '명예스러운' 일이다. 이른바 '일류대학병' 사회심리라 할 것이다. 근대 이전의 과거제도로부터 유래하여, 20세기에는 동아시아 전역에 만연한 일류대학병은 입학전형(경쟁시험)과 떼어놓을 수 없을 것이다. 한국의 경우에는 지난 반세기 동안 병통이 해가 갈수록 심해져 고질이 되었다. 아무튼 60년 전에는 '입시지옥'이란 말이 없었던 것으로 미루어 지금(2015)보다 서울대 입학이 훨씬 쉬웠던 것만은 확실하다.

프랑스어 강습소에는 계속 다녔다. 대학입시반은 아니고 방곤(方坤, 이화여대 교수 역임) 강사 지도하에 알베르 까뮈(Albert Camus)의 희곡『정의의 사람들』을 읽는 고급반이었다. 대학입시에 대한 기억은 프랑스어(선택과목)와 관련해 파편처럼 몇개가 남아 있다. 문제지를 받아 대충 훑어보고, 나는 "너무 쉬워서 손해다" 싶었다. 입학시험이라는 것은 이제나 그제나 배제(排除)를 기본원리로 삼고 있으므로 "다른 녀석이 나가떨어져야 내가 산다"는 믿음이 수험생에게 팽배해 있었던 것이다. 하지만 입학시험이란 또한 수험생들의 평소 실력뿐만 아니라 긴장, 당황, 경솔, 착각을 다 검증 자료로 활용한다. 1차 시험(필기시험)에 합격한 뒤 2차 시험(면접)에서, 첫번째 면접관 고석구(高錫龜) 교수는 영어 형용사 'frequent'의 명사형을 내게 대보라 했다. 그런데 내 입에서 자신만만하게 튀어나온 말은 뚱딴지처럼 'frequentation'이었다. 불어로 착각했던 것인데 그러나 프랑스어로도 명사형은 어디까지나 'fréquence'이고, 'fréquentation'은 조금 전의(轉義)된 뜻의 명사형이다. 낭패는 다음 차례의 주 면접관 권중휘(權重輝, 서울대 총장 역임) 교수 앞에서 또 연출되었다. 최근에 읽은 영미 문학작품을 대보라 해서 몇초 뜸을 들이다가 에리히 레마르크(Erich M. Remarque) 원작, 채정근(蔡廷根) 번역의『개선문』이라고 또박또박 대답했다. 필기시험을 친 다음 날 머리를 식힐 겸 남대문로 국립도서관(현재 롯데백화점 주차장 위치)에 가서 하루 종일 앉아 독파한 것이 그 책이었다. 권 교수는 특유의 경상도 사투리에 낮은 억양으로 "영국이나 미국에 그런 작가는 없는데"라고 했다. 물러섰다가는 큰일이겠다 싶어 단단히 각오하고 대꾸했다. "레마르크는 독일에서 태어났지만 미국으로 망명하여 미국 국적을 취득……" 하는데, 권 교수는 영어로 쓰지 않았으면 영문학이 아니라며 말을 막았다. 항변할 여지가 없다. 면접에서 이렇게 연거푸 헛발질을 하고 나서는 최종 합격자 발표까지 초조하고 불안한 며칠을 보내야 했다.

면접에서의 해프닝을 나는 좋은 교훈으로 삼지 못했다. 이를테면 고석구, 권중희 교수를 불어나 불문학을 모르는 '갑갑둥이'로 멋대로 분류해버린 식이다. 프랑스어를 배우며 몸에 밴 허영심이 어느덧 교만으로 변질되고 있었다. 희랍어를 배운 것도 한몫했을 것이다. 차재철 선생으로부터 배운 고전 그리스어 실력은 초급 수준에 불과했지만 영문과 동급생은 고사하고 상급생들로부터도 찬탄(?)을 받았던 것이다.

당시 영문과의 '간판'이라 할 이양하(李敭河) 교수는 영한대사전 편찬사업 때문에 미국 프린스턴대학에 가 있었다. 김이 새는 기분이었다. 강의를 들을 수 없는 것보다 흠모했던 수필가 이양하 교수의 얼굴을 보지 못하는 것이 섭섭했다. 영문과 신입생은 스물대여섯, 그중 여학생이 다섯을 차지했다. 중·고교 시기를 통틀어 연애는 고사하고 동년배 여학생과 접할 기회를 갖지 못한 나로서는 대학의 같은 학과에서 눈망울 초롱초롱한 처녀들을 만나는 것은 여간 가슴 설레는 일이 아니었다.

영문과에 당시 같이 입학한 학생 가운데 세상에 비교적 널리 알려진 사람은 소설가이자 전북대학 교수를 역임한 서정인(徐廷仁, 본명 서정택)이다. 그렇지만 나와의 인연은 1학년 1학기에 비좁은 전차 칸에서 만난 것, 그리고 32년이 지나 1987년 6월항쟁 한중간 서울 마포에서 우연히 마주친 게 전부다. 그가 방문했던 자유실천문인협의회(한국작가회의의 전신)와 내가 소속된 민주언론운동협의회(민주언론시민연합의 전신)가 같은 건물 안에 사무실을 두었던 덕에 이루어진 해후였다.

사람이 모이는 곳이라면 죽이 맞는 끼리끼리가 형성되게 마련이지만 반대로 데면데면한 관계로 일관할 수도 있다. 문리대 영문과는 적어도 60년 전에는 '데면데면'을 무슨 트레이드마크라도 되는 듯이 여기는 동네였다. 그런 가운데서도 1학년 때에는 경북고등학교 출신 이재호(李在浩, 성균관대 교수 역임)와 친하게 지냈고, 부산고등학교 출신의 신종교, 이동수(동양공대 학장 역임)와도 자주 어울렸다. 일본에서 해방을 맞아 거기서 초등학교를 다녔다는 이재호는 일본어 실력이 반에서 제일 나았다. 신종교는 영문과 학생들의 우등생 기질을 경멸하는 투여서 마음이 맞았다. 여학생 대부분은 자기 집에서 통학했지만 남학생의 3분의 2는 지방 출신으로 하숙을 했다. 농촌에서 자식을 서울의 대학으로 보내 4년간 등록금과 하숙비를 대려면 농사짓던 땅을 축내야 함은 물론이고, 경우에 따라서는 소를 팔아야 할 지경에 이른다. '우골탑(牛骨塔)'이라는 유행어가 떠돌기 시작한 시기였다.

강의실에서 매일 마주치는 친구들의 독서의 폭과 양이 고교시절 같은 반 아이들의 그것과 대차 없는 게 이상했다. 명색이 문학을 전공으로 택한 녀석들이 무얼 하느라 우리말로 된 소설도 읽지 않았는지 말이다. 소설 대신 어려운 철학책만을 읽었다? 그런 말은 성립하기 힘들었다. 1950년대 전반에 '철학'이라는 이름에 걸맞은 철학책은 도시 존재하지 않았으니까. 후일에 만난 2~3년 위 상급생들은 대체로 독서이력에 손색이 없었고, 그 가운데 홍순병(성균관대 교수 역임)의 독서편력은 출중했다.

그즈음 다시 상봉한 것이 프랑스어 강습소에서 알았던 이병룡과 조두영이다. 서울대 불문과에 응시했다 실패한 이병룡은 재수 중이었고 조두영은 서울의대 예과 1학년생이었으며, 그들을 통해 친해진 이들이 서울공대 건축과 1년생 김태수(金泰修, 재미 건축가, 과천 국립현대미술관 설계자),

손호태(외과의사), 윤충기(해운공사 동경지사장 역임)다. 김태수와 이병룡의 집은 명륜동이어서 동숭동 캠퍼스에서 걸어서 10분, 방과 후면 놀러 가기 좋았다. 이들을 '북촌패거리'라 부르자. 이병룡의 아버지는 초대 농림부장관 조봉암 밑에서 차관을 지낸 이훈(6·25전쟁 중 납북), 조두영의 아버지는 조용만(趙容萬, 소설가, 고려대 영문과 교수 역임), 김태수의 아버지는 김두종(金斗鍾, 한국 의학사 분야의 개척자, 서울의대 교수 역임)으로서 모두 내로라하는 명망가였다. 술 담배를 하는 것만으로도 나와 다른 세상 사람들이었지만, 아버지의 명성을 고려한다면 그들과 나는 전근대 신분사회에서는 불상용의 관계였다. 자격지심이라 할까 자의식이 들지 않았다면 거짓말이다.

북촌패거리와 만남이 잦아지면서 그들과 나의 차이가 술 담배에 국한되지 않음이 이내 드러났다. 이들에게 끌려 처음으로 성균관대학 입구에 있던 '명륜다방'에 들어갔을 때다. 번갈아서 "베토벤 심포니 3번, 5번, 6번, 9번" 하며 레코드판을 틀어달라고 신청하더니, 음악이 나오기도 전에 교향곡 주선율을 콧소리로 흥얼거린다. 패거리들은 오페라도 좋아했는데 「카르멘」이나 「아를의 여인」을 틀 때는 고개를 파묻고 자못 심각한 표정을 짓고, 「라뜨라비아따」나 「하바네라」가 나오면 목청을 돋우어 합창했다. 그러나 처음 북촌패거리와 어울리면서 느꼈던 이질감은 어느

덧 사라지고, 술 담배를 탐닉하기까지도 오랜 시간이 걸리지 않았다. 어릴 적부터 술 담배를 하지 말라고 해온 어머니가 손을 쓰기에는 때가 늦었다.

형이 대학에 입학할 때(1953) 회갑나이에 들어선 아버지는 학비 변통 능력을 상실하면서 자식에게 '훈도'는 고사하고 잔소리도 하지 않았다. 한번은 어머니가 "술을 매일 마시고 들어오니 야단 좀 치구려" 하자, 아버지는 "그 애비에 그 자식이지, 누굴 닮아 술을 마다하겠나"라 응수했다. 기억에 남아 있는 아버지 말씀 가운데 듣기 싫지 않았던 몇가지 중 하나다.

이기양 선배에 대한 기억

매일 아침 책가방을 들고 학교에 갔지만, 교실이나 도서관에 가는 횟수는 점차 줄어들면서 오후에는 명동에 있는 음악감상 다방 '돌체'에 갈 때가 많아졌다. 나를 돌체로 끌고 간 것은 북촌패거리다. 처음에는 음악(서양 고전음악)을 듣는 공간이라 여겼으나 분위기에 익숙해지면서 사람들의 랑데부 장소란 것을 알게 되었다. 이용객 중에 대학 초년생은 얼마 없었고, 책이나 뒤지는 숫보기는 거의 없었다. '날라리' 인문계 3~4학년들이 들끓었고 여학생도 몇 있었다. 대학교수와 문학·미술·음악계의 저명인사들이 이따금 얼굴을 비쳤는데, 단구(短軀)의 피천득(皮千得, 수필가, 서울 사대 영어과 교수 역임) 교수의 얌전히 앉은 모습이 눈에 선하다. 대학 2년 선배 유종호(柳宗鎬, 문학평론가, 이화여대 교수 역임), 나와 동갑이며 지금껏 격의 없이 지내는 시인 신경림(申庚林)이 젊은 축이면서 조용한 예외적 손님에 속했다. 나머지는 대부분 술을 마시기 위해 돌체에 나왔는데, 시인 천상병(千祥炳), 이일(李逸), 황명걸(黃明杰)은 한 시절 매일 거기서 살다시피 했고, 소설가 오상원(吳尙源)과 이호철(李浩哲)은 드문드문 들렀다. 나의 20세와 동의어라 할 '돌체 시기'에 빼놓을 수 없는 사람이 이기양(李基陽)인데, 그는 군산고등학교 독일어 교사 차재철에 이어 내게 큰 영향을 끼친 두번째 인물이다.

황해도 황주가 고향인 이기양은 경복고등학교 출신으로 서울대학교 정치학과의 4학년이었다. 나이는 나보다 네댓살 위다. 이기양을 돌체에서 처음 본 것은 1955년 초겨울이다. 교복에 막걸리를 흘려 그 볼품없는 진한 남색 윗옷이 희끗희끗해져 창피했지만, 나는 어쩔 수 없이 그냥 입고 다니고 있었다. 그런데 눈인사쯤은 했는지 모르나 말을 나눈 적은 없었던 이기양이 어느날 오후 취기가 오른 상태에서 내 앞 좌석에 앉더니, 내 교복의 얼룩진 곳을 가리키며 불어로 "멋진데!"라 했다. 나는 놀라기도 하고 대꾸할 말을 찾지 못해 묵묵히 있었다. 몇분 뒤 그는 다시 입을 열어 "지금 이 곡(曲) 쎄자르 프랑크의 유명한 교향곡 D단조일세"라고 또 불어로 말했다. 나는 기껏 "프랑스말을 어디서 배웠길래 그렇게 잘하시우?"라고 대답했다. 그날 이후 이기양과 나는 하루가 다르게 가까워져 그의 꽁무니를 졸졸 따라다니며 술을 얻어 마셨다. 이기양을 따라다니며 술좌석에 동석했던 상급생(3년 선배)들은, 철학과 이헌조(李憲祖, LG전자 회장 역임)·조규하(曺圭河, 전라남도지사 역임)·최정호(崔禎鎬, 연세대 명예교수), 정치학과 임석진(林錫珍, 명지대 명예교수)·김경식(金景植, KBS 보도국장 역임), 사회학과 정하룡(대한항공화물 사장 역임) 등인데 작고한 사람까지 헤아리면 그 수는 스물이 넘을 것이다.

독서의 폭이나 음악·미술·연극·영화 등 예술 전반의 감식안에다 데까당 기질과 프랑스어 구사 능력을 보탠다면 이기양은 휴전 직후 이 땅의 부르주아 지식인 가운데 최첨단을 걷던 사람이다. 불어와 희랍어를 조금 한다고 허영이 가득했던 나였지만 스물 전후의 연령으로선 도저히 넘볼수 없는 실력과 체험의 소유자가 그였다. 이기양은 10대 중반에서 20대 초에 일제강점기의 식민지 사회, 8·15해방, 6·25의 전중·전후를 겪었던 것이다. 이기양이 보고, 듣고, 겪고, 느꼈던 바를 사실대로 기록했다면 한 시대의 귀중한 증언으로 남을 뻔했는데 불행하게도 그는 생사 확인 불가능한 도깨비가 되고 말았다. 1967년 조선일보 통신원으로 서독 프랑크푸르트에 거주하던 그는 냉전시대 동구권 체코 프라하에서 열린 세계여자 농구대회를 취재하기 위해 떠난 다음 발자취가 끊겼다. 어김없는 실종으로 분류되겠으나 다른 각도에서 보면 그의 실종은 민족분단의 산물이기도 하다. 고작 '남다른'이란 형용사로 스물 안팎 이기양의 체험을 수식하는 것은 그와 형제처럼 지냈던 나로서는 도저히 못할 짓이고, 최선의 방법은 그에게서 직접 들은 이야기를 옮기는 것이다.

집안은 꽤 넉넉한 편이었고, 작곡가 홍난파가 이모부(혹은 고모부)였다니 일제하 그 부모의 교육 정도는 짐작할 수 있다. 어머니를 일찍이 여의었고, 아버지는 후처 소생들을 귀여워해서 동복의 형제자매는 물질적·심리적으로 소외되었다. 학교공부를 잘하는 편이었으나 그의 주변 '악동'들은 등하고 붐비는 전차 안에서 여학생에 밀착 추행하는 것이 예사였다고 토로했다. 1·4후퇴 때 가족과 함께 부산에 내려갔는데 부친이 작고하면서 심히 곤궁한 나날을 보내야 했다. 돈 없고 빽 없는 집 자식이 군대에 먼저 가는 것은 만고불역의 진실이다. 졸병으로 군대에 끌려가 매 맞을 것을 두려워했던 이기양은 '육군 갑종장교 학교'에 자원하여 입대했다.

1951년 봄 소위로 임관되자마자 바로 중부전선 최전방에 투입되었고, 이어 얼마 뒤 보병 소대장으로 '철의 삼각지'라는 이름난 격전지 참호에서 중공군을 마주하였다. 하루에도 여러차례 근접 총격전을 반복하던 중 이기양은 왼쪽 어깨에 관통상을 입었다. 야전병원에서 응급처치를 받고 부산 수도육군병원에 후송되어 수술을 받았다. 총알이 뚫고 지나간 상처는 쉽게 나았다.

문제는 이제부터다. 치유경과가 좋은 단순 관통상 장병은 원대 복귀가 원칙이었고, '소모품'이라 불리던 일선의 소대장이 달리던 판국이라 이기양은 십중팔구 최전방에 재투입될 가능성이 높았다. 부상당한 장교의 제대(예비역 편입)나 원대 복귀를 결정하는 것은 군의관들로 구성된 심사위원회였다. 청탁이 번다했고, 청탁을 해보았자 돈과 빽 없이는 의병제대 판정을 받기란 하늘의 별 따기였다. 그가 궁리궁리 끝에 짜낸 방안은 글자 그대로 '미친 척'하는 것이었다. 외과 병동에서 다른 입원 장교들과 싸우기를 다반사로 했고, 밤중에 일어나 고성방가를 일삼았다. 군대에서는 '미친 척'을 해도 백이면 백 들통나기 마련인데 1차 테스트 몽둥이질 때문이라고 한다. 그런 몽둥이질 관문도 무사히 통과하여 외과 병동에서 정신과 병동으로 이동하는 데 성공한 이기양은 마지막 관문(제대 판정)을 뚫기 위해 이번에는 '헛소리' 수를 썼다. '헛소리 미친 척'은 육박전, 고성방가보다 어려우면 어려웠지 결코 쉬운 것이 아니라고 했다. 대사(臺詞)가 판별 가능해서는 일을 망치는 것이고, 반대로 의미 불명의 헛소리 대사를 하루 종일 지껄이는 것은 발성자(發聲者)가 감당하지 못한다는 거였다. 그리하여 이기양은 헛소리 가운데 절반을 외국어로 했다. 라틴말로 된 경구집(警句集)을 구해 그걸 차례로 암송했다는 것인데 라틴어를 모르는 이들에겐 헛소리로밖에 들리지 않을 터였다.(나는 돌체 시절에 이기양이 적어주어서 라틴어 경구 하나를 지금껏 외울 수 있다. "아주 보잘것없는 것에도 만족하며 아무리 큰 것에도 끌려가지 않는 것이야말로 성스러운 것contineri minimo, non coerceri maximo, divinum est"이라는 가톨릭 예수회 창시자 이그나띠우스 로욜라 Ignatius Loyola의 말이다.)

셰익스피어가 만들어낸 양광(佯狂)의 걸작이 「햄릿」이라면 한국전쟁이 생산한 양광의 멋진 실례는 이기양이다. 「햄릿」에서 보는 대로 양광의 주인공은 복잡한 비극을 연출한다. 의병전역에는 성공했지만 이기양이 순탄하고 다복한 삶을 이어나갔나 하면 그렇지 못했다. 1952년 초 전역과 동시에 대학에 들어갔는데, 알 만한 이들이 그를 정신병자로 몰고 갔다. 수도육군병원 전역심사위원회의 정신병자 판정은 이기양을 두고두고 괴롭히는 올가미로 작용했다. 술타령을 하다보면 주사가 나오기 마련이지만, 당사자가 이기양이면 "'로꼬'가 지랄을 쳤다"로 서술되었다.

그러나 이기양은 주사로써도 좌중을 울렸다 웃겼다 하는 능력이 있었다. 삐에로(어릿광대)라는 별명으로 불렸던 것으로 짐작할 만하다. 그는 샹송도 즐겨 불렀는데 대학 2학년 한 학기 동안 참전국의 하나로 우리나라에 주둔했던 프랑스 군부대에서 통역을 하면서 익혔다고 했다.

내가 3년 아래 학년에 나이도 4~5년 어렸으니 그의 전공 공부와 독서 수준에 대해서는 올바로 파악하지는 못했을 것이다. 이기양은 내가 별로 흥미를 느끼지 못하는 쪽, 이를테면 마끼아벨리(N. Machiavelli), 또끄빌(A. Tocqueville), 베버(M. Weber), 래스키(H. J. Laski) 등 정치·사회 이론가들을 들먹이며 진지한 대화를 나누려고 들어 나는 애를 먹었다. 사회과학 계통 고전을 몇권이나 읽었는지 모르나 전반적으로 부실했던 당시의 대학교육 실정에 비추어 이기양은 정치학의 기초를 제법 착실히 닦았던 편에 속했다. 그럼에도 우리나라 현실정치에 대해 말하는 경우는 드물었다. 6·25 전후의 엉망진창 국내 정세가 호전되기는커녕 더 악화되는 현실에 그는 절망하고 있었던 것이 틀림없다. 신익희(申翼熙), 조봉암, 장면(張勉) 등 야당 정치가 이름을 들어 이러니저러니 하지 않은 것은, 이승만 정권에 일말의 기대를 걸어서가 아니라 그 체제가 구제불능이라 믿었기 때문일 것이다. 나는 2차대전 말기 일본에서 드물게 반군국주의·반전체주의적 입장을 견지하다가 체포되어 한창나이에 옥사한 철학자 미끼 키요시(三木淸, 1897~1945)라는 이름을 이기양을 통해 처음 알았다. 미끼의 사상, 외국(독일, 프랑스) 유학과 학문 연찬, 저술 등은 말할 것도 없고 학창생활, 교우관계, 음주, 여성 편력에 이르는 숱한 에피소드를 들려주었다. 1957년 봄 언론계에 투신하여 한국일보를 거쳐 조선일보에서 기자생활을 하다 1959년 겨울 독일유학을 떠나기까지의 몇해 사이는 내가 군에 가는 바람에 이기양과 접촉이 중단되었다.

명동에 진출하면서 내가 학업을 소홀히 했던 것은 사실이지만 동숭동 캠퍼스를 전과 다름없이 맴돌며 보냈다. 낮에는 딱히 갈 데가 없었던 것이다. 2학년이 된 초봄 어느날 신입생처럼 보이는 학생이 라일락 아래 벤치에 앉아 있는 내게 다가왔다. 재동초등학교 동창 김태수에게서 얘기를 들었다며 자신을 소개한 사람은 철학과 신입생 김상기(金相基, 미국 남일리노이대학 명예교수)였다. 그리고 며칠 뒤 같은 과 같은 학년의 채현국(蔡鉉國, 효암학원 이사장), 이계익(李啓謚, KBS 해설위원장, 교통부장관 역임)과 함께 나타났다. 몇마디 수작 끝에 우리는 금세 의기투합하여 말을 놓는 사이가 되었다. 셋 다 집안 형편이 어려운 모양이고 소설을 많이 읽었으며 동급생들의 우등생 기질을 역겨워해서 마음이 맞았던 것이다. 프랑스말은 못해도 프랑스 영화는 나 못지않게 많이 본 것 같고, 술 담배는 못했다. 그러나 아니나 다를까 셋은 나와 친해지고 반년이 못 되어 모두 술 담배를 하게 되었는데, 그런 면에서 나는 악우였던 셈이다.

　대학 외국문학과 1~2학년생들의 학업내용은 대동소이할 것이다. 가장 긴 시간을 요하는 과목(과정)은 문학 텍스트(原典)를 읽기 위한 외국어 학습일 것인데, 나는 영어 외에 프랑스어와 고전어(희랍어)를 하였으니 분명히 힘에 부쳤다. 희랍어 선생은 독신의 50대 초반 장익봉(張翼鳳, 성균관대 교수 역임) 교수였다. 학기 초에 30여명에 달했던 수강생은 다음 학기 중급에 이르자 절반 정도로 줄었고, 2년 꼬박 계속한 학생은 대여섯에 그쳤다. 학생들이 중도에 포기한 것은 희랍어 학습이 어렵기도 했지만, 결정적 이유는 사전은 고사하고 기초 교재조차 없었기 때문이다. 장익봉 선생은 한시간 내내 몇 안 되는 학생들 얼굴을 번갈아 하나씩 뚫어져라 쳐다보았기 때문에, 밥 먹듯이 강의를 빼먹던 나였지만 희랍어만은 비교적 열심히 공부했다. 또 솔직히 말하면, 불어에 이어 희랍어도 내 허영심을 부풀리고 어루만져준 점도 있었다. 70년대 후반에 길에서 한두해 아래 사회학과 신용하(愼鏞廈, 서울대 명예교수)를 오래간만에 마주쳤는데, "아직도 희랍어 합니까"라는 인사말을 들을 정도였다. 당시에 서울대학교 중앙도서관에서 '쇼오와(昭和) 10년, 1935년'이라는 붉은색 장서인(藏書印)이 선명한 희랍어 책을 손에 쥔 것은 정말 놀라운 경험이었다. 일제하 경성제국대학(서울대학교 전신)이 비치하고 20년 동안 누구 하나 범접하지 않은 상태로, 고대 그리스의 철인 헤라클레이토스와 극작가 아리스토파네스가 서고에 고이 잠들어 있었던 것이다. 전혀 손때 묻지 않은 희랍어 고전 서적을 들추면서 나는 마치 처녀를 범하는 듯한 이상스러운 환상에 빠져들었다.

썩을 대로 썩은 군대

보들레르의 시, 쥘리에뜨 그레꼬의 샹송, 마르셀 까르네의 영화 「천국의 아이들」(1945) 같은 것들에 아무리 매료되었다 한들 1950년대 중반의 한국 현실로부터 벗어나는 것은 불가능했다. 가장 엄혹한 난공불락의 벽은 군 징집이었다. 외국으로 유학이라도 떠나거나 폐결핵에라도 걸려야 징집이 연기되거나 면제되었다. 보잘것없는 가정 형편과 우량한 영양상태로 나는 두가지 다 해당되지 않았다. '기피자'란 딱지가 붙어 평생 죄 지은 사람처럼 살 것 없다는 생각이 들긴 했으나, "사나이답게 떳떳하게 군대에 가겠다"고 말하는 사람을 나는 만나보지 못했다. 군대에 대한 혐오감은 일제시대 초등학교 제식훈련 시간에 각반이 풀려 망신을 당한 데서 비롯되었는지 모른다. 징집영장을 받은 것은 1957년 6월 초였고, 논산훈련소행 화물열차를 탄 것은 7월 10일이다. 그 평계로 달포 이상 여러 패들과 돌아가며 어울려 하루도 쉬지 않고 술을 퍼마셨다. 지구가 종말을 고하기나 한 것처럼 처량한 음조의 유행가를 뽑았는데, 불문학과 2년생 박영술(언론인, TBC 취재부장 역임)의 "죄많은 청춘입니다~"로 시작하는 노래(나애심의 히트곡)가 일품이었다. 부친의 탄광업이 본궤도에 오르자 채현국이 맡아놓고 술자리 치다꺼리를 하기 시작하던 때다. 한달 동안 온갖 나쁜 짓을 다 했는데 두고두고 내 발목을 잡은 것은 학기말 시험을 포기한 거다. 수강 과목 중 학점이 나온 것은 희랍어 하나뿐이었다.

휴전협정이 체결되고 4년이 지난 시점이었으므로 전쟁의 위험 같은 것은 별로 느끼지 못했다. 다만 군인이 모여 있는 곳은 전쟁터라고 생각하는 것이 세태이고 그래서 일단 피하고 보자는 마음이 컸을 것이다. 병법의 대가 손자(孫子)가 어떻게 썼는지 확인해본 바 없으나, 전쟁터(군대생활)에서 목숨을 잃거나 크게 다치는 것은 병졸 개개인의 잘못이기보다 지휘자의 잘못된 판단 때문이다. 더 깊이 파고들면 군 조직 자체의 병폐가 원인이라고 해야 사실에 가까울 터이다. 물론 병졸 당사자의 잘못과 특정 지휘관의 무능과 나태함이 결합하여 일을 그르칠 수도 있다. 내 군대생활이 그런 범주에 속한다. 그러나 논산훈련소 입소 첫날 일어난 일은 결코 내 잘못이 아니었다.

기차가 논산역에 도착하고 나서 하루이틀 머무는 대기소에서 나는 기간사병으로부터 매를 심하게 맞았다. 상관모욕? 명령 불복종? 부대 이탈? 아니다. 굳이 말하자면 '실정부지죄(實情不知罪)'이다. 논산훈련소를 먼저 거친 사람들이 전한 '실정'은 아주 구체적이었는데, 입소 첫날 식기(食器)를 잃어버리지 않도록 조심하라고 했다. 하지만 식기와 매가 어떻게 연결되는지 주의를 기울이지 않았던 게 내 잘못이었다. 군복 차림의 계급장 달지 않은 기간병이 민간인 복장의 징집자 50~60명을 대기중대 내무반에 도열시키고 차려, 열중쉬어를 연발했다. 기를 죽이는 방법치고는 아주 오래된 수법인데 고등학교 교련시간에 보고 겪은 것이다. 그 지겨운 짓거리가 이제 다시 시작되는구나 하는 찰나, "향도, 내무반장 자원할 사람 나오라"는 소리에 화들짝했다. 훈련소 내무반의 향도와 내무반장은 '덤터기'라는 말을 다들 들은 까닭인지 나서는 사람이 없었다. 30세 안팎의 기간병은 평안도 사투리로 곧장 "엎드려뻗쳐!"를 명했다. 다시 일어서게 한 다음, 기간병은 차렷 자세를 취한 징집자들의 얼굴을 차례로 살피며 걸어오다가 내 앞에서 멈추었다. 최악의 시나리오가 연출되는 순간이 왔다. "야, 이 새끼 뭘 먹어 배때기가 나올라 그래? 너 향도야, 이의 없디." 향도라면 깃발을 들고 대열 앞줄에 서야 한다. 당연

히 키가 커야 할 터인데 165cm의 내가 향도라니 말이 안
되는 결정이다. 훈련소 대기중대의 향도는 깃발을 들리기
위해서가 아니라 맷집 좋게 생긴 놈을 찾는 구실이라는 것
을 나는 미처 몰랐다. 다음 날 아침 배식을 할 때 예정된 시
나리오대로 식기 숫자가 부족했던 것은 두말할 필요조차
없다. 서울서 온 징집자들이 스테인리스 식기를 빼돌린다
는 것은 있을 수 없는 일이고, 결국 기간병이 감추었다는
이야기다. 기간병은 나를 내무반 가운데 통로에 나와 서게
한 다음 잡담 제하고 엎드려뻗쳐 자세의 엉덩이를 야전침
대 틀 몽둥이로 내려쳤다. 몇대를 맞았는지 기억에 없으나
두세대는 아니었고, 몽둥이질을 당하는 중에도 '분실' 식
기를 어디서 구할지 걱정이 떠나질 않았다. 30분 안에 식
기를 찾아놓지 못하면 내무반에서 같이 잠을 잔 징집자 전
원에게 "빠따 열대씩 안긴다"는 엄포였다. "5분간 휴식!"
이란 소리가 이어졌다.

나의 입영을 환송하기 위해 서울역에 나왔던 김태수의
소개로 화물열차 속에서 소주를 나누었던 서울공대 건축
과 2학년 김창수가 주머니에서 급히 돈을 꺼내 들고 추렴
을 시작했다. 같은 날 징집되어 논산행 열차를 탄 이들로
김창수 이외에 강학수(건축가, 캐나다 거주), 이근호가 있는데,
이들은 전방에 같이 가서 제대하는 날까지 크고 작은 일에
많은 도움을 주었다. 나와 같이 훈련소에 들어간 친구들은

전원 학보병〔學籍保有兵〕 신분으로 최전방 보병 소대에 근무하는 조건으로 복무기간은 일반병의 절반도 안 되는 1년 6개월이었다.

두달 반가량의 훈련소 생활은 대기중대에서의 악몽에 비해서는 순조롭게 보낸 셈이다. 식기 '분실' 따위의 사건은 두번 다시 일어나지 않았는데, 같은 내무반 훈련병 두셋이 연대장과 친분이 있는 덕택이라고 숙덕공론하였다. 연대장이 뒤를 보아준다는 녀석은 가장 힘든 야간침투사격 시간에는 아예 훈련장에 나가지 않고 의무실에 누워 있었다. 식당은 따로 없었고 내무반에서 밥을 먹었는데, '배식 후 5분 이내 식사 완료'에 대부분 질려 있었지만 어릴 적부터 허겁지겁 먹는다고 야단을 맞았던 나는 속으로 피식 웃었다. 반대로 '야전삽 휴대하고 집합'할 때는 굼떠 으레 꼴찌여서 매를 한대씩 얻어맞았다. 훈련이 끝나면 중대 단위로 모여 앉아 노래자랑 시간을 갖는데, 내게는 사역 이상으로 괴로운 자리였다. 나는 성악이건 기악이건 음악을 하는 쪽이 아니라 어디까지나 듣는 쪽이기 때문이다. 노래 이야기가 나온 김에 덧붙일 것은 아버지와 어머니의 서로 어긋나는 가무(歌舞) 취향이다. 아버지는 학교교육을 받지 못해서인지 서도(西道) 가락 배따라기 장단에 춤을 추었는가 하면 놀랍게도 남도 잡가(南道雜歌) 육자배기도 신명나게 불렀다. 그러나 아버지가 창을 부를 때는 어머니는 자리를 뜰 정도로 못마땅해 했고, 어머니가 부르는 노래라야 영변의 숭덕학교에서 배운 찬미가가 고작이었다. 어머니 쪽 유전인자를 내가 전수받았다면 형은 아버지를 닮아 아코디언을 켤 만큼 소리 내는 쪽 음악을 즐겼다.

훈련소에 도착한 직후의 대기중대가 복마전이란 것은 입대하기 전부터 들었는데 훈련을 마칠 무렵에는 떠날 때 거치는 배출대가 더 무섭다고들 했다. 배출대에서 하룻밤을 묵고 갔으면 무슨 일이 벌어졌을지 모르지만 다행히 일선으로 가는 열차는 밤중에 떠났다. 하지만 복장검열을 한답시고 여러 시간 세워두었고, '앉아! 번호!'를 지긋지긋하게 되풀이했던 기억이 있다. 때는 9월 20일 전후여서 밤에는 서늘한 느낌이 완연했는데도 여름 군복 그대로 논산을 떠나 강원도 춘천에 도착한 뒤 새벽 기상 시 달달 떨어야 했다. 우리는 화물차가 일선으로 향하는 것만 알았지 어느 역을 통과해 어느 곳에서 내리는지 몰랐다. 지푸라기가 듬성듬성 깔려 있는 곳간차(화물열차 차량의 별칭) 바닥에서 정신없이 잠들었던 내가 눈을 뜨자 조그마한 차창으로 햇살이 쏟아져 들고 있었다. 기간사병은 정차한 곳이 청량리역이라며 즉시 출발할 것이니 무단 하차하면 안 된다고 거듭 주의를 주었다. 차창에 매달렸던 녀석이 "빽 좋은 놈들은 여기서 오늘 제대하는 모양이구나!"라 내뱉었다. 플랫폼에는 장교 여럿이 종이를 들고 화물열차의 이 곳간 저

곳간을 오가며 전방 배속을 위해 이동 중인 신병을 빼돌리고 있었다. 그것도 은밀하게 하는 것이 아니라 큰 소리로 이름을 불러 열차에서 내리게 했으니, 세상의 이목과 빽 없는 사람들의 뒷소리쯤은 전혀 개의치 않았던 것이다. 거기서 하차한 신병이 20명은 넘을 거라고 했다. 덜컹거리는 곳간차 안에서 오전 내내 우리는 쓰디쓴 입맛을 다셔야 했으니 누구 하나 입을 뻥긋하지 않았다.

즉시 떠난다던 청량리역에서 장시간 머물고 나서 다시 출발하여 춘천역에 도착한 것은 오후였고, 거기서 대오를 정돈하고 행군하여 소양강가 1군사 보충대대에 닿은 것은 어둑어둑할 무렵이었다. 우리 자신이 이미 훈련병이 아니고 어엿한 이등병이어서 그랬는지 춘천 보충대대는 논산 훈련소하고는 다르게 비쳤다. 전후방 근무차 장교와 하사관들이 며칠씩 머무르다 가는 곳이지 사병 잡도리를 주업으로 삼는 논산 같은 곳이 아니었다. 거기 2~3일 있는 동안 훈련소에서 정이 든 친구들과 나는 매일 저녁 영내 주보(군매점)에서 술을 퍼마시다가 마지막 날 사고를 쳤다. 저녁 배식시간도 아랑곳하지 않고 술을 잔뜩 마신 나는 내무반에 발을 디디자마자 통로에다 기세 좋게 오줌을 갈겼던 것이다. 다음 날 아침 내무반 학보병 전원이 함께 소양강에 들어가 자갈 100개씩 줍는 기합을 받고 나서야 전날 밤 무슨 일이 벌어졌는지 자초지종을 들었다. 빽 있는 놈들이 눈앞에서 버젓이 빠져나가는 걸 목격한 데다 훈련소 두달 동안 고락을 함께한 친구들이 다음 날 전방 사단으로 각기 흩어지게 되니 사뭇 비감하였을 것이다. 하지만 기간사병이 버티고 있는 내무반에서 방약무인하게 방뇨를 할 만큼 나는 뱃심 좋은 사람은 못된다. 그 사고는 어디까지나 지나친 음주에 연유한 추태였다. 이후의 군생활 1년 4개월 동안 불상사들이 몇가지 더 이어졌지만 과음으로 인한 사고는 단 한건도 없었다.

내가 배속된 곳은 1군사령부 예하 보병 15사단 38연대 2대대 1중대였고, 학보병으로 마지막 단위부대까지 동행한 것은 강학수, 김창수, 이근호 그리고 나 넷이다. 15사단 주둔지역은 철원이라고만 했는데, 연대의 민간인 면회장이 설치된 곳을 '화지리'라 불렀다. 철원은 6·25전쟁이 일어나기 전에는 38선 이북이고 김화하고는 지척이다. 1947년 초겨울 월남한 이래 꼭 10년 만에 고향 근처 땅을 디딘 것이다. 하지만 허물어진 초가집 하나 눈에 띄지 않는 이른바 MBP(main battle position, 주저항선)였던 까닭에 나는 "고향 어쩌구" 하는 이야기는 학보병 친구들에게 입도 벙끗하지 않았다. 사단 보충중대에서 하루, 연대 본부에서 하루, 그리고 마지막 중대(소대)에 도착하기까지 사흘이 걸렸다.

춘천 보충대대에서는 주보에서 살다시피 했기 때문에 먹는 것은 관심 밖의 일이었으나, 최전방이 가까워지면서 자꾸 허기가 졌다. 생전 처음 느껴보는 굶주림이었다. 실제로 사단 보충대와 연대 본부의 식사는 훈련소보다 질과 양이 현저히 떨어졌고, 소대에 도착한 다음 날 아침밥은 내 눈을 의심할 정도였다. 음식을 표현하는 데는 절대 쓰이지 않는 '참혹' 두 글자 이외에 달리 갖다 댈 말을 찾기 힘든데, 알루미늄제 휴대용 식기 뚜껑에 살살 밥을 깔았다면 대충이라도 짐작이 갈지 모르겠다. 거기다 다른 식기 뚜껑에 담은 국은 건더기 한오라기 없는 소금국 그대로였다. 그러나 이 휴대용 식기의 크기를 알지 못하면 '참혹'의 정도를 짐작하려는 노력은 헛수고다. 식기의 겉모양은 약간 굽은 타원형인데 가로 12~13cm, 세로 6~7cm이고, 깊이는 15cm 안팎이며 군대에서는 오랫동안 '항고'(반합飯盒의 일본식 발음)란 호칭으로 불렸고, 뚜껑은 언제부터인지 '따까리'로 통했다. 이 휴대용 식기에는 뚜껑이 두개여서 겉따까리, 속따까리 하는 식이다. 겉따까리엔 밥, 속따까리에는 국이나 반찬을 담는 것이 보통이다. 우리가 15사단 MBP에 도착했을 때는 중대 취사장에서 밥을 지었기 때문에 매일 아침 나무통에 밥을, 양동이에 국을 담아 메고 중대(취사장)로부터 소대(막사)까지 날라야 했다. 각 소대의 취사(운반) 당번은 나를 포함한 신참 학보병이었음은 당연지사고, 새벽부터 막사에서 고개 하나를 넘어야 하는 중대 본부까지의 취사장 왕복은 고달픈 하루의 시작이었다.

대신 소대로 흩어진 친구들을 매일 마주칠 수 있어 큰 위안이었는데, 식사 당번은 나에게 허기를 메울 절호의 기회도 되었다. 취사 운반을 시작한 지 일주일쯤 되었을까, 밥통을 메고 고갯길 한적한 곳에 닿는 순간 한 숟가락 밥을 먹어야 살 것 같았다. 밥통을 내려놓고 사방을 두리번거린즉 저만치 중화기 소대 내무반 막사 앞에는 아무도 얼씬거리지 않았다. 그런데 그날따라 항상 지니고 있던 스테인리스 스푼이 윗옷 주머니에 없는 거다. 황급한 나머지 나는 그냥 손을 밥통에 집어넣었다. 얼마나 깊이 넣었던지 손목까지 뜨끔했지만 참으면서 움켜쥔 밥을 입에 가져다 댔다. 그리고 입언저리를 소매로 문질렀다.

참혹한 것은 하루 세끼 식사만이 아니고 소대 내무반의 병력 현재원(現在員) 수였다. 뒤에 중대본부 '교육계 조수'가 되어 알게 된 일이지만, 1개 소대의 편제상 정원은 소대장 소위, 선임하사관 중사, 향도 하사, 4개 분대(정원 9명), 통신병, 전령 등 장교 1인에 사병 41명으로 구성된다. 15사단이 이듬해 봄 철원 MBP로부터 경기도 양평으로 옮겨 오기 전까지 내가 속했던 소대의 실제 현재원은 많을 때가 15명, 휴가 등으로 몇이 빠지면 8~9명으로 줄어들 때가 많았다. 이럴 때면 식사 운반과 불침번은 물론, 내무반 청소와 교통호 보수 등 온갖 사역을 신병들이 도맡아 했다. 군의 편제상 정원과 현재원은 전시냐 평시냐에 따라 얼마든지 차이가 있을 수 있고, 휴전 시라면 교육·훈련을 위해 타지역으로 병사 일부를 일시 전출시킬 수도 있을 것이다. 하지만 내가 철원에 있을 때는 정원 대 결원 비율이 상상을 절할 만큼 높은 데다 그 이유도 납득할 수 없었다. 소대 사병 결원의 사유는 가장 많은 경우 '사단본부 파견'으로, 그다음은 '기타 파견'으로 기재되었는데, 전자는 사단본부가 직영하는 벌목장과 숯판(숯 굽는 곳)에 가서 일하는 것을 가리키고, 후자는 상급부대에서 내려온 "아무개 아무개 보내라"라는 전통(전언통신문) 하나로써 사병이 소대를 벗어난 경우를 뜻한다.

이렇게 정원의 3분의 2가 소대 밖에서 장기간 머문다면 음식물을 비롯한 보급품에 조금이라도 여유가 생겨야 앞뒤가 맞는데 실정은 그 반대였다. 식사의 양과 질은 이미 말했으니 생략하기로 하고 군복과 군화, 내의와 양말, 건빵과 담배, 어느 것 한가지 제때에 규정된 양대로 나오는 법이 없었다. 1957년 초겨울에는 일선에 '발찌'(발진發疹이 와전된 것이라 짐작된다)라 불리는 피부 돌림병이 창궐하여 우리 소대의 일등병과 상등병 둘은 머리와 목에 고름이 줄줄 흐르는 지경에 이르렀다. 그러나 중대, 연대, 사단 어느 곳에서도 치료에 적극적으로 나서지 않았다. 고참병들은 먹지 못하면 생기는 게 '발찌'이기 때문에 휴가만 가면 다 나을 것이라 했다. 헌 군복, 헌 군화에, 목을 있는 대로 내뽑고 상체를 구부정하게 숙인 채 소대 막사 주변 양지바른 쪽을 어슬렁거리는 '발찌' 환자 병사들의 모습을 머릿속에 그려보라.

15사단에 전입하고 나서는 사고 없이 몇달을 보냈다. 그렇다고 내가 모범사병이 된 것은 아니다. 술을 마실 수 없었던 것이 '무사고'의 원인이었을 것이다.(연대본부 어딘가에 주보가 있단 말을 들었으나 거길 찾아갈 만한 배짱은 없었다.) 어느날 저녁 소대 선임하사가 '사단 정보검열'이 있으니 야간 보초를 잘 서라고 지나가는 말투로 내게 일렀다. 일선 소대에 정보검열은 무언가 하는 반발심이 들었으나 내색은 하지 않았다. 검열을 하려면 식사검열, 보급검열, 인원검열이나 할 것이지 정보검열을 왜 하는가, 하면서도 어딘가 꺼림한 느낌이 들었다. 소대 막사의 불침번은 한시간 교대가 원칙이고 예외도 두시간 교대이지만 정원의 3분의 1의 인원으로는 그런 원칙을 지킬 수 없다. 그리하여 최말단 신병인 나와 일등병 둘이서 12시를 기준으로 번갈아 교대하거나 이틀에 한번씩 밤을 꼬박 새우는, 있을 수 없는 방식의 야간 불침번을 서고 있었다. 새벽 2~3시쯤 되었을까, 중대본부에서 한두 차례 본 적 있는 사단 관측소의 선임하사가 막사 쪽으로 걸어오며, "나 김○○ 상사야, 추운데 고생하네"라 했다. 야밤에 소대 막사를 찾아오니 정보검열을 위해 온 것은 분명했으나 어떻게 대해야 할

지 몰라 잠시 머뭇하다, "수고하십니다"라고 공손하게 응답했다. 그는 "이상 없지?" 하며 내무반으로 들어갔다 나오더니 "수고해" 하고는 어둠 속으로 사라졌다. 내무반 총가에 놓여 있던 카빈총 한자루가 없어진 것을 안 것은 다음 날 아침이었다. 김 상사를 따라 내무반에 들어가 그가 무엇을 하는가 잘 살펴야 했는데 그러지 않은 것이 내 잘못이라는 거였다. 정황과 경위야 어찌 되었건 총 한자루가 없어진 명명백백한 사실 앞에서 항변할 여지가 없었다. 소대 선임하사는 향도와 분대장, '발찌'에 걸린 사병을 포함하여 소대 사병 전원에게 기합을 가했는데, '빠따'에 이어 팬티 바람으로 얼어붙은 개울물을 깨고 들어가 내무반 전원의 내의를 빨라는 명이었다. 영하의 날씨에 아침 녘 개울물은 직직 소리를 내며 다시 얼어붙는 것 같았다. 향도는 "MBP에서 총기 분실은 군사재판과 육군 형무소"감이라고 엄포를 놓았고, 나와 비교적 좋은 관계였던 분대장하나는 사단 정보참모실에 가서 카빈총을 찾아오는 것이 급선무라고 일러주었다.

어떻게 찾느냐고 묻자, 분대장은 "○만원(정확한 숫자는 기억에 없지만 단위는 만원대였다)인데, 임 이병, 지금 그런 돈 갖고 있어?"라 되물었다. 얼마간의 돈을 감추어두고는 있었으나 주보 출입에나 맞는 소액에 불과했다. 나는 돈이 필요하다는 말보다 필요한 돈의 엄청난 규모에 소스라치게 놀랐다. 인플레가 심했던 시대라 당시의 돈값(구매력)을 구체적으로 표시하는 것은 불가능하지만, 징집되기 전 마지막 학기의 국립대학 등록금이 2~3만원이었으니 1만원이라 해도 대학 등록금의 절반, 5만원이라면 두 학기 등록금에 해당하는 것이다.

기합이 끝나고 나서 선임하사는 나를 불러, 대대장의 진급 상신에 지장이 발생했으며, 중대장은 징계 대상이라고 한숨을 지었다. 소대장은 교육을 받기 위해 부대 밖으로 나가 있었기 때문에 문책을 피할 수 있을지 모르지만 나의 과실은 곧 선임하사의 책임으로 돌아간다는 생각이 들었다.

점심시간이 다가올 무렵 중대에서 전화가 왔다. 단정한 복장으로 나를 즉시 연대본부 인사과에 출두시키라는 통지였다. "사고 난 지 몇시간 만에 군재가 열리나?!" 경악과 설마 하는 마음이 교차하는 가운데 연대본부에 도착했더니, 어머니가 면회장에 와 있다고 했다. 전날 밤 내가 낭떠러지 나뭇가지에 매달려 살려달라고 애걸하는 꿈을 꾸고 놀란 어머니가 새벽같이 시외버스를 타고 면회를 왔던 거다. 모자간 뇌파 코드는 동일하기 때문에 한쪽에 변고가 있으면 다른 쪽에 즉시 알려진다는 말을 예전에 듣고 나는 일소에 부쳤었는데, 기막힌 일이 아닐 수 없었다. 표정을 살피며 무슨 일이 있었는지 말하라는 어머니의 성화에 대강을 이야기했다. "그랬구나, 내가 오길 잘했지"를 연발

하며, 어머니는 100원짜리 지폐 두다발을 보따리에서 꺼내 내게 주었다.

자꾸 길어지는 군대생활 이야기를 불가불 여기서 끝내야겠으나, 잊으면 안될 일이 하나 남아 있다. 상명하복과 지휘계통의 책임을 생명으로 삼는 것이 군대다. 내가 군사병으로 일선에 복무할 때 자주 외던 것이 직속상관 관등성명이다. "대통령 이승만, 국방부장관 김정열(金貞烈), 육군참모총장 백선엽(白善燁) 대장, 1군사령관 송요찬(宋堯讚) 중장, 보병 제15사단장 이명재(李明載) 소장"이다.

7. 4·19와 초년 기자 시절

소설을 쓰려다가

같은 또래 가운데 남달리 모진 매를 맞은 군대경험을 크
게 내세울 일은 아니었는지 모르겠다. 비슷한 시기에 학보
병으로 군에 갔다가 1년 반 만에 제대한 대학 동급생들에
게 전방의 사병생활 이야기를 꺼내면 열이면 열 "잊어버려
야지, 그걸 자꾸 떠들면 무얼 해?" 하는 반응이었다. 복학
한 1959년 봄, 가까이 지내던 친구들은 내 뒤를 이어 군에
갔거나 일부는 외국유학을 떠나 이전에 즐겨 어울리던 말
벗·술벗 수가 많이 줄었다. 북촌의 김태수는 미국 예일대
학으로, 돌체의 이기양은 독일 프라이부르크대학으로 갔
다. 그해 여름 미국에 유학했던 형이 석유화학 분야의 석

사학위를 취득해 귀국하자마자 충주비료공장 기술자로 취직했다. 이로써 우리 집안은 경제적으로 안정되었을 뿐 아니라 1947년 월남 이후 친정 동생들에게 여러모로 신세를 져왔던 어머니는 면이 단단히 서는 눈치였다.

대학 캠퍼스에서 새로 사귄 친구는 채현국이 군대를 가면서 그의 1년 후배라고 소개해준 철학과 3학년생의 이종구(李鍾求, 언론인, 조선일보 정치부 차장 역임)와 한남철(韓南哲, 소설가, 본명 한남규)이다. 아버지를 일찍 여의었다는 이종구는 나이가 나보다 3~4세 아래인데도 한문 실력이 뛰어나 인문계 학생들의 관심 밖이었던 중국의 노장(老莊)철학을 입에 담는가 하면, 강화도 출신의 한남철은 유행가와 상송을 가릴 것 없이 구성지게 부르는 특출한 재주를 지녔다. 후리후리한 키에 노래 잘 부르는 한남철은 여학생은 물론이며 다방 레지와 막걸릿집 아주머니들에게 인기가 높아 몹시 부러웠다. 이 둘은 폐결핵에 걸려 한달에 한번씩 서울대학병원에 가 흉곽 엑스레이를 찍고 '파스'와 '나이드라지드'라는 독한 약을 받아왔는데 그때마다 어두운 표정을 지으며 결핵 이야기를 길게 늘어놓는 거였다. 소년시절과 20대 초반에 감기 몸살은 고사하고 큰 병치레를 해보지 못한 나는 폐결핵을 죽음의 그림자가 어른거리는 고질로 보지 않고 인텔리가 반드시 겪어야 할 수련의 기회쯤으로 여겼던 것이다. 문학을 제대로 하려면 폐결핵에 걸려보지 않으면 안 된다는 식이다.

　1년 반 군대생활 중에 무엇을 읽는다는 것은 도시 불가능했다. 뒷날 형무소(서울구치소)에서도 비슷한 경험을 했는데 읽고 또 읽어도 머리에 남는 것이 없었던 것이다. 직업군인이나 장기수는 모르겠으되 징집된 졸병과 미결수 혹은 단기 수감자는 제대와 출소 이외에는 어떤 이야기나 생각도 의미를 지니지 못하는 법이다. 그런데도 나는 군복 주머니 속에 언제나 책을 넣고 다녔으며 그중의 하나가 싸르트르(J. P. Sartre)의 『구토』였다. 프랑스어 독해력이 모자랐던 때문인지 아니면 소설 주인공과 소설 속의 시대배경이 생소했던 때문인지 재미가 없었고 끌리는 맛을 전혀 못 느꼈다. 그러다가 제대 직후 다시 손에 든 것이 싸르트르의 대하소설 『자유의 길』 제1부 '철들 무렵'이다. 『구토』보다는 이야기 풀리는 폼이 한결 나았으나 갈피 잡기 힘든 데는 오십보백보였다. 하지만 한가지 득이라면 고급 인텔리인 주인공 마띠우가 옳다고 생각하는 일에 성큼 발걸음을 내디디지 못하고 미적대는 꼴이 반면교사로 내게 비쳤던 것이다. 그래서인지 1959년 가을 끔찍한 군대생활을 테마로 한 장편소설을 써야 한다는 사명감이 나를 엄습했다. 그러나 몇날 며칠 책상에 머리를 박고 끙끙거렸지만 글발은 도무지 나아가지 않는 거였다. 논산훈련소로부터 시작하는 사병들의 일상사를 시시콜콜 종이에 옮기는 것으로 그칠 것이 아니라 '전쟁과 군대'라는 근대세계의 복잡하게 뒤얽힌 구조 안에서 젊은이들이 어떻게 희생되는가를 그리자는 것이 나의 속셈이었다. 직접 체험한 일을 줄거리로 하여 찬찬히 이야기를 써보는 습작(모방) 과정을 거치지 않고 대번에 한판 붙겠다는 것이야말로 과욕이고 화근일 것이다. 몇달 동안의 글 써보기로 문학창작의 일반 과정을 운위하는 것은 주제 넘는 일이겠으나 내가 손을 들고 말았던 것은 전쟁(6·25전쟁)에 대해 무엇을 어떻게 쓸지 자신이 서지 않았기 때문이다. 내 앞을 가로막은 태산을 넘을 수도, 돌아갈 수도 없는 진퇴유곡에 빠졌던 것이다. 전쟁의 원인인 국가간의 패권 다툼, 그리고 이와 연동된 나라 안 계층·세력 들 사이에 얽힌 이해관계는 강의실이나 책에서는 듣거나 본 적이 없었던 터였다. 거기다 대학에 들어와 서구 근대소설과 상징주의 시에 편향되었던 나의 독서 경향과 지적 호기심이 결국은 소설 쓰기의 무참한 불발을 가져왔다고 해야 옳을 것이다. 하지만 준비부족과 과욕에 더하여 남북분단의 배경, 일제 식민지 잔재 청산, 해방으로부터 6·25전쟁에 이르는 시기의 민간인 학살 등에 얼마나 무지했던가를 이 시기에 들어 비로소 자각한 것이다. 더구나 전쟁과 군대에 대한 글을 당당하게 쓰는 것이 도무지 가능하기는 한가 하는 의문이 강하게 든 것도 처음 있는 일이었다. 이런 의문을 놓고 가까운 친구들과 본격적으로 토론해본 바는 없으나 결국은 표현의 자유와 이승만 정권의 기본권 탄압에 가 닿았던 것이다.

6·25전쟁 중은 물론이고 휴전 이후에도 대통령 이승만과 집권 자유당에 대한 나의 반감은 일관되었다. 그럼에도 '지금 여기'에서 벌어지는 정치의 일상사와 관련해서는 내가 나설 틈이 존재하지 않는다고 정리해버렸던 것이다. '친민주당'이 아닌 것은 더할 나위 없고 '친조봉암-진보당'은 더구나 아닌 월남민 특유의 이해타산에서 맴돌았다고 해야 맞다. 1956년 5월의 대통령선거에서 반이승만 진영인 민주당(대통령 후보 신익희, 부통령 후보 장면)이 "못 살겠다 갈아보자"라는 구호를 내걸었을 때 거참 시원한 소리라는 느낌과 함께 다른 쪽으로는 너무 나간 건 아닌지 하는 막연한 불안감이 깃들었다. 가깝게는 6·25 이후, 멀리는 일제 식민지지 시대, 더 거슬러 올라가면 조선조 말기의 지식인과 선비 계층에 일반화한 '보신입명(保身立命)' 처세관과 크게 다르지 않다. 나도 거기에 속한다고 보아야겠으나 당시 일부 외국문학 애호층에게 막 인기를 끌던 '현실참여(앙가주망)주의'가 구체적인 실천에 접근하는 순간 어느새 '현실이탈'(데가주망)로 바뀌는 거였다. 생각은 좋으나 말은 삼가야 하고 말은 하되 행동은 조심해야 한다는 해묵은 가락이다.

4·19 열외 데모

1960년 초봄의 3·15선거에서 이승만 정권과 자유당이 조직적인 대규모 불법 부정을 감행한 것은 남녀노소를 따질 필요 없이 세상 사람이 다 아는 천하 공지의 사실이었다. 그런데도 마산의 고교생 김주열(金朱烈)이 최루탄이 눈에 박힌 시체로 바닷가에 떠오르기 전까지 서울의 대학들은 미동조차 하지 않았다. 학기 초여서 그랬는지 서울대학교 특히 문리과대학의 4·19 전야 분위기는 일단 외견상으로 관망주의 바로 그거였다. 4월 18일 고려대학교 학생들이 가두시위를 끝내고 학교로 되돌아오던 중 서울시내 한복판에서 정치깡패들로부터 무자비한 테러를 당한 것이 신문에 크게 보도되었다. 나는 19일 아침 여느 때보다 일찍 동숭동 캠퍼스에 갔다. 캠퍼스 안의 큰 건물 벽마다 격문이 붙었다. 안으로 들어가지 않고 중앙도서관 남쪽 벽 앞으로 가 벤치에 팔짱을 끼고 앉았으니 그 시점의 나는 무슨 일이 벌어지는지 일단 관망하겠다는 몸가짐의 다름 아닐 것이다.

교문으로 들어오는 학생들이 평소와는 달리 수가 많았고 조금 지나 둘둘 만 흰 펼침막을 든 학생 몇이 문리대 본관 앞에 섰을 때는 거기에 모여든 숫자가 400~500명에 달했다. 학생 하나가 선언문을 낭독하고 이어 '부정선거 주동자 처단하라'라는 구호를 외치자 학생들은 거기에 일제히 연호하는 거였다. 웅게중게(웅기종기) 서 있던 학생들은 누군가 "경무대(대통령 집무실, 제2공화국 시절 '청와대'로 개칭)로 가자"라 고함을 지르자 약속이나 한 듯 빠른 동작으로 8열 종대의 대오를 형성했다. 거의 같은 시각 종로5가로부터 검정색 교복을 입은 고등학교 학생의 시위대가 와와 하는 소리와 함께 다가오고 있었다. 거기 뒤질세라 문리대 학생의 시위대오는 거침없이 서울대학교 정문을 빠져나갔다. 그야말로 순식간에 벌어진 일인데 저만치에서 바라보고 있던 나는 시위대열에 낄 염은 내지 못했으나 그렇다고 발걸음을 도서관으로 옮길 판은 더구나 아니었다. 대열의 뒤쪽에서 어슬렁거리며 교문 앞 다리(서울대학교가 관악 캠퍼스로 옮기기 전 동숭동 대학가에는 개천이 있었음)에 섰을 즈음 독일에서 박사학위를 취득하고 얼마 전 강단에 선 철학과 전임강사 조가경(曹街京)과 마주쳤다. 그의 '실존주의'라는 강의를 듣고 있던 내가 고개 숙여 인사하자 그는 혼잣말 비슷이 "데모에 나가는 모양이니 오늘은 휴강해야겠군······" 하는 거였다. 평생 지워지지 않는 기억은 그때 거기서 보여준 동그란 얼굴의 비웃는 듯한 그의 표정이다.

제대 이후 만나기만 하면 술타령을 하던 '돌체 시인' 황명걸이 '4·19 열외(列外) 데모'의 내 유일한 동반자였다.

우리 둘은 혜화동 로터리로부터 창경원(창경궁) 담을 끼고 나가 비원(창덕궁)과 안국동을 거쳐 계속 걸었다. 광화문 채 못 미쳐 동십자각 대각선에 있는 '경회사랑'이라는 데가 중간 목표였는데 거기는 이종구의 외숙이 경영하는 찻집으로 그 모자가 아래층에 기거하고 있었다. 집에 있던 이종구와 같이 2층에 올라가 창문을 통해 밖을 내다보며 우리가 어떻게 해야 할지 상황점검에 들어갔다. 안국동 쪽의 큰 길과 세종로부터 구름떼처럼 몰려드는 학생 시위대는 경무대로 향하는 것이 분명한데도 예상했던 경찰의 삼엄한 모습은 눈에 들어오지 않았다. 나는 황명걸에게 나가보자고 했다. 광화문에서 효자동으로 향하는 인도와 차도는 시위학생과 시민으로 가득했다. 영추문을 지나 경무대를 300~400m 앞둔 국민대학(현재 서울시청 창성동 별관) 옆에서 북악산(경무대 쪽)을 향해 걸어갈 때 돌연 총소리가 콩을 볶듯이 따따따 울려댔다. 총알이 머리위로 날아오는 것 같지는 않았는데도 큰길에 있던 사람들은 혹은 몸을 굽히고 혹은 아주 엎드리는 거였다. 앞에 가던 시위대와 학생들이 우리가 있는 쪽으로 달려와 경찰이 총을 마구 쏘아 학생들 수백명이 쓰러졌다며 얼른 피하라고 했다. 우리 둘은 인왕산 방향을 향하여 통인동 골목으로 달음질쳤다. 큰길로부터 멀리 떨어져야 한다는 일념뿐이었다.

광화문 근방으로부터 될 수 있는 대로 멀리 가자는 것

이외에 뚜렷한 목표를 설정하지 못했던 우리 둘은 배화여자고등학교 근방(누하동)에서 맴돌며 이 골목 저 골목을 끼고 돌아 결국 서대문 네거리로 나왔다. 한두시간 동안 말이 없던 황명걸은 내 옆구리를 쿡 찌르며 평안도 사투리로 "저기 전봇대 위를 보라우" 했다. 전주 위에는 아이들 파란색 장난감 풍선 하나가 날아와 걸려 있었다. 대학 입학 직후에 이미 시를 쓰기 시작하여 여러 편의 시를 발표한 그가 시상(詩想)이 떠올라 무언가 읊조리길 원한다는 것은 짐작했지만 그날의 '데모, 총소리, 줄행랑'과는 아무 관계가 없는 뚱딴지라 여겨 "풍선이 어쨌다는 거야"라고 퉁명스럽게 대꾸했다. 짜증 섞인 내 목소리에 놀란 듯했으나 그는 더이상 말을 잊지 않았다. 부정선거를 규탄하는 대학생 시위에 총격으로 맞선 경찰에 대하여 시인 황명걸은 그 현장에서 시로 재현하려 노심초사하고 있는 것이 완연했다. 그런데도 '전봇대에 걸린 파란색 풍선은?' 하는 의문은 얼른 지워지지 않는 거였다. '아아 그렇지! 모던이스트 시는 생활인들이 연결 의미를 쉽사리 찾지 못하는 것들을 나열하지'라 입속에서 중얼거렸다. 덕수궁 뒤켠 길을 통해 시청 앞에 나선 둘은 거기서 헤어졌으나 해가 중천에 떠 있는 대낮이라 집에 가기는 너무 아쉬웠다. 시청 앞 차도에는 평소와 달리 자동차 통행이 눈에 뜨이게 줄어들어서인지 사람들이 걸어다녔고 이따금 사이렌을 울리는 응급차가 광화문 쪽에서 쏜살처럼 달려와 을지로 쪽으로 꺾여졌다. 시내를 돌아다니며 더 살펴보아야 직성이 풀릴 것 같았다.

명동을 향해 조선호텔 건너편 상공회의소 옆의 경남극장 앞을 걸을 때였다. 서양 영화를 자주 상영하던 경남극장 옆 건물은 특무대 서울지부로 알려져 거기를 지나칠 때마다 꺼림칙한 느낌을 주던 곳이다. 그 앞에서 행인으로 보이는 수십명이 웅성거리는 가운데 "차 나오니 물러나요" 하는 큰 소리가 들렸다. 비좁은 골목 사이로 가까스로 빠져나오는 GMC 트럭 한대에 쌀가마니가 쌓여 반쯤 찼다. 거기 몰려 있던 인파 속에서 "특무대가 왜 트럭으로 쌀이 필요해?" "특무대가 쌀장사하는 덴가" "굶주린 사람들에게 나누어주어!" 하는 말이 여기저기서 터져나왔다. 트럭 짐칸에는 두 사람이 쌀가마 무더기에 의지하여 서 있는데 차가 큰길에서 잠시 주춤하는 사이 길가에 있던 중년 남자 서넛이 재빨리 올라타는 거였다. 차도에서 GMC가 을지로 입구 방향으로 달리기 시작하자 이번에는 "쌀 트럭이야!" 하는 고함과 함께 수십명이 차 뒤를 쫓아 뛰어갔다. 뛰지는 않았지만 나 역시 트럭의 행방이 궁금하여 빠른 걸음으로 뒤를 따랐고 뒤따르는 사람도 점점 많아졌다. 을지로 입구에서 우측으로 고개를 돌렸을 때는 트럭의 뒷모습이 작게 보일만큼 차가 저 멀리 나가 있었는데 을지로 네

거리에서 급히 정차했다. 경찰모의 턱끈을 조여 맨 집총경
관 여럿이 트럭 앞을 가로막고 선 거였다. 네거리에서 동
쪽으로 약 100m 거리의 내무부 청사(현재 외환은행 본점 건물)
를 경비하는 거라 직감했다. 4·19 그날 내 시야에 들어온
앞에 총 경관은 여기가 처음이다. 트럭 꽁무니에 가까워지
려는 찰라 GMC는 부르릉 하며 급발진으로 질주했고 이
어 요란한 총소리가 울렸다. 트럭의 쌀가마니 위에 앉아
있던 남자 하나가 바닥으로 떨어졌고 트럭에 탔던 사람들
이 다투어 뒤쪽으로 뛰어내리면서 차는 다시 멈췄다. 트럭
을 따르던 행인들은 돌아서서 내달았다.

　4·19 다음 날부터는 신바람이 나서 아침밥 숟가락을 놓
는 대로 곧장 동숭동 대학 캠퍼스로 나갔다. 군에 갔다 온
복학생과 그렇지 않은 재학생의 나이 차이는 기껏해야
3~4년인데 데모에 앞장선 그 후배들을 애 취급하며 내려
다보았던 나 자신이 한없이 부끄러웠다. 마침내 '대학교
수단 시국선언'이 나온 4월 25일 오후다. 며칠 전부터 학
생들 사이에 유혈사태를 몰고 온 이승만 정권을 퇴진시키
려면 전국적으로 이름이 널리 알려진 교수들이 나서야 한
다는 말이 퍼졌다. 그날 낮 '별장다방'(뒤에 '학림다방'으로 개
칭)에서 들은 바로는 서울의대 '함춘원'에서 교수들이 만
나 그 문제를 논의한다는 것이어서 오후 내내 캠퍼스와 다
방을 오가며 대학교수들의 선언문이 나오기를 초조히 기

다렸다. 대학 입학이 나보다 두해 뒤인 김진균(金晋均, 서울
대 사회학과 교수 역임)이 오후 대여섯시쯤 다방에 뛰어들며
"지금 교수들이 나온다"고 소리를 질렀다. 거기 있던 학생
들은 환성을 지르며 우르르 일어나 의대 정문 앞으로 달려
나가는 거였다. 백발의 두 노인이 좌우에서 쳐든 펼침막에
"학생들의 피에 보답하라"는 구호가 적혀 있고 그 뒤로 족
히 200~300명에 달할 양복 넥타이 차림의 대학교수들이
4열종대로 걸어 나오고 있다. 의대 정문 앞에 서 있던 학생
들은 일제히 박수를 쳤다. 서울대학교 문리과대학의 교수
들 가운데 누가 시국선언 교수단에 끼여 있는가가 제일 궁
금했는데 고개를 약간 숙인 이양하 교수와 작은 체구의 이
희승(李熙昇) 교수 모습이 보여 여간 기쁘지 않았다. 그러
나 저술과 명성으로 문리대의 간판급 학자라 꼽히던 철학
과의 박종홍(朴鍾鴻) 교수, 국사학과의 이병도(李丙燾) 교
수, 사회학과의 이상백(李相佰) 교수, 국제정치학과의 이용
희(李用熙) 교수는 종래 비치지 않았다. 군에서 복무하던
1년 6개월 동안 휴가차 서울에 왔을 때 유일하게 집에 찾
아가 한 맺힌 병졸 경험담을 털어놓은 대학 선생이 이양하
교수였다. 그 이양하 교수가 학생들 편에 서서 이승만의
퇴진을 요구한 것이 마치 나의 개인적 청을 들어준 것이
나 한 듯 너무나 기쁜 마음이 들었다.

사람 사귀는 데 까다로운 성격이 아닌 것이 내 장점이

라면 장점인데 4·19 데모에 앞장섰던 학생들과 캠퍼스 안에서나마 따뜻한 교분을 쌓지 못했던 것은 왜일까. 철학과 친구와 북촌 친구, 돌체 패거리들의 면모에서 볼 수 있듯이 자주 만나 가깝게 지내는 벗들은 대부분 서구의 근대적 가치를 숭상하는 타입이다. 그러나 정도의 차이는 있을지 모르겠으되 나를 포함한 주변 친구들은 모두 사회의 기성 윤리규범에 냉소적인 '친전후파'였던 것이다. 데모에 적극적인 학생들은 그런 기질과 거리가 멀었으니 당연히 조심스러운 상대가 아닐 수 없었다. 대학 입학은 한해 위고 이학부(수학과) 복학생으로는 드물게 인문 분야에 관심이 많았던 전북 김제 출신의 이돈영(성균관대 동양철학과 강사 역임)과의 관계도 그런 범위에 속할 것이다. 4·19와 그해 여름의 농촌계몽운동을 열정적으로 준비했던 이돈영은 방학이 시작되기 직전 물레질하는 간디의 사진을 내게 보이며 함께 운동에 나서자고 간청하는 거였다. 그의 주장이 옳다고 판단한 이상 매정하게 거절은 하지 못한 것은 어쩔 수 없는 일이라 하더라도 행동에 나설 마음의 준비는 더구나 안 된 상태였다. 엉거주춤 시간을 끌다가 결국 발을 빼 볼썽 사납게 되고 말았다.

신문사 입사시험에서 낭패를 보다

통상적인 의미의 학업 평가는 학교의 성적증명 기록물 이외에 달리 입증할 방도가 없다. 인문계 대학의 학부는 8학기 4학년 과정을 이수하면 종료되어야 하는데 나는 1955년 봄부터 1960년 겨울까지 10학기 5학년을 등록금을 꼬박 내고서도 그 간단한 일을 마무리하지 못했다. 학업에 게으름을 부렸다는 말 이외에 어떤 설명도 구차스럽게 들릴 것이며 그 때문인지 회고록을 쓰면서 영 내키지 않는 부분이 지금 바로 이 대목이다. 하지만 자랑할 일은 못될망정 감출 수도 없으려니와 부끄러워할 일이 아니라고 생각했다. 짧게 줄여 표현하면 "오로지 졸업장을 타는 것을 목적으로 대학에 다니는 것은 무의미하다"는 입장이었던 것이다.

그러나 대학의 졸업장은 그제나 지금이나 사회에 진입하는 젊은이에게는 취업의 필요조건이었던 까닭에 그 자체로 큰 의미를 지니는 점을 부정하지는 못할 것이다. 50년대 말 60년대 초 서울대학교의 어문·역사·철학 계열 학생들의 대표적 취직자리는 서울시내의 중고교 교사직이었고 거기는 졸업장 이외에 '교직과목 이수기록' 및 학과 주임교수의 추천서가 붙어야 했다. 사회계열(정치학과·사회학과) 학생은 취업분야가 조금 다양하여 금융기관과 재벌기업이 추가되는데 한국은행과 한국산업은행은 대우가 좋기로 소문난 데였다. 영문학과에는 외무부 공무원(외교관) 지망자들도 있어 나보다 한해 위 학생들이 외무고시(?)에 합격했다고 자랑하는 걸 본 적이 있다. 이렇게 선호되던 취직자리는 나와 가까운 친구들에게는 그다지 매력적인 관심 대상이 되지 못했다.

대학에서 어울리던 친구들 대부분이 앞서거니 뒤서거니 택한 취직자리는 신문과 방송 등의 언론사였는데 김상기, 박영술, 이계익, 이종구, 채현국, 한남철, 황명걸, 황주량, 그리고 내가 그랬다. 그때의 대학 친구들은 야망에 차 있었고 재기가 넘쳤는데 그들에게 잘못된 길을 인도한 죄를 묻겠다고 하면 매스컴에 먼저 발을 내디디고 가장 오랫동안 몸담았던 내가 백번 욕을 먹어도 싸다. 군대에 징집되어가기 전인 1957년 봄 한국일보 수습기자 시험에 이미 응시한 경험이 있었던 터라 마음은 이미 신문사에 가 있은 지 한참 되었다고 해야 옳다. 그때만 해도 '언론고시'란 말이 유행하지 않던 시기이므로 지금보다는 덜할지 모르겠으나 막 정착된 신문사 수습기자 공개채용에 응모자가 몰리는 판국이었다. 이를테면 내가 응시한 1961년 초 조선일보 전형에는 수습기자 5명 채용에 250명의 지원자가 쇄도했던 것이다. 당시 다른 신문사들의 경우도 이보다 경쟁률이 높으면 높았지 결코 낮지 않았을 것이다. 놀라운 일은 그로부

터 근 30년의 세월이 흐른 1987년 가을 한겨레신문 창간을
준비할 무렵 수습기자 채용 공고에 보여준 젊은 층의 높은
관심이다. 그때 입사 지원서를 내려는 젊은이들의 행렬이
지하철 안국역 앞 풍문여고로부터 덕성여중 정문에 이르
기까지 장장 200m 이상 길게 늘어져 장관을 이루었다.

대학은 말할 나위 없고 고등학교와 중학교를 들어갈 때
모두 경쟁시험을 통해야 했지만 평생을 두고 잊히지 않는
것은 조선일보 입사시험을 치르던 와중의 뜻밖의 경험이
다. 시험과목은 국어, 영어, 상식, 논문, 제2외국어였다고
기억하는데 사단은 '상식'에서 비롯되었다. 신문기자라는
직업에 종사하는 데 필요한 상식은? 이런 질문에 대한 정
답은 있을 수 없고 무난한 답을 대자면 '삼라만상'이다. 특
별히 상식시험 준비를 했을 법하지는 않고 문제들이 까다
로웠다는 느낌을 주지 않았으니 경쟁시험의 상투적 평가
기준인 난이도는 낮았던 셈이다. 20~30개에 달하는 문제
들에 일사천리로 답을 써내려갔고 마지막으로 작성한 답
안지를 두번째 읽었을 때 '사군자'라는 설문에 "공자, 맹
자, 석가모니, 예수 그리스도"라는 나의 응답이 어딘가 조
금 이상했다. 답안을 완성하고 처음 읽으면서는 걸리지 않
았는데 수습기자 채용시험 상식문제로 중학교나 고등학
교 입시에서나 나올 법한 "4대 성인=4군자"는 너무나 유
치하단 생각이 퍼뜩 드는 거였다. 그렇지! 종교의 교주를

말하는 4대 성인이 아니라 중국 고대 사상가로 '자(子)' 자 돌림의 네 군자를 묻는다고 생각하여 얼른 "공자, 맹자, 노자, 장자" 이렇게 넷을 적었다. 그러나 다시 읽어보니 공자, 맹자까지는 무난한데 '노자, 장자'가 썩 어울리지 않는 거였다. 동양화의 한 장르인 '문인화(文人畵)'의 개념이 머리에 들어와 있지 않았던 터라 '사군자'를 어디까지나 '4대 성인'의 동의어로 여겼던 게 병통이었다. 지우개질을 반복하며 '노자, 장자' 대신에 '손자, 오자' 혹은 '묵자, 한비자'라 써보았으나 고칠 적마다 번지수가 틀린다는 느낌은 더해갔다. 대학 친구 이종구가 바로 앞자리에 앉아 있었는데 한문 실력이 나보다 월등 나은 그에게 "사군자라면 공자, 맹자 다음에 석가모니, 예수 맞지?" 하고 낮은 소리로 물었다. "그런 게 아니란 말이야! 매란국죽." 화투장 꽃그림도 아니고 '매란국죽'이란 무언가 싶었지만 시험지에 한자로 '梅蘭菊竹'이라 쓴 것을 자신만만하게 보여주는 데 이르러서는 손을 들지 않을 수 없었다. 나는 조선일보 수습기자 시험에 합격했고 정답을 가르쳐준 이종구는 그때 낙방했다.

수습기자 시험의 하찮은 이야기를 장황하게 늘어놓은 것은 그 자체로 큰 의미가 있어서가 아니라 60년대 초 매스컴 지망자들의 식견이 대체 어느 정도였는가 그 일면을 알아보려는 동기에서다. 내가 문인화의 사군자를 몰랐던 터라 상식수준이 높다고 할 수는 없으나 '사' 자로 시작하

는 '사단칠정(四端七情)' 혹은 '사문난적(斯文亂賊)' 따위
의 한자성어는 어디선가 얻어들은 적이 있었으므로 동양
의 전통적인 인문 상식은 그런대로 중간급은 되었을 것이
다. 하지만 경험을 토대로 한 결론을 미리 말한다면 출발
선상의 '잡지식(雜知識, information)'은 그리 중요치 않다
는 것이다. 만 25세를 기준으로 할 때 지식의 축적은 각기
의 성장조건, 학교교육, 교우관계 등으로 적지 않은 편차
가 있을 수 있으나 기자 업무를 수행하면서 일상적으로 접
하는 현상들의 다양함에 비추어서는 청소년기에 형성된
지식은 양적으로 일단 턱없이 빈약한 것이다. 잡지식의 전
달 통로가 문서와 책이었던 시기에는 신문·방송 조사부(도
서실)에 열심히 드나드는 기자가 경쟁에서 이기겠지만 2~3
분 안에 웬만한 정보의 검색이 끝나는 지금은 그런 것쯤
일도 아니다. 기자의 생명은 세상에서 일어나는 모든 일
에 의문을 가지고 접근하는 데 있다고 확신한다. '인습적'
(conventional)이고 판에 박은 기성의 판단 기준을 묵수하
는 순간 기자 직업윤리가 땅에 떨어지는 것은 2014년 4월
'세월호 참사' 이후의 신조어 '기레기'(기자+쓰레기)가 가
리키는 대로다. 기자의 직업윤리를 지키는 길이 말처럼 단
순하고 쉬운 것은 아니겠지만 가장 중요한 것은 보통 사람
이 애지중지하는 것을 버리는 용기로부터 비롯한다. 실례
한가지를 소개하면 베트남 전쟁에서 미군이 사이공(현재 호

찌민 시)으로부터 패퇴하던 시점의 이야기다. 많을 때 5만 여명의 한국군이 참전하여 약 5천명의 사망자를 낸 베트남 전쟁의 최후의 날이 한국 독자의 큰 관심거리였음은 두말할 필요조차 없다. 패주하는 편에 서야 했던 베트남 체류 한국인(군인, 외교관, 민간인 그리고 기자들)들이 할 일은 한시라도 빨리 안전하게 사이공을 떠나는 거였다. 그러면 기자는? 기자 역시 인간인 이상 대부분 사이공을 빠져나가기에 정신이 없었겠으나 용감한 예외적 기자가 있었으니 그는 안병찬(安炳璨, 한국일보 논설위원 역임)이다. 경찰서 출입기자 시절 나와 더불어 남대문서와 용산서를 같이 담당했던 안병찬은 끈질긴 취재 열의에 동료들이 혀를 내둘러 '안깡'이란 별명이 붙을 정도였다. 훗날 베트남 특파원으로 사이공에 투입되었던 그는 1975년 4월 30일 미군이 대사관 국기 게양대의 성조기를 내려 말아 안고 헬리콥터에 올라타는 시점까지 사이공 시내 모습을 샅샅이 취재하여 보도했던 것이다. 목숨을 걸고 현장을 지켜보겠다는 자세다. 40년 전 안병찬의 '사이공 최후의 날'을 떠올리면 거기에 덩달아 떠오르는 것이 세월호 참사와 관련한 후배 기자들의 취재 스타일이다. 남해의 진도 팽목항에 갔던 연인원 수천수만의 기자들 가운데 침몰한 세월호의 '수중 잔영(水中殘影)'을 카메라에 담으려 하는 '제2의 안병찬'은 왜 나타나지 않았을까.

경제부 기자가 되어

박정희(朴正熙) 일당의 5·16군사쿠데타가 발생한 지 한 달 뒤인 1961년 6월 나는 조선일보의 수습기자로 신문에 발을 디뎠다. 회장 홍종인(洪鍾仁), 대표이사 방일영(方一榮), 주필 부완혁(夫琓爀), 편집국장 최석채(崔錫采), 편집부 국장 유건호(柳建浩)가 그 시절 조선일보의 핵심 진용이다. 군인들이 총칼을 휘두르며 신문의 사전 검열을 하는 상황 이면 다니던 신문사라도 때려치워버릴 판인데 거길 뻐젓 이 들어갔으니 나의 저널리즘 시운(時運)은 출발부터 꼬였 던 게 분명하다. 4·19혁명의 구체적 성과로 꼽히는 민족일 보(발행인 조용수趙鏞壽는 5·16 이후 최초의 사법살인 희생자)는 쿠 데타 다음 날 폐간되었는데 수습기자인 우리는 극적인 돌 발 사태에 특별히 관심을 갖고 의견을 나눈 적이 없다. 언 론자유가 군의 강압에 놓인 현실에 대하여 이러쿵저러쿵 하는 것은 '촌놈'들이나 하는 유치한 짓이라는 것이 신문 사 안의 공기였다. 수습기자들의 출신대학 구성은 서울대 학교 문리대학 2명, 법과대학 2명, 상과대학 1명, 전남대학 교 1명으로 이른바 '엘리트 의식'이 온몸에 밸 대로 밴 몰 골이었으나 막걸릿잔을 앞에 놓고도 군사정권을 비난하면 의례히 "기자는 지사(志士)가 아니잖아" 하는 소리가 어디

선가 들려오는 거였다. 보도가 쿠데타군의 검열하에 놓여 있었던 터라 취재가 적극적으로 이루어지지 않았음은 물론이고 따라서 수습기자의 훈련이 올바로 이루어졌을 리 만무하다. 6개월의 수습기간 동안 정치부 2개월, 사회부 2개월, 외신부와 교열부 각각 1개월씩 돌았는데 '기사는 이렇게 쓰는 것이구나'라며 고개를 끄덕일 기회는 거의 접하지 못했다. '수습기자'라는 표현은 60년대 말에 이르러 정착한 것이고 이전은 '견습기자'라고 불렸는데 '견습(見習)'은 일본말 '미나라이(みならい)'를 본뜬 것으로 글자 그대로 "보고 익힌다"는 뜻이다. 하지만 내가 '견습기간'에 내 눈으로 본 것은 흉내 내서는 안 될 못난 꼬락서니가 많았다. 정치부에서 선배기자를 따라 퇴계로 초입에 위치한 국가재건최고회의(군사쿠데타 세력의 형식상의 합의기구)에 나갈 적인데 신문에 이름이 자주 오르내리던 고참 기자들 10여 명이 기자실에 나와 하루 종일 소파에 앉아 시국하고는 아무 상관도 없는 잡담을 나누며 장기·바둑을 일삼는 거였다. 기자회견을 요청하거나 취재 목적으로 청사 안에 들어가는 경우를 보지 못하였다.

　조선일보 입사 1년 만에 나는 사회부를 거쳐 경제부에 배치되었다. 희망했던 부서도 아니었을뿐더러 잘 알지 못하는 분야에서 일하게 된 것이 몹시 떨떠름했는데 발령 며칠 뒤 '통화개혁'(1962.6.10)이라는 청천벽력이 닥쳤다. 나의 취재 담당이 한국은행을 비롯한 금융기관이었음으로 통화개혁은 기자인 내게 평생에 한번 있을까 말까 한 중대사다. 조간신문의 일은 낮에 시작하여 심야에 끝나며 사회부와 내근부서(편집·외신·교열)는 이틀에 한번 야근을 했고 경제부는 사회부와 달리 지방판 인쇄 이후 기자 하나가 달랑 자리를 지켰다. 통화개혁이 발표된 날 밤 10시쯤 어디선가 술을 퍼마시고 청파동 집(현재 숙명여대 캠퍼스에 포함되었음) 근처에 왔을 때 길가 가게 앞에 사람이 모여 정부의 통화개혁 발표문에 대한 라디오 방송을 들으며 허둥대는 거였다. 수습기간 중 '견습'을 올바로 거쳤으면 즉시 달음박질쳐 남영동 대로에 나와 마지막 전차에 매달리거나 전차가 이미 끊겼으면 택시를 잡아타고 신문사 편집국으로 나가야 비로소 기자 직업윤리의 최저 선에 들어간다. 부끄러운 것은 방송을 듣고 난 다음 내가 한 일이라고는 동네 가게에서 담배 한보루(10갑) 사들고 집에 가 잠을 청한 것이 전부다. 집에 전화가 설치되지 않았던 터라 신문사가 긴급히 호출할 방도가 없었던 것이다.

인플레 억제와 내자동원(內資動員)이라는 통화개혁의 목표는 여지없이 빗나갔다. 화폐의 물자 수요 측면을 통제하겠는 의도를 어느 정도 관철했는지 몰라도 돈 가치는 하루아침에 절반, 혹은 3분의 1로 떨어졌던 것이다. 이런 평가는 어디까지나 지금 하는 이야기고 반세기 전 그때 20대 젊은 기자들에게는 정부(5·16쿠데타 세력)가 하는 일이 일단 선의에서 출발하였겠지 하는 막연한 믿음이 없지 않았다. 박정희 정권이 이승만·장면 정권보다 더 민주적이고 더 평등 지향이라 말할 수는 없지만 특정 이익집단 혹은 계층과는 직접적 연계를 갖고 있지 않다는 생각이었다. 쿠데타 세력이 언론인 포섭공작을 음양으로 치열하게 전개한다는 소문이 신출내기 기자들 사이에서도 알려지기 시작했는데 그 대상자가 상대적으로 "부패와는 거리가 멀고 젊고 똑똑한 쪽"으로 분류되는 기자들이어서 나는 상당이 혼란스러웠다. 『뉴욕타임스』 특파원을 지낸 서인석(徐仁錫, 국회의원 역임)이 그 대표로 꼽혔고, 조선일보에서는 논설위원 윤주영(尹胄榮, 문화공보부장관 역임)과 외신부 손희식(孫禧植, 국립중앙도서관장 역임)이 5·16세력이 만든 민주공화당에 합류했다. 훗날 내가 가깝게 지낸 선배 기자들, 이를테면 김자동(金滋東, 조선일보·민족일보 기자 역임, 대한민국임시정부기념사업회 회장), 리영희(李泳禧, 조선일보 외신부장, 한양대 교수 역임), 남재희(南載熙, 조선일보 정치부장, 노동부장관 역임) 등이 모두 서인석과 두터운 교분을 유지했다.

신문마다 조금씩 차이가 있었겠으나 경제부는 사회부·정치부와는 사뭇 달랐다. 경제부는 사건 현장에 항상 접근해야 하는 사회부에 비해 덜 바쁘고 정치 쟁론(爭論) 속에서 숨 쉬어야 하는 정치부에 비해서는 사무적인 분위기가 주조를 이루었다. 이런 일반적 차이에다 신문사의 특성이 가미되어 조선일보 경제부는 좋게 말하여 '기자 냄새'가 심하지 않는 곳이었는데 야박하게 표현하면 첫인상이 축 늘어져 무기력했다는 느낌을 주었다. 사회부에서는 기자들이 특별한 경우가 아니면 부장이나 '데스크'를 중심으로 술밥을 같이할 기회가 드물지만 경제부는 부장이 앞장서고 그 뒤를 기자들이 졸졸 따라갈 때가 흔했다. 경제부 배치 초기 충청도 출신의 부장과 경기도 출신의 차장은 틈만 나면 보학을 들먹여서 정나미가 떨어졌다. 그렇다고 사서오경을 몇구절씩 외울 만한 유교적 교양을 갖추었느냐 하면 그런 것도 아니다. 경제부 선배 기자들이 다른 부서에 비해 능력과 식견이 뒤진 것은 아닌데도 나는 자꾸 이질감이 드는 거였다. 시간이 흐르며 분명해진 것은 사회정의와 평등지향이라는 근대적 가치에 대한 생각의 차이였다.

신문기자를 시작하면서 공부를 열심히 했다고 하면 현역·퇴역을 막론하고 기자의 십중팔구가 내지를 "웃기고 있네" 하는 소리가 들려온다. 우선 기자는 바쁘고 늘 긴장 속에서 시간을 보내며 저녁나절은 저녁나절대로 술타령에 여념이 없다. 그런 뜻에서 공부와 거리가 먼 직업이 기자라는 말은 맞다. 책장을 넘기는 데 시간을 소비하기보다 현장을 더 많이 보고 더 많은 사람을 만나야 하는 게 기자의 본령에 속할 것이다. 그러나 기자시절 초장에 내게 닥친 경제라는 취재 대상은 살인사건과 달라 특정 시간 특정 장소에 국한되지 않을 뿐 아니라 그 현상을 단순히 전달하는 일도 간단치 않았다. 경제만이 아니라 행정 관행, 사법 제도 운영방식, 사회심리 메커니즘에 관한 초보적인 지식의 결여가 나를 괴롭혔다. '매란국죽, 사군자'를 헛짚은 것은 약과에 속하고 신문사에 발을 디디기 전까지 세상이 돌아가는 형태와 이치에 판무식에 가까웠다. 통화개혁이 있은 지 며칠 뒤 한국은행 총재 기자회견을 하는 자리에 이르러서야 나는 비로소 그것을 깨달았다. "금융기관의 '대출 쿼터'를 늘려 기업 활동을 돕겠다"는 한국은행 총재의 말뜻을 전혀 알아듣지 못한 거였다. 영어의 쿼터(quarter)는 사용빈도가 아주 높은 단어인데 이를테면 1달러의 4분의 1짜리 동전이 쿼터, 1년의 춘하추동 4계절의 한 철(3개월)을 기준으로 하여 4분기 중의 하나를 쿼터라 부른다. 쿼터 대신 우리말로 "분기별 대출 한도" 운운했어도 그때의 이해 불능에는 큰 차가 없었을지 모른다. 아무튼 한국은행 총재실을 나오면서 앞이 캄캄했다. 당장 기사를 써야 할 판인데! 총재비서실에서 석간신문 기자 하나가 전화통을 잡고 기사를 보내고 있어서 조금 떨어진 구석에서 수첩을 꺼내 메모를 하는 척하며 그의 송고(원고 보내기) 내용을 그대로 받아 적었다. 앞날의 일은 나중이고 당장은 다른 기자의 기사를 모방하는 것 이외에 묘안이 없었다. 신문사에 돌아와 수첩에 메모한 대로 써낸 기사는 보기 좋게 퇴짜를 맞았다. 데스크가 얼굴을 찡그리는 폼으로 미루어 내가 쓴 기사는 불량품 정도가 아니라 진열대에 올릴 만한 물건이 되지 못한다는 반응이었다. 데스크는 어느 신문사인가에 전화를 걸어 "마감시간인데 담당 기자가 아직 안 들어와 그런다"며 한국은행 총재 기자회견 내용을 알려달라고 부탁하는 거였다. 땅에 구덩이라도 있으면 그 속에 뛰어들어 가 죽고 싶었다. 저녁때 신문사 사옥을 나서며 다음 날 아침 사표를 써야겠다고 다짐했다. 기자라는 직업이 적성에 맞지 않을 바에야 원래의 꿈인 소설 쓰기로 되돌아갈 수밖에 없다는 생각이 들면서도 다른 편으로는 '불과 몇줄의 기사를 제대로 못 쓴 주제에 소설을 어떻게 써' 하는 자의식이 떠나지 않는 거였다.

하지만 실제로 한 행동은 사직서 제출이 아니라 책방에 가 이정환(李廷煥)의 『경제원론』과 성창환(成昌煥)의 『화폐금융론』을 산 것이다. 그리고 신문사를 나서는 길로 향하던 술집을 피해 며칠 동안 일찍 집에 가 두권을 처음부터 끝까지 깡그리 읽었다. 10대 후반부터 7~8년간 빠져들었던 서양 근대소설들과는 달리 두 경제학 교과서는 재미라고는 도무지 없는데다 우리 경제현실을 설명하는 데도 별반 도움을 주지 못했다. 수습기자 동기생 호영진(扈英珍, 한국경제신문 사장 역임)에게 서울대학교의 법대나 상대에서 상급반 학생들에게 인기 있는 경제학 교과서가 무엇이냐 물은즉 미국 MIT 교수 폴 쌔뮤얼슨(Paul A. Samuelson) 의 『이코노믹스』라 하였다. 경제와 법률 지식이 빈약한 나를 잘 아는 그는 책 이름을 대주면서 "원서 강독용 텍스트인데 네가 읽어서 이해가 될까?" 하는 표정을 짓는 거였다. 외국서적을 취급하는 책방을 찾아가니 신학기에 10여부 수입할 뿐 재고가 없다는 것과 꼭 읽고 싶거들랑 대학도 서관에서 대출을 받으라고 친절하게 일러주었다. 다행히 한국은행 도서실에서 이 책을 빌려 큰 판형으로 600~700 쪽 분량이나 되는 것을 이 악물고 읽었다. 책 여백에 끼적 거린 연필 자욱 때문에 책은 종내 반납하지 못하고 내 소유물이 되었다. 미국의 대학의 경제학 교과서 가운데서 이 책이 가장 많이 팔린 이유를 능히 짐작할 수 있을 만큼 쌔뮤얼슨은 독자를 요리조리 끌고 다니는 특출한 솜씨를 지 녔는데 '승수 효과(乘數效果, multiplier effect)'를 해설하는 대목은 압권에 속한다.

이런 책들이 기사 작성과 경제담론 참여에 큰 보탬이 되었음은 분명하나 한국경제가 작동하지 않는 이유를 들추어내고 대안을 제시하는 것과는 처음부터 거리가 멀었다. 주기적으로 불경기와 공황에 빠지는 구미 국가들의 시장경제를 이해하기 위해서는 케인스(J. M. Keynes)와 슘페터(J. A. Schumpeter)의 저술을 읽어야 한다는 말을 듣고는 충무로에 있는 일본어 서적을 취급하는 책방에 달려가 걸신들린 것처럼 그들의 책을 샀다. 쌔뮤얼슨만큼 요령 있게 쓰지 못한 것은 흠이라 하겠으나 저자들의 요란한 성망이 나의 지적 호기심을 어루만져주는 보람은 적지 않았다. 하지만 이런 대가들의 관심은 어디까지나 구미 백인국가들의 오늘과 내일의 편안한 삶에 쏠려 있었다. 한국과 같은 후진국, 특히 그 가운데서도 후진국 저변 민중의 미래 청사진을 그들에게서 기대하는 것은 '연목구어(緣木求魚)'라는 말 그대로의 느낌이 확 들었다. 후진국 민중의 가난한 이유를 "낮은 저축률, 낮은 투자율, 낮은 성장률"에서 찾는 자본주의 경제이론이 과연 맞기나 한 것인지에 근본적인 회의를 떨쳐버리지 못했다. 영국과 프랑스와 미국의 경제발전(성장)이 약소국들의 자원 강탈, 식민지 착취, 노예(흑인) 노동에 뿌리를 둔 사실을 의도적으로 외면하는 데는 구역질이 났다. 근대경제이론에 대한 회의가 좌파 경제이론가와 경제사가들의 저술에 끌리기 시작한 동기였다고 하면 틀리지 않을 것이며 그러면서 모리스 도브(Mauice Dobb), 폴 바란(Paul Baran), 폴 스위지(Paul M. Sweezy)가 자연스럽게 다가왔다.

60년대 초중반에는 경제를 대상으로 하는 보도·해설·논평은 표피에서 겉돌 뿐 아니라 현상을 파편화하여 단발로 처리하고 있었다. 이런 풍조에서나마 기자들이 분석 능력을 더 함양하면 한꺼풀 뒤에 숨은 알맹이에 다가갈 수도 있지 않을까 생각하며 열심히 책을 읽었던 것이다. 책장을 넘기면서 희망과 의욕에 부풀을 때도 없지 않았으나 외톨박이로 무엇을 결단한다는 것에 두려움이 앞섰다. 다른 한편으로는 경제 현상의 표피를 젖히고 심층에 접근하는 보도를 하는 데 만족할 것이 아니라 주권재민 원리에 입각한 참정권 행사에 나서는 것이 필수적이라 느꼈다. 박정희 정권이 외국 자본에 의한 공업생산 증가를 당면 목표로 삼은 것을 군사정부에 반대하는 사람들도 대개는 일단 긍정적으로 평가하는 것이었다. 그러나 경제활동은 궁극적으로 생산물의 교환·분배·소비에 있는 것이므로 소비자의 권익을 지키는 것이야말로 주권 행사의 중요 내용이라 여겼다. 그러나 이런저런 생각들을 신문사의 동료 기자들과 토론한다는 것은 상상조차 하기 힘들었다. 젊은 기자들의 격의 없는 술자리에서조차 그런 화제는 어색한 분위기를 조성하는 거였다. 6·25전쟁 이후 이 땅에 정착한 '기자 비지사론(非志士論)'이라는 큰 벽이 가로막았다. 똑똑하다는 평가를 듣는 기자들일수록 "영리 업체(신문사 법인)가 주는 급여를 생계수단으로 삼는 사람(기자)들이 무슨 주권재민, 민중의 미래 어쩌구 하는 나발을 불 수 있는가"라 목청을 높이곤 했다.

초년 기자 시절에는 대학 친구, 돌체 술친구 들과 이전

처럼 자주 어울리지 못했다. 그 즈음(1963년 무렵) 내 교우
관계에 큰 변화가 있었다면 미국 하버드대학에서 영문학
을 공부하고 귀국한 백낙청(白樂晴, 문학평론가, 『창작과비평』
편집인, 서울대 명예교수)을 만난 것이다. 공학석사인 내 형을
포함하여 미국에서 학위를 따고 귀국한 사람들은 공통점
이 있었으니 가장 먼저 눈에 띄는 것이 와이셔츠 색깔·모
양이고 그다음은 영어의 억양이다. 두가지 다 의도적으로
그렇게 보이려 한 결과라 믿었다. 그런데 백낙청만은 예외
여서 셔츠는 우리가 입는 보통 흰색, 영어 악센트는 귀에
거슬릴 만큼 세지 않았다. 김상기가 동석한 첫 대면은 청
진동 해장국집이었는데 내가 사귄 동년배 중에서 책을 가
장 많이 읽은 사람이 백낙청이라 생각했다. 술을 마시고
다시 커피를 들며 꽤 오랜 시간 실존주의를 화제로 이야기
를 나누었던 것은 확실하다. 구체적으로 남아 있는 추상적
단어는 백낙청의 입에서 나온 '인테그리티'(integrity, 온전히
보존된 상태, 청렴결백)다. 어떤 맥락에서 이 말이 나왔는지는
모르겠으나 '인테그리티'라는 단어를 듣는 순간 기자인
나의 "인테그리티는 지행일치(知行一致)"라고 마음속 깊
이 새겨넣었다. 그러나 마음속의 지행일치는 실행을 자꾸
미루는 데서 연유하는 자책감으로부터 벗어나려는 도피책
의 한 방편이었을 것이다. 사회적 의미의 지행일치가 밖으
로 나오기까지는 10년을 더 기다려야 했다.

제 2 부

8. 60년대 후반 경제부 기자 시절

'밀수' 삼성, 그때도 국고헌납 약속

1960년대 후반, 나는 조선일보 경제부 기자였다. 최근 전 세계의 자본을 끌어들여 연 8~9%의 고속성장을 이룬 중국처럼, 1965년 6월 한일협정을 체결하고 나서 박정희는 일본 자본 도입을 경제정책의 최우선 과제로 삼았다. 이 기회를 놓칠세라, 아니 한일협정 그 자체를 배후에서 추동한 한국의 재벌들이 일본 자본을 이른바 '민간 상업차관' 형태로 들여오는 데 혈안이 되었던 것은 두말할 나위도 없다. 각종 단순 소비재, 내구 소비재, 건축자재 등의 생산설비가 주종을 이뤘으며, 기간산업은 청구권 자금을 재원으로 한 포항제철과 삼성이 상업차관으로 건설하는 '한국비료' 정도였다.

그런데 여기서 경천동지할 사건이 터졌다. 삼성은 거대한 물량의 비료제조 시설물 속에 고급 도기 위생기구(양변기류)와 인공감미료 사카린을 대량으로 숨겨 들여오는 밀수를 자행했던 것이다. 밀수한 두 품목은 수입 금지품이거나 관세율이 굉장히 높아 관세와 물품세를 내지 않을 땐 곧 폭리를 뜻했다. 삼성의 밀수는 세관이 적발한 것이 아니라 밀수품이 시중에서 한참 유통되어 소문이 퍼지기 시작한 다음 신문들이 뒤늦게 보도하면서 알려졌다.

2007년 가을 김용철(金勇澈) 변호사가 삼성의 비자금 실태를 폭로한 뒤 벌어진 사법부서의 대응으로 미루어 짐작할 수 있듯이, 법정에 간 삼성의 한비(韓肥) 밀수사건은 끝내 전모가 밝혀지지 않았다. 그때 신문사들이 특별취재팀 같은 것을 만들어 본격적인 탐사보도를 했을까. 물론 아니다.

차관을 승인하고 사후관리를 담당하는 경제기획원, 수입자재의 통관 부서인 재무부, 비료공장 건설을 점검하는 상공부, 밀수품의 유통을 단속·처벌해야 할 경찰과 검찰이 삼성 밀수의 공범이라는 소리가 들끓었다. 당시 야당 의원이었던 김두한(金斗漢, 항일투사 김좌진의 아들로 한 시절 의협 세계를 주름잡았다)이 국회 본회의장에서 장기영(張基榮, 한국일보 창업자) 부총리 겸 경제기획원 장관에게 탑골공원 공중변소에서 퍼온 똥물 한 동이를 퍼붓는 해프닝이 벌어졌다. 행정부뿐만이 아니라 집권 공화당의 재정위원장이었던 김성곤(金成坤, 동양통신 소유자), 청와대 비서실장 이후락(李厚洛), 중앙정보부장 김형욱(金炯旭)이 삼성으로부터 거액의 정치자금(뇌물)을 받았다는 소문이 파다했다. 대국민 사과고 '엄정수사'고 간에 고식적인 방법으로 성난 민심을 가라앉히기에는 사안이 너무 중대했다. 삼성이 선택한 수습안은 이병철(李秉喆, 삼성의 창업자로 현 이건희 회장의 부친)이 청와대로 가서 대통령 박정희에게 한국비료 공장을 계획대로 건설한 다음 국가에 깨끗이 헌납하겠다는 약속을 문서로 하는 것이었다. 그러고 보면 재벌들이 국가 헌납 제의로 형사 책임을 모면하는 것은 아주 오래된 레퍼토리인 셈이다.

속담대로 뒷간에 갈 때와 급한 용변을 마치고 난 뒤의 사람 마음은 달라지는 법이다. 한국 최초의 근대적 제당·모직물 공장을 건설하여 두 분야 시장을 장악함으로써 재미를 볼 대로 본 삼성이 한국 최대의 비료공장을 세워놓고 국가에 바치자니 밤잠이 올 턱이 없다. 헌납 약속을 휴지화하는 계책이 삼성 안에서 꿈틀거렸고 마침내 그 정지 작업을 착수하는 단계에 왔던 것이다.

1967년 초여름 한국비료공장이 '화입식(火入式)'을 한다는 발표가 나왔다. 화입은 불을 지핀다는 말인데 공장의 시운전에 해당한다. 보통 건설공사에 참여한 실무자들이 돼지머리와 시루떡을 차려놓고 간단하게 고사를 지내는 게 고작이다. 기공식과 준공식은 있어도 많은 손님을 모아놓고 벌인 화입식은 삼성의 한국비료공장이 전무후무하다. 화입식에 정계·관계 요인들과 기자단을 초청한다는 거였다.

'입막음 술판'서 용춤 춘 기자들

기자 초년병이 중앙·지방 행정부, 국회, 법원, 중요한 민간기구 안에 똬리를 틀고 있는 기자실에 첫발을 들여놓는 순간 대부분 심각한 회의와 반발심에 휩싸인다. 지금(2008)의 기자실이 40여년 전에 견줘 얼마나 달라졌을까? 섣불리 가늠하기 어렵다.

기자가 출입처의 기자실에 발을 들여놓는 것과 기자단에 가입하는 것은 별개다. 서울에서 발행되는 큰 신문들은 기자단 가입에 문제가 없었으나 방송과 지역 신문은 원칙적으로 불가였고, 아주 고약한 데서는 몇달의 유예기간을 두어 초입자의 기자단 가입을 '심사·통과'시킨다. 미국 갱영화에 나오는 신디케이트(마피아와 동의어로 폭력조직)처럼 내부 비밀을 잘 지키느냐가 가장 중요한 심사 기준이었다.

특정 비리·불법을 눈감아주거나 그 반대로 보조를 맞추어 두들겨 패기도 하는 어처구니없는 짓을 짬짜미, 곧 담합행위라 한다. 행정부서 가운데서도 특히 경제부처 기자단의 짬짜미가 심했다. 담합을 어기는 기자에 가해지는 제재는? 요샛말로 하여 '왕따'이고, 기자단 고참들의 미움을 사면 '취재 완전 불능'까지는 아니라 하더라도 초년병은 기사를 '물먹을' 위험에 부닥치기도 한다. 이럴 때 본사 데스크가 기자단에서 왕따당한 후배 초년병을 두둔하고 격려해주느냐 하면, 내 경험으로는 아니다. "어리석은 친구 같으니…… 출입처 기자들과 잘 어울려야지!" 하는 반응이 고작이었다. 취재 요령과 기사 작성 능력이 출중하다면 모를까, 기자단으로부터의 왕따는 열이면 아홉 외근기자 부적격 판정 사유로 작용했다. 저널리즘 세계는 미디어들 사이의 경쟁만이 아니고 저널리스트 사이의 피 튀기는 싸움판이기도 하다.

1967년 초봄, 삼성의 '한비 화입식' 초청에 대한 경제기획원 기자실의 반응이 어땠는지 41년 전의 일이라 확실히 떠오르는 장면은 없다. 전무후무한 화입식을 대대적으로 벌이는 것이 국가에 헌납하기로 한 약속을 뒤집으려는 공작인데도 기자들은 그에 아랑곳하지 않고 울산에 가서 한바탕 기분풀이할 생각에 들떠 있었던 기억이 아슴푸레 남아 있다. 화입식이 있던 날 아침 김포공항에서 울산행 전

세 비행기에 오르니 취재기자 10여명 말고도 국회의원, 경제 관료와 삼성 관계자들 여럿이 보였다. 특히 의외라 싶었던 인물들은 삼성 소유였던 동양방송(TBC) 상무인 김규(金圭, 당시 이병철의 사위로 훗날 서강대 교수 역임), 무슨 부장직의 홍두표(洪斗杓, 전두환 정권 때 한국방송광고공사 사장 역임)다. 이 두 사람은 나와 같은 대학을 다니긴 했으나 10여년간 전혀 대면한 적이 없었는데 나를 반기는 품은 민망할 만큼 은근했다. 여론 무마를 위해 특별한 계략을 짜고 그 각본대로 움직인다는 확신이 섰다.

말이 화입식이지 의식 같은 것은 전혀 없었고 공장을 둘러보는 둥 마는 둥 하고 기자 일행은 자동차 편으로 동래온천장의 호텔 겸 요정으로 가는 거였다. 기자들에게 현금이 든 흰 봉투 하나씩을 건넨 다음 이내 술판이 벌어졌다. 술잔이 몇 순배 돌아가고 나자 노름을 즐기는 기자들은 준비된 방으로 몰려갔다. 기사를 보내는 것은 바로 지금! 지금 살짝 빠져나가지 않으면 마감시간을 댈 수 없다는 생각이 들었다. 호텔방으로 달려간 나는 교환을 불러 신문사 번호를 대고 연결을 부탁했다. 그때가 저녁 7~8시쯤 되었을까, 지역판은 마감시간이 지났으나 서울판 마감은 아직 충분했다.

'삼성은 왜 전례 없는 화입식을 거행할까' '전세 비행기를 준비하여 수십명의 브이아이피(VIP)를 모신 까닭은?'

'기자들에 대한 융숭한 대접은 무언가' 하는 점을 들고 이 것은 한국비료 국가 헌납 백지화를 꾀하려는 수순이 진행 되고 있다는 정황이라는 내용의 상자 기사였다. 30분 남짓 하게 송고를 마친 다음 나는 슬며시 술판으로 되돌아와 앉 았다. '잘들 노는구나, 내일 아침 너희 모두 악 소리를 지 를 텐데' 하는 쾌감이 서른한살 젊은 나에게 없었다면 거 짓말이다.

'비판 기사'와 맞바꾼 67년 삼성 광고

이튿날 아침 정작 악 소리를 지른 것은 그들(한국비료 화 입식에 참석했던 기자들, 내외 귀빈, 삼성 관계자)이 아니라 나였다. 작심을 하고 쓴 기사가 실리지 않았던 거였다. 지면 사정 때문에 다음 날로 밀린 모양이구나 하면서도 마음 한구석 에는 기사를 깔아뭉갠 것은 아닌가 하는 의구심을 떨쳐버 릴 수 없었다. 서울에 올라와 그다음 날 아침 눈을 뜨자마 자 이부자리에 앉은 채 신문을 폈다. 어느 면에도 내가 보 낸 기사는 없었다. 신문을 팽개치는 순간 마지막 면이 시 야에 들어왔다. 삼성 계열인 제일제당의 기업 이미지 전면 광고였다. 기사가 통째로 빠지고 다른 신문에 나지 않는 전면광고가 실린 이상 더 할 말이 있을까.

신문사 편집국에 와서 내가 책상 앞에 앉고 한참 지난 뒤까지 경제부 데스크는 나에게 눈길을 던지지 않았다. 그의 입장이 심히 난처하다는 것은 알고도 남음이 있지만 끝내 그는 입을 다물었다. 경제부에 배치되고 나서 기사와 광고 수주의 충돌로 인하여 크고 작은 불만이 쌓였으나 이번은 다르다. 삼성의 한국비료 헌납 백지화 움직임을 세상에 알리는 내 기사를 삼성이 어떻게 알았을까 하는 것이 최대의 의문이었다. 편집국 간부 가운데 누가? 경제부의 어느 기자가? 아니면 편집부, 심지어 교정부의 누가? 기사를 보낸 날 저녁 시간, 기사의 흐름을 알고 있는 사람들의 얼굴들이 차례로 뇌리를 스쳤다. 기사 내용을 삼성에 제보했다면 이것은 광고 수주 차원의 문제가 아니라 저열하고 파렴치한 스파이 행위에 해당하는 짓이다. 삼성의 정보망 촉수가 광범위하게 뻗어 있음은 짐작하고 있었지만 야간에 다른 신문사의 편집과정을 속속들이 알 수는 없지 않은가. 그날 오후 신문사의 고위 간부가 내 어깨를 아무 말 없이 도닥였다. 노고를 치하한다는 몸짓으로 느꼈다.

삼선개헌을 앞두고 중앙정보부 요원이 편집국에 무시로 드나들긴 했으나 경제기사에 개입하는 일이 드물었다. 그렇다면 유독 나의 취재 활동에 중앙정보부가 신경을 곤두세우고 있다는 뜻인데 중앙정보부는 무슨 수로 내 기사 내용을 알았을까. 의문은 꼬리를 물고 이어졌지만 알 길이 없었다.

그런데 의문은 정말 우연찮게, 그로부터 22년이 지난 1989년 봄, 한겨레신문 창간 초기 영국대사관이 주최한 가든파티에서 비록 부분적이나마 풀렸다. 40대 말 50대 초의 말쑥한 차림을 한 신사가 나에게 다가왔다. 기업 하는 사람이거나 외국 근무를 오래 한 사람처럼 보였다. "임재경 선생이시죠? 제가 20년 전에 저지른 잘못을 사과할 것이 있습니다"라고 운을 뗐다. 그는 지금 남자 기성복 회사를 경영하고 있으며 60년대 중반 한국비료 건설 업무로 경제기획원을 드나들던 실무자라고 자신을 소개했다. 놀라운 것은 한국비료 화입식 준비를 맡았던 그가 동래 온천장 호텔에서는 교환실에 배치되어 기자들의 송고 내용을 일일이 파악한 뒤 서울의 삼성 본부에 알리는 일을 했다는 거였다. 교환양들을 매수하여 도청했다는 이야기인데 그와 삼성 내부의 몇 사람만 아는 범죄 사실을 비록 20년이 흘렀지만 뒤늦게나마 고백하는 것은 참으로 용기 있는 일이 아닐 수 없다. 서로 명함을 나누고 나서 "20년 전의 일인데, 사과는 무슨 사과입니까" 하며 시간 나는 대로 만나 점심이나 같이하자는 말을 남기고 그와 헤어졌다.

하지만 20년 전 그때 기사 내용을 파악한 삼성의 누가 조선일보의 누구에게 연락하여 어떤 흥정을 한 끝에 기사를 내보내지 않는 대가로 광고를 싣기로 했는지는 여전히 수수께끼로 남아 있다.

20년 전 한국비료 직원이며 현직 기성복 회사 경영자, 코드 네임 '용기 있는 사나이'와는 얼마 뒤 점심을 나누었다. 피차 회사 초창기의 어려움을 실토하는 수인사를 나누고 나서 난생처음 느끼는 괴로운 청탁의 말을 꺼냈다. "어려우시겠지만 한겨레에 광고를 줄 수 있겠습니까?" 말이 떨어지자마자 그는 쾌락했다. 그는 5단 통광고를 우리에게 주었다. 여기서 용기 있는 사나이의 실명을 적지 못하는 것은 삼성이 그에게 앙심을 발동하지 않을까 두렵기 때문이다.

기자로서 '삼십이립'은 교우들 덕

공자 말씀 가운데서 가장 널리 회자하는 경구 중 하나가 '삼십이립(三十而立)'이다. 나이 서른에 이르러 비로소 어떠한 일에도 흔들리지 않는 신념이 서게 된다는 뜻이다. 신문기자의 삼십이립은 어떤 것일까. 이름 석 자 세상에 알려진 덕에 가까운 사람들 취직 부탁 해결해주며 공술 얻어 마시는 것이라 하면 너무나 자학적인 이야기라 할 테지만 대체로 1960년대의 서른살 기자는 그 비슷한 재미를 빼놓고는 크게 내놓을 것이 없었다. 한편 기자직을 거쳐 입신

양명한 인사들의 서른살은 그런 재미는 재미대로 즐기면서 유력층에 줄을 대는 대담성·저돌성을 발휘했다. 미안하지만 뻔뻔스러움이라 해야 알맞겠다.

그러나 스물여덟이나 스물아홉에 이르러 돌연히 삼십이립을 향해 몽우리를 짓는다고 하면 우스꽝스러운 이야기다. 태어난 조건, 유년기의 가정환경, 각급 학교의 교육, 사회에 나와 부대끼는 가운데 몸에 밴 세계관과 인생관이 두루 기여한다고 보면 크게 그르지 않을 줄 안다. 인간의 생리 구조나 수명을 고려할 때 삼십이립이면 이르지도 늦지도 않은 알맞은 시기다. 하지만 사람에 따라 스무살, 혹은 마흔살에 신념을 세울 수도 있으며, 육십이립이라고 하여 나쁘게 말하거나 비웃는 것은 잘못이다. 이를테면 조심조심 교편생활을 하다가 65세에 정년퇴직을 하고 나서 사회운동에 몸을 던진 분들이 지금 얼마나 귀중한 몫을 하고 있는가.

10년 전쯤 오연호(吳連鎬, 오마이뉴스 대표)가 『말』 취재부장을 하고 있을 적 기자 여럿과 함께 좋은 이야기를 청해 듣고 싶다며 자리를 마련했다. 모임이 파하기 직전 오연호가 나에게 던진 질문은 "자유언론운동과 민주화운동을 하게 된 동기가 무엇인가"라는 거였다. 동기를 꼭 하나로 찍어서 말하기도 힘들었지만 장황한 답변을 늘어놓을 계제가 아님은 물론이다. 선배 기자의 순발력을 한번 시험해보

고자 하는 눈빛이 역력했다. "글쎄, 무어라 할까. 내게는 교
우관계가 제일 큰 영향을 준 것 같은데……" 하면서 거기
모였던 기자들이 모두 알 만한 이름을 두셋 댔더니 그들은
만족한다는 듯이 고개를 끄덕였다.

교우관계라면 언제, 누구로부터 시작할까? 소꿉동무, 초
등학교, 중·고교, 대학, 명동을 헤매고 다니던 문청(문학청
년) 시절, 신문기자 초년 시절……? 70줄에 와서는 애증과
은원 감정이 교차하긴 해도 되돌아갈 수 없는 지난날에 사
귄 친구들은 모두 소중하다. 오연호 일당에게 댄 이름은
리영희·남재희·백낙청 셋이었다. 셋 가운데서 가장 일찍
사귄 사람이 백낙청이고, 그보다 조금 뒤 두 사람을 조선
일보사에서 만났다.

백낙청을 나에게 소개한 사람은 그와 서울 재동초등학
교 적 동무 김상기다. 50년 전의 철학도 김상기는 우리 또
래 가운데서 일본말로 된 책을 술술 읽을 수 있는 대단한
독서가였다. 뛰어난 친화력과 화술에다 근면·성실·청결한
몸가짐으로 정평이 나 있었으며, 학·석사 논문은 독일의
하이데거에 대해 썼다. 지금 여기서 그의 사상을 한마디로
정리하기는 어려우나 정치와 사회를 보는 시각은 매우 진
보적이었고 나는 그의 그런 면에 끌렸다.

나는 대학에서 영문과에 적을 두었으나 학업을 게을리
한데다 프랑스문학에 심취한 '데까당 문청'이었다면 대충

그림이 그려질 것이다. 책읽기보다는 서양 고전음악, 그리고 프랑스 영화와 샹송이 비할 데 없이 좋았다. 얼마 전에 읽은 라틴아메리카의 작가 가브리엘 가르시아 마르께스(Gabriel Garcia Marquez)의 자서전 『이야기하기 위해 살다』를 보면서 학업을 팽개친 다음 신문에 잡문을 쓴답시고 까페를 전전하는 아들(마르께스)의 마음을 다잡고자 어머니가 애절하게 호소하는 장면에서 몹시 씁쓸한 기분이 들었다. 20대 초에 데까당 문청 행각은 마르께스와 비슷했는지 몰라도 그는 불멸의 작품을 남겼으니 나와는 너무나 다르다.

'텃세 조선일보'서 빛난 이단아들

사람이 모여 사는 곳에는 텃세라는 것이 있고 텃세가 심하기로 말하면 농촌의 자연부락이 단연 으뜸이다. 외지 도시인이 초록색 꿈을 안고 고향이 아닌 농촌에 갔다가 한두 해 만에 논밭을 헐값에 팔아치우고 되돌아서는 이유가 텃세 때문이라는 말을 들었다. 그런데 먹물들이 사는 신문사가 텃세가 심한 곳이라면 곧이 믿어줄까? 신문사 가운데도 오래된 신문이 텃세가 심한 편인데 이를테면 조선일보나 동아일보가 한국일보보다 훨씬 심했다. 창간 20년이 지난 한겨레에 텃세가 없다고 단언하지 못한다. 40~50년 전과는 달리 이즈음의 신문사 텃세는 수습기자 제도와 관련이 있지 않을까도 곰곰이 짚어보았다. 앞에서 말한 기자단만이 아니라 신문사 내부의 텃세는 언론 신디케이트의 빼놓을 수 없는 요소다.

신문사 텃세 이야기는 1960년대의 조선일보 시절을 더듬으며 나의 기자 성장에 보탬을 준 리영희와 남재희의 처지를 말하려다 자연스럽게 떠오른 것이다. 신문사의 텃세는 변화를 두려워하는 인간의 오랜 노예적 근성과 무관치 않다. 주인의 눈 밖에만 나지 않으면 밥과 잠자리는 일단 확보되고 숨을 거둔 뒤에는 땅에 묻어주는 '은혜'를 주인으로부터 입는다고 믿는 것이 중세와 고대의 노예다. 신문사의 피고용자들을 전근대적 노예 신분과 동일시하는 것은 지나치지만 고참들은 외딴곳에서 입바른 소리를 하거나 사주(社主)를 비난하다가도 기사를 쓰거나 편집방향을 정하는 일에서는 관행—사주의 이해관계를 최우선 지표로 삼는 의식—에서 벗어나려 하지 않았다. 어쩌다가 신출내기 기자가 이런 언행 불일치를 따지고 들면 그들은 "이 사람아! 기자는 지사(志士)가 아니란 말이야. 우리는 월급쟁이일 뿐이야!"라고 즉각 자조적인 응답을 내뱉었다. 그러므로 리영희와 남재희처럼 능력이 돋보여 다른 매체에서 발탁된 기자는 토박이들로부터 질시와 모함을 받는 것은 정한 이치다. 리·남 두 기자는 조선일보 편집국 주류의 기성 질서를 흔든 이단아였다.

1965년 초 조선일보 편집국장이 된 김경환(金庚煥, 한국일보 편집국장, 한국언론연구원 부원장 역임)은 함경남도 출신으로 내세울 학력이 없는데다 취재부서의 데스크를 거치지 않은 순수 편집기자 출신이고, 더구나 나이가 상대적으로 젊은 편이었다. 이런 그가 정치부장에 남재희, 외신부장에 리영희를 앉힌 것은 변화를 바라지 않는 쪽에서 텃세 부리기에 꼭 알맞은 조건이었다. 다른 사람들이 어떻게 보든 김경환·남재희·리영희가 신문을 만들 때가 해방 뒤 조선일보의 가장 빛나는 시기였다고 믿어 의심치 않는다.

일곱살 위 리영희와 세살 위 남재희의 어떤 면에 나는 끌렸던 것일까. 혈연·지연·학연으로 얽히지 않았으니 불가에서 말하는 전생의 인연이랄밖에 없다. 둘 다 술을 좋아했지만 문청의 술타령 스타일과는 전혀 달랐고, 독서 경향 역시 나와는 판이하다. 사회정의에 민감한 체질, 앞서 가는 시대감각, 그리고 뛰어난 필력이 둘의 공통점이다. 그들이 영어를 잘했다는 것이 매력이라면 매력이었다는 사실도 숨기지 않겠다.

실토하거니와 조선일보 수습기자 3기인 나는 '비주류'로 분류되는 리영희·남재희와 친히 지내면서도 한 발은 '주류' 쪽에 담그고 있었다. 물불 가리지 않고 기사를 써

제끼는 기자를 신문사의 주인은 우선 알아주는 법이다. 한국일보 사주이자 부총리인 장기영을 난처하게 하는 기사를 나는 수없이 썼는데 한번은 화가 치민 부총리가 기자회견 자리를 박차고 일어선 적이 있을 정도였다. 방우영(方又榮) 사장은 1967년 내가 불광동의 열평짜리 국민주택을 마련할 때 6개월치 봉급을 선불해주는 파격적 호의를 베풀었다. 최석채(崔錫采, 조선일보 편집국장·주필, 문화방송 회장 역임)는 나를 몹시 귀여워하여 4~5년차 기자인 내게 경제 해설을 써 보내면 자기가 손을 보아 사설로 싣겠다고 했다. 같은 무렵 선우휘(鮮于煇, 소설가, 조선일보 편집국장·주필 역임), 남재희, 손세일(孫世一, 조선일보 기획위원, 동아일보 논설위원, 평민당 원내 총무 역임), 나 넷이 죽이 맞아 자주 술판을 벌였다.

'악몽의 정권'서 벗들은 떠났다

외근 기자로서 제법 발이 넓어지면서 나는 어려운 처지에 놓인 친구들을 돕는 일에 곧잘 나섰다. 별 볼일 없던 문청이 성공한 직업인으로 변신했으니 어깨가 으쓱해진 것은 당연하다. 한번은 광화문 부근 어느 술집에서 대학 다닐 때 스승인 송욱(宋稶, 시인, 서울대 교수 역임)과 동석한 그의 친구 한만년(韓萬年, 일조각 사장 역임)을 마주쳤다. 공부를 게을리하는 것은 완연한데 생뚱맞은 질문을 이따금 해대는 나를 송욱은 심히 못마땅하게 여겼던 터다. 이러던 그가 한만년에게 "임재경은 우리나라 경제기자 중에서 이거야!" 하며 엄지손가락을 내세워 보이는 게 아닌가. 한때 이 나라 최고의 지성으로 자처했고 까다로운 성깔로 유명한 송욱에게 인정을 받은 것이 너무나 좋았다. 이런 데 입맛을 들이면 대저 멀쩡한 사람도 결국은 속물이 되고 마는 법이다.

하지만 만만찮은 게 세상사다. 내가 신문에 발을 들인 지 4~5년 뒤부터 무서운 박정희 권력에 맞서 데모를 하다 유치장에 드나들던 패들이 수습기자 시험을 거쳐 속속 언론에 입문하기 시작했다. 터놓고 말해 선배들에게는 하나도 꿀릴 것이 없다고 자부했으나 나보다 아래 나이의 그들에게 죄를 짓고 있다는 느낌을 떨쳐버릴 수 없었다. 단순하게 후생가외(後生可畏, 젊은 후학들이 노력에 따라 큰 인물이 될 수 있으므로 가히 두렵다는 말)라는 해묵은 말 때문만은 아니었다. 그들이 몸에 지니고 있는 행동력이 나에겐 결여되었다는 자의식에 짓눌린 것이다. 그들보다 더 능숙하게 기사를 쓴다는 게 무엇이 대단한가, 영어나 프랑스어를 몇마디 더 아는 것이 과연 잘난 것인가, 그들은 박봉에 시달리는데 나는 용돈에 군색함을 모르고 원하기만 하면 하루거리로 기생집에 드나들 수 있지 않은가…… 그들은 나를 어떻게 보고 있었을까?

한일협정 반대시위(통칭 6·3사태) 세대 가운데서 조선일보 입사순으로 꼽자면 박범진(朴範珍, 조선일보 해직기자, 15대 국회의원 역임), 김학준(金學俊, 서울대 교수, 동아일보 회장 역임), 송진혁(宋鎭赫, 중앙일보 정치부장·논설주간 역임), 백기범(白基範, 조선일보 해직기자, 문화일보 편집국장 역임), 그리고 한겨레신문 창간 멤버인 신홍범(愼洪範)과 정태기(鄭泰基)가 곧 그들이다. 60년대에는 서로 어울릴 기회가 없었지만 훗날 자유언론의 깃발을 높이 든 동아일보 해직기자의 상징적 두 인물 이부영(李富榮)과 성유보(成裕普)도 바로 6·3세대에 속한다.

박정희의 삼선개헌을 전후하여 리영희는 중앙정보부의 압력 때문에 외신부장 자리에서 물러나 찬밥 신세를 지다 조선일보를 아예 그만두었다. 남재희는 총선거를 앞둔 시점에서 전국의 민심을 밑바닥에서 훑어보는 연속 기획물을 만들다 공화당의 미움을 사 정치부장직에서 논설위원으로 밀려나갔다. 얼마 뒤 그는 하버드대학 '니먼 펠로십'을 따서 미국으로 떠났고, 그다음 해(1969)에는 백낙청이 박사과정을 마치기 위해 하버드로 갔다. 오랜 친구 김상기는 한참 전 『청맥(靑脈)』(1964년 8월에 창간된 종합 월간지로, 발행인 등이 통혁당 사건에 연루되어 1967년 폐간됨)에서 일한 사실이 동티가 나 중앙정보부에 끌려가 호되게 당한 뒤 미국

뉴욕주의 버펄로대학으로 유학을 떠났다.

삼선개헌에 반대하는 지식인에게 재갈 물리는 효과를 노린 이른바 '동베를린을 거점으로 한 간첩단 사건'(1967)이 발표되었다. 언론계·학계·예술계가 공포의 악몽에 시달린 것은 두말할 나위 없는데 이 사건에 대학과 문청 시절 가까이 지내던 친구 여럿이 연루되었던 것이다. 유럽으로 떠나기 전의 그들은 대체로 낭만적 기질의 자유주의자들인데 어떤 연유로 평양을 왕래했는지 도무지 이해가 가지 않았다. 프랑스 영화와 샹송에 나를 흠뻑 빠지게 만든 데까당의 '본당 마귀' 이기양(조선일보 유럽통신원, 독일 튀빙겐대학 철학박사)이 프라하에 세계 여자농구대회 취재차 들어갔다가 행방불명이 된 것 역시 이 무렵이다.

가까운 친구들이 외국에 나간 것이 나의 프랑스행(1971.1)을 촉진했지만 내심 '68혁명'이 휩쓴 유럽의 여러 나라를 내 눈으로 직접 보고 싶은 욕구가 강렬했다. 프랑스로 떠나기 전날 환송 술자리에서 남재희는 "다른 것은 다 제쳐놓고 '조합'(신디케이트)에서 몸을 뺀 용기는 대단해"라고 했다. 나는 이 말이 싫지 않았다.

9. 빠리에서 보낸 1년

빠리에서 포도주도 못 마신 촌놈

프랑스와 빠리에 관해 글을 쓰거나 책을 내는 것은 승률이 아주 낮은 도박이다. 혁명가 맑스와 레닌, 문인 하인리히 하이네와 가르시아 마르께스, 미술가 삐까소와 이응로(李應魯)…… 1789년 프랑스 대혁명 이후 압제와 불의에 시달리는 전세계 지식인과 예술가들은 숨 막히는 자신의 현실로부터 뛰쳐나오려 빠리로 빠리로 모여들었다. 하지만 그들 대부분은 거기서 짓무르고 있는 부르주아 문명에 환멸을 느꼈다고 술회한다. 이런 앞사람들의 체험담에 아랑곳하지 않고 사회 변혁과 문학·예술 창작을 꿈꾸는 사람들의 발길이 끊임없이 빠리로 이어지는 것은 무슨 까닭일까.

중국 사회주의 운동의 제1세대 저우 언라이(周恩來)와 덩 샤오핑(鄧小平)도 1919년 5·4운동 직후 빠리로 갔으니까.

프랑스의 정치·사회·문화와 빠리지앵의 일상을 다룬 책은 수를 헤아릴 수 없이 많다. 전세계를 통틀어 줄잡아 수천가지에 이를 것이다. 또 이즈음의 홈리스, 즉 최하층 민의 처참한 하루하루를 그린 기록도 한두가지가 아니다. 내가 읽은 것 가운데는 소설 『1984』로 문명을 드날린 조 지 오웰(George Orwell)의 『빠리와 런던의 밑바닥 생활』 (1933)이 단연 압권이다. 우리나라에서 출간된 것 중에서 는 홍세화(洪世和, 한겨레신문 기획위원 역임)의 『나는 빠리의 택시운전사』(창비 1995)를 빼놓을 수 없는데, 둘 다 외국인 으로서 빠리에서 노동하며 먹고살았기 때문에 생산할 수 있었던 기록문학이다. 몇해씩 아니 10년 이상 빠리에 머문 한국의 수많은 프랑스 유학생들이 이런 책을 쓰지 못하는 것은 일상생활과 노동이 유리되었던 까닭이라 생각했다.

'금강산도 식후경'이라는 속담처럼 돈 없는 빠리는 글 자 그대로 지옥이다. 37년 전(1971)의 나의 빠리를 말하면 서 무슨 돈으로 거기 가서 지낼 수 있었는가를 밝히는 것 도 그런 연유다. 프랑스 외무성이 아프리카와 동남아시아 의 이전 식민지, 특히 그 가운데서 프랑스어를 제1외국어 로 하는 나라를 친불(親佛)로 잡아두려는 직업훈련 및 장 학 프로그램이 한국까지 넓혀져 나도 거기 응모했던 것이다. 그때까지만 해도 프랑스어-프랑스문학을 전공하는 사람이 이 장학금의 주 선발 대상이었고, 그런 이유로 한국외국어대학에 가서 어학 능력 테스트를 받은 것은 물론이려니와 프랑스 대사관에 가서 프랑스어로 인터뷰를 해야했다. 그런데 한달 장학금은 고작 900프랑(당시 환율로 약 180달러)! 대학교 기숙사에 들어간 학생들만이 굶주리지 않고 견딜 정도에 불과했다. 빠리에서 천장 밑 방이나마 빌리려면 턱없이 모자라는 판이라 김성곤이 설립한 '성곡언론재단'에 지원금을 신청하여 월 350달러씩을 받았다. 합계 530달러, '날라리'들에게는 샹젤리제 고급 음식점에 가면 하룻저녁 술값으로도 모자라는 액수지만 유학생들에게는 꽤 넉넉한 생활비였다.

외무성 초청기관을 방문한 첫날, 프랑스어 교습기관인 '알리앙스 프랑세즈'의 기숙사에서 3개월을 보내고 싶다고 한즉 경력 10년의 기자가 프랑스어 학습에 열의를 지녔다고 보았는지 담당 여직원은 매우 만족해하는 눈치였다. 그는 한국의 1월 기후는 어떤가를 물었다. '여기(빠리)보다 훨씬 춥고 거리는 빙판'이라 했더니 여기서도 방한용 피복이 필요할 것이라며 액면 500프랑의 국고 수표를 떼어주는 거였다. 어? 이 프랑스 여성이 나에게 호감을 갖고 있는 건가 하며 은행에 가서 현금으로 바꾸었다. 며칠 뒤 한국 유학생을 만나 피복비 500프랑 이야기를 꺼냈더니 아프리

카에서 오는 장학생이 많아 피복비는 말만 하면 500프랑 한도로 다 주게 돼 있다는 것이다.

라스빠유 거리에 있는 알리앙스 프랑세즈는 레닌과 뜨로쯔끼가 자주 드나들었다는 몽빠르나스 거리의 까페 '라로똥드'와 '르 돔'에서 걸어서 5분 거리에 있다. 그러나 친불 데까당이었던 나는 정작 빠리에 와서 지척에 둔 그곳에서 포도주 한잔 마셔보지 못하는 촌놈이 되고 말았다.

'좌파' 싸르트르는 '면담 불가'

빠리에 온 첫 두달 동안 알리앙스 프랑세즈(강의실 건물의 바로 옆이 기숙사)에서 프랑스말을 배웠다. 비록 단기간이긴 하지만 내 평생 초·중·고·대학 전과정을 통틀어 이때처럼 열심히 공부한 적이 있었을까. 어렵사리 여기까지 와서 프랑스말을 익히는 데 긴 시간을 들이는 것은 바보라는 일념에서였다. 하루라도 빨리 입과 귀가 트여서 프랑스 지식인들과 만나 의미있는 대화를 나누어보자는 욕구가 솟구쳤던 것이다. 말 배우기 수준은 중급으로서 내용은 문법과 말하고 듣기 중심의 하루 네시간이 전부. 일주일에 한번씩 치르는 진도 시험에 만점 받기는 그리 어렵지 않았다. 한달쯤 지나자 벌써 좀이 쑤시기 시작했다. 네시간을 두시간으로 줄이고 좋아하는 문인들을 만나야 한다는 생각이 불쑥 들었다. 누구를? 루이 아라공(Louis Aragon), 앙드레 말로(André Malraux), 장 뽈 싸르트르(Jean Paul Sartre), 이런 순서로 만나자! 모두 노령이니 나이순으로 만나야지 그러지 않으면 영영 못 만날지도 모른다는 기자 나름의 성급한 계산도 섰다.

외무성 장학 프로그램 담당자를 찾아가 의향을 말하니 내 얼굴을 빤히 쳐다보고는 세 사람 다 불가라는 거였다. 아라공과 싸르트르는 프랑스 정부가 추천할 수 없는 좌파이고 앙드레 말로는 외국인 직업훈련 장학 대상자를 만날 만큼 한가하지 않다는 것이 이유였다. 그러나 한달에 두번씩 일요일 점심 혹은 저녁에 지도급 인사 가정에 초청하는 계획을 그쪽에서 짜겠다고 했다. 세계적으로 이름을 드날리는 문인을 정부기관 주선으로 만나겠다는 접근 방식 자체가 잘못됐다는 것을 깨달은 것은 소득이었다. 하지만 '추천 불가'라는 표현은 너무나 의외였다.

한편으로 어떤 저명인사가 나를 집으로 초청하는지 두고 보자는 비뚤어진 심보가 한구석에 도사렸던 것도 사실이다. 첫번째 초청은 1970년에 작고한 드골 전 대통령의 조카딸로부터 왔다. 어럽쇼! 그러면 그렇지 하는 생각이 들었다. 프랑스에서만이 아니라 외국인 가정에 초청된 것은 그때가 난생처음이라 면도를 말끔하게 한 뒤 정장으로 갈아입고, 꽃도 한다발 샀다. 중상류층 시민들이 많이 산다는 쎈강 우안의 어느 아파트로 갔다. 프랑스 사람들에게서 나뽈레옹보다 더 추앙을 받는다는 드골 가문의 친척들이 사는 모습은 어떨지 매우 궁금했다. 드골의 조카딸은 30대 말의 학교 교사이고 그의 남편은 40대 중반의 은행 간부였다. 아파트의 거실은 서너평 정도 크기에 지나지 않았고, 프랑스 영화에서 자주 본 샹들리에도 없었으며, 식탁에 오른 식기는 은식기가 아니라 보통 도자기류였다. 드골이 청렴하게 한평생을 지냈다는 프랑스 신문의 보도대로 그의 친척 역시 호사스러움과는 거리가 멀구나 하는 첫인상을 받았다. 밥을 먹을 때는 가벼운 이야기를 나누는 것이 유럽 식탁의 매너인데 거기서 기자 근성이 움직였다. 드골의 조카딸 남편에게 어느 은행에서 일하느냐고 묻자 인도차이나은행(Banque de L'Indochine)이라는 대답이 나와 김이 있는 대로 새는 것이었다. 후진국 금융시장 진출의 첨병인 그 은행 간부의 집이라는 게 왠지 기분이 상했다. 프랑스말이 짧은 탓도 있겠으나 그날 대화는 잘 풀리지 않았고 후식을 드는 둥 마는 둥 오래 머물지 않았다. 다음번 초청은 프랑스 항공(Air France) 간부였는데 문에 들어서자마자 영어로 말을 걸어 기분을 더 잡쳤다. 세번째인가, 네번째는 초청을 받고 아예 가지 않은 세련되지 못한 실수를 범했다. 언어 장벽 때문? 아니면 나의 '좌편향'

고정관념 때문? 둘 다일 가능성이 높다.

내가 빠리에 있을 때 동포는 150명을 넘지 못했다. 신문사 특파원으로는 조선일보의 신용석(愼鏞碩, 인천 아시안게임 유치위원장 역임), 동아일보의 장행훈(張幸勳, 편집국장 역임), 한국일보의 정종식(鄭宗植), 중앙일보의 장덕상(張德相)이 거기 있었다. 나보다 조금 뒤에 빠리에 온 경향신문 심재훈(沈在薰, 뉴욕타임스 서울지국장 역임)이 나처럼 홀몸 신세라 그와 자연히 친하게 어울렸다. 대한무역진흥공사(현 대한무역투자진흥공사KOTRA) 빠리 지사장 고일남(高一男)은 대학입학 동기여서 많은 도움을 받았고, 거기서 아르바이트를 했던 유학생 정준성(鄭駿成, 영화진흥공사 상무이사 역임)과는 지금도 교유하고 있다.

피끓는 '68세대'에게 박수를 받다

내 힘으로 프랑스 지식인들을 만나겠다고 결심했다. 빠리 생활 석달째 되는 4월 초, 나는 쌩 미셸 거리 쏘르본대학 건물을 찾아갔다. 서울서 읽은 『프랑스 혁명사』의 저자 알베르 쏘불(Albert M. Soboul) 교수를 만나기 위해서였다. 반원형 계단식의 '뛰르고 강의실'에 들어가 앞자리에 앉았다. 조금 뒤 들어온 쏘불 교수에게 '한국의 기자이며 당신의 저술을 읽고 감명 받아 강의를 듣고자 한다'고 하니 반가운 표정을 지으며 끝난 뒤 까페에서 한잔 나누자고 했다.

알베르 마띠에(Albert Mathiez), 조르주 르페브르(Georges Lefebvre)에 이어 프랑스 혁명사의 대가로 손꼽히는 쏘불의 강의는 놀라울 정도의 웅변조였다. 간간이 탁자를 손바닥으로 치며 조는 학생들의 이목을 끌려는 노력은 흥분 잘하는 우리나라 중·고교 역사 선생과 비슷했다. 로베스삐에르와 쌩쥐스뜨 같은 열혈투사들의 행적을 말하려니 자연히 저렇게 톤이 높아지는구나 싶었다. 빠리 하층민의 '쌩 앙뚜안 거리의 과격파'(les sans-culottes de Saint-Antoine)에 관해 언급하면서 그는 한 여학생에게 찰스 디킨스(Charles Dickens)의 소설『두 도시 이야기』를 읽었느냐고 물었다. 학생이 고개를 젓자 돌연 쏘불은 나에게 같은 질문을 했다. "네, 물론이지요"라 대답하니 그는 나를 일어서게 해 소개하고는 손뼉을 치는 거였다. 학생들도 쏘불을 따라 손뼉을 쳤다. 미지의 프랑스 젊은이들로부터 박수를 받은 것은 이것이 처음이자 마지막이다. 박수 친 학생들 가운데 상당수는 '68혁명'이 한창일 적 빠리의 시가지에서 돌을 던진 패들이겠지……

학기가 끝나는 6월 중순까지 쏘불 교수의 강의를 들으며 난 틈만 나면 서점에 들러 프랑스와 유럽 근대사 관련

책을 샀다. 『르 몽드』에서 10월 한달 동안 하게 될 직업훈련 프로그램 이전까지 유럽 근대사의 큰 줄거리를 머릿속에 집어넣고, 더 중요하게는 그것을 프랑스말로 표현할 수 있어야겠다고 다짐했다. 매일 하루도 거르지 않고 『르 몽드』를 사서 스포츠와 증권 면만 빼고 깡그리 읽는 것은 큰 고역이 아닐 수 없었다.

『르 몽드』에서의 한달 경험은 17년 뒤 한겨레신문 창간을 준비할 때 많은 참고가 됐다. '제목을 선정적으로 달지 말자' '1면에 사진을 쓰지 말고 시사만화로 대체하자' '마지막 면이 1면 다음으로 주목도가 높으므로 전면광고는 절대 하지 말자' '마감 임박해 들어온 기사를 싣자'는 것이 내 의견이었다. 창간준비의원회 동료들의 호응은 제법 높았으나 결국 실현되지 못했다. 한국의 신문지면 구성 모델은 예나 지금이나 일본 신문이다.

『르 몽드』연수기간쯤인가 정성배(鄭成培, 프랑스 국가박사, 국립사회과학대학원 명예교수)를 만난 것은 나의 행운이다. 목포 출신의 정성배는 나보다 대학 입학이 4년 앞선 터라 20대 초에 만난 적은 없으나 동베를린 사건으로 서울에 끌려와 옥살이를 했다는 것은 익히 알고 있었다. 빠리에 되돌아온 그는 프랑스 총리실 직속 자료수집실에서 일하고 있었는데, 외교관을 포함해 당시 빠리에 있던 한국인 누구보다도 프랑스 사정을 속속들이 꿰뚫고 있음이 한눈에 들어왔다. 그런데도 흔히 빠리 장기체류자들의 몸에 밴 프랑스 제일주의의 냄새가 전혀 나지 않는 것이 이채로웠다. 4~5년 전까지만 해도『한겨레』에 자주 기고한 터라 그의 사상을 여기서 되뇔 필요는 없겠다.

여기서 지나칠 수 없는 것은 인간 정성배에 얽힌 시대의 한 아름다운 정경이다. 정성배는 동베를린 사건 전 빠리에서 스코틀랜드 출신의 여대생과 열애 중이었다. 서울로 끌려간 무고한 한국 남성을 석방시키고자 파란 눈의 여인은 박정희 정권의 야만적 행위를 규탄하는 전단을 만들어 까르띠에라땡(대학가)에 뿌리는 한편, 그의 지도교수들을 찾아가 석방운동에 도움을 청했다. 그 정성에 감복했던지 정당론의 세계적 권위자인 모리스 뒤베르제(Maurice Duverger) 교수는 프랑스 대통령에게 공개서한을 발송하기에 이르렀다.

사랑하는 한국 청년을 감옥에서 빼낸 스코틀랜드 여인은 유럽의회 사무국 직원이 되었다. 그러나 이 순애보의 주인공은 백혈병에 걸렸다. 정성배는 20년 넘게 주말마다 유럽의회가 있는 스트라스부르에 가서 간병하다 지금은 아예 그곳으로 거처를 옮겼다. 그는 이제 70대 중반이다.

'살인자 프랑꼬!' 시위는 축제였다

'라 로똥드' 같은 이름난 까페나 고급 레스또랑에서 포도주를 안 마셨을 뿐 술 좋아하는 놈이 빠리에서 취하도록 마신 적이 없다면 새빨간 거짓말이다. 돈 덜 들이고 되도록 빨리 취하자는 것이 그때 내 술버릇이었던 터라, 포도주보다는 위스키를, 그것도 스트레이트로 홀짝홀짝했다. 한번은 정일권(丁一權, 국무총리, 국회의장 역임), 모윤숙(毛允淑, 시인) 등 당시 국회의원 일행이 빠리에 와 리츠호텔에서 리셉션을 여니 참석해달라는 연락이 대사관으로부터 왔다. 훗날 영국의 다이애나 왕세자비가 죽기 전날 묵은 곳으로 더욱더 유명해진 리츠는 비싸고 호화로운 곳이라 기웃거릴 엄두조차 내지 못했다. 정일권·모윤숙 둘 다 내게는 내키지 않는 사람이지만 공술 마시고 리츠도 구경할 욕심으로 가봤다. 정일권에게 인사한 다음 모윤숙 앞으로 갔다. 60대 초의 그는 몸이 난데다 약간 들떠 있어 책으로만 알던 여류시인의 모습은 이미 아니었다. 주위에 모인 한국 기자들에게 자기 자랑을 한참 하던 끝에 그는 『렌의 애가』를 읽고 울지 않은 남자가 드물었다"고 했다. 이 대목에서 나는 밸이 꼴렸다. 마음속으로 '군사독재정권에 빌붙어 전국구 국회의원이 된 주제'를 뇌까리며 나는 돌아섰다.

웨이터에게 위스키를 한잔 달라고 하여 그 자리에 서서 죽 들이켰다. 이것이 리츠 기억의 전부다.

'빠리 번화가의 하나인 메트로(지하철) 오뻬라역 계단에서 올려다보이는 네온광고판' '덜커덩거리는 자동차 바다' '컴컴한 방의 좁은 벤치' '병원 수술대 같은 침대' '사복 두 사람이 내 겨드랑이를 끼고 오르는 층계'…… 그다음 날 오후 간신히 떠올린 토막 난 기억의 필름인데 사고를 친 건 틀림없었다. 2~3일 뒤 어느 병원에서 200여 프랑의 응급 진료비 청구서가 날아왔다. 짚이는 데가 있어 대사관에 갔는데 중앙정보부(중정) 요원으로 알려진 영사 직함의 직원과 복도에서 마주쳤다. 그는 나를 보자마자 "괜찮으냐"고 물어보는 거였다. 어? 이 사람이 무얼 알지? 그의 말로는 리츠의 리셉션이 있던 날 밤 '메트로 오뻬라'에 큰대자로 자빠져 있는 나를 경찰이 약물중독자로 의심하여 병원에 실어가 검사를 했다는 것과 그 사실을 빠리 경시청이 즉시 전화로 통보해주었다는 것이다. 과음으로 비롯된 추태는 지나간 일로 치자. 하지만 10만이 넘는 빠리 거주 외국인의 신상정보를 교환하는 연락망이 야간에도 프랑스 경찰과 외국 공관 사이에서 가동한다는 것이 무척 놀라웠다. 빅또르 위고(Victor Marie Hugo)의 『레 미제라블』에 나오는 형사 자베르의 매서운 눈초리! 프랑스는 경찰국가인가. 그렇다면 7월 14일 프랑스 대혁명 축제 날 레뿌블리

끄 광장에 가서 온종일 노닥거린 내 모습을 프랑스 경찰이 찍어 한국 대사관 중정 요원에게 보냈을 수도 있다는 두려움이 들기도 했다. 아무튼 조심해야겠다고 다짐했다.

국제서신 검열을 식은 죽 먹기로 하던 때라 빠리-서울 편지 왕래는 가족 것을 제외하고는 전무했다. 그러던 차에 조선일보에서 친하게 지낸 후배 신홍범이 엽서를 띄웠다. '단 한순간이나마 활짝 열려 있는 프랑스 같은 자유의 공기를 마셨으면 원이 없겠다'는 구절이 있었는데 이 구절이 몹시 마음에 걸렸다. '내가 지금 여기서 무얼 하고 있는 건가' 하는 자책과 함께 서울로 돌아가면 읽은 책 이야기를 하는 게 고작이겠구나 하는 생각이 들었다. 리즈 추태 때문에 프랑스 사람과 사귀는 것이 도무지 꺼림칙했다. 한창 열을 올리는 마오주의자들의 집회·시위를 가봐? 아니다. 그러다가는 정말 사진이 찍히고 만다. 프랑스에서는 기자라도 외무부 추천 내무부 발급의 '외국인 기자증'을 소지하지 않으면 정치행동으로 간주된다는 말을 들었다.

그러다가 눈에 들어온 것이 돌로레스 이바루리(Dolores Ibárruri, 1895~1989)를 환영하기 위해 스페인 이민자들이 불로뉴 숲에서 모인다는 기사였다. '라 빠시오나리아'(la Pasionaria, 정열의 꽃)라는 애칭으로 더 널리 알려진 이바루리는 스페인 내전(1936~39) 때 파시스트 프랑꼬에 항전하는 인민전선 쪽에 서서 통렬한 선동 연설로 전세계 반파쇼

투사들을 사로잡은 공산주의자다. 그녀가 살아 있다는 것조차 서울에서는 몰랐다. 그주 일요일에 열린 집회는 2008년 한국의 촛불시위처럼 축제 분위기가 주조였다. 유모차를 끌고 나온 젊은 부부가 있는가 하면 아들딸을 등에 업은 중년 남자도 있었고 망명 1세대에 해당하는 60대 이상은 별로 없었다. 그때 나는 스페인말을 전혀 몰랐지만 기자는 감각으로 연설의 '요점'을 안다. 저만치 단상에 오른 백발의 이바루리는 연설 말미에 "아세시노! 프랑꼬!" (asesino! Franco!, 살인자! 프랑꼬!)라 소리 질렀다. 청중들은 이 말을 받아 "아세시노! 프랑꼬!"를 연호했다. 연호는 네댓번 반복되었다. "살인자! 프랑꼬!"가 "프랑꼬! 살인자!"로 바뀌었다. 그리고 또 연호했다.

10. 유신독재하의 나와 친구들

'혼란 서울'······낭만 빠리는 잊었다

프랑스에서 돌아온 1972년 봄, 나는 조선일보 경제부 기자에서 국회 담당 정치부 차장 자리로 옮겼다. 희망해서 그 자리에 간 것은 아니었지만 야심에 찬 기자들에게는 부러운 보직이었다. 정치부장은 김용태(金瑢泰, 국회의원, 내무장관, 대통령 비서실장 역임), 선임차장은 청와대를 출입하는 이종구(조선일보 해직기자), 여당 담당 기자는 김대중(金大中, 조선일보 고문)과 백순기(白舜基), 야당 쪽은 주돈식(朱燉植, 문화체육부장관 역임)과 성한표(成漢杓, 조선일보 해직기자, 한겨레신문 편집위원장·논설주간 역임)였다.

내가 외국에 나가 있던 기간(1971.1~1972.3)에 발생한 정치·사회 분야의 중요 이슈를 몇가지 적어보자. 『다리』지 필화, 민주수호국민협의회 결성(공동대표 김재준 목사, 이병린 변호사, 언론인 천관우), 검찰의 이범열 판사 구속(사법파동), 경기도 광주단지 입주 빈민 소요, 실미도 특수부대 난동, 칼(KAL)빌딩에서 한진 해외파견 노동자 집단 항의, 수도경비사령부(수경사) 군인 고려대 난입 폭행, 서울 일원 위수령 발동, 10개 대학에 무장군인 진입, 박정희 국가비상사태 선포, 국가보위법 국회에서 변칙 통과 등이다.

신문철을 뒤져보았으나 지면에 나타난 보도는 이런 중요 쟁점들을 단순하게 그날치 '사건'으로 다루었을 뿐 사건 뒤에 숨은 의미와 파장을 알리려는 노력의 흔적은 찾기 힘들었다. 신문사 동료들에게 지난 1년 남짓한 기간에 일어난 이슈를 화제로 삼아 말을 걸어봐? 10년간의 경험으로 편집국 안에서 기자들 사이에 진지한 토론이 벌어지는 낌새가 보이기만 하면 데스크는 "시시한 소리 그만하고 기사나 써!"할 게 뻔했다. 하긴 마감에 항상 쫓기는 것이 기자니까.

지방판이 나온 뒤 기자 두서넛과 어울린 술판에서 광주단지 소요에 관해 물어보았다. 그 응답이 걸작. "뻔한 건데 뭘…… 임형, 빠리에서 '백마 탄' 이야기나 해보슈"하는 거였다. 이런 일도 있고 해서 '빠리 뒷골목'을 테마로 체류기를 쓰라는 문화부장 유경환(劉庚煥, 시인)의 요청을 나는 단호하게 거절했다. 정치부가 돌아가는 일면을 말해주는 에피소드 하나를 소개한다. 청와대를 출입하던 이종구는 대학에서 철학을 공부했고 계간지 『창작과비평』 창간을 준비할 때 거들던 절친한 사이다. 한번은 무슨 일로 청와대 기자실에 전화를 걸자 "그건 내려가서 말할게"라고 대답했다. '내려가서'라는 표현에 울화가 치밀어, 그날 저녁 술 마시는 자리에서 "청와대가 임금님 계시는 궁궐이냐? '돌아가서'라고 하면 될 것을, '내려간다'고 하는 것은 뭐냐"며 마구 역정을 냈다. 청와대 출입 기자들이 보통 그렇게 말해 그렇게 나왔다는 것이고 유별나게 의미 부여를 한다며 도리어 내게 대들었다. 이 일이 있고 나서 그와 나는 약간 서먹해졌다.

내가 프랑스에 가기 전에도 중앙정보부 직원은 편집국에 무단출입했다. 그런데 귀국했을 때는 중정 직원이 편집국장 책상 바로 옆 검정 가죽소파(1인용)에 앉아 있는 거였다. 평기자는 고사하고 부장들도 여간해서는 그 소파에 앉지 않는 것이 편집국의 불문율이었다. 신문사를 예방하는 외부의 귀빈(VIP)이나 사장만이 앉는 자리인데 중정 요원이 거기에 버젓이 앉다니 기가 막혔다. "당신 일어서! 여기가 어딘데 매일 와 앉아 있는 거야"라고 하고 싶은 충동이 불쑥불쑥 들었다. 만약 그랬다간 '임 아무개 발광했다'고 하였을 거다.

이런 판에 1972년 초여름 '7·4남북공동성명'이 나왔다. 독재자 박정희가 독재의 충성스러운 심복 이후락을 평양에 보내 민족의 대동단결을 국내외에 선언했으니 경천동지할 일이다. 신문사 편집국의 첫 반응은 '경악'이라는 한마디로 충분했다. 7월 4일 오전 10시인가 중대 발표가 있다고 하여 또 무슨 간첩단 사건이 있나 보다 하며 내근 중이던 나는 편집국 한 모퉁이에 있는 텔레비전 스위치를 켰다. 어안이 벙벙하여 편집국 간부 모두가 허둥댔다.

사회부 법조 담당 기자 안병훈(安秉勳, 조선일보 편집국장·편집인 역임)이 7·4공동성명 관련해서 법제적 차원의 해설 기사를 쓰란다며 조언을 구했다. 나는 "우선 반공법과 국가보안법을 폐지해야 하며, 폐지되기 전까지 과도기간은 두가지 법을 달라진 남북관계에 맞추어 탄력성 있게 운영해야 할 것"이라고 했다. 그는 고맙다는 표정을 지었다.

그러나 내 희망적인 관측과는 반대 방향으로 박정희는 치달았던 것이다.

'유신 쿠데타', 편집국은 조용했다

조선일보사 안에서 속을 털어놓고 이야기할 선배가 없는 것이 못 견디게 답답했다. 저널리즘을 '지적 생산'이라 하면 격을 너무 높이는 것이고 '지식 노동'이라 부르면 '언론'이라는 우리말의 어감으로부터 멀어진다. 자기비하라는 비난이 따르더라도 나는 후자(지식 노동)를 택하겠다. 일반적으로 지적 생산은 창조적 활동을 가리키지만 저널리즘은 어디까지나 현실의 올바른 이해를 돕기 위한 작업이다. 물리 현상으로는 종이에 잉크를 묻혀 나온 것이 신문인데 신문의 내용은 기자(논설기자 포함)의 지적 노동을 기초로 한 것이다. 하지만 기자의 취재와 기사(논설) 작성은 단순 노동의 결과가 아니라는 사실을 주목해야 한다. 왜? 현실은 끊임없이 변화하고 그 변화는 자연계의 유장한 진화나 퇴화가 아니라는 점 때문이다. 권력을 장악한 자와 권력을 쥐려는 자, 큰돈을 가진 자와 무슨 수를 써서라도 일확천금하겠다는 자들이 때로는 변화를 조성·촉진하고 때로는 변화를 가로막는다. 변화의 표피만을 전달하는 데 그치는 기자는 대서소의 서기와 다를 게 없지 않은가. 그러므로 알찬 경험과 공부가 필요한데 그날그날 일에 쫓기는 기자로는 매우 힘든 부담이다. 이럴 때 부담을 덜어줄 수 있는 사람이 좋은 선배다.

리영희는 한양대 교수로 이미 전직했으며, 남재희는 서울신문 편집국장으로 갔다. 귀국한 지 며칠 안 돼 남재희로부터 저녁에 만나자는 연락이 왔다. 술 몇잔 마시고 바로 나는 그에게 "어떻게 서울신문에 갈 수 있소. 당장 그만두시오"라 했다. 이런 말이 나올 것을 예상했다는 듯이 그는 농조로 "지금 그만두면 실업자인데"라는 거였다. 이 말을 받아 "실업자로 있는 동안은 내 집을 팔아서라도 한 달에 쌀 한가마씩은 보내주리다"라 했다. 난 진심으로 그럴 각오였다. 언론자유가 압살된 상황에서는 '서울'이나 '조선'이나 실은 그게 그건데 '썩어도 준치'라는 속담대로 '서울'을 정부 기관지로 내려다보는 꼴 같지 않은 '일류신 문 의식'이 내 심층에 깔려 있었던 것이다.

정치부에서 일하던 기간의 소득이라면 정치인을 가까이서 대면할 수 있었던 것인데, 이때가 처음이다. 야당 담 당기자가 앞장서 안내해주는 대로 김대중(金大中)·김영삼 (金泳三)·유진산(柳珍山) 등을 각기 사무실에 찾아가 만났다. 나는 김대중을 주의 깊게 관찰했다. 그가 1971년 4월 대통령선거에서 박정희의 온갖 불법과 탄압에도 불구하고 예상 밖의 높은 득표를 한 것은, 빠리에서 저 멀리 한줄기 희망의 불빛을 보는 것 같았다. 1972년 그와 내가 단둘이 만난 적은 없고 기억에 남는 것은 광주에서 '신민당 전남 도당 위원장'을 선출하던 때다. 그가 밀던 조연하(趙淵夏, 국회의원 역임)가 위원장에 선출되자 근방 찻집에 기자들이 모였다. 한 구석에서 무엇인가 쓰고 있던 그는 기자들 쪽으로 메모한 종이를 들고 와 "특별히 잘 써줄 것은 없고 제가 말씀한 대로만 써주시오"라 하는 거였다. 36년 전 일이라 성명 내용은 되살릴 길이 없으나 그의 특출한 언어감각은 동시대의 어느 정치인도 흉내낼 수 없다는 것을 거기서 느꼈다. 언어감각이라면 그와 김영삼이 아주 대조적이다.

정치인 김대중과 저널리스트인 나는 그로부터 30여년 끊어졌다 이어졌다 하며 관계를 맺었다. 하지만 그를 보도·논평 대상으로 삼은 것은 1972년과 1989년(한겨레신문 논설주간 시절)의 몇차례뿐이다. 그 이외에는 박해를 받거나 외로운 처지에서 마주쳤던 것이다. 이야기가 길어질 것 같아 불가불 장을 달리하여 별도로 다뤄야겠다.

경천동지할 7·4남북공동성명이 있은 지 100여일이 지난 1972년 10월 17일, 민주공화국에 까무러칠 일이 생겼다. 대통령(박정희)이 헌법을 뭉개버리는 쿠데타를 일으킨 것이다. 오후 늦게 국회를 해산하며 계엄령을 선포한다는 발표가 나왔는데 '방성대곡(放聲大哭)'은 기대할 수 없더라도 입 험한 기자들인데 "개새끼들!" 하는 소리 하나 듣지 못할 정도로 편집국은 교교했다. 밖에서 사복의 험상궂은 사나이 둘이 편집국에 들어와 야당 담당 기자 주돈식에게 나가자고 했다. 편집국 간부와 기자들의 시선이 모두 그리로 집중했으나 아무도 나서지 않는다. 내가 나서 "당신들 누구인데 기사 쓰는 중에 가자느냐"고 하자 "계엄사에서 잠깐 알아볼 일이 있어 같이 가야 한다"는 거다. 나는 목청을 더 높여 "당신들 영장 갖고 왔소? 기사 쓰는 중이니 밖에 나가 기다리시오!" 했다. 둘 중 나이가 조금 더 들어 보이는 사복이 내 아래 위를 훑어보며 "계엄령하에서는 영장 없이 연행하는 거요"라며 밖으로 나갔다. 그때 어느 구석에 있었는지 회사의 고위 간부가 나에게 와서 "당신 너무 나서지 마!" 하는 거였다. 내 안위를 걱정해주는 걸까.

'중정' 돈으로 연 48% 사채놀이

관변 먹물(집권세력에 줄이 닿았거나 대려는 대학교수 및 언론인)들은 7·4남북공동성명을 내걸고 10·17유신쿠데타를 정당화하려고 무던히 애썼다. 7·4공동성명과 10·17쿠데타는 논리상 모순될 뿐 아니라 사실관계에서 서로 어긋나는 것인데 그들은 막무가내였다. 하긴 흰 것을 검다 우기며 그짓으로 밥을 먹고 사는 족속이 자고로 농투성이 아닌 먹물이라는 것은 너무 잘 알려진 일이다. 관변 먹물 이르되 "박정희의 첫번째 쿠데타(5·16)는 경제개발을 위한 것이고 두번째 쿠데타(10·17)는 통일을 위한 것"이라 했다. 이런 궤변에 발 벗고 나서는 대학교수, 언론인들 상당수가 박정희에게 어여삐 보여 한자리씩 차고 나간 것은 두말할 나위없다. '유신체제'하에서는 국회의원 정원의 3분의 1을 대통령이 지명하도록 헌법에 규정했으니까. 그뿐인가. 청와대와 내각에 소위 일류신문 출신이 줄줄이 등용될 때마다 경사로 여기는 풍조가 생겼다. 동아일보의 유혁인(柳赫仁, 동아 정치부장, 청와대 정무수석, 문화공보부장관 역임)과 조선일보의 윤주영(조선 편집국장·논설위원, 문화공보부장관 역임)이 그 선례에 속한다.

중앙정보부 직원이 신문사에 상주하고 박정희 친위부대가 대학교를 군홧발로 짓밟는 사건(1971년 10월 수경사의 고려대 난입)이 벌어진 마당에 박정권 타도에 더이상 머뭇거려서는 안 된다고 마음속으로 굳게 믿었다. 그러나 또 한편으로 '자주·평화·민족대단결'을 분단 이후 처음 통일정책의 원칙으로 내건 7·4남북공동성명을 흰 눈으로 본다는 것은 민족적 양심으로 허용되겠는가 하는 회의에 빠졌던 것도 사실이다. 박정희는 공동성명 한달 뒤에 '8·3기업 사채동결령'(통칭 8·3조치)을 내렸다. 불로소득인 고리의 사채를 금지한다는 것은 사회정의 차원에서는 획기적인 의미를 지니는 것이 아닌가. 정말 헷갈리게 했다. 그해 유독 장마가 심했던 8월 한달 남북 직통전화 20회선을 가설하거나, 서울과 평양에서 번갈아가며 네 차례 남북적십자회담을 열었으니 이러다가 통일이 머지않아 이루어질 것 같은 환상이 드는 것도 무리가 아니었다. 이 모든 것은 박정희의 영구 집권용 10·17쿠데타를 준비하며 그에 반대하는 국민의 저항을 약화시키려는 노림수였다. 데모하다 제적당한 대학생들이 이력서에 고학력을 감추고 공장에 취직할 때 붙이던 '위장 취업'의 '위장'이란 말은 7·4에서 10·17에 이르는 100일간의 정책에 빗대면 꼭 들어맞는다.

구좌파(舊左派, 편의상 7·4공동성명이 나오기 전의 혁신세력을 그 이후의 민주개혁 세력과 구분하기 위한 내 자의적 표현)의 일부가 7·4 이후 박정희 지지로 돌아서면서 8·3사채동결령을 높이 평가했다. 입법부가 엄두를 내지 못한 고리 사채를 금지한 것은 자유민주주의자들에게서 기대할 수 없는 박정희의 용단이라고 했다. 하지만 60년대 중반 이후의 만연한 부패가 통제받지 않는 정치권력에서 연원한 것이므로 사채동결령의 경제적 효과는 실상 제한적일 수밖에 없었다. 큰 덩어리의 고리 사채는 권력층의 것일 개연성이 높다는 뜻이다. 그 방증 하나를 들어보자. 소설『지리산』으로 이름을 날린 작가 이병주(李炳注)가 그의 종형뻘 되는 중앙정보부 차장 이병두(李秉斗, 변호사)와 나눈 대화를 나에게 들려주었는데 재구성하면 이렇다.

"미남자(김형욱을 당시 권력 주변에서는 '미움한 남자'로 불렸는데 '미남자'는 그 약어)가 영수증도 안 써놓고 돈을 몇억씩 자꾸 가지고 가 골치 아프다."

"중정 부장은 돈 쓸 데가 많을 긴데…… 형님도 중정 차장이니 몇억 갖다 쓰면 될 거 아이오."

"와 아이라, 나도 차용증서 써주고 2억원 한 1년 썼다."

"형님, 그 돈 가지고 무얼 했는 기요. 나 술 한잔 안 사주고."

"중정 자금도 나랏돈인데 우에 술을 사 묵노. 기업체에 맡겼더니 월 4부(%)씩 쳐주두구마."

"미남자가 무기징역이면 나랏돈으로 사채놀이 한 형님은 사형감이요."

2억원을 연 48%의 높은 이자로 1년간 굴렸다면 이자 총액은 1억원에 가깝다. 조선일보 정치부 차장의 월급은 1972년 8·3조치 당시 7~8만원이었다.

'셋방' 친구에게 집 사주는 의리

언론의 자유가 압살당한 상태에서 기자가 할 일은 무엇인가. 검은 것을 검다고 쓰지 못하면 신문은 존재할 가치를 잃어버린 것이다. 그런데도 나는 버젓이 신문사에서 밥을 먹고 있었으니 기자 초년 시절 경멸했던 고참들과 결국 마찬가지 신세가 되고 말았다. 신문사를 그만두면 생계도 막막했으려니와 그보다는 세상이 '알아주는' 기자직을 버린다는 것이 부끄러운 말이지만 너무나 아쉬웠다. 글쟁이인 기자가 제구실을 못할 바에는 이참에 아예 문청 시절의 꿈이었던 소설을 써볼까 하는 생각이 들기도 했으나 '늦었다'는 느낌이 나를 지배했다. 10·17쿠데타 이후 자신의 정체성에 대해 이런저런 고민을 하던 끝에 신문사 밥을 먹는 동안만이라도 언론자유를 위해 온갖 노력을 다해보자고 마음을 다잡았다. 언론자유는 신문사의 주인이 지켜주는 것이 아님은 물론이고 정치인이 목숨을 내놓고 확보해주는 것도 아니다. 직업인으로서의 기자에게는 검은 것을 검다고 쓰는 용기와 함께 언론자유를 지키고 적극적으로는 자유로운 언론활동이 가능한 정치·사회적 환경을 조성할 책임이 있다는 뜻이다. 에밀 졸라로부터 싸르트르에 이르기까지 프랑스 지식인들이 즐겨 입에 담던 그 멋있는 말 '앙가주망'(현실참여)이 피할 수 없는 외길이 돼서 내 앞에 버티고 있었다. 지식인의 현실참여는 개개인의 총체적 결단을 통해 나오는 것이지만 의미있는 결실을 맺으려면 다수의 현실참여가 불가결의 요소다. 그래서 신문사 밖의 친구들을 더 자주 만났다.

1972년 여름 백낙청이 3년간의 미국 체류를 마치고 귀국했다. 그의 부재 중 염무웅(廉武雄, 문학평론가, 영남대 명예교수)이 계간 『창작과비평』의 편집을 맡아 수고했다. 예전 종로 수송초동학교 건너편에 위치한 신구문화사 한구석의 창비 사무실에 간혹 들르면 염무웅 또래의 문인들과 마주쳤는데 소주를 나눈 문인으로 기억나는 얼굴은 작고한 시인 조태일(趙泰一)과 소설가 이문구(李文求)다.

여기서 빼놓을 수 없는 사람이 대학 시절부터 지금까지 반세기 이상 가깝게 지내는 채현국이다. 백낙청이 미국에 가 있을 때 『창작과비평』의 제작비는 발행인이었던 신동문(辛東門, 시인, 신구문화사 상무 역임)이 꾸렸으나 편집장 염무웅은 원고료를 조변할 방법이 막막하여 자주 채현국을 찾아가 급한 불을 껐다. 채현국은 김상기와 서울대학교 철학과 동기이며 한때 문학과 연극에 뜻을 두어 공채 1기로 KBS에 입사할 만큼 예능 열정이 대단했다. 그러나 부친(채기엽, 흥국탄광 창설자)을 돕기 위해 사업에서 발을 뺄 수가 없었던 것이다.

가정 연료의 주종이 연탄이었던 60년대에 채기엽-채현국 부자의 탄광은 개인 소득세 납부액이 전국에서 열 손가락에 들 정도로 커졌다. 그는 맘에 맞는 친구들에게 밥과 술을 사주며 헤어질 때 차비를 쥐여주는 데 그치지 않고 셋방살이를 하는 친구들에게는 조그마한 집을 한채씩 사주는 파격의 인간이었다. 모두 어려운 시절의 미담이므로 나는 주저하지 않고 채현국의 도움으로 내 집을 처음 마련한 언론 종사자 넷의 이름을 들겠다. 황명걸(동아일보 해직기자, 시인), 이계익(동아일보 해직기자), 한남철(『월간중앙』 기자, 소설가), 이종구(조선일보 해직기자)가 곧 그들이다. 여기서 이름을 밝히지는 않겠으나 흥국탄광에서 일했던 친구들 중 집 장만하는 데 채현국의 신세를 진 사람은 여럿이다. 남 집 사주는 이야기를 하다 빠뜨릴 뻔했는데 집은 아니더라도 부지기수로 채현국의 신세를 진 사람이 바로 나다.

또 하나 빼놓을 수 없는 인물은 박윤배(朴潤培)다. 6·25 전쟁 중 대구 '피란 연합중학교' 동급생인 김상기·채현국의 소개로 알게 된 그는 타계하는 날까지 내가 어려움을 당할 때마다 실의하지 않도록 격려하고 도움을 준 친구다. 그의 고등학교 1년 후배인 인권변호사 홍성우(洪性宇, 한겨레신문 초대 이사, 민주사회를 위한 변호사모임 회장 역임)는 언젠가 '호협인간' 박윤배의 일면을 "경기고에서 알아주는 주먹"으로 표현했다. 하지만 박윤배는 세상에서 흔히 말하는 의협과는 전혀 다른 타입으로, 홍명희의 『임꺽정』과 『삼국지』『수호전』의 주요 장면들을 적절하게 구사하는 것은 그의 장기 가운데서는 아주 약과다. 주변에 내로라하는 독서가가 적지 않으나 클라우제비츠(K. Clausewitz)의 『전쟁론』을 읽은 사람은 박윤배 하나뿐이었다.

'박통'의 미움 산 대한일보 문닫다

1972년 12월 23일 '통일주체국민회의 대의원'이라는 이상한 직함의 사람들을 큰 체육관 같은 데 몰아넣고 단일 후보 박정희를 대통령으로 뽑게 하였으니 '주권재민'의 대한민국 헌법 조항은 사실상 사문화된 것이나 다름없었다. 이런 대통령 선출 방식은 보통선거의 4대 원리, 즉 비밀·직접·평등·자유에 정면으로 배치되는 것이므로 정치제도가 근대 이전으로 돌아간 것이다. 박정희는 단순한 독재자가 아니라 전제군주였다.

1973년 초 태평로 지금의 코리아나호텔 자리에 있던 옛 조선일보사 건물 3층 편집국에서 보통선거의 원리를 입에 담는 기자를 나는 본 적이 없다. 10·17쿠데타와 이른바 '유신헌법'이 민주주의를 명백하게 파괴한 것이므로 보통선거 원리 운운하는 것 자체가 바보처럼 비칠까봐 그랬는지 모르겠다.

그때 2년간의 일본 연수를 마치고 돌아와 편집국의 구석진 데서 심의실장이라는 찬밥 신세였던 김경환(60년대 중반 조선일보 편집국장 역임)이 나를 보자고 했다. 그는 "정치부에서는 왜 선거제도의 국제비교나 역사적 변천에 관한 해설을 쓰지 않는가"고 묻는 거였다. 내 입에서는 거의 자동적으로 "뻔한 것 아닙니까. 중정에서 못 쓰게 하니까 그렇지요"라는 대답이 나왔다. 내가 프랑스에서 돌아왔을 때 성남 광주단지 소요에 관해 누구에겐가 묻자 '뻔한 것'이라는 말을 듣고 울화가 치밀었는데 이제 내가 전임 편집국장에게 같은 표현을 쓰게 되니 실소를 금하기 어려웠다. 일류 신문은 허울뿐이고 기자들은 너나 할 것 없이 세상

되어가는 대로 따라가고 있다며 그는 혀를 찼다. 나는 "뻔한 건데 그걸 지금에야 알았나요?" 했다. '뻔한 것'이라는 말이 나오면 대화는 진전되지 못하는 법이다. 며칠 뒤 김경환은 다시 나를 보자고 했다. 그가 나를 격동시킨 데는 숨은 의도가 있었다.

한양대학교 이사장이며 대한일보 사주인 김연준(金連俊, 한양대 설립자)이 김경환에게 신문제작에 대한 전권을 줄 터이니 대한일보를 일류 신문으로 만들어달라고 간곡히 당부하더라는 것이다. 조선일보의 인기 연재물인 네칸 만화 '두꺼비'의 안의섭(安義燮) 화백, 편집부장인 조영서(曺永瑞, 시인), 그리고 나 이렇게 셋과 함께 오면 월급은 언론계에서 대우가 기중 좋은 중앙일보 수준보다 높게 해준다는 내용이다. 거기다 차장급인 나를 정치·경제·외신 담당 부국장직에 발령하되 한달 뒤에 정치부장을 겸임케 한다는 사탕발림이 있었다. 나는 즉석에서 "김연준이 대한일보를 시작한 지 10년이 넘었는데 왜 일류 신문을 못 만들었지요? 낮은 월급에 어떻게 우수한 기자가 모입니까. 김연준의 말을 곧이곧대로 믿었나요?"라고 쏘아붙였다. 침착하기로 소문난 김경환은 물러서지 않고 "신문은 사람이 만드는 겁니다. 시간을 두고 우수한 기자를 모으면 돼요. 임형이 스카우트하면 그 기자는 열명이고 스무명이고 다 '중앙' 수준의 봉급을 약속합니다"라고 했다. 열번 찍어 안 넘어가는 나무 없다는 속담대로 나는 그를 따라 대한일보로 갔다. 1965~66년 리영희와 남재희를 좌우에 거느리고 한때 조선일보를 빛냈던 김경환을 신뢰했던 것이 가장 중요한 이유다.

내가 간 지 두달 반 만에 대한일보는 문을 닫았다. 사장 김연준이 1972년 홍수 때 독자들로부터 거둔 수재의연금을 횡령·착복한 혐의로 검찰에 끌려가 심문을 받고 신문 등록을 자진 철회하는 형식을 취했다. 한국 최대의 사학(私學) 부호인 김연준이 무엇이 모자라 하찮은 규모의 수재의연금을 잘라먹었을까. '대한' 쪽 관계자들의 설명을 종합하면 각 신문사가 모집 캠페인을 벌이는 수재의연금은 일정한 금액에 이르기까지 은행에 예치해놓았다가 한꺼번에 재해대책본부에 전달하는 것이 관례다. 그런데 예치기간에 잠시 인출했다가 재예치한 것을 횡령죄로 뒤집어씌운 것은 박정희의 미움을 샀기 때문이라는 것이다. 폐간과 관련하여 흥미있는 사연이 들렸다.

육사 8기로서 베트남 파병 맹호사단장을 거쳐 수도경비사령관이 된 윤필용(尹必鏞)은 청와대 비서실장, 경호실장, 중앙정보부장과 어깨를 나란히 하는 박정희의 측근 실세로 꼽혔다. 이런 그가 박정희를 빗대 "노망 운운"한 사석의 말이 도청·보고됐다. 1973년 4월 군법회의는 육군 소장 윤필용을 일등병으로 강등시키고 징역 15년이라는 중형에

처했다. 그런데 김연준이 윤필용과 친하게 지내며 자신이 소유한 시청 앞의 프레지던트호텔 스위트룸 하나를 그에게 공짜로 빌려주었다는 것이다.

11. 유신독재하의 자유언론운동

거짓 담합 "실종 김대중 서울 귀환"

1973년 5월 대한일보의 폐간으로 나는 실업자가 됐다. 그해 여름과 초가을 몇달은 밥벌이를 못한다는 불안감보다 지긋지긋한 '허위의 공간'에서 벗어난 기분으로 날아갈 듯했다. '허위의 공작실'이라 썼다가 너무 지나치다 싶어 '허위의 공간'이라 고쳤는데 여하튼 신문사 편집국을 가리키는 것이다. 신문이 크고 중요한 사실을 외면하면 자질구레한 사안들을 보도하게 되고, 아무리 정확을 기한다 해도 사회는 진실로부터 멀어져 마침내 허위가 판을 치게 된다는 뜻이다. 정부의 발표문을 신문에 옮기는 데 국민을 의도적으로 기만할 의도로 펜대를 굴리는 기자는 별로 없을 것이다. 하지만 정부의 발표 내용에 의문을 갖고 분석·탐사·해설·논평을 하지 않을 때 신문은 국민을 속이는 집권자나 공동 정범과 아무 다를 게 없다. 이를테면 1973년 8월 김대중을 토오꾜오(東京)에서 납치·결박하여 배에 신고 왔을 때 신문들이 단순히 '동경 실종 김대중, 서울 자택 귀환'으로 표제를 달고는 만족한 것이 그 좋은 보기다. 남을 속이는 일을 장기간 반복적으로 하면 자신이 만들거나 가담한 허위를 믿게 되는 이상한 정신상태에 빠지는 법이다. 그러나 이성을 가진 인간은 자기기만에 무한정 안주하지는 못한다.

김연준이 잘 있는 사람을 실업자로 만들어 몹시 미안하다며 50만원을 김경환을 통해 전별금조로 보냈다. 두달 일하고 받은 퇴직금으로는 큰돈이다. 더구나 조선일보의 퇴직금은 까먹지 않았던 터라 당장 생계 걱정은 하지 않아도 되었다. 나는 신나게 놀러 다녔다. 앞서 말한 '파격' 채현국과 '호협' 박윤배 이외에 흥국탄광에 관계했던 친구들인 김이준·김진웅·이선휘가 실업자를 위로한답시고 만날 때마다 술을 샀다.

1년 만에 위치가 뒤바뀌어 이번에는 남재희가 나를 서울신문의 경제부장으로 오라는 거였다. 내가 조선일보를 버리고 나온 터라 그의 제의를 좋은 말로 거절한 뒤 서울경제신문의 경제부장 정태성(鄭泰成, 서울경제 편집국장, 매일 경제 주필 역임)을 천거했다. 또 한번은 조선일보 수습기자 시절 정치부 차장이었던 김인호(金寅昊, 중앙일보 편집국장, 전 주제지 사장 역임)가 대한상공회의소의 무슨 부장 자리가 비었다며 거기 갈 의향이 없느냐고 했다. 고맙다는 생각보다는 '얼마나 처량하게 보였기에' 하는 자격지심이 들어 짧게 그럴 생각이 없노라고 물리쳤다. 영어로 하자면 '노 생큐' 해야 될 일을 '노'라 했으니 어느덧 내가 사람관계에서 우를 범하는 길에 들어서 있었던 것이다.

한양대 교수가 된 리영희는 이따금 나를 불러 술을 샀는데 1차로 끝나지 않고 2차, 3차로 이어져 간혹 밤을 새우며 마셨다. 통행금지(자정에서 새벽 5시까지)가 있던 시절이라 철야로 값싸게 마실 만한 장소는 허름한 데가 아니면 안 되었는데, 그러다 한번은 일제 단속에 걸려 동대문서 유치장에 갔혔다. 통금 위반자는 다음 날 즉심에 회부되어 약식 판결을 받아야 하므로 대학교수 리영희는 자칫하면 입방아에 오를 것 같아 나는 꾀를 냈다. 유치장 담당 경관에게 다가가 현금을 주머니에 찔러주며 "저분은 교수인데 오늘 아침 학교에서 시험감독을 해야 하니 즉결에 보내지 말고 풀어달라"고 사정했다. 경관은 통금이 해제된 다음 그를 풀어주었지만 나는 끝내 즉심에 회부되어 벌금을 물고 오후에야 집에 왔다. 35년 전의 조그마한 일이 잊히지 않는 것은 집에 와 그날치 신문을 보니 '김대중 동경 실종, 서울

귀환'이라는 기사가 실렸기 때문이다.

그해 초겨울 대한일보에 같이 갔던 안의섭의 네칸 만화 '두꺼비'가 한국일보에 선을 보였다. 인기 있는 네칸 만화를 보는 독자의 수는 사설 독자의 열배라는 말이 있었는데, 그 말이 맞았던 모양이다. 당시 동아일보의 '고바우'와 쌍벽을 이루던 두꺼비를 '한국'이 탐내는 것은 정한 이치다. 치밀한 계산의 소유자 김경환은 두꺼비를 '한국'에 보내며 그 사주 장기영과 일종의 단체교섭을 벌였을 가능성이 높다. 그러지 않았다면 7~8년 전 자기에게 물불 가리지 않고 대들던 임재경을 받아들였을 리 만무하다. 1974년 1월 1일자로 나는 한국일보사 논설위원으로 발령이 났다. 김경환과 조영서도 같이 갔다.

'자유언론선언 지지' 좌절된 사설

서울 중학동의 한국일보사 사옥으로 처음 출근하던 날 아침 버스 안에서 만감이 교차했다. 곧 장기영을 만날 판이니 '이게 무슨 팔자가' 하는 탄식이 절로 나왔다. '사주께서 부총리로 계실 때 제가 철없이 날뛰었으니 너그럽게 용서해주사이다'라 해야 순서가 아닐까 하는 생각이 순간적으로 뇌리를 스쳤다. 하지만 나는 고개를 좌우로 흔들었다. '그건 안 돼! 그렇게 나가면 장기영이 나를 우습게 볼 것이고 결국은 내가 평생 후회하게 될 거야'라며 마음을 다잡았다.

한국일보사 본건물 뒤 부속건물 4층의 사주실에서 만난 장기영이 반기는 표정은 물론 아니었다. 사무적인 어조로 "임재경 씨는 경제사설도 잘 쓰고 신문 경영도 할 수 있는 사람이란 걸 내가 알아요" 했다. 지금은 어딜 가도 들어보지 못하는 서울 토박이 중인 말씨와 억양인데, 그 특유의 '난센스' 화법이다. 남대문 밖 이태원에서 태어난 그는 선린상업학교를 졸업하고 일제 때 조선은행(한국은행 전신)에 들어가 광복 뒤 한국은행 부총재까지 지낸 입지전적 인물이다. 그의 이력에서 빼놓을 수 없는 대목은 한국은행을 그만둔 1950년대 초 경영난에 허덕이던 조선일보가 그를 전문경영인(CEO)으로 초빙해서 잠시 사장으로 일했던 점인데 헤어질 때 양자의 관계가 퍽 좋지 않았다는 이야기를 조선일보에 있을 때 들었다.

내가 한국일보사에 갔을 때 홍유선(洪惟善)이 주필, 주효민(朱孝敏)이 부주필이었다. 이 둘은 까다로운 장기영의 사설 취향을 맞추며 정권의 비위를 건드리지 않는 데 이골이 나 있었다. 현역 언론인 가운데 최고령이라는 70대의 유광열(柳光烈)이 거기에 고개를 끄덕이는 모습을 보니 '나잇값을 못한다'는 말이 무색할 만큼 역겨웠다. 50대의 박동운(朴東雲), 이열모(李烈模), 조경희(趙敬姬, 한국예술문화단체총연합회 회장 역임), 김정태(金定台), 윤종현(尹宗鉉, 논설주간 역임), 40대의 김용구(金容九, 코리아타임스 편집국장 역임, 1980년 해직), 예용해(芮庸海), 정광모(鄭光謨, 한국소비자연맹 회장 역임), 이형(李馨, 1980년 해직) 등으로 다양한 성향이 뒤섞였던 점이 다른 신문과 조금 달랐다. 나는 개중에 나이가 젊고 (당시 37세) 다른 고장에서 뛰어든 몸이라 말조심으로 일관했다. 그러다가 일이 터졌는데 1974년 10월 24일 동아일보 기자들이 "신문·방송·잡지에 대한 어떠한 외부간섭도 우리의 일치된 단결로 강력하게 배제한다"는 자유언론실천선언을 들고 나왔을 때다.

김용구·이형 두 논설위원이 오전 논설회의에서 10·24 자유언론실천선언을 '절제된 형태'로나마 지지한다는 사설을 써야 한다는 주장을 폈다. 이열모·예용해와 내가 거기에 동조하자 회의 분위기는 급변해 10·24 지지론이 굳어져 마침내 사설 제목으로 채택됐다. 부대조건으로 사주나 외부 압력으로 논설회의 결정이 번복될 때는 본지(한국일보)와 자매지(서울경제신문)의 사설 및 칼럼('지평선'과 '메아리')의 집필도 거부한다는 결의를 달았다. 그러나 이런 논설회의 결정이 통할 리 만무했다. "그러면 좋다. 우리는 오늘 할일이 없으니 퇴근한다"며 김용구가 앞장서 사무실을 비우기 시작했다. 그날은 내가 서울경제신문에 사설을 쓸 차례였는데 아랑곳하지 않고 점심시간에 퇴근했다. 그러나 주필과 부주필, 그리고 유광열은 회사에 남아 사설 두 토막과 칼럼 두편을 생산하는 열성을 다해 '사설 없는 신문'이라는 자유언론의 영광스러운 흔적을 남기지 못하고 말았다. 여기서 한가지 터득한 것은 반면교사로서 유광열의 존재다. 나이가 들어 원로로 행세하려면 유광열처럼 구차스러운 처신은 안 된다는 교훈이다.

조금 되돌아가 1973년 늦은 가을 한국일보로 가기 전인가보다. 관철동 '한국기원'에서 바둑을 두는 나를 백낙청과 '호협' 박윤배가 만나러 왔다. "지금 바둑 둘 땐가. 술타령하며 입으로만 '언론자유' 하면 무얼 해? 신문이 아닌 다른 곳에 글 좀 써라" 하고 격한 목소리로 박윤배가 나를 몰아세웠다. 이어 백낙청이 "네 지식과 언변이면 『창작과비평』에 훌륭한 글을 얼마든지 쓸 수 있어"라고 거들었다. 이때 두 친구의 말은 가감 없는 우정 어린 질책이었다. 그래서 쓴 것이 『창작과비평』 1974년 봄호에 실린 200자 원고지 150장 분량의 「아랍과 이스라엘」이다. 훗날 민청학련 사건으로 교도소에 있던 유인태(柳寅泰, 국회의원, 청와대 정무수석 역임)가 이 글을 읽고 감명을 받았다고 말했을 때 두 친구의 질책을 새삼 고맙게 느꼈다.

'민주회복선언' 하자 "반성각서 쓰라"

1974년 초 긴급조치 1, 2, 3, 4호로 시작된 박정희의 철권 폭압통치가 계속된 5년 동안 나는 여러 고비 우여곡절을 겪긴 했으나 한국일보 논설위원으로 먹고살았다. 그러면서 하늘의 시험을 여러번 치렀다. 『민족경제론』으로 당대에 큰 영향을 끼친 박현채(朴玄埰, 조선대 교수 역임)가 70년대 중반 어느 자리에선가 "임형은 재주가 메준인갑네…… 다 목이 잘리는데 잘도 견디니 말이여"라 했다. 뼈가 들어 있는 이 농담에 마음이 몹시 착잡했다. 더 적극적으로 나서라는 뜻이긴 한 모양인데 신문사를 박차고 나가면 뱃속은 편할지 몰라도 그것만이 능사가 아닐 것 같은 생각이 들었다. 몸은 제도권 안에 두고 있었으나 마음은 이미 제도권 밖으로 나돈 지 오래다. 굳이 내가 나서서 할 일을 찾을 것까지 없었다.

첫번째 시험은 1974년 11월 민주회복국민회의의 '민주회복국민선언'이다. 민주회복국민회의를 구상하고 조직한 사람은 김정남(金正男, 평화신문 편집국장, 청와대 교육문화수석비서관 역임)인데 6·3세대인 그와는 60년대 후반부터 안면이 있었으나 술자리를 처음 같이한 것은 백낙청이 미국에 갔다 돌아온 뒤 1972년 겨울 『창작과비평』 사무실 주변에서다. 민주회복국민선언에 참여하라는 그의 제의를 응낙하면서 선언문을 보자고 하지는 않았으나 어떤 사람들이 참여하느냐고 물었다. "친구 따라 강남 간다"는 말이 있듯이, 리영희와 백낙청이 한다면 좋다고 했다. 그리고 며칠 뒤 민주회복국민선언 대회가 열리는 종로5가 기독교회관에 갔다. 거기서 나누어주는 선언문 내용을 보니 '유신헌법은 최단시일 안에 합리적 절차를 거쳐 민주헌법으로 대체되어야 한다'는 구절이 있어 조금 놀라긴 했지만 엎질러진 물이었다. 그날 오후 서울신문 편집국장 남재희가 전화를 걸어 "이제 발벗고 나섰군. 최초의 현실참여를 축하하는 뜻에서 기념 될 만한 사진 한장을 주지" 하는 거였다. 그 사진은 앞자리의 저명인사들이 아니라 뒷줄에 앉아 있었던 함세웅(咸世雄, 정의구현사제단 대표, 민주화운동기념사업회 이사장 역임), 홍성우, 김윤수(金潤洙, 영남대 교수, 국립현대미술관장 역임), 그리고 내 얼굴이 담긴 것이다. 기자가 찍은 그 보도용 사진을 잘 간직한답시고 어떤 책갈피에 끼워놓았다가 안타깝게도 못 찾고 있다.

민주회복국민선언이 유신헌법의 비판은 물론이고 헌법에 관한 논의 자체를 금지한 긴급조치 1호(1974년 1월)에 도전했으니 박정희가 가만있었을 리 없다. 선언이 나간 며칠 뒤 장기영이 자기 방으로 나를 불렀다. "정치활동을 하는 모양인데 신문사에 있는 사람은 그러면 안 돼요. 앞으로 그런 것 안 하겠다는 각서를 써요"라 했다. 사주의 요구에 비굴하게 응하면 끝장이란 판단이 서 민주회복국민선언은 언론자유 보장을 중요 내용으로 담고 있으며 한달 전에 동아일보 기자들이 '자유언론실천선언'을 낼 정도로 언론상황이 긴박하다는 일반론을 폈다. 어안이 벙벙한지 그는 육중한 몸을 일으켜 세우며 "임재경 씨! 그런 식으로 말하면 안 돼요. 거기 이름이 들어 있는 중앙일보 홍사중(洪思重, 중앙일보·조선일보 논설위원 역임)이란 사람은 이미 각서를 썼어요. 중정에서는 당신을 내보내라는 건데 내가 책임지고 타일러 다시는 그런 짓 안 하겠다는 각서를 받겠다고 약속했어요"라 하였다. 나도 물러서지 않았다. "사표를 내는 한이 있더라도 각서는 쓸 수 없습니다. 논설위원 주제에 언론자유를 주장하고 나서 다시 그런 짓 안 하겠다는 각서를 쓰면 어떻게 정론을 펼 수 있나요. 그리고 장 사주가 저를 어떻게 보시겠습니까"라고 말했다. 그는 뒷짐을 지고 뱉듯이 "집에 가 부인하고 의논을 해보고 내일 다시 오세요" 하고는 말을 맺었다. 아내에게는 미안한 일이지만 나는 밖에서 벌어지는 험한 일들을 일절 집에서 안 꺼내는 주의다.

다음 날 장 사주 방에 다시 가니 그는 전날보다 다소 기분이 가라앉은 상태였다. 나는 거짓말을 했다. "제 처도 저와 같은 생각입니다. 사표를 써왔습니다"라고 말했다. 그는 손을 저으며 "사표를 내라는 뜻이 아니에요"라 했다. 자유당 정권 말기 회사 경영이 어려울 때 경무대(지금의 청와대)의 안희경 비서관이 단둘이만 알기로 하고 수천만환을 지원하겠다는 제의를 했으나 세상에 비밀이란 것은 없다고 생각하여 그 제의를 사절했다는 의외의 과거사를 꺼내는 거였다. "임재경 씨의 각서를 받아 금고에 보관했다고 중정에 말할 테니 그리 아세요"라며 거짓말을 하겠다는 그에게 나는 "감사합니다"라 답했다. 민주회복국민선언에 참여했던 백낙청은 1974년 12월 '교육공무원법 위반'이란 구실로 서울대 교수직에서 파면되었다.

긴급조치가 부른 '노·장·청 결합'

1975년 3월 조선일보 자유언론투쟁과 이를 주도한 기자들을 무더기로 해고한 '3·6사태'가 내게 걸렸던 두번째 시험이다. 조선자유언론수호투쟁위원회(조선투위, 조투)의 주동 인물로 꼽히는 박범진·백기범·신홍범·정태기·성한표 등은 나이와 언론계 입문이 나보다 4~5년 늦다. 하지만 그들은 6·3세대인 터라 현실인식과 실천 면에서는 문청 출신인 나보다 앞서면 앞섰지 결코 뒤지지 않았다. 어쨌든 내가 이들과 조선일보 재직 중 가깝게 지낸 것은 숨길 수 없는 사실이다.

그런데 조선일보가 3·6사태 직후 그 지면을 통해 '외부인들의 사주·선동' 운운한 것은 70년대의 자유언론운동 전체에 대한 모독이며 나아가 조선일보 전 역사를 통해 간간이나마 분출된 진실보도 노력에 침을 뱉는 자해행위나 마찬가지다. 반세기 가까운 언론 경험을 되돌아볼 때 돈의 유혹을 뿌리치지 못해 기사를 쓰지 않거나 왜곡하는 사례들은 눈에 띄었어도 기자들이 다른 사람의 꼬임이나 선동에 넘어가 언론자유를 주장하는 예는 본 적이 없다. 조선일보, 동아일보, 한국일보 등 60년대에 영향력 있던 신문에 발은 디딘 기자들은 지적 수준이 높은 편이며 사리 판단에 어수룩하기보다는 영악한 사람들이다. 그러므로 외부는 고사하고 다른 매체 종사자의 장단에 놀아났다는 것은 어림없는 소리다.

'선동'인지 '압력'인지 분간하기 어려운 짓을 나는 딱 한번 했다. 조선일보에서 1파, 2파, 3파로 대량해고가 진행되는 중에 신문 제작에 참여하던 정치부 차장(청와대 출입) 이종구에게 전화를 걸어 "너 지금 뭘 하고 있는 거야" 하고 소리를 지른 것이 그거다. 그러나 대학 시절부터 절친했던 이종구가 내 전화를 선동으로 받아들였다고는 절대 믿지 않는다. 압력? 언짢은 말을 서슴없이 하는 것이 진짜 우정 아닌가. 그는 내 전화를 받지 않았어도 해직기자 그룹에 틀림없이 합류했을 터이다.

조선투위의 자유언론 활동을 이야기할 때 안줏감으로 자주 오르는 것이 이른바 '한성여관' 사건이다. 해직기자들이 밤샘농성을 하던 곳으로 조선일보 사옥 뒷골목에 있던 여관이다. 그 어름 저녁나절 소주 한 상자를 들고 시인 김지하(金芝河)와 같이 거길 갔다가 때마침 조선일보 방우영 사장과 맞닥뜨렸다. 그날 한성여관의 나는 관극자가 아니라 무대에 오른 배우와 비슷한 행위자(액터)였다. 거기서 벌어진 장면은 무대에 섰던 쪽이 아닌 관찰자들이 말해야 신빙성이 있을 것이므로 여기서는 쓰지 않겠다.

긴급조치 시대 민주화운동의 핵심과 주축이 어느 분야였나를 가리는 것은 생각처럼 그리 쉽지 않다. 주축과 핵심이 따로 있는 게 아니라 다양한 분야, 다양한 직종, 다양한 연령층이 어울렸다고 해야 옳다. 안온한 세월이었으면 일생을 두고 서로 마주치지 못했을 사람들, 이를테면 변호사·목사·신부·여성운동가·노동운동가·농민운동가·대학교수·해직언론인 들이 서로 사귈 수 있었으니 말이다. 나보다 스무살 연장인 변호사와 목사가 있는가 하면, 스무살 연하 제적학생도 있었으니 중국 문화대혁명 시대 구호의 하나인 '노장청(老壯靑) 결합'을 긴급조치가 유도한 이상한 꼴이 되었다. '민청학련' '5·22사건'(1975년 서울대 김상진 열사 추모집회)을 비롯한 각종 학생운동에 참여했던 20대 초의 젊은이들이 안정적인 일자리를 얻는 것을 박정희의 중앙정보부가 기를 쓰고 방해했던 까닭에 '초록은 동색'이라 그들이 직장을 잃은 조선투위, 동아자유언론수호투쟁위원회(동아투위, 동투) 형님들과 인연을 맺는 것은 자연의 섭리라 할 것이다.

인연의 매개물은 책을 만드는 일이었다. '창작과비평사'를 해직교수 백낙청이 손수 경영하면서 동아투위의 이종욱(李宗郁, 시인, 한겨레신문 문화부장·논설위원 역임)에게 편집 일을 맡긴 이후 '75년' 해직기자들 자신이 직접 출판사를 경영하기 시작했다. 동아투위의 김언호(金彦鎬)가 만든 '한길사'에서 민청학련 출신의 김학민(金學民, 사학재단 이사장 역임)이 편집부장으로 일했고, 조선투위의 정태기가 차린 '두레'에서 정성현(鄭聖鉉, 출판사 청년사 사장)이 편집 일을 했으며, 동아투위 권근술(權根述, 한겨레신문 편집위원장·논설주간·대표이사 역임)과 조선투위 최병진(崔秉珍)이 함께 만든 '청람'에서 백영서(白永瑞, 연세대 교수, 『창작과비평』 주간)가 편집 일을 한 것 등이 대표적인 사례다. 그러다가 이제는 통칭 제적학생들이 출판에 손을 댔는데 이를테면 '풀빛'의 나병식(羅炳湜, 민주화운동기념사업회 상무이사 역임), '형성사'의 이호웅(李浩雄, 국회의원 역임), '광민사'('동녘'의 전신)의 이태복(李泰馥, 보건복지부장관 역임)이 곧 그들이다.

민주인사 '집회장' 된 리영희 재판

1972년의 '10월유신' 쿠데타에서 7년 뒤인 79년 10월 26일 박정희가 중앙정보부장 김재규의 저격으로 피살되기까지 문인·언론인·대학교수·성직자·노동자·농민·대학생 들이 겪은 수난의 실상들은 김정남의 『진실, 광장에 서다』(창비 2005)에 아주 감동적으로, 그리고 소상하게 서술돼 있다. 그러므로 후세의 사가들이 이 기간의 역사를 정리하는 데 김정남의 책은 빼놓을 수 없는 길잡이가 될 것이다. 일제하의 한국현대사를 다루면서 국사학계의 주류로 자처하는 사람들이 조선총독부 경무부의 첩보 문건, 검찰 취조기록, 그리고 신문철을 중요 사료로 삼는 오류를 범했다. 통탄스러운 일은 주권을 되찾은 이 나라에서조차 형사 공문서와 신문들은 이 기간의 민주화운동과 관련하여 터무니없는 왜곡·날조를 일삼았던 터라 자칫하면 같은 오류를 범하지 않을까 걱정이다. 진실을 추구하는 기자들을 추방한 다음에는 그 죄업이 두고두고 남아 역사를 기록하는 데까지 미친다.

막 가정을 꾸렸거나 결혼을 목전에 둔 20대 말에서 30대 중반 해직기자들에게는 생계가 당장 큰 문제였다. 그들에게 일자리를 마련해주고자 동분서주했고, 출판사(창작과비평사) 번역 일을 주선한 적이 있으나 안정적인 직업이 아닌 것은 두말할 필요도 없다. 주말을 이용하여 해직기자들과 산에 올라가 큰소리로 떠드는 것이 낙이라면 낙이었는데, 학생시절부터 등산가로 소문난 조선투위의 백기범이 늘 앞장섰다. 1975년 8월 중순 더위가 한창일 때 리영희·이호철·나 셋이 원주 치악산 정상에 오른 적이 있다. 그런데 공교롭게도 바로 이날 박정희의 눈엣가시였던 장준하(張俊河, 『사상계』발행인, 국회의원 역임)가 산행 중 의문의 죽음을 당했다. 그날 밤 서울에 돌아와 그를 기리며 술을 퍼마셨다.

원주는 70년대 민주화운동의 메카로 일컬어지던 곳으로, 리영희는 나를 이끌고 여러번 거길 갔다. 청아한 인품에다 짓밟히는 사람들에 대한 무한한 애정을 지니고 고향을 지키던 장일순(張壹淳, 한살림 운동을 이끈 생명운동가)과 가톨릭 원주교구장 지학순(池學淳) 주교를 만나기 위해서였다. 또 옥중에 있던 김지하의 원주 본가를 찾아가 부친께 술대접을 한 때도 있었다.

그런 리영희가 1977년 11월 그의 편역서 『8억인과의 대화』(창작과비평사)에서 반공법을 위반했다는 혐의로 구속되고 발행자 백낙청이 불구속 기소되었으니 나도 머지않았다는 느낌이 번뜩 들었다. 리영희가 구속된 지 며칠 뒤 한국일보를 담당한다는 중정 요원이 나를 찾아와 리영희와의 교분관계를 물어와 "당신은 신문사에 출입하며 '협조'를 요망하는 사람 아니냐"며 역정을 냈다. 리영희의 재판에는 법정대리인으로 이돈명(李敦明, 한겨레신문 초대 이사 역임), 조준희(趙準熙, 민주사회를 위한 변호사모임 회장, 한겨레신문 자문위원장 역임), 홍성우, 황인철(黃仁喆, 한겨레 초대 감사 역임) 등 제1세대 인권변호사들을 망라함으로써 법정을 압도하는 장관을 이뤘다. 그뿐 아니라 재판이 있을 때마다 방청석에는 재야 민주화운동 관련 인사들이 운집했는데, 지금 선명하게 떠오르는 여성의 얼굴은 박형규(朴炯圭, 민주화운동기념사업회 이사장 역임, 남북평화재단 이사장) 목사의 부인과 투옥 중이던 김지하 시인의 모친, 그리고 이화여대 교수 이효재(李効再, 한겨레신문 초대 이사 역임)다. 재판 방청인들 가운데서 빼놓을 수 없는 것은 민청학련 사건과 5·22사건으로 투옥되었다가 석방된 통칭 제적생들이며, 그때 거기서 알게 된 후 지금껏 반갑게 만나는 사람이 이명준(李明俊, 6월민주항쟁계승사업회 상임이사 역임), 임진택(林賑澤, 연출가), 김정환(金正煥, 시인)이다.

'화불단행(禍不單行, 재앙은 번번히 겹쳐 온다)'이라는 넉자 고사대로 리영희가 구속된 지 한달쯤 뒤 모친상을 당했다. 외아들인 그인지라 어머니의 장례를 치르도록 며칠 동안의 가출소를 변호인들이 검찰에 간청했으나 끝내 묵살되어 결국 상주 없는 장례를 치렀다. 그러나 상주 없는 영구가 출상하던 겨울날 아침, 화양동 그의 집에는 200명 가까운 조문객들이 모였던 것이다. 덕불고(德不孤)라는 말에

'의불고(義不孤, 의로운 사람은 외롭지 않다)'를 보태야 옳다.

유신정권 '아첨명단' 작성합니까?

긴급조치 시대에 언론매체 종사자들은 숨을 죽이긴 했으나 다른 마음만 먹지 않으면 큰 불편 없이 살았다. 주말마다 푸른 잔디밭에 나가 골프채를 휘두르는 언론 종사자가 훨씬 많아졌다. 유력 신문의 편집 간부들이 요정과 살롱에서 비싼 술을 얻어 마시는 풍조는 60년 중반보다 더하면 더했지 나아진 것이 없었다. 1978년 6월에는 현대건설이 관계와 언론계 유력자 수십명에게 환심을 사고자 아파트 분양권(입주권)을 나누어준 사실이 밝혀져 세상을 놀라게 했다.

리영희가 투옥되고 박정희가 피살되는 1979년 10·26 때까지 2년 동안 다른 매체는 고사하고 한국일보의 논설위원실 동료들과도 별반 어울리지 않았다. 그럴 마음이 내키지 않았기 때문이다. 나보다 10년 이상 나이 많은 여성 논설위원 조경희는 한국일보사 4층에서 엘리베이터를 기다리던 중 이런 농담을 던지는 거였다. "임 선생은 도무지 말이 없어…… 명단 작성하는 거 아냐?" '당신이 박정희의 종말을 손꼽아 기다리며 누가 박정희 체제에 아첨하는가를 살피는 것을 나는 알지' 하는 거라고 나는 풀이했다. 그는 6·25 전에 언론에 발을 디딘 고참 중의 고참이다.

계간 『창작과비평』(1978년 겨울호)에 발표한 긴 글 「한국경제의 독점적 성격」이 제적생뿐만 아니라 그 윗세대의 '반체제' 인사들에게서 호평을 받은 일은 기쁨과 동시에 부담으로 이어졌다. 60년대에 혁신운동으로 옥고를 치른 박중기(朴重基, 추모연대 이사장)로부터 "임형의 창비 글은 현채의 글보다 이해하기 쉬워 좋더라"는 말을 듣고 내가 앞으로 그런 기대를 계속 충족시킬 수 있을는지 마음이 무거웠다. 당시 한국은행에 재직 중이던 안평수(安平洙, 1980년 한국일보 해직기자 신연숙의 남편)는 아예 "한국의 독점기업과 군수산업의 연관에 대해서는 언제 본격적인 글을 쓰는 겁니까"라고 물었다.

그즈음 초면인 한국노동조합총연맹(한국노총)의 조직부장 천영세(千永世, 국회의원, 민주노동당 대표 역임)가 위스키 두 병을 사 들고 한국일보사로 나를 찾아왔다. 동일방직 여성 노동자들에 대한 폭행(똥물 투척 사건)을 비롯하여 노동운동 전반에 대한 탄압이 극에 달한 실정을 토로하며 각계의 의견을 듣고자 하니 언론계를 대표하여 꼭 참석해달라는 주문이다. 경제 기사와 논평을 비교적 오래 쓰긴 했지만 노동운동가들을 마주 대하여 노동자의 현실적 과제를 논의하는 것이 처음일뿐더러 내 체질상 '노조문제는 아닌데' 하는 망설임이 앞섰다. 그러나 현역 언론인 가운데서 나

말고 나갈 사람이 없다면 할 수 없지 하며 여의도 노총회
관에 갔다. 그 자리에 나온 사람들, 김윤환(金潤煥, 고려대 노
동문제연구소 소장 역임), 신인령(辛仁羚, 이화여대 총장 역임), 조
화순(趙和順, 목사, 인천도시산업선교회 총무 역임, 남북평화재단 이
사)은 입을 모아 박정희 정권의 노동자 권익 침해를 규탄했
다. 현실비판과 대안제시에 앞장서야 할 언론인이 정보 부
족에다 노동문제 고민을 많이 안 한 탓으로 이날 모임에서
는 죽을 쑤었다는 기억만 남아 있다. 아무튼 노총 토론회
이후 화학노련 대의원총회 등 여러 곳에 나가 시국강연 비
슷한 것을 여러번 했는데, 이로써 중정의 '반체제 점수'는
착실하게 올랐을 것이다.

또한 개신교 진보 쪽에서의 접촉도 늘어났다. 어머니가
평안북도 영변의 미션계 '숭덕학교'에서 세례를 받은 기
독교 신자인 터라 나는 어린 시절 주일학교에 몇해 다닌
적은 있다. 그러나 나이 들면서 교회에 나가지 않은 것은
물론이고 기독교 신자들의 위선적 언행을 싫어하다 못해
증오했다. 문청 시절에는 기독교 하면 무조건 고개를 흔들
어, 실존주의 철학자 가운데서 유독 싸르트르를 좋아했던
것은 그가 무신론으로 분류되었던 때문이 아닌가 싶다. 하
지만 70년대 중반 이후 간간이 만난 '반박정희 크리스천'
은 내가 생각했던 위선적인 면이 안 보여 '저런 모습 자체
가 위선 아닌가' 하는 생각이 들 정도였다. 한국기독교교

회협의회(KNCC)의 간사 손학규(孫鶴圭, 통합민주당 대표 역임)가 1979년 초 종로 서울 YMCA 강당에서 교계의 영향력 있는 인사 20명을 상대로 한국경제의 실정에 관한 강연을 해달라고 하여 쾌히 응했다. 그 자리에는 김관석(金觀錫, 목사, 기독교방송 사장 역임), 박형규(목사), 강문규(姜汶奎, 한국YMCA전국연맹 사무총장 역임, 우리민족서로돕기운동 상임대표 역임), 한완상(韓完相, 서울대 명예교수, 대한적십자사 총재 역임) 등이 나와 있었는데 두시간으로 잡았던 강연은 질문이 하도 많이 쏟아져 다섯시간으로 길어졌다. 그 모임 이후 강연 주문은 크리스찬 아카데미, 기독교사회문제연구원(기사연), 기독자교수협의회 등으로 번져나갔다.

"박정희, 살아선 청와대 안 뜰 거요"

긴급조치 말기 개신교 쪽의 젊은 활동가들이 왜 그렇게 나를 끌어내려고 애썼는지 기회가 닿으면 그들에게 직접 물어봐야겠다. 한국기독학생총연맹(KSCF) 총무 안재웅(安載雄, 함께일하는재단 상임이사 역임), 손학규와 그의 영국 유학으로 후임이 된 KNCC 교회와사회위원회(교사위) 간사 최혁배(崔赫培, 뉴욕에서 변호사 개업 중), 기사연 간사 이미경(李美卿, 국회의원, 국회문광위원장 역임), 빈민선교 운동가 박종열

(朴鍾烈, KSCF 총무 역임, 남북평화재단 경인본부 공동대표), KSCF 간사 정상복(鄭相福, 순례자교회 목사), 『기독교사상』 여성기자 박영주(잠실교회 목사) 등과 여러번 만났다. 한결같이 그들이 짜놓은 간담회, 좌담회, 강연 모임에 나와 '좋은 말'을 해달라는 부탁이었는데, '좋은 말'이란 박정희 유신체제에 대한 비판이고 모임은 비공개였다. 그들의 주선으로 더러는 인권상황에 관심을 갖고 한국을 방문한 외국인 변호사와 선교사를 만난 적도 있었으므로 그때 신문 표현대로 하면 나는 어김없는 '반체제 활동' 중이었다. 스스로 겁이 많은 사람으로 여기는데 그 서슬 퍼런 시절 어쩌다 개신교 쪽에 겁 없는 사람으로 비쳤는지 귀신이 곡할 노릇이다.

솔직하게 말해서 마음 편한 사람은 역시 해직기자, 해직 교수, 그리고 『창작과비평』 주변에 모이는 문인들이었다. 같은 먹물이니까. '창비' 사무실은 한국일보사 뒷골목, 지금은 헐렸지만 연합통신 입구에 있어서 심심하면 거길 들렀다. 해직교수 백낙청은 계간지 외에도 단행본 출판을 하는 터라 편집과 경영 업무에 시달리는 바람에 술판은 되도록 피했다.

창비 말고 근방에 내가 자주 들르던 곳은 종로1가에 무역회사(홍국통상)를 차린 '파격' 채현국, '호협' 박윤배의 사무실이다. 두 사람은 오랜 친구 셋, 이계익·이종구·황명걸의 딱한 사정을 잘 아는 터라 해직기자라면 누굴 만나도 으레 밥과 술을 사주었다. '동아' 해직기자 양한수는 몇해,

'조선' 해직기자 문창석은 몇달 그 무역회사에서 일도 했다. 청진동에는 동아투위 사무실과 자유실천문인협의회(한국작가회의 전신) 맹렬회원인 소설가 천승세(千勝世)가 연일석기원이 있어 저녁나절이면 자연스럽게 근방(수송동과 청진동 일대) 술집으로 '몰지각한 지식인'(유신체제를 반대하는 지식인을 깎아내리려는 의도로 박정희가 붙인 표현)이 모이는 거였다. 거기서 새로 사귄 친구들은 건축가 조건영(曹建永, 한겨레신문 공덕동 사옥 설계자), 미술평론가 최민(崔旻, 시인, 한국예술종합학교 명예교수), 미술가 김용태(金勇泰, 한국민족예술인총연합 회장 역임), 민속학자 박현수(朴賢洙, 영남대 명예교수), 미술가 김정헌(金正憲, 한국문화예술위원회 위원장 역임), 미술사학자 유홍준(兪弘濬, 문화재청장 역임, 명지대 석좌교수)인데 모두 나보다 열 살쯤 아래다.

인연이란 참으로 기묘한 것이어서 광주 사람 조건영이 아니었더라면 광주 출신의 중요한 반유신 언론인 둘, 즉 김태홍(金泰弘, 한국기자협회 회장, 민주언론운동협의회 2대 사무국장, 국회의원 역임)과 박정삼(朴丁三, 한국일보 노조 사무국장, 국민일보 사장, 국가정보원 차장 역임)을 훨씬 뒤에 알게 되어 데면데면한 관계로 그쳤을지 모른다. 술자리에서 걸쭉한 입담으로 좌중을 웃기는 김태홍에게 "입으로만 그러지 말고 기자협회 회장 같은 일을 해보라"고 내가 호통을 쳐 얼마 뒤 한국기자협회 회장 선거에 출마하게 되었노라고 언젠가 그가 실토했다. 김태홍의 말이 사실이라면 그 공의 반은 조건영에게 돌아가야 한다.

긴급조치 시절 나와 비슷한 나이거나 조금 위 문인들이 자주 모이던 곳은 관철동의 한국기원이다. 신동문, 민병산(閔炳山, 문필가), 신경림, 황명걸, 구중서(具仲書, 문학평론가), 방영웅(方榮雄, 소설가) 등인데, 출석 성적으로 하면 민병산 개근상, 황명걸 정근상 감이다. 1979년 10월 26일 박정희가 피살되던 날 오후, 거기서 해직교수 염무웅과 바둑을 한두 판을 두고 술을 마시러 막 층계를 내려가려는데 박종태(朴鍾泰, 국회의원 역임)와 마주쳤다. 공화당 의원으로 박정희의 '삼선개헌'에 반대해 낭인 생활을 하고 있었던 그는 생맥주를 사겠다며 종각 뒤의 호프집으로 우리를 데려가 회고담을 들려줬다.

"11년 전(1968) 청와대에 불려가 '삼선개헌은 각하와 국민이 모두 불행해질 것이므로 거두시라' 했더니 분김에 얼굴빛이 달라져요. 하도 분위기가 어색해 나도 모르게 탁자 위에 놓인 담뱃갑에 손이 갑디다. 대통령 앞에서는 절대 금연인데, 그는 라이터를 켜서 불을 대주며 부들부들 떨어요…… 두고 보시오. 박정희는 절대 살아서 청와대를 떠나지 않을 테니……."

그 이튿날 새벽 4시 백낙청이 내 집으로 전화를 했다. 박정희에게 유고가 발생했다는 방송이 나온다는 거였다.

12. 전두환 정권하의 언론

'결혼위장 집회' 짓밟은 79년 겨울

헤겔의 말을 인용하거니와 인간의 상상력은 현실에 미치지 못한다. 헌법을 종잇장처럼 구기기를 일삼고 그의 친위무장부대(차지철의 경호실 및 수경사)가 하늘을 찌를 듯 위세등등했던 철옹성, 청와대 안의 박정희가 그처럼 쉽게 갈 줄은 정말 몰랐다. 외근기자 시절 주변으로부터 상상이 너무 앞질러나간다는 핀잔을 가끔 들었던 터라 공상소설 같은 10·26을 보고는 '기자 노릇 헛했다'는 자탄이 절로 나왔다. 시중드는 젊은 여성을 옆에 앉히고 영국산 고급 위스키(시바스 리갈)를 마시다 비밀경찰(중앙정보부)의 우두머리가 쏜 총알을 맞아 죽은 최후의 장면은 만화책의 한 페이지나 다름없다. 하지만 크게 보면 동학농민혁명에서 4·19혁명에 이르기까지 100년 동안 면면히 이어진 우리 민중의 힘을 너무나 깔본 결과로 빚어진 것이 박정희의 피살이다. 그의 대통령 재임 중 재판의 형식을 빌린 이른바 '사법 살인'이 심심찮게 있었던 사례에 견준다면 살인자 김재규(金載圭)의 결행은 당당하다 해야 옳다. 인권 변호사 강신옥(姜信玉)이 열렬하게 주창한 김재규 구명운동에 나도 이름을 넣었다. 인간 김재규를 의인으로 만드는 데는 생각을 조금 달리하나 유신독재를 끝내는 과정에 치러야 했을 희생을 최소화했던 김재규의 거사를 나는 평가했기 때문이다.

절대 권력자의 퇴장으로 말미암아 일시적인 정치 공백과 혼란이 발생하는 것은 불가피하며 동시에 자연스러운 귀결이다. 그런데 대통령 권한대행인 국무총리 최규하(崔圭夏)는 박정희가 애용하던 계엄령으로 정치적 지도력을 유지하려 했으니 될 법이나 한 소린가? 직업 외교관 출신인데다 이심(異心)을 품지 않을 사람으로 꼽혀 국무총리직에 임명된 됨됨이라 위기관리 능력과는 애시당초 무관한 존재였다. 계엄사령관(육군참모총장) 휘하의 '합동수사본부장'직을 차고앉은 보안사령관 전두환(全斗煥)과 그의 영관급 부하들이 '12·12 쿠데타'를 일으킨 경과는 잘 알려진 이야기다. 정치 공백을 틈타 정권을 잡는 방식은 역사상 흔히 있는 일이긴 하나, 1979년 겨울의 12·12쿠데타를 막지 못한 가장 큰 책임은 최규하에게 돌아간다. 이 글을 쓰면서, 중요한 시기에 막중한 위치에 섰던 사람들이 회고록을 남기지 않는 한국의 이상한 관습을 몹시 답답하게 느꼈다. 보복이 두려워 살아 있는 동안 발설하지 못했다면 사후 공개 조건으로라도 진실을 밝히고 자신의 잘못을 후손들이 되풀이하지 않도록 해야 할 것 아닌가. 조선조의 당쟁-보복(삼족지멸)과 해방 후의 좌우 싸움-보복(테러) 악습이 회고록 부재의 원인이지 않을까 생각했다.

어찌 되었든 간에 긴급조치를 놔두고 계엄령을 편 상태에서 박정희 체제를 청산하는 과정을 밟겠다는 것은 어불성설이다. 최규하는 거기다 유신헌법에 따라 체육관에 통일주체국민회의 대의원들을 모아놓고 자신을 대통령으로 뽑아달라 했으니 국민이 반대할 것은 불을 보듯 환한 일이다. 박정희 없는 유신체제 존속에 거세게 도전한 것이 저 유명한 'YWCA 위장결혼 사건'(1979.11.24)이다. 1979년 11월 중순 『씨올의소리』 편집장 최민화(崔敏和, 환경관리공단 감사 역임)가 전단처럼 만들어진 결혼 청첩장을 내게 주면서 꼭 참석해달라는 거였다. 신랑은 제적학생 모임인 민주청년운동협의회(민청협)의 활동가 홍성엽(洪性燁), 주례는 삼선개헌 반대로 이름난 박종태로 인쇄돼 있었다. 집회·시위가 금지된 상황에서 계엄 당국의 통제를 벗어나 일정한 시각 서울 도심(명동 전국 YWCA 회관)에 반유신체제 인사들을 결집하는 비상수단이었던 것이다. 결혼식을 위장한 이 집회에서 통일주최국민회의 대의원에 의한 대통령 선출을 반대하는 한편 새로운 민주정부 수립까지의 과도기를 관리할 거국 민주내각 구성을 촉구하였다. 결혼식 아닌 이 결혼식에 나는 가지 못했으나 거기 참석했던 100여명이 보안사에 붙들려가 야만적인 구타를 당했다. 참석자 가운데 내가 잘 아는 통일운동가 백기완(白基玩, 통일문제연구소 소장)은 1974년 긴급조치 위반사건 이후 정보기관의 미움을 산 터라 기관원들로부터 필설로 다할 수 없는 의도적 가혹행위를 당해 그 후유증에 아직 시달리고 있다. 위장결혼식 사건 이후 전두환의 집권 길을 열어주는 대통령에 최규하가 선출(12.6)되었다. 그러고 나서 6일 후에 12·12쿠데타가 일어난 것이다.

그해 12월 민주화운동 진영의 각종 연말 모임이 유난히 많았고 가는 곳마다 즐거운 분위기였다. 나는 한국일보에 들어간 이후 처음으로 '한국일보 노동조합' 송년모임에 나갔는데 그들은 감상적인 사춘기의 젊은이들처럼 노래를 불러댔다. 해방 직후 초등학교 시절 지겹게 듣다 완전히 잊어버린 "어둡고 괴로워라 밤이 길더니~"로 시작되는 노래가 나왔다. 좀처럼 공개석상에서 흥얼대지 않는 나 역시 일어나 한 곡조 부르지 않을 수 없었다. "기미년 3월 1일~"로 시작하는 3·1절 노래였다.

남영동으로 끌려간 '언론자유'

12·12쿠데타로 이른바 '군부 실세'로 등장한 전두환이 언론에 폭압을 가한 것은 정권 장악을 위한 예정된 순서였다. 언론이 제 구실을 했다면 1인당 국민소득이 1만달러, 문자 해득 수준이 95%, 고등학교 졸업자 비율 80%의 나라에서 보안부대장이 대통령이 되려는 것은 글자 그대로 백일몽이다.

1980년 2월 경향신문 기자들이 "동아·조선 투위 기자들의 전원 복직"을 요구하는 성명을 낸 데 이어 3월 기자협회장에 선출된 김태홍은 '편집권 독립과 외부의 간섭 배격'을 협회의 3대 과제의 하나로 명시했다. 박정희는 갔으나 그를 떠받드는 세력의 계엄령이 용을 쓰는 상태에서 오랜만에 듣는 자유언론의 소리였다. 그러나 편집권 독립과 외부간섭 배격은 원론적 과제로는 나무랄 데 없는 것이지만 군부의 사전 검열이 시행되는 한에서는 염불을 외는 것이나 마찬가지다. 전두환은 계엄령을 빙자하여 보안사 안에 '언론대책반'을 만들었으며 그 책임자 육군 준위 이상재(李相宰, 민정당 사무차장, 국회의원 역임)가 서울시청에 사무실을 차려놓고 신문·방송사의 편집부장(혹은 그 대리)이 가져오는 대장(인쇄 직전의 신문조판 형태)과 원고에 '가(可)' 또는 '부(否)'를 표시하는 고무도장을 찍었다. 이를테면 앞서 말한 수백명의 민주인사들이 명동 YWCA 강당에 모여 채택한 성명 내용(통일주체국민회의를 통한 대통령선거 반대, 거국적 과도 민주내각을 통한 민주헌정 이행)은 '보도 불가'였고, 단지 위장결혼식을 열어 계엄령을 위반했다는 계엄사의 발표문만을 신문들은 실었던 것이다. 그런 까닭에 당시의 신문철을 아무리 뒤져봐도 민주화를 열망하는 국민의 생각과 행동은 알 길이 없다.

1980년 4월 말인가 5월 초 기자협회가 주최한 개정 헌법의 언론 조항 삽입 문제와 관련한 공청회에 나갔다가 기자협회장 김태홍을 만났다. 술 좋아하고 입심 좋기로 소문난 기자 김태홍은 몹시 지쳐 있었다. "내 모든 것을 걸고 계엄사의 언론 사전 검열을 거부하는 운동을 벌일 수밖에 없다"는 비장한 각오를 비치는 거였다. 모든 것을 걸겠다는 사람에게 '그것 참 잘했다'거나 아니면 '몸조심 해야지', 어느 쪽도 입에 담을 수 없어 묵묵부답하면서 헤어졌다. 5·18 이후 그가 구속되어 1년 반 옥고를 치르고 풀려나기까지 그를 다시 보지 못했다.

마침내 5월 중순 기자협회가 검열거부 선언문을 발표하기에 이렀으나 5·18 계엄확대 조처와 광주민중항쟁으로 말미암아 현역기자들의 검열거부운동은 너무나 큰 정치·사회적 변화에 추월당하는 꼴이 되었던 것이다. 이때부터 전두환 일당의 대대적인 기자 추방이 시작되었다. 일차로 경향신문 기자들, 서동구(徐東九, 경향신문 편집국장, 스카이라이프 사장 역임), 이경일(李耕一, 한겨레신문 창간위원, 문화일보 논설위원 역임), 고영재(高永才, 한겨레신문 편집위원장, 경향신문 사장 역임), 홍수원(洪秀原, 한겨레신문 창간위원회 사무국 차장, 논설위원 역임), 표완수(表完洙, 시민방송 상무, YTN 사장 역임), 박우정(朴雨政, 한겨레신문 편집위원장·논설주간 역임), 박성득(朴聖得, 한겨레신문 제작국장, 경향컬처스 대표 역임)이 줄줄이 구속되었다. 기자협회 간부 중 5·18 전부터 합동수사본부(합수부)의 검속을 예상하여 자택을 비웠던 김태홍은 일단 체포를 면했으나 감사 박우정, 이사 노향기(魯香基, 한겨레신문 편집부국장 역임)는 구속되어 속칭 '남영동'(치안본부 대공분실)에 붙들려 갔다. 그들 모두 신문사에서 해직되었음은 물론 길게는 1년, 최소한 몇달씩 옥고를 치렀다.

1980년에 발생한 기자들의 대량 구속과 해직에는 세상에 알려지지 않은 쓰라린 경험과 고초가 많다. 하지만 추방당한 기자들을 도우려는 노고와 자기희생도 적지 않았는데, 그 가운데서 도피 중의 김태홍과 관련된 이야기 한 가닥만은 기록 삼아 이 글에서 꼭 남겨야겠다. 내가 7월 초 남영동에 붙들려갔을 때 느낀 것인데 전두환의 합수부는 기자들의 검열거부운동을 정치인 김대중과 연결시키는 계략 아래 그 고리로 광주 출신의 김태홍을 끼워넣은 거였다. 이런 사정으로 김태홍의 피신은 그만큼 어려워졌으며, 그가 평소에 가깝게 지내던 동향·동창들은 예외 없이 감시 대상이 되었다. 여기서 김태홍에게 구원의 손길을 내민 것은 나를 통해 그를 알게 된 '호협' 박윤배다. 그는 도피자금과 외모가 비슷한 자기 동생의 주민등록증을 김태홍에게 주었던 것인데, 그만 그가 전남에서 잡히면서 박윤배에게 불똥이 튀었다. 당당한 체구의 박윤배를 담당한 '남영동' 기술자는 김근태(金槿泰) 고문으로 세상을 떠들썩하게 한 이근안(李根安)이었다. 박윤배는 얼마나 당했겠는가.

전두환 사령관 겨눈 '지식인 선언'

1980년 5월 17일 계엄령을 전국으로 확대하는 전두환의 2차 쿠데타가 있기까지 나는 민주정치의 앞날을 낙관했다. 12·12 이후 전두환의 사진이 뻔질나게 신문에 실리는 것이 꺼림칙하다고 할까, 수상쩍다는 느낌은 확실히 들었다. 그러나 몇달만 지나면 개정된 헌법에 따라 보통선거 원리에 충실한 선거가 실시되어 김대중·김영삼 둘 가운데 하나가 대통령이 되리라는 데 의문을 품지 않았다. 의문을 갖는 것 자체가 죄를 짓는 것 같았다. 하기는 유신체제에 저항한 많은 시민들이 나와 비슷한 생각을 했을 터인데 희망적 관측이 불현듯 확신으로 바뀌는 것이 인간 심리의 오래된 병통이니 그걸 탓해 무얼 하랴. 다만 희망적 관측과 엄존하는 현실을 준별하지 못하는 기자의 직업윤리에는 일단 빨간 신호가 켜졌음을 알아야 한다.

1980년 초봄쯤인가, 서울신문 편집부국장 정구호(鄭九鎬, 경향신문 사장, 청와대 홍보수석 역임)가 점심을 하자고 내게 전화를 했다. 같은 해 대학을 들어간 우리는 과가 달랐으나 동숭동 캠퍼스의 벤치에 앉아 이승만 정권의 부패에 분격하여 열을 올리곤 했다. 그러나 기자로서는 별로 어울릴 기회가 없었는데, 그를 만나보니 정치 전망이 나와는 너무나 달랐다. 그가 "3허(전두환의 보안사 간부 허삼수·허화평·허문도)가 앞으로 정치 향방에 영향력을 행사할 것이라는 소문이 파다하다"고 했을 때 나는 즉석에서 "유신이 종말을 고했는데 그 사람들이 무얼 하겠다는 건가"라고 받아쳤다. 그와 헤어진 뒤 한동안 불쾌한 느낌이 가시지 않았다. 정구호는 현실정치 지향이 강한 사람이니 그렇게 되길 희망하는 모양이라 생각했다. 그 얼마 뒤 김대중의 비서인 한화갑(韓和甲, 국회의원, 민주당 대표 역임)이 한국일보사로 나를 찾아왔다. 용건은 "김 선생님의 정치 구상 관련 책을 내려고 하니 임 선생이 만나 경제 분야에 관해 인터뷰 형식의 대담을 해주시오"라는 거였다. "나는 신문에 실리는 것을 전제로 하지 않으면 인터뷰는 원칙적으로 안 한다"는 말로 사절했다. 야박하다는 느낌이 들긴 했으나 현실정치에 발을 들여놓을 뜻이 없는 이상 그게 올바른 길이라 믿었다.

4월 말께 청암(靑巖, 송건호宋建鎬 선생 아호)이 유신체제에 반대했던 지식인들이 모여 시국 의견을 교환하자고 한다기에 아현동에 있는 기독교 선교교육원에 같이 갔다. 그 자리에는 학계의 유인호(兪仁浩, 중앙대 교수)·이문영(李文永, 고려대 교수)·이효재(이화여대 교수)·장을병(張乙炳, 성균관대 교수)·한완상(서울대 교수), 법조계의 이돈명·홍성우 변호사, 문화계의 이호철(소설가), 언론계의 청암과 나 이렇게 열 안팎이 모였다. 10·26 이후의 정치·사회 현실을 분석하고 대안을 내놓되 유신체제에 동조하지 않는 각계의 지식인을 망라하는 지식인 선언을 채택·발표하자는 데 의견 일치를 보았다. 선언문 초안은 유인호·이호철·장을병이 작성하고 각계의 서명은 이날 참석했던 인사들이 분야별로 받아 오기로 했다. 서너번 모임을 한 가운데 선언문 내용을 두고 이견이 노출되어 비교적 솔직한 토론을 벌였다. 당면 관심사는 군의 정치 개입 반대를 어느 정도 수위로 표현하느냐는 문제였다. 장을병은 군부를 자극하지 않는다는 의도라며 "군이 정치적 중립을 지킬 것을 확신한다"는 초안을 내놓았다. 전두환이 4월 중순 보안사령관과 합수본부장, 그리고 중앙정보부장(서리)을 겸직함으로써 헌법상의 문민통솔 원칙과 중앙정보부법을 위반한 마당에

'군의 중립 확신'은 무의미할 뿐 아니라 너무나 안이한 현실인식이라고 인권변호사 홍성우가 이견을 제시했다. 나는 이견에 동조하며 그 정도라면 구태여 여러 사람 이름으로 선언문을 낼 필요가 없다고 말했다. 그리하여 최종안은 "(…) 국군은 정치적으로 엄정 중립을 지켜야 한다. 그런데 한 사람이 국군 보안사령관과 중앙정보부장직을 겸직하고 있다는 사실은 명백한 불법이므로 시정되어야 한다"로 확정되었던 것이다. 이것이 5월 15일 발표된 '지식인 134인 시국선언'의 핵심 부분인데, 분명하게 전두환의 의표를 찌른 것이다.

5월 초부터 가열되기 시작한 '계엄철폐·군정종식' 구호의 데모는 5월 15일 그 절정에 이르렀다. 나는 이날 오전 수운회관에서 '5·22'(1975년 서울대 김상진 열사 추모집회) 제적생인 김도연(金度淵, 문학평론가)과 이화여대 불문과 출신 나혜원의 결혼식 주례를 섰는데, 나를 식장으로 안내한 신랑의 친구 황지우(黃芝雨, 시인, 한국예술종합학교 총장 역임)는 그날 데모에 신경이 팔려서인지 경황이 없었다. 식이 끝난 다음 수운회관 근방에서 민청련 회장 조성우(趙誠宇, 민족화해협력범국민협의회 공동의장 역임)를 마주쳤다. 지금도 그렇지만 그는 나와 몇마디 나누고 의기양양한 걸음걸이로 어디론가 사라졌다.

'5월 광주' 보도사진을 구해달라

1980년 5월 18일 아침 6시가 조금 지났을까, 이호철의 부인이 전화를 걸었다. 남편이 계엄사 합수부 요원이라는 사람들에게 연행되었다며 "어서 피하세요"라는 짧은 말을 남기고 끊었다. 부리나케 옷을 입고 집을 나서며 사방을 두리번거렸으나 인기척은 없다. 몇 사람 타지 않은 신새벽 버스 안에서도 기관원이 쫓는 것 같은 불안감에 승객마다 그 거동을 살폈다. 한적한 변두리보다는 사람이 북적대는 종로 한복판이 나을 것 같아 청진동 해장국 골목으로 갔다. 이호철이 붙들려갔다면 '지식인 134인 선언' 때문이리라 싶어 공중전화로 청암 댁에 다이얼을 돌렸다. 여러번 신호가 울린 다음 전화를 받은 부인은 반 울부짖음이었다. 몇 사람이 들이닥쳐 옷도 변변히 입지 못한 채 이미 끌려갔다는 이야기다. '몇시쯤? 어디서 온 사람들?'을 물어볼 계제가 아니었다. 술 한잔 걸친 다음 대중탕에 가 한잠 자고 나서 열시쯤 신문사로 전화를 걸어보는 게 상책이라는 생각이 들었다. 프로급 활동가에게는 독이 될 수도 있겠으나 문청 기질의 저널리스트에게는 술이 약이다.

청진동 한 목욕탕에 들어가 눈을 붙였다 일어나니 10시가 넘었다. 한국일보사는 걸어서 5분 거리지만 갈 엄두가 나지 않아 교환을 통해 사회부로 전화를 연결했다. 이름을 대자 대뜸 "임재경 선배요? 아직 안 들어갔군요. 너무 많은 사람이 연행되어 지금 확인하느라 정신없습니다. 광주에 서는 데모가 한창이구요"라며 다급하게 말을 맺었다. '호 협' 박윤배의 서소문 사무실로 갔다. 안절부절못하는 사람 을 보듬는 데 남다른 소질을 지닌 그는 "전두환이가 정권 잡으면 너는 어차피 한번 들어가야 할 텐데 서두를 것 없 어…… 당분간 먹물들하고 만나지 말고 지방이나 놀러 다 니지 그래"라는 거였다. 점심을 먹고 헤어질 때 차비라며 돈을 주었다.

나를 조카처럼 아끼는 한국일보 논설위원 이열모에게 한 일주일 쉬겠노라 전화했고, 집에는 누군가를 시켜 시 골에 가 있겠다고 전갈했다. 하지만 서울을 떠난다는 것 은 기자가 사건 현장을 멀리하는 것이므로 아니되고 또 먹 물들과 만나지 않으면 사는 재미가 없다. 더구나 광주에서 심상치 않은 일이 일어난 것이 확실한데 궁금하여 견딜 수 없었다. 검열을 거쳐 나온 신문의 보도를 뒤집어 읽으면 유혈을 포함한 큰 사달이 벌어진 것이 분명했다. 2~3일 여 관을 전전하던 끝에 광주 출신 건축가 조건영을 만나는 데 성공했다. 그는 나를 보자마자 김태홍은 피신 중이며 박정 삼(한국일보 노조 사무국장)은 구속되었다고 알려주었다. 공수 부대가 광주에서 저지른 비인간적 살육 행위를 전 세계에

알리는 것이 급선무이므로 광주 유혈현장을 포착한 보도
사진을 구하는 일을 도와달라고 간청했다. 그의 말을 들으
면서 제 몸뚱어리 하나 잘 간수할 요량으로 집에 들어가지
못하는 내가 한없이 초라해 보였다. 그가 하고자 하는 일
을 도울 생각으로 한국일보 사진기자 한 사람을 불러내 광
주에 간 사진기자가 누구이며 유혈현장을 담은 사진이 있
는지 물어보았다. 반응은 간략하고 차가워 그런 사진은 없
으며 있다 해도 계엄사에서 절대 외부 유출을 금한다고 했
다. 다른 신문의 사진기자를 더 만날 용기가 나지 않았다.

'광주폭동의 진압 완료'라는 공식 발표가 나오고 며칠
뒤 공평동의 창작과비평사에 들렀더니 편집장 이시영(李
時英, 시인, 창비 주간·부사장 역임, 한국작가회의 이사장)이 상기된
표정으로 『전남매일신문』(1980년 6월 2일자)의 1면 아랫부분
전체를 깐 김준태(金準泰, 시인)의 시 「아, 광주여! 우리나라
의 십자가여!」를 나에게 내밀었다. 온몸의 피가 역류하는
듯 떨렸다. 이 시의 마지막 연을 여기에 옮긴다.

광주여 무등산이여
아아, 우리들의 영원한 깃발이여
꿈이여 십자가여
세월이 흐르면 흐를수록
더욱 젊어져 갈 청춘의 도시여

지금 우리들은 확실히
굳게 뭉쳐 있다 확실히
굳게 손잡고 일어선다.

6월 초순 종로 보신각 옆 신라주단 앞 큰길에서 우연히 민청학련 사건으로 제적된 광주 출신의 최권행(崔權幸, 서울대 교수, 불문학)과 마주쳤다. 1978년 초 출판사 '두레'가 프랑스 작가 뽈 니장(Paul Nizan)의 『아덴 아라비』(Aden Arabie) 번역을 그에게 맡기는 자리에서 정태기, 최갑수(崔甲洙, 서울대 교수, 서양사)와 함께 만난 적이 있다. 광주항쟁 당시 현장에 있던 사람을 처음 보는 터라 잡담 제하고 근처 생맥줏집으로 갔다. 광주의 실정을 듣고 싶어 말을 걸었으나 한참 동안 그는 입을 열려 하지 않았다. 일 때문에 일어서야겠다고 하면서 최권행은 「임을 위한 행진곡」을 나직한 음성으로 부르는 거였다. 그와 나는 지금 연령의 차이를 넘어 자주 만나는 사이다.

과도내각? 옷깃도 안 스쳤는데⋯⋯

3주 가까이 집에도 신문사에도 들어가지 않고 동가식서가숙하는데 잡아간다는 뚜렷한 징조가 보이지 않자 내 쪽에서 오히려 시들해져 1980년 6월 중순 정상 생활로 돌아왔다. 6월 말 어느날 아침밥 먹기 직전 '남영동'의 세 사람이 드디어 찾아왔는데 이건 무언가? 집 사러 온 사람처럼 이 방 저 방 기웃거리다 말고 "김태홍을 만난 게 언제요"라 묻는 거였다. "그 친구에게 현상금이 붙었던데 아직 못 잡았소?" 하니 셋 중의 하나가 볼멘소리로 "땅굴을 깊이 파고 숨긴 숨은 모양인데, 안 나오고 배기나요" 했다. 셋이 집을 나간 다음 '난 아니군' 하며 가슴을 쓸어내렸다. 하지만 시간이 조금 일렀을 뿐이다.

7월 5일 아침 배달된 조간신문의 두 면에 걸친 '김대중 내란음모 사건 전모' 한가운데 '김대중 과도내각 명단'이라는 별도의 줄친 칸이 눈에 들어왔다. 거기에 '경제담당 임재경'이 들어 있었다. 이건 또 무언가? 나는 1972년 조선일보 정치부 차장 시절 김대중을 만난 게 마지막이고 10·26 이후 먼발치에서나마 눈도 마주친 적이 없는 판에 그의 과도내각에 들어갔다니 알다가도 모를 일이다. '걸리긴 된통 걸렸구나' 하는 두려움에 짓눌리면서 마음 한구석에 '김대중은 역시 사람을 알아보는군' 하는 유치하고 어이없는 공명심이 스쳤다. 이렇게 된 바에야 피신이고 나발이고 할 여지가 없다.

그날 신문사에 출근해 처음 마주친 홍순일(洪淳一, 한국일보 논설위원, 코리아타임스 편집국장 역임)이 "임 선생 한자리할 뻔했습디다"라 했다. 그날 오전 신문사는 긴급징계위원회를 열어 '정치행동 금지의 사규 위반' 이유로 나에게 파면 결정을 내렸다고 통고했다. 그 순간 '참으로 험하게 당하는구나' 하는 생각과 함께 '언론인을 구속하는 게 아니라 전직 언론인을 구속했다'고 하겠지 하는 예감이 들었다. 몇시간 뒤 남영동에 붙들려갔을 때 연행보고서를 작성하던 기관원이 하는 말, "당신은 언론인이 아니라 무직이요"라 했으니 예감이 적중했던 것이다. 나는 보따리를 챙기려다 말고 부주필 주효민의 책상 앞에 서서 "파면이라면 직업인으로는 최악의 징계인데 그런 결정을 내리려면 당사자에게 단 1분이나마 소명 기회를 주어야 할 것 아니오"라며 악쓰듯 소리 질렀다. 그는 종잡을 수 없는 답변을 했는데 무슨 내용이었는지 지금 기억에 없다.

그로부터 한 30분이 지났을까, 4층 응접실에 두 손님이 찾아왔다는 비서실의 전화다. '손님 좋아하네, 이제는 신문사 안까지 버젓이 들어와 사람을 낚아채 가니 현행범이 됐군.' 남영동에 연행되어 보름 가까이 있는 동안 초장 며칠은 어떻게 나를 엮으려는지 짐작이 안 갈 정도로 이것저것 캐물었다. '김태홍의 행방을 대라' '김대중의 과도내각 임명장을 집 어느 구석에 숨겨 놨냐' '좆투, 똥투 가운데서 악질 반체제가 누구냐' 따위의 질문이다. 남영동에서 취조받고 옥살이한 사람들로부터 듣기로는 소름 끼치는 곳인데, 운 좋게 내 담당자는 '골수 남영동 기술자'가 아니었다. 치안본부 외사 담당 요원으로 일하다 5·17쿠데타로 업무가 폭주하는 바람에 차출되어 왔단다. 가벼운 농담을 건넬 만큼 관계가 누그러지자 "언론자유를 위해 직장을 잃고 고생이란 고생을 다한 사람들인데 '좆투' '똥투' 하는 것은 너무 지나치지 않은가"라 하니, 자기는 그런 조직이 있는 것도 몰랐고 '여기 와보니 그렇게 부르더라'는 거였다. 열흘쯤 지나자, 취조의 핵심은 예상했던 대로 '지식인 134인 선언'임이 확실해졌다. 계엄 포고령의 집회 불법 유인물 작성죄로 나를 몰아갔다. 선언문 최종안을 토론할 때 오고간 말을 빼고는 숨길 것이 없었다. 조서 작성을 끝내자 취조관은 반성문을 쓰라고 했다. 1974년 '민주회복국민선언' 사건 때 장기영 한국일보 사주와 각서를 두고 설왕설래한 일이 떠올라 "지식인 선언은 신념에서 나온 것이며 언론 분야 대표로 참여한 처지에 더욱 반성문을 쓸 수 없다"고 버텼다. 반성문을 쓰지 않으면 감옥에 갈지도 모른다고 했으나 그 말에 아랑곳하지 않았다. 구속영장 신청을 해놓고 기다리던 어느날 내가 조사받는 방의 경비 경찰이 해직기자들이 많이 들어왔다고 했다. 나는 주머니에 있는 돈을 전부 꺼내 취조관에게 어차피 며칠 있으면 헤어질 모양이니 음식물을 사다 먹자고 했다. 술은 안 된다 하여 포기하고 통닭을 사와 이 방 저 방으로 보냈다.

이때 남영동에 끌려온 해직 언론인은 동아투위의 장윤환(張潤煥, 한겨레신문 편집위원장·논설주간 역임), 성유보(한겨레신문 초대 편집위원장 역임), 박종만(朴鍾萬, YTN 이사 역임), 안성열(安聖悅, 자민련 대변인 역임), 이종욱(시인, 한겨레신문 문화부장 역임), 홍종민(洪鍾敏, 동아투위 총무 역임)과 조선투위의 백기범(白基範, 문화일보 편집국장 역임)이다. 이 가운데서 서대문 서울구치소로 넘어간 것은 이종욱과 나 둘이다.

김지하·리영희·이부영은 '옥중철인'?

나의 철창생활에 관해서는 간단하게 '특기사항 없음'이라 해야 옳다. 철창생활이 너무 짧았고 한번에 그쳤기 때문인데, 남영동에서 취조받을 때보다 뱃속은 확실히 편했다. 거기서 주는 퍼런 색깔의 수인복을 걸친 첫날 '서대문(서울구치소)에 5년 동안 묶여 있는 김지하는 지금 나하고는 얼마 거리에 있을까?' '저 멀리 광주교도소에 2년 넘게 갇혀 있는 리영희는 지금쯤 무얼 생각할까?' '두번 세번 여길 드나든 이부영은 도대체 무쇠인가, 사람인가?' 하는 물음으로 뒤숭숭했다.

처음 서대문에 들어온 해직기자들에겐 철창생활이 힘들었던 모양이다. 한번은 '소지'(기결수 가운데 청소와 잡역을 맡은 사람)가 내 철창 밖에 서서 "위층에 있는 '노랑 딱지'(일반 잡범과 구별하기 위해 가슴에 삼각형의 노란색 비닐 리본을 달고 있었음) 기자가, 지금 미국 국회의원들이 한국에 와 인권문제를 조사한다고 전하래요" 하는 거였다. 새 소식을 알리려는 호의는 인정해야겠지만 여기 있는 우리들에게 미국 국회의원들이 무얼 어쩔 수 있다는 건지 한심했다. 면회 온 아내에게 축농증이 도져 약이 필요하다 했더니 며칠 뒤 얌전하게 생긴 교도관이 약병을 철창 사이로 넣어주며 함세웅 신부의 안부를 전하는 거였다. 잊히지 않는 고마움이다.

이틀이 멀다 하고 만나던 친구들이 나를 서대문에서 꺼내려 무척 애썼다는 걸 뒤에 알았다. '파격' 채현국과 '호협' 박윤배는 당시 권부에 관계하던 각기의 인맥을 활용하여 나를 빼내려 무던히 뛰어다녔는데 김재익(金在益, 경제기획원 국장, 청와대 경제수석 역임)과 이종찬(李鍾贊, 국회의원, 국가정보원장 역임)이 곧 그들의 인맥이다. 채현국과 김재익은 대학 동기이고 박윤배와 이종찬은 고등학교 동기다. 이종찬은 육사 생도 1학년 시절(1956) 김상기(재미 철학자)를 통해 알게 된 사이며 70년대 초 박윤배의 끈질긴 성화에 감응하여 여러 민주인사를 뒤에서 도왔던 일은 김지하의 회고록에 나와 있다.

같이 오랏줄에 묶였던 동아투위의 이종욱, 그리고 '김대중 내란음모 사건'에 연루된 청암과 이호철보다 나는 두달 앞서 서대문에서 나왔다. 출소하던 날 조그마한 해프닝이 있었다. 저녁밥을 먹고 난 뒤 무궁화 꽃잎새 두개짜리 교도관이 소지품을 싸들고 얼른 나오라고 하여 이 시간에 어딜 가느냐고 한즉 출소라는 거였다. 이 구석 저 구석에 널려 있는 과자, 과일 나부랭이를 모포에 싸 담는 걸 보던 교도관은 그런 걸 무엇 하러 싸느냐며 내의와 책만 가지고 나오라는 거였다. 교도소에 한달만 있으면 재소자의 90%가 먹는 것을 가장 중요히 여기더라는 말을 들으면서 피식 웃음이 나왔다. 옥문을 나서니 기다리던 짧은 머리의 30대 청년이 나를 검정 승용차에 태우고 이내 워키토키로 "지금 나와 가고 있습니다"라 하는 거 아닌가. 순간, 출소라더니 집이 아닌 다른 데 가서 조사를 하겠다는 건가 하는 불안감에 휩싸였다. 밖은 이미 어두워 잘 분간은 못하겠으나 서소문의 옛 중앙일보사 건물 건너편 빌딩의 지하로 들어가 차가 멈췄다. 엘리베이터를 타고 몇층인가 올라가니 군복들이 오가는 가운데 군복무 시절의 최전방 관측소(OP)에서 듣던 무전장치의 윙윙하는 전자음이 몹시 귀에 거슬렸다. 제법 큰 방에 안내되어 커피를 마시면서 기다리니 깨끗한 사복 차림의 중년이 들어와 손을 내밀며 "그동안 고생 많으셨습니다. 특별히 걱정하는 분이 있어 나가게 되었으니 그리 알아주시오"라는 것이 대화의 전부였다. 그는 서울지구 계엄사 합동수사본부 책임자였으며, 군법회의에 기소된 사람의 출소(석방)는 절차상 거길 거쳐야 하는데 나는 '공소 기각' 결정이 났다는 것이다.

서대문에서 나와 처음 만난 것은 인권변호사 홍성우다. 내가 잡혀갈 때와 거의 같은 시기에 변호사 자격이 정지되어 구치소로 면회 가지 못한 것을 미안해하며 그는 일식집에 가 점심을 냈다. 인권변호사들의 무료 변론은 외국에 예가 있다고 들었으나 술과 밥을 사주며 무료 변론을 해주는 변호사들은 전 세계를 통틀어 박정희-전두환 시대의 한국이 유일무이한 사례일 것이다. 김태홍이 잡혀갔으며, 조선투위 위원장 정태기와 동아투위 위원장 이병주(李炳注, 한겨레신문 상무이사 역임)가 계속 잠행 중임을 귀띔해주었다.

정부는 그자를 빨갱이로 보고 있소

내가 '서대문'에서 빨리 풀려나도록 애써준 채현국과 박윤배 앞에서 내색은 안 했을망정 같은 시기에 들어갔던 해직언론인들을 놔두고 혼자 나온 것을 후회할 만큼 마음이 무거웠다. 특히 그 가운데서도 열살 연장의 청암이 거기서 겨울을 나야 한다는 것이 몹시 안쓰러웠다. 범하(凡下, 인권변호사 이돈명의 아호)를 찾아가 청암 이야기를 했더니, '김대중 내란음모'에 얽힌 사람들은 어차피 정치적으로 일괄 처리될 터이니 너무 괘념하지 말라고 했다. 범하는 광주의 원로 변호사 홍남순(洪南淳)이 '5·18 광주 폭동의 수괴'로 군법회의에 기소된 것이 예삿일이 아니라며 속을 태웠다.

얼마 뒤 천관우(千寬宇, 동아일보 주필 역임)의 불광동 집을 찾았다. 그는 1960년대 중반부터 70년대 후반까지 내가 매해 연초 세배를 빼놓지 않은 언론계 선배다. 서대문에서 나온 다음 들리는 소문은 전두환 일당이 그의 성가(聲價)를 자기들 편에 유리하도록 써먹으려 백방으로 공작을 했다는 것이며, 그 성과인지는 알 수 없으되 수백명의 기자들이 내쫓기는 판국에 거꾸로 천관우는 한국일보 이사로 영입되어 기명 칼럼을 쓰고 있었다. 서대문에서 고생하는 청암 이야기가 끝난 뒤 그가 내게 한 말은 덧정이 정말 떨어지는 소리였다. "임형! '다방가(茶房街)'에서 무어라 떠들건 간에 적어도 향후 3년간 과거와 같은 행동은 용납 안 될 거요"라 하는 게 아닌가. 어안이 벙벙했다. 우선 '다방가'란 말이 귀에 거슬렸다. 반세기 전의 표현이거나 천관우의 조어인 모양인데 전후 문맥으로 미루어서는 야당 정치인과 반체제 인사를 경멸하는 뜻으로 지칭하는 것이 분명했고, '과거와 같은 행동'이란 두말할 나위 없이 거리시위를 가리키는 것이다. '지식인 134인 선언'으로 구치소에 들어갔던 나에게 이런 표현을 쓰는 것은 '당신 역시 한자리하려고 정치인들과 어울린 거 아냐'란 뉘앙스로 들렸다.

너무 억울했다. 한국의 양심을 대표했던 언론인 천관우가 그 날조된 '김대중 내란음모와 과도내각 명단'을 믿다니…… 기가 찰 노릇이다. 천관우의 시각은 그의 이해하기 힘든 처신에 얽힌 자기정당화라 하겠으나, '김대중 과도내각 명단'에 대하여 많은 오해와 빈정거림, 그리고 어이없는 '기대'를 나는 친지들로부터 들었다. 그 이야기는 뒤에 따로 쓰겠다.

광주항쟁 이후 한동안 뜸했던 개신교 진보파 쪽과의 관계는 휴면 끝에 1981년 여름 복원되었다. 박형규 목사가 한국기독교교회협의회(KNCC) 인권위원회 '앙가주망' 기능을 전두환 정권하에서 최초로 시험한 모임에 나는 또다시 겁 없이 참석한 거였다. '전국인권협의회'라는 명칭의 경북 왜관 소재 가톨릭 분도수도원 모임에는 박형규 외에 교계의 서남동(徐南同, 연세대 교수 역임), 이우정(李愚貞, 한국기독교장로회 여신도회장 역임), 윤수경(동아투위 박종만의 부인, KNCC 인권위 간사 역임, 남북평화재단 이사), 그리고 출옥한 지 몇달 안 되는 청암과 유인호만이 기억에 남아 있다. 분도수도원 모임에서 나는 '이란의 이슬람 혁명'을 주제로 강연을 했는데 논리 전개와 표현에 조심하려고 노력했으나 언제나 그렇듯이 입을 열면 자제하지 못하는 성미 때문에 과격했던 것 같다. 참석자들은 밝은 표정을 잃지 않았으며, 특히 유인호는 점심시간에 목사·신부 들을 앞에 놓고 좌중의 폭소를 자아내는 진한 우스갯소리를 했다. 특기할 일은 당시 제도언론에서 함구로 일관했던 '언론기본법'을 분도수도원 모임에서 '당면 10개 중요 인권사항'의 하나로 확인하고 '언론자유의 원칙에 어긋난다'고 천명한 것이다. 그때 실정으로는 적잖은 용기가 필요했던 언표다.

광주항쟁 이후 KNCC가 테이프를 끊은 반체제운동을 기관에서 낌새를 못 챌 리 없었다. 모임이 끝날 무렵 토론장에 위장 잠입한 사복 형사가 수도원 사람들에게 적발되어 밖으로 쫓겨나는 일이 벌어졌다. 서울에 올라와 며칠 지난 다음 남영동(치안본부 대공분실)에서 나를 보자는 전화가 와 만약(연행)에 대비해 종로2가 YMCA 커피숍에서 만나자고 했다. 1년 전 나를 연행했던 두 기관원 중에서 젊은 사람이 나왔는데 분도수도원 모임에 대해 이것저것 묻다 "박형규와 같은 좌경 인사들과 만나면 오해받는다"고 주의를 주는 거였다. 연행할 때는 두 사람이 나타나는 게 원칙인데 혼자 나온 것으로 미루어 내가 입건된 것은 아니라는 감을 잡고 나도 한마디 했다. "6·25 때 동경 유엔군 총사령부(UNC)에서 일했고 미국 대학에서 신학을 공부한 박 목사를 좌경으로 본다면 한국에 좌경이 아닐 사람이 얼마나 되겠소?"라 하니, 그는 "청와대는 박 목사를 공산주의자로 여긴다는 것을 알아두시오"라고 내뱉듯이 응수했다.

겨울산 잠깨운 민주인사들 '연애담'

KNCC 분도수도원 모임 이후 거주지 관할 용산경찰서의 정보과 경위가 케이크를 사 들고 내 집을 찾아왔다. 숙명여대를 담당하는 관계로 바쁜 나머지 자주 찾아뵙지 못해 미안하다며 '어려운 민원이 있으면 도와줄 터이니 사양하지 말라'는 알 듯 모를 듯한 인사를 남기고 돌아갔다. '당신에게 전담자가 붙었으니 그리 알라'는 통고인데, 남영동 패들을 만날 때보다 긴장감은 덜했으나 관할 경찰서의 상시 관찰 대상이 됐다는 것은 찜찜하기 그지없었다.

내가 한국일보에서 파면될 무렵인 1980년 7월 계간 『창작과비평』은 전두환 일당에 의해 폐간되어 사무실을 종로에서 마포의 허름한 데로 옮겼다. 조선투위, 동아투위는 말할 나위도 없으려니와 1980년 해직기자들 대부분은 생계를 꾸리느라 사방으로 흩어진 상태였다. 현대그룹에 취직한 백기범이 늘 앞장선 덕분에 주말마다 작당하여 산에 오르는 것이 즐거움이자 동시에 정보교환의 기회였다. 기존의 산행 멤버에 경향신문 해직기자들이 합류하여 서울 주변은 말할 것도 없고 강원도의 큰 산 여러군데를 섭렵했다. 범하가 이끄는 '거시기산악회'와 합동으로 홍천의 계방산을 등반한 적도 있는데, 그때 변형윤(邊衡尹, 서울대 해직교수), 박현채, 백낙청, 김정남이 같이 갔다. 1981년 11월 해직기자 산행그룹(이름은 '머사니')은 야심적인 목표를 세워 강원도 오대산 정상을 타되 내륙의 서편 능선에서 올라 동쪽으로 내려가는 코스를 택했다가 큰 변을 당할 뻔했다. 백기범·신홍범·정태기·성한표·이경일·표완수·박우정, 그리고 나 여덟 사람은 동편 능선 길이 초설로 덮인 것을 모르고 긴 소금강 계곡으로 하산을 시도했던 것이다. 예상 밖으로 시간이 지체됨으로써 눈 덮인 산속을 헤매다가 결국 비박을 하게 되었는데, 기온은 영하고 캄캄한 야심이라 잠들면 조난당할 위험이 있다고 했다. 이글거리는 모닥불 앞에 둘러앉아 각기의 첫 이성 접촉 경험담을 토로하며 밤을 꼬박 샜다. 잠을 쫓으려는 일념으로 재주껏 이야기 솜씨를 발휘했겠으나 오대산 비박의 '데카메론' 금상은 표완수에게 가야 한다는 것이 중론이었다.

실업자에다 경찰의 감시 대상이었던 터라 도리 없이 천하를 주유했다고 하면 낯 뜨거운 소리고, 나는 천성으로 글쓰기 같은 일보다 놀러 다니기를 즐기는 쪽이다. 이럴 때 써먹기 좋은 말이 있지 않은가, '호모 루덴스!' 등산만 한 것이 아니라 바다와 섬으로도 갔다. 1982년 여름 대구의 해직교수 '두목'으로 자처했던 이수인(李壽仁, 영남대 교수, 국회의원 역임)이 놀러 오라는 연락을 해왔다. 대구에는 김윤수, 염무웅, 박현수, 정지창(鄭址昌, 영남대 교수 역임), 김종철(金鍾哲, 영남대 교수 역임, 『녹색평론』 발행인), **최원식**(崔元植, 문학평론가, 『창작과비평』 주간 역임, 인하대 명예교수) 등 일당의 '몰지각 지식인'이 진을 치고 있었는데, 울릉도에 간다는 거였다. 2박 3일의 울릉도 주유는 전두환의 철권 지배와 지식인 대량 추방이 아니었더라면 쉽게 이루어지지 않았을 추억이다. 해발 제로인 백사장에서 새우튀김을 해 먹고 그날로 해발 1000m 성인봉에 올랐으니 하는 말이다.

그즈음 조그마한 탄광회사를 경영하던 '호협' 박윤배는 강원도 소재 채탄 현장에 갈 때마다 나한테 같이 가자고 했다. 군소 탄광업자들과 어울리는 술자리는 물론이고 그 다음의 노름판에도 나를 끼워줬다. 도박은 '고스톱'이었는데 이 게임의 간단한 규칙과는 달리 돈을 따는 것은 전혀 달랐다. 그가 준 밑천을 서너 판만 지나면 홀라당 잃었고, 그러면 박윤배는 "넌 지금부터 자릿돈을 떼는 거다. 사장님들 이의 없지요?" 하며 판마다 일정한 비율의 자릿돈을 떼어 내 앞에 놓는 거였다. 강원도 일판에서 '호협'의 우악스러움이 통하던 시절의 이야긴데, 한번 박윤배를 따라 강원도에 갔다 오면 서울에서 보름 동안 지낼 만한 용돈이 생겼다. 세도가들의 등쌀에 밀려 노름판의 자릿돈을 뜯어 살았다는 조선조 말 흥선군 이하응(李昰應)의 처지가 떠올랐던 것도 무리가 아니다.

미국의 큰아들(내 형) 집에서 살던 어머니는 둘째인 내

처지가 궁금했던지 1982년 겨울 셋째인 아우를 서울에 보냈다. 친구들과 자주 만나는 데를 보고 싶다고 하여 종로 관철동의 '한국기원'으로 아우를 안내했더니 "담배 연기 자욱한 곳에서 노인들하고 바둑을 두면 폐인 돼요!" 하는 거였다. 이듬해 여름 미국을 가게 된 배경이다.

13. 하버드 연구원, 창비 편집고문 시절

'신여성' 어머니의 '아들 구출작전'

1983년 하버드대학의 국제문제연구센터(CFIA) 연구원으로 1년간 미국에 갔던 때의 이야기를 쓰려 하니 돌아가신 어머니 얼굴이 눈앞에 어른거린다. 해방 뒤에 일반화된 진보 혹은 좌파 이미지의 하나는 육친의 정을 외면하는 비인간적 냉혹함이다. '일반화'란 어디까지나 중성적인 표현이고, '냉혹함'은 보수 우파가 의도적으로 부각시킨 결과라 해야 진실에 가깝다. 박정희와 전두환 군사독재에 대항하여 싸우다 여러차례 옥고를 치른 '진보파' 성직자의 대표적 두 인물, 박형규 목사와 함세웅 신부를 저널리스트로서 관찰하면, 아들을 사랑하는 마음과 어머니에 대한 효심이 보통 가족들보다 지극했다. 어머니의 속을 썩이며 사지(死地)에 뛰어들었던 그들의 행동이 유교가 지배하던 시대의 사대부 계층에서 말하는 불효인지는 모르겠다. 하지만 두분의 어머니는 아들의 행동이 옳다는 확신을 갖고 자식을 위해 기도했다.

우리 모자의 관계는 조금 유별나다. 1부에서 말한 대로 어머니는 미션계 초등학교를 거쳐 서울에 와 중학교를 마치고 일본에 유학을 가 전문학교 물을 먹은 이른바 '신여성'이다. 하지만 그 시대의 보통 신여성과 다른 점은 어머니가 일제하의 중도좌파 독립운동 조직인 신간회의 자매 여성단체 근우회(槿友會)의 열성 회원이었다는 것이다. "근우회에서 어머니가 한 일은 어떤 건데요?" 하자 "근우회 평양지부에서 발행하는 『새동무』라는 잡지의 편집 일을 했다. 그때 고무신 공장 여공들이 『새동무』를 많이 읽드구나. 소설가 이기영의 글을 받아오곤 해서"라는 거였다. 십대 초반 나는 책이나 신문이 아니라 어머니한테서 '맑스'란 이름을 처음 들었다. 그러나 사상적으로 어머니의 영향을 받았다고 믿지는 않는다. 왜냐고? 어머니는 나의 대학 문과 진학을 극구 반대했으며 법과대학을 가서 판검사나 관리가 되는 것을 바랐으니까. 해방 이듬해 강원도 김화에서 월남한 우리 집 형편이 한동안 어려웠던 것과 좌절한 진보파 신여성의 '현실 선회'가 복합된 결과라 보면 크게 어긋나지 않을 것이다.

어찌되었거나 어머니가 '열성 근우회 멤버'였다 하여 1980년 여름 나의 실업과 감옥행을 걱정한 정도가 초등학교 졸업의 어머니들보다 더했다고 절대 말해서는 안 된다. 차이가 있다면 고등교육을 받은 어머니가 그러지 못한 이들보다 세상 돌아가는 '통빡'을 잘 짚어 꾀를 내는 데 능할 뿐이다. 그해 봄 서울에 잠시 돌아와 있던 어머니가 내 친구 '파격' 채현국을 찾아가 정세 탐색을 했던 모양이다. 그때 채현국 집에 피신해 있던 민주화운동가 장기표(張基杓)는 자식 걱정을 하던 내 어머니의 인상을 전하면서 "그분 대단한 분"이더라고 했다. 당신이 내린 정세 판단으로는 미국에 가서 아들을 빼내는 구출운동을 벌이는 게 더 효과적이라 생각했던 것 같다. 미국 정부의 힘을 빌리는 방법인데, 미국 시민권 소지자인 큰아들과 셋째아들이 각각 살고 있는 주 출신 상원의원에게 편지를 보내 "납세자들로부터 거둔 돈으로 민주주의를 지키기 위해 미군이 주둔하는 한국에서 언론자유가 박탈당하고 인신의 자유가 유린되는 상황"을 항의토록 한 것이다. 몇해 뒤 아우가 보여준 서류 뭉치에는 상원의원이 미 국무장관에게, 국무장관이 한국 외무장관에게, 외무장관이 계엄사 합수본부장에게 보낸 공한(公翰)들이 차곡차곡 철해져 있었다. 미국 정부의 영향력을 이용하려 한 어머니의 꾀에는 감복했으나 실효는 별무였다.

그다음에 어머니가 한 일은 1983년 나를 미국으로 불러내는 거였다. 전두환 정권이 여권을 내주지 않을 수 없는 명문대학에서 초청장을 보내도록 하는 방법, 그게 하버드대였다. 그것도 두 아들에게 분업을 시켜 여유가 있는 맏아들은 비용을, 막내에게는 섭외를 맡긴 것이다. 자랑거리는 못되지만 나는 이력서 한가지를 빼놓고는 관련 서류를 내 손으로 쓴 것이 없다. 내 아우는 미국의 저널리스트와 대학교수 가운데서 반한(反韓) 진보파로 분류되는 사람들과 접촉을 했는데 내 미국행에 도움을 준 두 사람을 꼽자면 하버드대학 옌칭연구소의 부소장 에드워드 베이커(Edward Baker)와 『한국전쟁의 기원』을 쓴 한국사 연구가 브루스 커밍스(Bruce Cumings)다. 하지만 하버드대의 초청에 결정적인 영향을 준 것은 하버드 박사이고 국제적으로 널리 알려진 인문학자이며 동시에 실천가인 백낙청의 추천이었다.

하버드서 DJ와 11년 만의 재회

하버드대학의 초청장이 날아온 1983년 4월 말에서 내가 미국 땅에 발을 디딘 7월 사이에 아이들 장난 같은 숨바꼭

질을 한 차례 해야 했다. 1982년 말 미국에 망명 중인 후광(後廣, 김대중 전 대통령의 아호)이 내가 가기로 된 하버드의 국제문제연구센터에 온다는 소식을 미국에 있는 아우가 알려줬다. 1980년 5월 전두환이 5·17쿠데타로 정권을 장악하기 위한 수순의 하나로 날조한 '김대중 내란음모 및 과도내각'이 다시 한번 악몽으로 나타났던 것이다.

'이판사판'이니 지레 걱정만 할 것이 아니라 여권을 신청하고 기다려보기로 했다. 아니나 다를까 얼마 뒤 전두환의 경제수석비서관인 김재익이 점심을 같이하자는 연락을 해왔다. 1980년 말 서대문구치소에서 나온 직후 내 집을 찾아와 '금융연구원'(KBI)에 체면이 깎이지 않을 자리를 마련해주겠다고 한 제의를 사양하자 그 뒤로는 전화 한통 없었다. 그는 식탁에 앉자마자 간접화법으로 "임 선배는 김대중과 아주 가까운 사이로 돼 있어요. 하버드로는 못 갈 겁니다"라는 거였다. 서대문에서 나올 때 그가 보여준 호의는 잊지 않고 있으나 여권 발급만은 사정해서 될 일이 아닐 듯싶어 정면으로 쏘아붙였다. "여보 김 수석! 당신은 미국에서 공부해 잘 알겠지만 멀쩡한 사람 경찰 감시 붙이고 안기부는 신문·잡지에 글 쓰는 것을 방해하니, 이게 전체주의 국가지 어디 민주국가요. 더구나 아무 일도 못하는 판에 1년 동안 미국에 가서 책 좀 보겠다는 것마저 안 된다니 아프리카로 이민 가야겠습니다"라 했다. 그는 이내 직접

화법으로 바꾸어 "제가 스탠퍼드대학 박사인 건 아시죠. 가을에 거길 갈 수 있도록 책임지고 조처해드릴 테니 하버드는 포기하세요"라는 거였다. 나는 지지 않고 말을 이었다. "하버드와 스탠퍼드의 우열을 가리자는 게 아니외다. 후광과 관계없이 여러 사람이 추천해 초청을 받았는데 왜 나에게 하버드를 포기하라고 해요? 미국으로 사람을 보내 후광에게 '임아무개 거길 가니 스탠퍼드로 바꾸시오'라 해보시지⋯⋯." 우리 둘 앞에 놓인 비프스테이크는 절반 이상 남았다. 그의 안색이 좋지 않아 보였으나 나는 헤어지면서 내친김에 한마디 더 했다. "여권을 내주지 않으면 나는 '김대중 씨 때문에 여권 발급 불가'라는 대한민국 정부의 방침을 하버드대 총장에게 편지하겠소이다. 그리고 그 사실을 외국 신문에도 알릴 거고요"라 했다. 떠나기 보름 전쯤 비로소 여권이 나왔다. 비행기에 올라 지정된 자리에 앉고 나서도 이륙하기 직전 기관원이 나타나 '일이 잘못됐으니 잠깐 내립시다'라 할 것 같은 강박에 시달렸다.

본시 성미가 착한 김재익은 어쩌다 전두환 정권에 발탁된 유능한 문민 출신의 경제정책 입안자인데 팔자에 없이 나처럼 모진 사람과 얽혀 소관사항도 아닌 문제에 애를 먹은 것이다. 1983년 10월 버마(미얀마) 랑군(양곤)으로 전두환을 수행했다 참변을 당한 그에게 명복을 빈다.

백낙청과 허물없는 사이인 에드워드 베이커는 케임브

리지시에 도착한 나에게 여러모로 친절을 베풀었다. 국제
문제연구센터 학기가 시작되는 9월에야 숙소가 비는 까닭
에 돈을 들여 호텔에 가야 할 판이었는데 후광의 거처로
예약된 가든 스트리트 29번지의 대학 소유 아파트에 한동
안 그냥 들어가서 지냈던 것은 그의 배려 덕분이다. 기록
을 위해 여기서 꼭 밝혀야 할 것은 '한겨레'의 로마자 표기
(The Hankyoreh)는 에드워드 베이커의 작품이다.

학기가 시작되기 전 영어듣기를 공부할 속셈으로 매일
반나절씩 하버드 야드에 있는 어학훈련소(랭귀지랩)에 가 헤
드폰을 쓰고 앉아 있곤 했다. 자리마다 좌우를 높은 판자로
가려 옆에 누가 무엇을 하는지 알 수 없었고 알고 싶지도
않았다. 그러나 '인간은 영물'이라는 말이 맞아 어느 하루
는 옆에 누군가 잘 아는 사람이 있는 것 같은 느낌이 자꾸
드는 거였다. 한참 망설이다 일어나 옆 자리에 눈길을 돌렸
다. 거기에 박정희 최후의 정무비서관 고건(高建, 국무총리 역
임)이 앉아 있는 게 아닌가. 그의 등을 살짝 건드리자 그는
반가운 표정으로 내손을 잡으며 "파계승이 되었습니다"
하는 거였다. 대학 입학이 나보다 1년 늦은 고건과 캠퍼스
에서 인사를 나눈 적은 있으나 친하게 지낸 사이는 아니었
다. 그를 장래의 '재상감'이라 생각지는 않았고 실존주의
철학 교수 고형곤(高亨坤)의 아들이라는 점이 부러웠다.

국제문제연구센터 연구원들이 처음 모이던 날 하버드

대 교수회관에서 후광을 11년 만에 만났다. "나 때문에 고생 많았지요" 하는 그에게 "고생이라면 후광 선생께서 저보다 몇배 더 하셨겠지요"라 인사했다. 옆에 서 있던 에드워드 베이커가 "과도정부 수반과 과도내각의 각료가 초면인 것 같으니 제가 소개해드려야겠군요"라 해 좌중에서 웃음이 터져나왔다.

"독재에 항거 못한 하버드인 유감"

냉전 종결 이후 한국에서 가장 널리 알려진 외국의 국제정치 관련 저술이 『문명의 충돌』이고, 그 저자 쌔뮤얼 헌팅턴(Samuel P. Huntington)은 하버드대학 국제문제연구센터 소장으로 오랫동안 일했다. 내가 거기 갔을 때 헌팅턴 교수는 안식년을 맞아 워싱턴에 머물렀으며, 조지프 나이(Joseph S. Nye Jr.)가 소장 대리직을 맡았다. 매년 20명 안팎의 연구원이 초청되는데, 그들의 직업은 외교관과 정부 관리(고급 장교 포함)가 주종이고, 이따금 정치인과 저널리스트가 섞인다. 1983~84년도 연구원들의 국적은 한국(후광과 나)·일본·미국이 각각 둘이고, 나머지는 중국·영국·프랑스·서독·이딸리아·스웨덴·벨기에·핀란드·캐나다·빠라과이·남아프리카연방이 하나씩인데, 나이는 40대 초에서

50대 중반이었다. 하버드대학의 보수적 학풍에다 국제 관련 분야를 다루는 특성상 거기는 미국의 이해관계에 민감한 연구소임은 두말할 나위 없고, 정부와 민간단체와 기업의 조사용역을 많이 따오기로 유명했다. 베트남 전쟁 종반에 대학생들의 시위가 한창일 때 이 연구센터 건물 앞에서 데모 군중(학생들)이 모여 반전 구호를 외쳤다고 백낙청이 회상했다.

국제정세 변화에 따라 센터의 관심 대상이 바뀌는 것은 당연하다. 내가 거기 있을 때는 미·소 핵무기 경쟁, 특히 그 가운데서 핵무기를 탑재한 중거리 미사일을 중유럽(서독과 폴란드)에 배치하는 문제가 가장 큰 관심사였다. 그와 관련하여 소련 정권 수뇌부의 빈번한 교체와 새로 소련 공산당 정치국에 진입한 미하일 고르바초프(Mikhail S. Gorbachev)를 주목해야 한다는 스웨덴 연구원의 말은 거기서 얻어들은 말 가운데서는 고가품이다. 하버드 교수진과 외부(혹은 외국)에서 초빙된 전문가들이 발제한 뒤 한시간가량의 질의·응답을 진행하는 '런천 세미나'(간단한 점심을 곁들인 세미나)가 제일 중요한 토론 기회였다. 그러나 토론 주제는 대체로 미국과 유럽으로 집중되었으며, 그다음이 중동과 중남미이고, 동아시아 문제가 어쩌다 주제가 되더라도 중국과 일본이 고작이었다. 한국 군부가 유혈을 불사하며 정권을 장악한 친미 개발도상국의 정치 현상에 대해

발제자로 나온 하버드대학의 사회과학 분야 교수와 연구원들은 대부분 오불관언으로 일관했다.

하버드대학 국제문제연구센터 소장 대리 조지프 나이(정치학 교수)가 연구원을 모두 자기 집에 부른 리셉션에서 내게 연구하려는 주제가 무엇이냐고 묻기에 한국의 인권문제라 대답했다. "한국의 인권상황이 경제성장으로 점차 개선될 것으로 '생각'지 않는가"라고 되물어 그렇게 '믿지 않는다'고 잘라 말했다. 우리의 절실한 현실문제를 일반론으로 접근하려는 태도에 비위가 틀어져 나도 어깃장을 놓았던 것이다.

그러나 2000년 6·15남북공동선언이 나온 이후의 국제문제연구센터는 17년 전(1983)과는 많이 달라진 모양이다. 2000~2001년 학기에 연구원으로 갔던 한국 최초의 여성 외신부장을 지낸 지영선(池永善, 한겨레신문 편집부국장·논설위원, 보스턴 총영사 역임)의 말을 들어보면 교수들과 연구원들이 한국의 통일문제에 관하여 발제해달라고 조르며 앞다투어 활발한 질문을 하더란다.

미국에 변치 않는 우의를 다짐하며 아무리 교역을 증진시킨다 하더라도 경제성장만을 내세우는 나라는 그들한테 사람대접을 받지 못하는 것이다. 내가 가기 전전해, 즉 1981~82년 학기의 연구원이었던 필리핀의 반독재 투쟁가 베니그노 아키노 2세(Benigno Aquino II)가 조국에 돌아가던 날 마닐라 공항에서 마르코스의 수하들에게 피살된 사건과 전두환의 사형선고를 받은 한국의 김대중이 연구원으로 있었던 것은 국제문제연구센터가 보수적 색깔을 벗는 데 약간 도움이 되었음은 틀림없다. 그래서 그런지 서유럽 정치가 가운데서 반핵·평화 노선을 선명하게 내건 스웨덴의 사민당 출신 총리 올로프 팔메(Olof Palme)가 재임 중인 1984년 초 이곳을 방문하여 연구원들과 토론하기도 했다.

학기의 마지막 '런천 세미나'는 고별 기념으로 하버드대 총장 데릭 보크(Derek Bok)를 초대했는데, 그는 이 연구센터 프로그램이 세계 평화에 기여할 수 있기를 바란다는 인사치레 정도로 그쳤다. 또렷이 남아 있는 기억은 후광과 보크 총장의 문답인데 요약하면 이렇다.

"민주주의적 가치를 추구하는 하버드의 교육·연구 방향에 좋은 인상을 받았다. ……그런데도 하버드에서 박사학위를 취득한 우수한 사람들이 한국의 군사독재 아래서 봉사하는 것은 이해할 수 없다." "일반적으로 지식인은 나약하다. 하버드대학이 독재에 항거할 만큼 용기 있는 지식인을 배출하지 못한 것은 솔직하게 유감이다."

전두환이 대통령 자리에 앉은 초기 청와대 비서실장과 두세명의 장관은 하버드대학 박사 출신이었다.

"임 동지, 정치할 생각 없소?"

후광의 대통령 재임 중은 말할 나위 없고 그 이전의 적
극적 정치활동 기간에 나는 하버드 국제문제연구센터에서
그와의 사사로운 인연은 일절 공개석상에서 발언하거나
글로 쓴 적이 없다. 크게는 불필요한 정파적 오해를 사지
않으려는 동기가 작용했고, 다른 쪽으로는 '하버드 동문수
학'(백낙청의 표현)을 두고두고 우려먹는 것이 속 보이는 짓
같아서였다.

성장 배경, 취향, 기질에서 후광은 나와 전혀 다른 타입
이다. 근검면학, 허황한 낭만적 감정의 배격, 실사구시의
현실주의가 그의 장점이라면 나는 어려서부터 공상(검찰 조
서나 기소장에는 '망상'으로 표기된다)을 즐겨 하며 허영에 가까
운 지적 호기심에다 낭만적 감정에 도취하는 기질이다. 그
의 옷차림은 그때나 이제나 검은색 정장에 흰 와이셔츠인
데, 미국에 왔으면 콤비나 캐주얼, 그리고 셔츠도 화사한
원색을 입어도 좋으련만…… 후광은 측근의 점퍼 차림조
차도 심히 못마땅하게 여겼다고 보좌역을 지낸 최성일(崔
星一, 호바트앤윌리엄스미스대학 교수 역임) 박사가 나에게 말한
적이 있다. 국제문제연구센터 연구원 후광의 사무실에 들
를 때면 그는 대개는 편지지에 만년필로 무얼 쓰고 있었

다. 한번은 누구에게 보내는 것인가 물었더니 생면부지의 재미동포가 보낸 편지에 대한 답장이라고 했다. 격식을 갖추어야 할 편지가 아니라면 비서를 시켜서 써도 될 터인데, 정치적 지지자와 후원자들에게 들이는 그의 정성과 공은 상상을 초월한다. 또박또박 정자로 쓴 후광의 육필 편지를 받은 지지자는 틀림없이 그것을 '신표(信標)'처럼 평생 소중하게 간수할 것이다.

후광은 둘째 며느리가 한국에서 왔다며 간소한 피로연 형식의 저녁을 하자며 나를 워싱턴까지 초대한 적이 있다. 돈 들여 호텔에 갈 것 없이 한국식 아침밥도 먹을 겸 자기 집에 와서 자라는 거였다. 생각했던 것보다 후광의 거처는 크지 않아 손님용 방이 따로 없었던 까닭에 그는 안방으로 가고 나는 그가 사용하던 침대에서 하룻밤을 지냈다. 객지에서 혼자 사는 나를 위해 보여준 성의는 감사할 일이나 결과적으로는 예의에 벗어난 과객 노릇을 한 셈이다. 아침 일찍 후광 거처로 출근한 당시 비서 정동채(鄭東采, 합동통신 해직, 국회의원 및 문화관광부장관 역임)를 오래간만에 대면하여 한국 정세에 대한 소상한 이야기를 들었다.

워싱턴에 본부를 둔 재미 민주화운동가 조직에 가입하지는 않았지만 개인적으로는 그쪽 관련 인사들을 만난 적은 있다. 진작부터 잘 알던 문동환(文東煥) 목사, 한완상 교수, 민청협 회장 출신의 학생운동가 이신범(李信範, 국회의원 역임)과 재미동포 가운데 열렬한 후광 지지자인 최기일(崔基一, 우스터대학 교수 역임), 차승만(車承萬, 브라운대학 교수 역임), 이재현(켄터키대학 교수 역임), 이근팔(미주인권문제연구소장, 망명 중인 후광 비서실장 역임) 등이다.

2주일 말미로 남편을 만나러 미국에 온 아내가 케임브리지에 머물던 1983년 12월의 일이다. 재미 민주화운동 조직의 중요 회원들이 국제문제연구센터가 있는 케임브리지시에 모여 당면 과제를 논의한다며 후광이 직접 나에게 참석해달라고 하였다. 어려운 이국 생활 가운데 모국의 민주화를 위해 있는 힘을 다하는 그들이 존경스러웠으나 공식회의에 참석하는 것은 문제가 달랐다. 저널리스트가 취재 목적이 아니면 공식 회의에 참석해서는 안 된다는 것이 나의 지론이긴 하지만, 그들의 신념에 공감하는 처지에서 '지론'을 내세울 수도 없는 노릇이어서 고민 아닌 고민에 빠졌다. 아내는 "후광 선생에게 인사도 하고 준비한 조그만 선물(인삼)을 전하고 오면 되지 않느냐"고 하여 그러기로 하고 회의가 열리는 셰러턴커맨더호텔로 갔다. 참석 인원은 15명 정도였는데, 후광이 좌석에 앉으라고 권하는 바람에 한쪽 구석 자리에 엉덩이를 붙였다. 그날의 논의 주제는 '통일운동과 민주화운동의 관계 설정'. 이른바 '선통후민'(先統後民)이냐 '선민후통'이냐를 두고 후광이 분명한 견해 표명을 해야 할 단계에 있었던 모양인데, 그의 재미동포 지지자 가운데 상당수가 '선통후민'에 기울고 있지 않았나 하는 느낌이었다. 제법 시간이 흘렀는데도 토론이 제자리걸음을 하자 후광이 참관인 자격인 나에게 돌연 의견을 말해달라는 거였다. 토론 주제의 중요성으로 보아 도저히 '노코멘트'로 발뺌을 할 수 없었다. "통일과 민주화, 둘 다 우리에게는 더없이 중요한 목표이고 과제다. 어느 한쪽에 선순위를 고정시키면 운동의 탄력성을 잃어 급변하는 국내외 정세에 대처하기 힘들다. 지금 현실에서는 통일과 민주화를 동시에 추구하는 것이 최선의 방법"이라고 말했다. 후광은 내 말에서 원군을 얻은 듯 통일과 민주화의 선후를 따지지 말자고 했다.

얼마 뒤 국제문제연구센터에서 단둘이 있을 때 후광은 나에게 "임 동지! 정치해볼 생각 없습니까" 하고 물어 나는 '그럴 생각이 없다'고 짤막하게 답했다.

귀국 비행기에 두고 온 '조국의 산하'

처자가 기다리고 있는 모국에 48세의 중년이 돌아가기 끔찍했다고 하면 십중팔구 듣는 사람이 고개를 갸웃할 일이다. 인간이 도축장에 끌려가는 소를 이해할 수 있을까. 의식·감정·심리는 어디까지나 인간의 전유물인 까닭에 도축장 앞의 소를 자신에 비유한다는 것은 말로는 가능할지 몰라도 논리로는 성립하지 않는다. 그러나 1984년 7월 미국 체류 1년을 마치고 귀국할 때 나는 '도축장에 끌려가는 소'를 생각했다. 한국에 있는, 나와 비슷한 처지의 1천여 해직기자들, 수백명의 해직교수들, 수천명의 구속 대학생들이 모두 도축장에 끌려간 소라는 말인가. 물론 그런 뜻은 아니다.

미국 바람을 쏘이지 않고 지긋이 서울에 앉아 썩고 있었다면 '도축장의 소' 생각은 안 했을 것이다. 생활환경의 변화를 겪은 다음에는 그것이 1년이든 한달이든 간에 '지금, 여기'와 '그때, 거기'를 아주 첨예하게 비교하는 것이 인지상정이다. 가출 소년이 아는 어른에게 손목을 잡혀 내키지 않는 걸음으로 집에 갈 때처럼 단 하루라도 귀국을 늦추고 싶었다. 그래서 런던, 빠리, 토오꾜오를 거치는 '팔방돌이'를 했다. 미국에 올 때는 형과 아우 덕분에 돈 걱정을 별로 안 해도 됐으나 여행길에는 빠듯한 노자 때문에 가는 곳마다 친구들 신세를 져야만 했다.

값이 비싸기로 소문난 런던 시내의 호텔에 갈 엄두를 내지 못하고 옥스퍼드대 유학 중인 왕년의 KNCC 간사 손학규의 집에서 나흘을 묵었다. 학위 논문을 준비 중이던 그는 경황없는 가운데 틈을 내 셰익스피어의 생탄지와 케임브리지대를 보여주기 위해 장시간 운전을 하는가 하면, 옥스퍼드대 경제학 박사과정 중이던 김대환(金大煥, 인하대 교수 및 노동부장관 역임)을 불러내 '비터'라는 이름의 맥주를 샀다. 하루는 옥스퍼드에서 열차편으로 런던에 가 국제엠네스티 본부의 동아시아 담당자 프랑수아즈 방달을 만났다. 뉴욕에 본부를 둔 언론인보호위원회(CPJ)와 국제엠네스티가 나를 반겨준 두개의 국제인권단체인데, 특히 후자의 벨기에 출신 여성 방달은 한국 사정을 속속들이 파악하고 있어 그 직업적 성실성에 놀라움을 금치 못했다. 그때 만남 이후 방달은 한국에 올 때마다 나에게 연락했고, 5년 뒤 당시의 한겨레신문 논설위원 박원순(朴元淳, 희망제작소 소장 역임, 현 서울시장)을 그에게 소개할 기회도 생겼다. 박원순이 방달의 초청으로 런던에 가 국제엠네스티 본부에서 국제 인권변호사로 활약하게 된 데 일조가 되었다면 다행이다.

빠리를 12년 만에 다시 본다는 것이 꿈만 같았다. 1971년에는 사회당 소속 국회의원에 지나지 않았던 프랑수아 미떼랑(François Mitterrand)이 대통령이 된 지 3년, 프랑스 공산당은 사양길을 걷고 있었으며 빠리의 서쪽 교외에 '라 데빵스'라는 초현대적 부도심이 새로 개발되어 낭만적 풍취는 내가 있을 때보다 못하다는 느낌이 들었다. 빠리의 즐거움은 호주머니 사정에 비례한다는 것을 누구보다 잘 아는 터라 불안하던 차에, 뜻밖에 대한무역진흥공사

(현 코트라) 빠리 지사장으로 있던 고교동창 김진숙(코트라 스웨덴지사장 역임)을 만났다. 사람이 죽으라는 법은 없다는 말대로 20여년 만에 보는 나를 그는 좌고우면하지 않고 환대했다. 또 한국일보의 빠리 특파원 안병찬을 만났다. 초년시절 '경찰기자'를 같이한 인연에다 내가 논설위원으로 있을 때 그는 한국일보 노조 결성을 음양으로 돕던 처지여서 마음으로 통하는 사이였다. 베트남 특파원으로서 미군이 호찌민(사이공) 대사관의 성조기를 허겁지겁 내리고 헬리콥터 편으로 패퇴하는 마지막 순간까지 현장을 지킨 기자 안병찬을 나는 높이 평가했다. 그와 비슷한 나이의 '중도 아니고 속한도 아닌' 내 처지가 서글펐다. 더구나 서울에 돌아가 무엇을 어떻게 해야 할지 엄두가 나지 않는 판인데…….

토오꾜오에서는 20대 초의 술친구 윤충기(尹充基, 대한해운공사 동경지사장 역임) 집에 머물면서 며칠을 보냈다. 토오꾜오에 와 있던 동훈(董勳, 국토통일원 차관 역임)을 만나 향후의 남북관계를 놓고 장시간 이런저런 이야기를 나누었다. 헤어질 때 그는 일본말로 된 재일 통일운동가 정경모(鄭敬謨)의 저서 『찢겨진 산하(斷ち裂かれた山河)』(1984, 한국에는 1986년 처음 번역됨)를 나에게 주면서 매우 재미있게 읽었노라 했다. 몽양 여운형, 백범 김구, 장준하 셋이 저승에서 나누는 운상정담(雲上鼎談) 형식인데, 해방 전후사를 그토록

열정적으로 다룬 책을 일찍이 본 적이 없다. 200쪽이 조금 넘는 분량이라 토오꾜오에 있는 동안 다 읽을 수 있으리라 믿었는데 술추렴하느라 뜻대로 안 돼 서울행 비행기에 갖고 올랐다. 비행기 안에서 도깨비 기왓장 넘기듯 마지막 장을 읽을 무렵 김포공항에 착륙했다.

'도살장의 소'가 망명객 정경모의 책을 지니고 입국한다는 것은 어리석은 짓이라는 생각이 퍼뜩 들었다. 좌석 앞 포켓, 내 앞이 아니라 옆 좌석의 앞 포켓에 넣고 내렸다. 만약을 생각해서다. 나의 과민이었던가.

'창비' 살리려면 그자를 내쫓아라

'도축장의 소'라는 말을 누구 앞에서도 꺼낸 적이 없으나 가까운 친구들은 내 행로를 무척 걱정했던 모양이다. 귀국 며칠 뒤인 1984년 8월 중순 백낙청이 '창작과비평사'에 나와서 책이나 읽으며 시간을 보내라 했다. 신문사의 내근(편집교열) 경험이 길었으면 출판·편집 일을 도울 수 있으련만 내 맞춤법·문법 실력은 수준 이하여서 '일손' 가치는 제로나 마찬가지였는데, 편집주간 이시영은 '편집고문'이라는 명함을 찍어주었다. 한겨레신문이 창간될 때까지 3년 반 동안 매달 거기서 월급을 받았으니 내가 여기저기 기웃거리지 않고 버틸 수 있었던 것은 오로지 백낙청과 '창비' 덕분이다. 출근부에 도장을 찍을 필요도 없고, 간혹 지방에 강연 가는 것은 반대하기는커녕 환영이며, '호협' 박윤배를 따라 놀러 다니는 데도 전혀 불편을 느끼지 않았다. '도축장의 소'가 아니라 '하늘 소'처럼 표표히 노닐었다면 어떨는지…… . 당시 '창비' 실무진은 편집차장에 고세현(高世鉉, 창비 사장 역임), 편집·제작에 김이구(金二求, 문학평론가), 하종오(河鍾五, 시인), 고형렬(高炯烈, 시인), 이혜경(李惠琼, 유인태 의원 부인), 신수열, 부수영(출판사 '나의시간' 대표), 여균동(呂均東, 영화감독 겸 배우), 주은경(방송 구성작가)과 영업에 한기호(韓淇皓, 한국출판마케팅연구소장) 등이다.

70년대 후반의 내 강연활동이 KNCC 쪽과 연관된 서울 중심이었다면 1984년 가을부터 6월항쟁이 일어나기까지는 가톨릭과 연결된 지방강연이 훨씬 잦았다. '개종(改宗)' 같은 것과는 전혀 무관할뿐더러 이 역시 가톨릭 평신도 젊은 활동가들의 열성에 내가 진 결과다. 민청학련 출신의 가톨릭정의평화위원회(정평) 간사 문국주(文國柱, 민주화운동기념사업회 상임이사 역임)가 나를 끌어내 세상 소식에 굶주린 지방으로 보냈던 것이나 아닌지 모르겠다. 5·18 이후 정치에 큰 관심을 갖던 곳은 단연 광주인데, 광주 정평의 간사 김양래(金良來, 광주가톨릭센터 사회교육부장, 문화관광연구원 경영관리처장 역임)는 지칠 줄 모르고 나를 광주로 불러 10

여 차례 내려갔다. 강연은 외형상으로는 경제·사회·국제 문제에 국한했으나 말을 하다보면 국내 정치에 가 닿을 때가 빈번했다. 서울로 돌아오는 버스 안에서 '내가 이래서 되나' 하는 걱정이 들기도 했지만 펜을 빼앗긴 저널리스트가 입마저 봉하고 산다면 그건 도축장의 소나 진배없다고 생각했다. 김양래의 주선으로 광주교구장 윤공희(尹恭熙) 대주교를 만나 점심을 같이하며 꽤 긴 시간 이런저런 이야기를 나누었다. 가톨릭의 전국 정평 조직이 움직였는지 강연 요청은 호남의 여러 도시들, 전주·익산·목포에서도 왔으며 강원도의 춘천, 경북 안동에 간 적도 있다. 목포에 갔을 때 맑고 푸른 영산강을 지키기 위해 평생을 바치다시피 한 서한태(徐漢泰, 의사, 전 법무장관 천정배의 장인) 박사를 만난 것은 지방강연 행각의 망외 소득이다. 부산의 김정한(金廷漢, 소설가, 한겨레신문 초대 이사 역임), 원주의 장일순 선생과 함께 세분을 각기 그들의 고장에서 만나 담소할 수 있었던 것은 내가 부지런해서가 아니라 팔자 드센 저널리스트에 대한 보상이라 믿는다.

통산 10년 가까운 강연 경험을 통해 단 한 차례도 청중을 사로잡았다고 느낀 적이 없다. 청중의 표정을 보면 아는데 그들은 연사에 대한 의무감으로 열심히 듣고 있는 거였다. 언젠가 전주에서 문동환 목사와 더불어 앞뒤로 강연을 했을 때 확연한 차이를 발견했다. 그는 일상 대화할 때처럼 단문으로 강연을 하는데 나는 긴 복문체의 문장을 소리 내어 읽고 있었다. 그러므로 내가 말을 잘해 뽑혀 다닌 것이 아니라 군사독재의 억압으로 연사 공급이 부족한 나머지 빈자리를 메웠던 것이다. 어머니한테서 귀가 따갑도록 들은 이야기 중 하나가 "글 잘하는 아들보다 말 잘하는 아들을 두라"는 것이다.

계간 『창작과비평』이 통권 56호(1980년 여름호)로 폐간된 지 5년 만인 1985년 10월, 백낙청은 당국의 반응을 떠보려는 듯이 『창작과비평』 통권 57호를 '부정기 간행물 1호'라는 부제를 붙여 발행했다. 거기에 백낙청은 「민중·민족문학의 새 단계」, 나는 「한미관계론의 사정(射程)」이라는 글을 발표했는데 전두환 정권은 등록 없이 정기간행물을 발행했다는 이유로 출판사 등록 취소라는 극단적 조처를 내렸다. 문인·대학교수·예술인·종교인, 심지어 바둑의 국수와 명인인 조훈현(曺薰鉉)과 서봉수(徐奉洙) 등이 참여한 2,800여명의 진정에도 불구하고 등록 취소 상태는 8개월 가까이 이어졌다. 당국은 그 이듬해 여름 '창작사'라는 명칭으로 영업 재개를 허용하되 백낙청·이시영·고세현, 그리고 나를 내보낸다는 조건을 달았다. 하지만 전두환의 위세는 겉과는 달리 퇴색이 짙어지는 단계였다. 해직기자들이 '창비 57호'보다 한술 더 뜬 『말』을 냈으니 하는 얘기다.

검단산 등반, 『말』지를 낳다

동아투위의 이부영과 성유보, 조선투위의 신홍범, 1980년 해직기자협의회 대표 김태홍, 넷이 1984년 한여름 땀을 뻘뻘 흘리며 팔당의 검단산에 오른 것이 한국 언론의 역사를 바꿀 계기가 될 줄은 아무도 상상하지 못했다. 그들의 '검단산 결의'는 해직기자 전체의 힘을 모으자는 것이었는데 그것이 그해 12월 해직기자를 망라한 '민주언론운동협의회'(언협)로 결실을 보았다. 의장엔 청암 송건호, 사무국장에 성유보, 공동대표에 최장학(崔長鶴, 조선일보 해직기자), 실행위원에 신홍범이 선임됐다. 언협 출범 직전 성유보가 나에게 공동대표를 수락하라기에 말미를 달라 한 뒤 백낙청과 의논한즉 그는 고개를 저었다. '창비에 나와 책이나 읽으라 한 것'은 몇달 회사 돌아가는 실정을 파악하고 난 뒤 창비의 살림을 맡아달라고 할 생각이었다며 난색을 표하는 거였다. 내가 창비 사장으로 적격이라 믿어서가 아니라 언협에는 나 말고도 일꾼이 많다는 생각이 들어 공동대표 자리를 고사했다. 그러나 창비가 등록 취소라는 창업 이후 최악의 수난을 겪을 때 나는 사장이 아니라 계속 '편집고문'이었고, 보도지침 폭로사건으로 언협이 공황에 빠졌을 때 나는 거기 공식 직함이 없었던 까닭에 전두환의 예봉을 피했다. 운이 좋았다면 좋았고 달리 보면 한겨레를 위하여 하늘이 나를 예비한 것이나 아닌지 모르겠다.

언협이 1985년 6월에 선보인 지하신문 『말』 창간호는 사류배판 크기의 90여쪽에 지나지 않는 얇은 인쇄물이었지만 겉모습이 우선 다른 간행물과 달랐다. 신홍범의 강력한 주장에 따라 표지 면부터 기사를 실었는데 종이를 아낀다는 뜻 외에 '손에 드는 순간 읽어라'는 긴급 호소가 담겼던 것이다. 창간호 편집은 출판사 '공동체'를 경영하던 문학평론가 김도연이 맡고, 원고는 홍수원과 박우정이 생산했으며 인쇄소 출입, 판매, 배포 등의 궂은일은 20대 젊은 간사들이 해냈다. 해직기자 중심의 언협에서 시작하여 시민들이 참여하는 민주언론시민연합(민언련)으로 확대 개편되기까지 15년 동안 언협을 지킨 일꾼은 시민운동의 여장부로 성장한 최민희(崔敏姫, 민언련 사무총장, 방송위원회 부위원장 역임, 국회의원)다. 초기의 험한 일을 도맡아 한 배시병(출판사 경영)은 『말』지가 많은 독자들 손에 들어가도록 백방으로 뛰어다닌 숨은 공로자인데 창간호 8천부가 며칠 만에 매진되었을 정도로 이목을 끌었다. 사무실이 지척이어서 나는 언협에 비교적 자주 들른 편인데 학생운동 출신 간사들과 자주 어울렸다. 초기의 간사들 정수웅(사업), 정의길(한겨레신문 국제부문 편집장), 권오상(한겨레신문 스포츠부문 부장대우), 김태광(회사원), 허정화, 후기의 정봉주(鄭鳳柱, 통합민주당 국회의원 역임), 한승동(韓承東, 한겨레신문 문화부문 선임기자)은 모두 가명을 썼다. 영화배우, 가수, 스포츠 스타의 이름, 이를테면 권형철, 백호민, 박찬숙, 정시진 같은 것이어서 "자네들의 이름은 한결같이 멋있는데" 하니 모두 와 웃는 거였다.

한국일보 기자 김주언(金周彦, 한국기자협회 회장 역임)이 1년 가까이 날마다 적어놓았다가 언협에 건네준 정부의 보도지침 내용을 1986년 6월 『말』이 특집호로 발간하자 전두환 정권은 언협의 간부 김태홍과 신홍범, 그리고 김주언 기자를 구속해 국가보안법을 걸어 기소했다. 1986년 연말께 서울 공덕동 언협 사무실에는 구속자 석방을 요구하는 농성이 일주일에 한두번씩 벌어지다시피 했다. 처음에는 해직기자 20~30명에다 자유실천문인협의회(한국작가회의 전신)와 민중문화운동협의회(민문협) 회원들이 응원하여 꽤 성황을 이루었으나 해가 지나자 농성 참여자는 점점 줄어들어 1987년 초봄에는 열명을 채우기가 힘들었고, 청암마저 독감으로 눕는 바람에 언협의 연장자는 나 혼자인 때가 한두번이 아니었다. 재판이 열릴 때 방청은 필수이며 변호사들을 만나야 하는데다 이따금 외국 기자들에게 한국의 언론현실을 설파하자니 '백의종군'이라는 게 때로는 등골 빠지는 일이라는 걸 알았다. 그 무렵 하루는 독일교회(명함에는 EKD, Evangelische Kirche in Deutschland) 소속이라는 백인 둘이 창비 사무실로 나를 만나러 와 곤경에 처한 언협을 돕고 싶다며 얼마나 지원하면 좋겠느냐고 묻는 거였다. 언협이 『말』지 발행을 위해 세계교회협의회(WCC) 계통의 개신교 재단으로부터 지원을 받은 것은 짐작했으나 백의종군 처지에 금전지원 제의를 응낙한다는 것은 현명치 않을 것 같아 '정신적 지원(모럴 서포트)으로 충분하다'며 고사했다.

보도지침 관련 재판이 막바지에 이르자 간사 최민희는 '말 소식'지를 찍어 널리 뿌리자는 아이디어를 내고 나를 부추겼다. 한번은 최민희의 극성에 못 이겨 간사 두셋과 함께 명동성당 입구에서 반절지 양면짜리 '말 소식'지를 교인들에게 나누어주었는데 말쑥한 차림의 40대 남자가 내게 다가와 지갑을 꺼내 만원짜리 여러장을 주며 "고생하시는 분들 점심이나 같이하세요"라는 거였다. 최민희의 반응이 걸작, "선생님이 나오시니 시민들이 감동하는 거 아니에요" 했다. 그날 점심은 명동 '한일관'에서 먹었다.

14. 한겨레신문에 희망을 걸다

'중년 서생', 색다른 신문에 미치다

1988년 5월 15일 영등포 오목교 근처 양평동, 바라크(막사) 사옥의 낡은 윤전기로부터 흘러 내려오는 한겨레신문을 한 아름 안아들고 2층의 편집국으로 단숨에 뛰어 올라가 거기 모인 창간 축하 손님들에게 신문 한부씩을 나누어 주던 그 순간은 종생 잊지 못한다. 그때 내 나이 52살, 직책은 편집인 겸 논설주간, 여생에 어떤 일이 닥칠지 모르지만 그 순간은 내 삶의 절정이었다. 하지만 칠십줄에 들어선 지금 그때 거기서의 감격을 되풀이 읊조리는 것은 아무래도 쑥쓰럽다.

1936년생인 나는 박정희가 쿠데타를 일으킨 1961년 봄 조선일보 견습기자로 출발하여 1980년 7월 전두환 일당이 날조한 이른바 '김대중 내란음모 사건'의 과도내각 명단에 이름이 들어 있다는 구실로 한국일보 논설위원직을 파면당하고 나서 햇수로 8년 동안 취업 불가 딱지가 붙은 '더러운' 세월을 보냈다.

기실 직업인으로서의 기자는 일반적으로 큰일을 꾸미고 성취하는 인간형과는 거리가 멀다. 치밀한 계산, 확고한 결의, 그리고 끈질긴 노력, 세가지가 다 모자라는데 나 역시 예외가 아니라고 믿는다. 서독의 정치가 가운데서 좌우를 막론하고 식자층의 폭넓은 신뢰를 받았던 사민당(SPD) 출신의 총리 헬무트 슈미트(Helmut H. W. Schmidt)의 '일꾼'(Macher)과는 생판 다른 것이 신문기자다. 아무튼 그런 내가 한겨레와 같은 아주 색다른 성격의 신문을 만들어내는 어려운 일에 몰입하게 될 줄은 꿈에도 상상하지 못했다. '펜대를 굴리는 사람', 더 솔직하게는 '다른 사람보다글 잘 쓰는 능력자'쯤으로 자신을 설정했던 게 사실이다. 조금 심하게 표현하면 차려놓은 밥상을 앞에 놓고 음식 맛을 탓하는 나쁜 뜻의 서생 꼴이라면 어떨지 모르겠다.

편집 노선과 경영방식이 기존 신문과 전혀 다른 신문을 만들겠다는 결심을 하게 된 것은 누가 뭐라 해도 1987년 6월항쟁이라는 시대적 기운에 등을 떠밀린 결과다. 전두환 군사정권이 모든 기사에 "내라, 마라" "제목의 크기는 1단,

2단" 하는 식으로 언론에 '보도지침'을 내려 사전 검열을
행하는 현실을 온 국민이 알아차린 이상 새로운 신문의 출
현은 불가피했던 것이다. 단지 누가 언제 어떻게 만드느냐
는 것만이 문제였다.

1987년 1월 박종철(朴鍾哲) 고문치사 사건이 기존 신문
에 대한 국민의 불신과 분노를 폭발시킨 대표적 사례다.
'5·3인천사태'로 영등포교도소에 투옥 중이던 이부영이
교도소 안에서 박종철 고문치사 사건의 범인이 조작·은혜
되었다는 특종을 발굴한 기막힌 사연도 잊어서는 안 된다.
그가 취재 목적으로 거기 들어간 것은 아니지만 어떤 상황
에서도 불의의 낌새를 알아차리고는 참지 못하는 것이 기
자의 혼이다.

앞서 말했듯 1986년 6월 『말』 특집호로 보도지침의 내용
이 만천하에 알려졌고 그로 인하여 언협 사무처장 김태홍
과 실행위원 신홍범이 구속되어 6월항쟁 전 몇개월 동안
법정투쟁을 벌였다. 이는 필리핀에 이어 한국에서도 '민중
의 힘'(피플 파워)이 나타날 것을 예견하고 서울에 온 외국
기자들에게 빼놓을 수 없는 취재 대상이었다. 그런 만큼
새 신문을 만드는 짐을 해직기자들이 걸머지는 것은 아무
도 이의를 달 수 없는 시대의 소명이었다.

다음은 '언제' '어떻게'인데 두가지 다 신문을 만드는
데 드는 자금을 조성하는 일과 직결되는 것이므로 해직기

자들은 이런저런 전망을 입에 담을 뿐 확실한 안을 내지 못했다. 그때 존재감을 뚜렷이 드러낸 이가 정태기다. 국민모금과 컴퓨터 조판이라는 아이디어를 내어 밀고 나갈 수 있었던 것은 그의 창의와 추진력 덕분이다. 그러나 뛰어난 존재는 경탄과 동시에 시기의 표적이 되는 법이다.

정태기는 조선일보 해직 이후 생계의 방편으로 몇갈래의 비즈니스 판을 돌았는데 그 마지막 기회가 조그마한 컴퓨터 회사를 경영하는 것이었다. 이때의 경험을 밑천 삼아 납으로 된 활자를 집조(문선·조판)하는 과정을 없애고 컴퓨터로 대신하는, 당시로서는 혁명적인 아이디어를 한겨레신문 창간을 통해 실천하는 데 성공했다. 콜럼버스가 신대륙을 '발견'한 것이냐, 아니면 '도달'한 것이냐를 두고 역사가들 사이에 분분한 논의가 있다지만 어떤 용어를 쓰건 우리에게 중요하지 않다. 1987년 가을 납으로 된 활자를 쓰지 않고 신문을 만들기로 한 것은 최소한의 돈으로 새 신문을 만들어야 하는 절체절명의 필요에 직면한 우리에게는 절호의 돌파구였다. 즉 필요는 발명의 어머니다.

'CTS 혁명' 염탐 온 뜻밖의 손님

한겨레신문 창간을 축하하기 위해 도심에서 멀리 떨어

진 영등포 변두리 뚝방촌까지 찾아온 손님들은 일일이 거명할 나위도 없이 민주화운동에 직간접으로 참여했던 분들이다. 반면 당연히 올 것으로 믿었던 몇분은 끝내 모습을 나타내지 않았다.

한때 해직기자들의 정신적 지주였던 천관우와 그 자신이 1980년 해직 언론인이며 나를 포함한 한겨레 주축 멤버들과 교분을 나누던 박권상(朴權相, 동아일보 논설주간 및 KBS 사장 역임)이 얼굴을 내밀지 않은 것은 그때나 지금이나 못내 섭섭하다. 예외라면 일흔 가까운 노령의 이열모(이승만 정권 시절 재무부 이재국장을 역임했고 관계를 물러난 이후 조선일보와 한국일보의 논설위원 역임)와 언론계 출신의 남재희다. 남재희는 송건호 사장과 충북 동향이며 나와는 조선일보 시절 형아우 하며 아주 가깝게 지냈다. 1980년 여름 전두환의 계엄사 요원들에게 남영동 대공분실로 끌려가 열흘 동안 취조를 받고 서울구치소로 넘어가 석달 만에 풀려났는데 공교롭게도 그날이 추석 전날이었다. 그는 내 가족을 위로하려고 내 집에 와 있었다. 사소한 의리 같지만 사촌과 동서가 전화를 하지 않는 삼엄한 시기였다.

창간하는 날 매스컴 동업자들을 부르지 않았다. 경황이 없어서 그랬으려니와 그들에 대한 반감으로 인하여 간부들 가운데 누구도 매스컴 동업자 초대를 입에 담는 사람이 없었다. 우리가 창간 모금을 준비하는 시점부터 홍보물을 통해 그쪽을 치고 나갔으며 특히 창간 이후에는 보도와 논평에서 거대 매체 간부들의 실명을 들어 비판하는 데 주저하지 않았다. 신문협회와 편집인협회가 보이콧 대상이었음은 물론이다. 이런 판에 아주 예상치 못한 손님이 양평동을 찾아왔다.

창간 몇달 뒤의 일이다. 중앙일보 사장 김동익(金東益, 조선일보 정치부 기자를 거쳐 중앙일보 편집국장·주필, 노태우 정부의 정무장관 역임)으로부터 양평동 사옥을 방문하겠다는 전화가 왔다. 김동익은 나와 조선일보의 견습기자 동기일 뿐 아니라 20대 총각 시절 경찰 출입 기자로 사창가를 같이 헤매던 허물없는 사이였다. 그러나 전두환 정권의 서슬이 퍼렇던 1980년대 초 언젠가 낭인이던 내가 그의 사무실(삼성 비서실)을 찾아갔을 때 마침 부재중이라 연락을 바란다는 말을 남겼으나 종내 응답이 없어 만나기를 꺼린다는 감을 잡았고 그뒤 몇해 동안 대면한 적이 거의 없다시피 했다. 하지만 그의 전화를 받는 순간 쓰라린 기억은 온데간데 없어지고 반갑다는 생각에다 어깨가 으쓱해지는 느낌마저 들었다. '네가 나를 이제는 파리아(pariah, 인도 카스트의 네 계급 가운데 최하의 천민계급)로 취급하지 않는구나. 한겨레도 당당한 신문이 됐구나' 하는 일종의 자만심이었다. 정태기 인쇄인 겸 상무이사에게 김동익의 내방 이야기를 꺼냈더니 "우리 시티에스(CTS) 조판 시스템을 염탐하려는 것이니 그리 알아두십시오"라며 미소를 지었다. 나는 설마 했지만 창간 축하를 할 의향이라면 먼저 점심이나 저녁을 하자고 하는 것이 순서인데, 아니나 다를까 양평동 사옥 내 사무실에 온 그는 차 한잔 마시는 둥 마는 둥 곧 인쇄시설과 조판실을 돌아보고 싶다는 거였다. 정태기의 말은 들어맞았다. 그로부터 상당한 시간이 흐른 다음에야 아이티(IT) 왕국의 '중앙'이 가로쓰기와 컴퓨터 조판 시스템의 전면 도입을 실시한다는 사고를 냈다.

보도와 논평, 그리고 신문 지면의 레이아웃이라면 할 말이 많으나 신문의 조판과 인쇄 분야에는 백지나 다름없는 내가 한겨레의 20년 전을 회상하며 초장부터 CTS 이야기를 장황하게 늘어놓는 것은 신문의 물질적 기반 혹은 물적 토대를 중시하기 때문이다. 메시지를 전하는 기능과 목적에서는 유사한 점이 많으나 근대적 의미의 신문과 삐라(전단)는 근본에서 성격과 조건이 다르다. 우리 사회와 세계 구석구석에서 일어나는 일들을 정확하고 신속하게 보도하며 그 현상의 이면에 숨겨져 있는 문제들의 원인과 해결 방안을 연속적으로 제시하는 것이 신문의 사명이다. 그러므로 수많은 대중에게 하루도 쉬지 않고 새 소식과 의견을 전달하기 위해서는 인쇄기구가 불가결의 도구인데 그것은 막대한 자금이 든다. 이 땅의 정치를 쥐락펴락하고 소비 양식을 이리저리 이끌고 다니는 이른바 '조중동'이 일제하의 최대 지주, 최고의 금광 부호, 그리고 해방 이후 최대 제조업 재벌에 의해 운영되고 있는 것은 결코 우연한 일이 아니다. 그런데 새 신문을 만들려는 우리에게는 돈이 없었다.

YS, "내가 기둥 하나 세워줬는데"

새 신문 창간을 내걸고 나서 몇달 사이에 50억원이 걷힌 것은 6월항쟁이라는 한국 현대사의 '스펙터클'(보기 드문 일대 장관)이 없었으면 불가능했다. 말이 좋아 십시일반이지 몇만명이 구체적 반대급부 없이 현금을 자발적으로 낸 것은 거의 신앙적 열정이라 할 만하다. 한겨레가 창간 주주 각기에게 성의를 다해 감사의 예를 갖추었느냐를 돌이켜볼 때 죄송하다는 뜻으로 머리를 조아릴 길밖에 없다. 특히 창간위원 중의 한 사람이고 초대 편집인과 부사장이라는 직책을 맡았던 사람으로서는 구식 표현으로 하여 백골난망이다.

주식회사 한겨레의 임재경 명의 보유주식은 5천원짜리 주식 4천여주, 액면가 총액이 2천만원을 넘는다. 당시 부사장 월급이 113만원이었으므로 20개월분 봉급에 해당하는 큰돈이다. 군사정권의 탄압에 대비한다는 속셈에서 비망록을 일절 만들지 않는 것이 회사 간부들의 불문율이었던 까닭에, 여기 이 글은 전적으로 기억에만 의존한 것이다. 하지만 확실한 것은 내 주머니에서 나온 돈은 500만원뿐이다. 나머지 1,500여만원은 "제발 부탁이니 임형 명의로 해주시오"라는 거였다. 한겨레신문의 주주로 등재되는 데서 오는 불이익 혹은 위험을 피하고 싶다는 조건이다. 이럴 때 "비겁하게…… 그러려면 그만두시오"라 한다면 그건 무얼까. 마틴 루서 킹과 버락 오바마를 잇는 미국의 위대한 흑인 지도자 제시 잭슨(Jesse Jackson)이 1980년대 중반에 던진 말인데 "하늘이 내리는 기회를 외면하는 것은 하느님에게 죄를 짓는 것"이라는 비유로 대신하겠다.

이 글을 쓰면서 1,500만원 투자자들의 실명을 공개할 때가 오지 않았나를 무척 고심했다. 지금은 20년 전처럼 한겨레 주주라는 것이 불이익을 당하는 세상은 아니겠지만 각기 노는 물에 따라서는 '이중 플레이'를 했다는 입방아를 듣기 십상이다. 그렇더라도 내 이름을 빌려 투자한 사람들이 시대의 변화를 올바로 읽고 새로운 신문의 필요를 절감했다는 것은 자랑스러우면 자랑스럽지 쉬쉬할 일은 절대 아니다. 어디까지나 자신의 불찰이지만 내 이름으로 투자한 실제 주인들을 죄다 떠올리지는 못한다. 그중 두 사람은 500만원씩을 낸 김인기와 조규하다. 앞의 분은 나와 대학 시절부터 30대 중반까지 밤 가는 줄 모르며 거대 담론을 나누었던 김상기(미국 남일리노이대학교 철학교수 역임)

의 백씨(만형)이고 뒤의 분은 언론계(한국일보, 동아일보 정치부 기자 역임) 출신으로 전국경제인연합회(전경련) 상근 부회장과 전라남도 지사를 지낸 사람이다. 실명 노출을 꺼리는 출자자들이 창간발기인들의 이름 속에 묻혀 있을 가능성이 큰데 실제 출자자들의 상당수가 이미 노령에 이르렀을 터인즉 한겨레는 하루속히 주권을 발행하여 비록 종이쪽지일망정 감사의 징표를 남기는 것이 도리다.

다 알려진 사실로서 김영삼, 김대중 두 전직 대통령은 5천만원씩을 냈다. 김대중 전 대통령의 출자는 쉽게 이루어졌는 데 비해 김영삼 전 대통령 쪽은 한참 지나도 감감무소식이었다. 자랑거리는 못 되지만 이럴 때 창간위원들의 눈초리는 내게로 향했다. '당신이 움직여보라'는 무언의 압력이다. 1972~73년 조선일보의 정치부 차장이라는 경력이 있고 1974년의 민주회복국민회의운동을 하는 짧은 기간에 내가 야당 정치인 접촉을 한 경험이 있어 우리들 가운데서는 그쪽과 안면이 비교적 잘 통하는 편에 속했지만, 정치하는 사람들에게 돈 이야기가 내키지 않는 것은 피차 마찬가지 아닌가. 김영삼 전 대통령의 최측근인 김덕룡(金德龍)과 대학 동기인 창간위원도 여럿 있는데 왜 하필 내가 나서야 하는지 내심 불만도 없지 않았다. 하지만 이내 마음을 고쳐먹었다. 해직기자 가운데서 외근 경력이 가장 긴 내가 새 신문을 만드는 데 할 일이 있다면 악역과 인욕

(忍辱)이라고 생각했다. 헬무트 슈미트와 같은 '마허'의 능력을 갖추지 못했다면 악역과 인욕을 회피해서는 안 된다고, 한겨레에서 일한 4년 동안 내 신조로 삼았다.

1960년대 민완의 경제 관료로서 활약하다 정계에 투신하여 1988년께부터 김영삼 전 대통령의 신임이 두터웠던 황병태(黃秉泰, 경제기획원 경제협력국장, 국회의원, 주중대사 역임)를 만나 간청 반 투정 반을 부렸다. 그와의 만남이 주효했던지 5천만원 출자는 이내 성사됐다. 문제는 그로부터 한두해 뒤의 일이다. 롯데호텔 로비에서 김영삼 전 대통령과 우연히 마주쳤다.

"임 부사장! 한겨레가 나에게 그렇게 해도 되는 깁니까. 내가 한겨레의 기둥 하나는 세워주었는데 말입니다." 정치 9단답게 그는 얼굴에 웃음은 잃지 않았으나 그의 말은 나에게 다트 화살처럼 와 꽂혔다.

자율을 찾아서 '한겨레 백가쟁명'

내 회갑을 축하한다는 명목으로 이계익, 성유보, 나 셋은 1996년 여름 유럽으로 배낭여행을 떠났다. 열차편으로 밀라노·베네찌아·뮌헨을 거쳐 베를린에 도착했는데, 거기서 하찮은 일로 의견이 갈렸다. 저녁을 한식으로 할 거냐, 독

일 맥주를 곁들인 양식으로 할 거냐를 두고 설왕설래 끝에
둘은 한국 음식집으로 가고, 나는 외톨이로 소지지를 먹었
다. 배낭을 메고 이역만리 여행길에 올랐으면 의견이 다르
더라도 밥은 같이 먹어야 하는데 밥이 의견차의 주제가 되
었으니 기가 막힐 노릇이었다. 두 사람은 서울을 떠난 뒤
한 차례도 우리 음식을 먹지 못했고 장차 폴란드와 러시
아에 가서는 한식을 구경 못할 터이니 베를린에서 된장국
과 김치로 실컷 배 속에 채우자는 거였다. 그러나 나는 모
처럼 유럽까지 왔으면 가는 곳마다 그 고장 음식을 맛봐야
여행의 보람이 있지 않느냐고 맞섰던 것이다. 세 사람이
모이면 뜻이 갈린다는 세상의 원리를 확인한 셈이었다.

한겨레의 소문난 '인파이팅'(집안싸움)은 신문이 나오기
전 안국동 시절부터 있었다는 걸 말하려던 참이다. 한겨
레 20년사(『희망으로 가는 길』, 2008)에는 컴퓨터 조판시스템
(CTS) 채용을 자랑스럽게 소개하고 있으나, 창간 준비 때
일을 돕던 젊은 패들 중의 하나가 '머지않아 군사독재를
끝장낼 대통령선거가 있는데…… 선배들은 테크노피아에
빠져 있다'고 몰아세웠다. 테크노피아라는 말에 나는 열불
이 터지는 것 같았다. 첨단기술에 넋을 잃어 변혁의 대의
를 저버렸다는 함축이다. 사실은 정반대로서 창간 준비에
여념이 없는 해직기자들은 중·노년을 가릴 것 없이 첨단
기술의 혜택을 누리지 못했고, 그중 일부는 첨단기술의 해

악을 경계하는 생태론자에 가깝다.

　청암은 연로했던 점도 있었겠지만 첨단기술과는 도시 무관한 분이고, 리영희, 최일남(崔一男, 소설가, 한겨레신문 논설고문 역임)을 포함하여 한겨레의 논진은 한 사람만 빼고 모두 종이에다 펜으로 글을 썼다. 자동차 운전은 권근술·신홍범·성유보는 했으나 CTS 주창자 정태기는 안 하는 주의였다. 한겨레의 해직기자 가운데서 자동차 운전과 컴퓨터 문서작성을 할 수 있는 사람은 오직 김종철(金鍾澈, 동아일보 해직기자, 한겨레 논설위원, 연합통신 사장 역임) 한 사람뿐이었다. 한국이 첨단기술 상품으로 먹고살기 시작한 90년대 내내 신홍범과 나는 휴대전화를 쓰지 않았으며, 나는 1995년 봄에 컴퓨터 문서작성기(워드프로세서), 그해 여름에 인터넷을 겨우 익힌 '테크노포비아'(technophobia)다.

　대저 집안싸움은 형편이 어려워질수록 기승을 부리는 법이다. 한겨레에서는 자본 주체의 부재가 계서제(階序制)의 폐해를 제거하는 데 결정적으로 기여했으나 그에 대신할 자율 기능이 생기는 데 오랜 시간이 걸릴지 모른다. 사실 내가 한겨레 집안싸움의 여러 원인을 말하기는 매우 거북한 위치다. 한겨레는 한국의 경제·사회적 여러 모순과 차별을 타파하고자 태어난 것이지만 또 한편으로는 그런 모순과 차별의 축소판이기도 하다. 인간 사회의 가장 오래된 성(젠더)차별의 한겨레판은 없었을까.

'쿠사바나' 기자는 없다

시사주간지 『한겨레21』의 인기 고정란이었던 '도전 인터뷰-쾌도난담'을 나는 꼭 찾아 읽곤 했다. 전 세계에 명성을 드날린 이딸리아 여성 저널리스트 오리아나 팔라치(Oriana Fallaci)의 회견기록 『역사와 인터뷰하다』에서 느낀 것, 즉 "멋있는(도전적) 질문이 멋있는(내용이 풍부한) 답변을 유도할 수 있다"는 믿음을 확인하고자 한 때문이다. 그런데 『한겨레21』의 '도전 인터뷰'는 분량이 짧은 것이 큰 제약인데다 인터뷰 대상으로 나온 한국의 정치인, 고위 행정가, 연예·스프츠계 스타들이 유머감각과는 거리가 멀어 흥미를 잃고 말았다.

팔자 드센 나는 인터뷰 운이 없었다. 1990년 초가을 리비아 이슬람혁명 20돌 기념행사 초청을 받아 강철원(한겨레 기자, YTN 해설위원 역임), 이봉수(한겨레신문 경제부장, 세명대 저널리즘스쿨대학원장 역임)와 같이 트리폴리까지 날아가 닷새를 기다렸으나 카다피를 만나려던 기획은 불발로 그쳤다. 그 대신 귀국 비행기를 타기 두시간 전 리비아 제2인자 잘루두 소령과 30분가량 만난 것이 고작인데, 인터뷰라 하기엔 참담한 실패작이었다.

저널리스트로서 활동한 기간에 내가 했던 인터뷰보다

더 많은 횟수의 인터뷰를 한겨레 창간 전후 몇해 사이에 당했다. 우리말 번역이 아직 정착하지 않아서, 영어로 하자면 인터뷰어(인터뷰하는 사람)의 대각에 선 인터뷰이가 되었던 것이다. 그중에서도 외국 여성 기자들의 질문은 이따금 짜증이 날 정도로 날카로웠는데,『르 몽드』의 1988년 당시 서울 주재기자 도미니끄 바루슈(프랑스 방송 '앙뗀2' 기자, 프리랜서)와 서독의 국영통신 '데페아'(DPA)의 여성 기자가 복장을 긁는 질문을 했던 기억이 남아 있다.

1988년 말, 일본의 보수 성향 월간지로 300만부 넘는 발행부수를 자랑하는『문예춘추(文藝春秋)』의 자유기고가라는 40대 여성이 나를 인터뷰하겠다고 양평동 사옥으로 찾아왔다. 그는 영어가 서툰 편이어서 일본말 반, 영어 반으로 한시간 가까이 문답을 나누더니 "지금까지 한 이야기는 신문과 잡지에 이미 다 나온 것"이라며 다른 이야기를 해달라는 거였다. 하도 여러번 인터뷰를 한 터라 '달달' 외고 있는 정도여서 무엇을 더 듣고 싶은지 내 쪽에서 물어야 할 판이다.

그 일본인 자유기고가는 팔라찌라는 이딸리아 기자의 이름조차 못 들어본 '받아쓰기만 하는 글쟁이'가 확실한데, 딱하다는 생각이 들어 그를 편집국으로 안내했다. 한겨레 여성 기자들이 분주하게 일하는 모습을 보여주고 싶어서였다. 저만치에 김선주(金善珠, 조선일보 해직기자, 한겨레

신문 논설주간 역임, 칼럼니스트)가 편집위원장과 열띤 대화를
하고 있었으며, 생활환경부의 김미경(『허스토리』편집장 역임,
뉴욕 한국문화원에서 일함)이 손가락 사이에 담배를 끼운 채 기
사를 쓰고 있었다. 그 일본인 자유기고가를 데리고 김미경
옆으로 가 뭐든 물어보라 했다. 다음은 20대 초반의 여성
오퍼레이터들이 일하는 조판실 쪽으로 갔다.

　그는 여성 기자 수가 많은 것과 그들이 편집국 안에서
담배를 피우는 것, 특히 여성 기자가 대선배이자 부사장
앞에서 담배를 끄지 않은 것에 매우 놀라는 눈치였다. 한
국의 기존 신문사에는 여성 기자가 많아야 네댓인데 한겨
레는 20명이 넘는다는 것, 다른 신문사에서는 일본 신문을
본떠 여성 기자를 '쿠사바나'('화초'라는 뜻의 일본어)로 여길
뿐 당당한 일손으로 대우하지 않는다는 것, 기자는 남녀
불문 모두 단일호봉제의 적용을 받는다는 것, 남성 기자가
담배를 피우면 여성 기자도 담배를 피울 수 있는 것이라고
나는 신나게 떠들어댔다.(이후 공덕동 새 사옥으로 옮기면
서 실내흡연은 금지됐다.) 그 일본인 자유기고가는 고개를
두세번 조아리며 '잘 알겠습니다'를 연발하는 거였다.

　한겨레가 이 땅에 뿌리박힌 모순과 차별의 축소판이라
했으니 한겨레에 성차별이 없었다고 말한다면 그건 강변
이다. 하지만 한겨레가 나오기 전까지 기존 신문들이 감히
엄두를 내지 못한 인습적 성차별의 일각을 한겨레는 단숨

에 꼈다. 이를테면 신문사의 남녀 기자가 사내결혼을 하면 둘 중 하나, 대개는 여성 쪽이 회사를 떠나는 것이 불문율이었다. 사규에 없는 불문율이고 설혹 사규에 있더라도 근로기준법 위반일 그런 기본권 제한 행위에 아무도 법적 대거리를 못하던 시절이었다. 하지만 한겨레에서는 전혀 문제가 되지 않아 기자 부부만 열쌍이 훨씬 넘는다. 나만 해도 부사장으로서 한겨레 기자였던 조선희(趙仙姬, 『씨네21』 편집장, 국립영상자료원 원장 역임)와 박태웅(열린사이버대학 부총장 역임)의 결혼식 주례를 섰다. 여성이 대선배인데다 연상이어서 당시 한겨레는 물론 언론계 안팎에서 큰 화제가 됐던 '사건'이었다.

"광고 차별, 그건 위법이오"

6만여 국민이 200억원의 돈을 내 좋은 신문을 만들어보라 했을 때는 한두해 신나게 뚱땅거려 보라는 뜻이 아님은 한겨레신문 창간 주역들이 누구보다 잘 안다. 용감하게 진실을 보도하고 알뜰하게 살림을 꾸려나가는 일은 만족스럽지는 못해도 그럭저럭 해나갔으나 밑천을 축내지 않는 일은 힘에 부쳤다. 나는 광고주의 영향력에서 벗어나야 한다고 입이 닳도록 떠들어댔으나 정작 광고 얻기가 얼마나 어려운지는 잘 몰랐다.

초창기 광고 이야기가 나온 김에 고마웠던 두 사람을 빼놓을 수 없는데, LG그룹의 이헌조(李憲祖, LG전자 회장 역임)와 포항제철의 박태준(朴泰俊, 포항제철 회장, 국무총리 역임)이다. 대학 3년 위인 이헌조는 1950년대 중반 동숭동의 중국집 진아춘에서 생전 처음 내게 배갈(고량주)을 마시게 한 선배로, "아우가 신문을 만든다니 당연히 도와야지" 하며 선뜻 광고를 주었으되 기사와 관련하여 나에게 청탁을 한 적이 없다.

박태준은 한국일보 논설위원인 나와 재벌의 철강업 진출 문제를 놓고 토론하던 중 '영리 위주의 민간 철강업은 시기상조이며, 19세기 말 독일의 경험으로 보아 재벌의 철강업은 남북관계 등 외교 분야의 위험 요인'이라고 하자 상찬을 아끼지 않았다. 이런 인연에다 박태준은 70년대 경제부 기자로서 정태기의 능력을 높이 평가했던 것으로 들었다. 또 정태기와 고교·대학 동창인 이대공(李大公, 포항제철 부사장, 포스코교육재단 이사장 역임)이 움직여 포항제철의 광고는 아주 초기부터 들어왔다. 그들 쪽에서 켕기는 구석이 있어 광고를 준 것 아니냐는 사람이 있다면, 다른 대기업과 국영기업들이 왜 우리에게 그토록 매정하고 적대적이었나를 설명할 수 있어야 한다. 안기부의 노골적인 광고수주 방해 공작이 활개를 치던 때의 일임을 새겨들어야 한다.

광고담당 이사 이병주는 이따금 내게 와 어려움을 토로했는데, 전국 모든 일간지에 게재하는 공익광고를 유독 한겨레만 빼놓는다는 거였다. 내 기억이 정확하다면 '저축하자'는 광고였는데, 경제기획원 소관이다. 울화가 치밀어 당시 경제부장 최학래(崔鶴來, 한겨레신문 사장 역임)를 앞세우고 국무회의에 참석 중인 조순(趙淳, 서울대 상대 학장, 한국은행 총재, 서울시장 역임) 부총리 겸 경제기획원 장관을 만나러 광화문 종합청사로 갔다. 한시간 가까이 기다린 끝에 만난 그는 내 항의에 묵묵부답으로 일관했다. 앞으로 시정하겠다는 약속조차 하지 않는 그에게 "귀하는 지금 예산회계법의 차별 금지 조항을 위반하고 있소"라는 말을 내뱉고 빈손으로 돌아오는 수모를 겪어야 했다. 그런 조순이 2005년엔가 한겨레 필진으로 위촉됐다는 기사를 읽고 15~16년 전의 일이 떠올라 이번에는 한겨레의 사장, 논설주간, 편집국장과 만난 자리에서 악을 썼다. "조순은 그때의 위법 처사에 유감을 표명해야 하고 원고료는 발전기금으로 내놔야 한다"고.

자본금을 매일 까먹는 처지에 비상수단을 쓰지 않으면 안 되었다. LG를 제외한 삼성·현대·대우 등은 이른바 '재벌 총수'와 접촉하지 않고는 광고 수주가 불가능하다는 것이 중론인데, 창간 초기 한겨레 간부들 가운데 그들과 연줄이 닿는 사람이 없었다. 전경련 회장직과 대한올림픽위원회(KOC) 위원장을 겸했으며 북한을 방문해 경제교류를 타진하고 있던 현대의 정주영(鄭周永)을 나는 타깃으로 잡았다. 여당 원내총무 이종찬에게 전화를 걸어 정 회장의 아들 정몽준(鄭夢準) 의원을 만나게 해달라고 부탁하자 며칠 뒤 63빌딩의 일식집에서 만나자는 응답이 왔다. '한겨레는 정주영 회장의 남북교류 노력을 평가한다. 송건호 사장이 정 회장을 만나고자 하니 노력해달라'고 하자 정몽준은 '그 문제는 여기서 답할 수 없고 아버지를 만나 타진해보겠다'는 미지근한 반응을 보였다. 그러나 후속 반응은 의외로 빨라 며칠 뒤 연락이 왔는데, "모레 아침 7시 계동 사옥으로 수행자 없이 사장님만 나오시되 보안을 유지해주시오"라는 거였다. 이런 일이 처음인 청암은 떨떠름해 하며 정 회장에게 무엇이라 말해야 하는지 나에게 물었다. '절대 광고 건은 먼저 꺼내지 마세요. 분위기가 좋지 않으면 광고 이야기는 안 해도 됩니다'라고 말했다.

밝은 표정으로 돌아온 청암이 전하길, 방에 들어서자마자 정 회장이 자신을 껴안으며 '고생이 얼마나 많으시오. 우리 함께 평양에 갑시다'라 하더란다. 송–정 회동의 공개가 한겨레의 이미지에 미칠 파장과 기자들의 사기에 끼칠 영향에 신경이 쓰여 이 글을 쓰기에 앞서 신홍범과 성유보의 의향을 물었다. 둘 다 숨길 것 없이 공개하라고 했다. 아무튼 창간 초기 내가 해낸 최대 악역이다.

정론 위한 자기희생 잊지 마오

한겨레보다 늦게 창간된 어느 신문사 사람이 무슨 얘기 끝에 "한겨레는 '브랜드 파워'가 있다"고 한 말을 듣고 기분이 나쁘지 않았다. 20년이 되었으니 그런 말이 나올 때가 됐다. 브랜드라면 요샛말로 '명품'이라는 뜻인데, 승용차의 '베엠베'(BMW), 향수의 '샤넬'을 떠올려도 이상스러울 것이 없으며, 조악품과 싸구려의 반대말로 쓰인다.

그러나 다음 순간 마음속으로 한겨레에는 일반 상품에 붙이는 '브랜드 파워'라는 말이 전혀 어울리지 않는다고 생각했다. 왜냐하면 한겨레는 상업재가 아니고 공공재라 굳게 믿기 때문이다. 비록 2008년 현재 상법상의 주식회사, 한부에 600원, 한달 구독료 15,000원, 직원은 법인 한겨레신문사의 피고용자 신분, 정년 퇴직…… 다른 신문과 한겨레의 같은 점을 들자면 16절지 한장을 가득 메워도 모자랄 정도지만, 주관적이라는 비난을 무릅쓰고 단언하건대, 한겨레는 상업적 이윤 추구를 위해 출범한 것이 아니다. 인수·합병(M&A)의 귀신이 나와 비싼 값을 주고 한겨레 주식을 몰래 사 모아 경영권을 장악하는 방법, 직업 테러 분자들을 동원하여 한겨레에 물리적 타격을 가하는 방법, 교묘한 수법을 써서 한겨레 내부 분쟁을 조장하는 방법 등

시장경제 사회에서 상상할 수 있는 어떤 방법을 쓰든, 일시적 훼손을 가할 수 있을는지는 몰라도 한겨레를 변질시키거나 말살하려는 기도는 실패할 것이다. 4·19혁명과 6월항쟁과 6·15남북공동선언을 일궈낸 대한민국의 시민사회는 지금 한겨레를 지킬 만한 저력을 지녔다.

문제는 한겨레 종사자들이 어떻게 하느냐다. 열심히 성실하게 일한다는 것만으로는 충분하지 못하다. 특히 회사 안에서 중요한 직책을 맡은 사람들에게는 자신을 봉급생활자로 설정하고 안주하는 자세야말로 경계해야 한다. 성실과 근면에서 한걸음 더 나아가 때로는 번뜩이는 지혜를 발휘해야 하고, 때로는 자기희생과 인욕(忍辱)을 감수해야 한다. 완전히 폐기된 구식 용어, '지사(志士)'라는 말의 본디 쓰임새가 있는 곳이 바로 한겨레다. 한겨레를 영달의 발판으로 이용하고 싶은 유혹이 들거들랑 그 순간 떠나라!

한겨레 재임기간(1988~91) 나의 잘잘못을 가리는 일은 창간 동인들을 포함하여 한겨레에 애정을 지닌 모든 사람들의 몫이다. '편집인 겸 부사장'으로서 겪은 안팎의 인욕은 무수하지만 후진들에 참고가 될 듯하여 하나만 털어놓겠다. 인욕이라는 말은 수동적 위치에서 취하는 언행을 통해 적극적 의미와 가치를 찾는 것이므로 욕된 일을 행한 자의 존재는 어디까지나 부차적이다.

당시 신문 발행 여부를 소관하는 부처의 장관이 나에게

"한겨레에 외국 불순자금이 유입된 사실이 포착되어 기관에서 조사 중인 모양이니 조심해야 되겠습디다"라 말해준 일이 있었다. 이런 말을 들었을 때 사극에서라면 '어허 별 해괴한 말씀을 다 하시는구려' 하며 손에 든 부채를 한번 요란하게 펼치는 것으로 장면은 바뀔 것이다.

그러나 현실은 민족일보 사장 조용수에게 총련(재일본조선인총연합회)의 자금으로 신문사를 차렸다는 날조된 혐의를 씌워 1961년 박정희가 교수형에 처했던 사실이 있는 터라 나는 까무러치게 놀랐다. '한겨레의 몇 사람을 넥타이공장(서대문형무소의 교수대를 가리키는 말)에 보내겠다는 수작이구나' 하는 공포감과 '공갈·협박치고는 되게 유치하다'는 생각이 엇갈리는 거였다. '불순 외국자금 유입' 첩보를 입수했다면 수사기관의 1급 기밀사항인데 소관 장관이 피의자인 한겨레 관계자에게 발설하는 것은 상식으로 불가해한 짓이다.

이 자명한 공갈·협박에 어떻게 대응하느냐는 것이 문제였는데, 우선 발행인 겸 대표이사인 청암에게 보고하느냐마느냐를 두고 나는 하룻밤을 꼬박 새우다시피 했다. 청암역시 십중팔구 한겨레에 겁을 주려는 협박이라 생각하겠지만 대응 방식을 회사 공식기구에서 논의해보자고 할 때는 다른 상황이 벌어진다.

적극 대응론이 고개를 들 터인즉, '한겨레 말살 음모를 분쇄하자'는 팻말을 들고 광화문으로 나가는 방식이다. '리영희 고문 방북취재 계획' 사건과 '서경원 전 의원 방북 자료 압수수색' 사건으로 피가 마르는 소모전을 했는데 또다시 소모전을 치르게 되면 신문 제작에 큰 어려움을 가져올 것이 뻔하다. 더구나 저쪽에서 '불순자금 여부를 가리게 경리 자료와 주주 관련 자료를 내놓으라' 하면 어떻게 할지 캄캄했다. 국가보안법 혐의는 그쪽에서 씌워놓고 '네가 공산주의자가 아님을 입증하라'는 것이 무고한 사람 괴롭히는 상투 수법이다.

온건 대응은 알아서 기는 건데, 그것은 한겨레의 죽음이다. 생각이 여기까지 미치니 협박에 대한 강·온 대응 어느 쪽이거나 저들은 손해볼 것이 없다는 계산을 하고 있다는 판단이 섰다. 그러면 협박에 대한 최선의 대응은 묵살하는 길밖에 없었다. 그러면서도 마음 한구석으로 혹시 '외국의 불순자금'이 정말 들어왔으면 어쩌나 싶어 다음 날 저녁 괜히 주주관리실에 들어갔다. 퇴근 준비 중인 여성 직원이 어쩐 일이냐고 물어 종이 상자에 쌓인 전산용지에 손을 얹으며 "요새 바쁘지?" 하고 그냥 나왔다. 아무에게도 발설하지 않고 협박을 묵살하자니 간이 타들어가는 냄새가 나는 것 같았다. 욕된 도발에 대한 묵살, 즉 '무대응'처럼 쉬운 것이 없는 줄 알았는데 무대응이야말로 내공이 필요한 인욕의 경지임을 이때 터득했다. 끝내 신문 발행 소관 장관의 협박을 묵살한 것은 재임 중 스스로 내세울 만한 자랑거리의 하나라 하겠다.

참언론을 향해 걸어간 머나먼 발길

신홍범

언론인

한국 언론사에 훌륭한 발자취를 남긴 언론계의 선배를 들라고 한다면 나는 세 사람을 꼽겠다. 작고한 송건호 선생과 리영희 선생, 그리고 이 회고록의 저자인 임재경 선배다. 이 세분은 성격도 다르고 스타일도 다르지만 같은 점이 많다. 언론인 노릇을 똑바로 해보려다 언론 현장에서 추방당하고, 독재정권의 박해를 받아 감옥엘 가고, 그러고 서도 굽힘없이 신념을 지키며 이 땅에 참된 언론을 실현하려고 노력했다는 점이 같다. 한겨레신문을 창간할 때 큰 역할을 맡고, 그곳에서 함께 일한 점도 같다. 리영희 선생은 조선일보에서 해직당한 뒤 오랫동안 대학에서 언론학을 강의한 적이 있으나, 학자로서보다는 저널리스트로 활약한 것이 더 많다고 생각한다. 한겨레신문 이사 겸 논설위원으로 그 역할을 끝냈으니 시작도 끝도 언론인이었으며, 남긴 업적도 대부분 탁월한 저널리스트로서 이룩한 것이라고 본다.

사람이 한평생 살면서 흔들림 없이 한길을 걸어간다는 것은 쉬운 일이 아니다. 그런데 이 세분은 험난했던 시대에 언론인으로서 멀고 험한 길을 끝까지 걸어갔다. 정치를 해보지 않겠느냐, 관직을 맡아보지 않겠느냐는 제안을 받았으나 이를 거절하고 오직 한길을 걸어갔다. 그런 선택을 한 것은 언론의 가치를 어떤 가치보다 높게 보았기 때문이며, 그 일이 자신에게 맞는다고 보았기 때문일 것이다. 그들은 언론을 신앙의 대상처럼 고귀하고 존엄한 것으로 보았음에 틀림없다. 너무 진부한 말이지만 사람은 언론을 통해 세상을 보기 때문에 우리 삶에서 차지하는 그 중요성은 이루 말할 수 없이 크다.

이 세분들에게 언론이란 권력(정치권력과 자본권력)의 밥상에서 떨어지는 음식 조각이나 주워 먹는 개가 아니었다. 권력과 같은 테이블에 마주 앉아 이야기를 나누며, 그들을 비판하고 질타하는 '시민'이요 '국민'이었다. 언론이란 세상을 바라보는 것이 아니라 들여다보는 것이었고, 세상을 설명만 하는 것이 아니라 세상을 바꾸어놓는 것이었다.

임재경 선배가 조선일보 재직 중 프랑스 유학을 마치고 막 돌아와 국회를 취재할 때 일어난 한 에피소드는 그가

언론을 어떤 위치에 놓고 행동했는가를 잘 보여준다. 어느
날 야당 원내총무인 김 아무개 의원이 기자회견을 할 때였
다고 한다. 웬 낯선 사람(임재경)이 눈에 띄자 원내총무가
물었다. "당신 누구요?!" 혹시 수사기관원이 아닌가 의심
했을지도 모른다. 이럴 때는 대개 "무슨 신문사의 아무개
기자다"라고 대답하는 것이 일반적일 텐데, 임 선배는 달
랐다고 한다. "그러는 당신은 누구요?"라고 반문했다는 것
이다. 순간적으로 나온 의외의 대응에 모두가 놀랐다는 것
이 현장에 있었던 조선투위 성한표 기자의 회고담이다. 이
에피소드는 기자를 어떤 언론사에 속한 하나의 개인으로
보는 것이 아니라, '시민'이나 '국민'을 대신해 그들의 알
권리를 실현시키는 귀중한 '공적인 사람'으로 보고 있었
다는 것을 드러내는 것이다.

　자신이 이처럼 소중하고 존엄하게 생각하는 언론이 그
렇게 오랜 세월 군사독재의 군홧발에 짓밟혔으니 그 심경
이 어떠했겠는가. 당연히 맞서 싸울 수밖에 다른 길이 없었
을 것이다. 1974년 현직 언론인으로서는 유일하게 민주회
복국민회의에 참여한 이래 1980년 봄엔 '지식인 134인 선
언'에 참여하는 등 민주화운동과 언론자유수호운동의 대
열에 뛰어들었다. 그리하여 여러차례 연행되다가 1980년
마침내 감옥에 갔다.

　그 시절 우리는 한달이 멀다 하고 임 선배를 만났는데,

그때 내가 받은 깊은 인상 중의 하나는 군사정권이 저지르는 온갖 야만적인 폭력에도 불구하고 놀라거나 동요하는 기색을 본 적이 전혀 없다는 것이다. 나는 원래 겁이 많은 사람이어서 두려움을 느낀 적이 여러번 있었는데, 그는 도무지 그런 기색이 없어 보였다. 이번에 회고록을 읽는 가운데 '겁이 났다'고 쓴 대목을 몇번인가 보고는 '임 선배 역시 그때 그랬었구나' 하고 위안을 받았다.

임 선배는 우리 해직언론인 후배들에겐 언제나 든든한 정신적인 후원자였다. 늘 격려하고 도와주었다. 한동안 조선투위가 성명을 낼 때 자주 부딪친 문제 중의 하나가 독재권력과 하나가 되어버린 언론을 어떻게 간단한 말로 표현해내느냐였는데, 이 문제를 해결해준 것도 임 선배였다. '독재정권의 나팔수' '독재권력의 하수인' 등 긴 표현 대신 '제도언론'이라는 간단한 말을 만들어준 것이다. 이 말은 그 뒤 보편화되어 널리 쓰였다.

특히 조선투위에 그는 은인(恩人)이다. 조선투위가 생긴 이래 그는 우리와 고락을 함께했다. 그런 것이 국군보안사령부(보안사)의 안테나에 잡혔는지 그들의 '민간인 사찰 기록카드'에까지 올라 있다. 1990년 10월 4일, 당시 보안사에 복무하고 있던 윤석양 이병이 양심선언을 하고 터뜨린 사찰자료가 『말』지의 부록으로 공개되었다. 여기에 실린 '임재경 편'을 뒤져보았더니 이렇게 기록돼 있었다. "개인특

성: 내성적이며 음흉한 성격을 포지(抱持)코 있어 (…) 조선
투위의 대부 역할을 하고 있음." "주요동향: 언론인 순화대
상자 A급 선정 (…) 조선투위 핵심인물들의 정신적 지주로
서 활동……." 이 카드에 올라 있는 사람치고 흉악하게 그
려지지 않은 사람이 거의 없는데, '김대중 전 대통령 편'은
이렇다. "개인특성: 사상이 불투명하며 권모술수와 기만으
로 정치생활 30년을 일관한 신뢰성이 전혀 없는 위험인물."

해직 언론인들에겐 오랜 꿈이 두가지 있었다. 하나는 우
리를 해직시킨 언론사로부터 사과를 받고 옛날의 일터로
복귀하여 단 하루만이라도 일해보는 것이었다. 하루만 근
무하고 이튿날 제 손으로 사표를 쓰고 나오겠다는 사람도
있었다. 또 하나의 꿈은 참다운 언론을 갈망하는 국민들의
염원을 담아 '국민의 힘'으로 새로운 신문을 만들어내는
것이었다. 복직의 꿈은 40년이 지난 오늘까지도 이루어지
지 않았지만, 다른 꿈은 한겨레신문의 창간으로 실현되었
다. 한겨레는 많은 해직언론인들과 국민들의 뜻과 정성이
모아져 만들어진 것이지만, 여기엔 꿈을 현실로 바꾸는 데
앞장선 선구자들이 있었다. 국민 모금에 의한 신문 창간이
라는 담대한 아이디어의 실행 계획을 앞장서서 세우고 추
진한 정태기 전 조선투위 위원장, 모험 같은 이 계획을 앞
에서 강력하게 이끌어간 임재경 선배와 이병주 전 동아투
위 위원장(작고)이 그들이다. 나는 이 세 사람이 없는 한겨

레신문의 창간을 상상할 수 없다.

임재경 선배의 언론민주화운동은 한겨레신문의 창간으로 끝난 것이 아니라 그 후에도 계속되고 있다. 1984년 민주언론운동협의회(약칭 언협, 민주언론시민연합(민언련)의 전신)에 참여한 이래 지금도 민언련의 이사로 활동하고 있다. 언협이 풍전등화의 위기에 놓였을 때는 위험을 무릅쓰고 사태를 수습하기도 했다. 그리고 아직도 80세의 노구를 이끌고 언론을 바로잡으려는 이런저런 집회에 나가 발언을 계속한다.

내가 임재경 선배로부터 가장 깊은 감명을 받는 대목은 바로 이런 끊임없는 참여(앙가주망) 정신이다. 발언하고 '행동하는' 지식인의 모습이다. 돌아보면 그의 앙가주망 정신은 꽤 오랜 역사를 지니고 있는 것 같다. 프랑스 혁명사의 탁월한 저자인 알베르 쏘불 교수의 강의를 직접 들어보려고 빠리1대학을 찾아간 것도, 아주 오랫동안 프랑스 혁명사 연구에 몰두한 것도, 그 많은 철학자 중 싸르트르를 특별히 좋아했던 것도 이런 앙가주망 정신과 관계가 있다고 본다. 50대의 나이에 독일어 공부를 시작해 독일 신문을 구독하고, 통일 독일의 현장을 직접 가서 보아야겠다며 꽤 오랫동안 독일에 머문 것도 이와 관련이 있다.

그의 주요 관심사는 한국의 언론 현실이고 민주주의이며 한반도의 평화와 통일이다. 그러나 그의 사무실을 방문

해보았거나 그와 대화를 나누어본 사람이라면 그의 관심이 세계를 향해 열려 있다는 것을 보았을 것이다. 내가 보기에 세계에서 일어나는 어떤 중요한 사건도 그에게는 남의 일이 아닌 것 같다. 자신과 관계가 있다고 보는 것이다. 굳이 문자를 쓴다면 자신을 '세계 내 존재'로 본다는 것이다. 사무실을 온통 뒤덮고 있던 그 많은 다양한 책들과 국내외 신문들을 본 사람이라면 이를 실감했을 것이다. 책을 1천권 살 때마다 자녀들에게 짜장면 한 그릇을 사주었던들 "아이들에게 짜장면 한번 못 사준 것이 그렇게도 후회된다"는 말은 안 해도 되었을 텐데…….

임재경 선배가 우리에게 '제도언론'이란 말을 만들어준 지도 40년이 지났다. 이 긴 세월 동안에 '제도언론'은 이 땅에서 사라졌는가? 제도언론이란 한마디로 제도권에 편입되어 그와 하나가 된 언론을 말한다. 정치권력이나 자본과 이해관계를 같이하면서 한통속이 되어 돌아가는 언론을 가리킨다. 그러면 지금의 대다수 보수언론은 어떤가? 의심할 바 없는 또다른 형태의 제도언론이라고 본다. 감시와 비판 기능을 망각한 채 지배세력과 하나가 되어 자신들의 이익과 이데올로기를 위해 온갖 교묘한 방법으로 프로파간다를 일삼고 있기 때문이다. 정치, 경제 권력과 하나가 된 언론을 제도언론으로 부르지 않는다면 무엇으로 불러야 하나? 그뿐만 아니라 지금의 언론은 거기에 더

한 이른바 "명백하고도 현존하는 위험"(clear and present danger)이다. 사실과 진실을 비틀고 온갖 쓰레기 같은 더러운 말들을 쏟아내는 이른바 '종편 방송'에 이르면 그 위험의 정도가 어디까지 와 있는가를 실감한다. 한반도에서 끔찍한 전쟁이 일어날 수도 있는 긴박한 상황에서 위기를 완화하려 하기는커녕 긴장을 부추기고 조장하는 언론을 '위험'하다고 보지 않으면 무엇을 위험하다고 할 것인가? 공정보도와 공정방송을 주장했다 하여 언론계의 후배들이 일터에서 쫓겨나고 돌아가지 못하는, 40년 전의 사태가 아직도 계속되고 있다. 언론다운 언론을 세워보려고 한평생 멀고 험한 길을 걸어온 임재경 선배가 80세의 나이에 아직도 그 길을 더 걸어가야 하나?

ㄱ

강문규(姜汶奎)　336
강신옥(姜信玉)　341
강영훈(姜英勳)　89
강철원　408
강학수　221, 225
고건(高建)　375
고골, 니꼴라이(Nikolai V. Gogol')
　188
고르바초프, 미하일(Mikhail S.
　Gorbachev)　377
고석구(高錫龜)　204, 205
고세현(高世鉉)　388, 390
고양곤　182
고영재(高永才)　346

고일남(高一男)　290
고형곤(高亨坤)　375
고형렬(高炯烈)　388
공자(孔子)　64, 248, 249, 274
괴테, 요한 볼프강 폰(Johann
　Wolfgang von Goethe)　185
구중서(具仲書)　339
권근술(權根述)　329, 407
권영철　182
권오상　392
권중휘(權重輝)　204
그레꼬, 쥘리에뜨(Juliette Greco)
　218
김경식(金景植)　211
김경환(金庚煥)　279, 312~14, 317,
　319

김관석(金觀錫) 336

김구(金九) 102, 106~10, 386

김규(金圭) 270

김근태(金槿泰) 347

김내성(金來成) 154

김대중(金大中, 정치인) 110, 303,
    304, 316~18, 346~48, 355, 356,
    359, 361, 363, 373, 373, 379,
    396, 404, 424

김대중(金大中, 언론인) 298

김대환(金大煥) 385

김덕룡(金德龍) 404

김도연(金度淵) 350, 392

김동익(金東益) 400

김동인(金東仁) 115, 159

김두종(金斗鍾) 208

김두한(金斗漢) 266

김미경 410

김병로(金炳魯) 97

김상기(金相基) 101, 216, 247, 262,
    276, 282, 310, 311, 359, 403

김선주(金善珠) 409

김순남(金順南) 130

김양래(金良來) 388, 389

김언호(金彦鎬) 329

김연준(金連俊) 313~15, 317

김영삼(金泳三) 303, 304, 347, 404,
    405

김용경(金龍卿) 113

김용구(金容九) 321

김용철(金勇澈) 266

김용태(金瑢泰, 정치인) 298

김용태(金勇泰, 미술가) 338

김유정(金裕貞) 159

김윤수(金潤洙) 324, 366

김윤환(金潤煥) 335

김이구(金二求) 388

김인기 403

김인호(金寅昊) 318

김자동(金滋東) 255

김재규(金載圭) 330, 341

김재익(金在益) 359, 373, 374

김정남(金正男) 323, 330, 366

김정열(金貞烈) 232

김정태(金定台) 321

김정한(金廷漢) 389

김정헌(金正憲) 338

김정환(金正煥) 332

김종철(金鍾哲, 영문학자) 366, 367

김종철(金鍾澈, 언론인) 407

김주언(金周彦) 393

김주열(金朱烈) 238

김준엽(金俊燁) 110

김준태(金準泰) 353

김지하(金芝河) 328, 331, 332, 358,
    359

김진균(金晋均) 244

김진숙 182, 200, 386

김창수 221, 225

김태광 392

김태수(金泰修) 207, 208, 216, 221, 223

김태홍(金泰弘) 338, 339, 344~47, 352, 355, 356, 361, 391, 393, 397

김학민(金學民) 329

김학준(金學俊) 282

김형욱(金炯旭) 267, 307

까르네, 마르셀(Marcel Carné) 218

까뮈, 알베르(Albert Camus) 204

ㄴ

나병식(羅炳湜) 329

나애심(羅愛心) 219

나이, 조지프(Joseph S. Nye Jr.) 376, 378

나혜원 350

남재희(南載熙) 255, 276, 278~80, 282, 283, 302, 314, 317, 324, 399

노자(老子) 249

노향기(魯香基) 346

니장, 뽈(Paul Nizan) 354

ㄷ

덩 샤오핑(鄧小平) 156, 285

도스또옙스끼, 표도르(Fyodor M. Dostoevsky) 188

도브, 모리스(Mauice Dobb) 260

동훈(董勳) 386

뒤베르제, 모리스(Maurice Duverger) 293

듀랜트, 윌(Will Durant) 200

드골, 샤를(De Gaulle, Charles) 288, 289

드라이저, 시어도어(Theodore Dreiser) 200

디킨스, 찰스(Charles Dickens) 291

또끄빌, 알렉시스 드(Alexis de Tocqueville) 215

똘스또이, 레프(Lev N. Tolstoy) 185

뚜르게네프, 이반(Ivan S. Turgenev) 189

뜨로쯔끼, 레온(Leon Trotsky) 287

ㄹ

래스키, 해럴드(Harold J. Laski)

215

레닌, 블라디미르(Vladimir I. Lenin) 284, 287

레마르크, 에리히(Erich M. Remarque) 204, 205

로베스삐에르, 막시밀리앵(Maximilien Robespierre) 291

로욜라, 이그나띠우스(Ignatius Loyola) 214

루쉰(魯迅) 153, 154, 158~61

루터, 마르틴(Martin Luther) 184

르페브르, 조르주(Georges Lefebvre) 291

리영희(李泳禧) 255, 276, 278, 279, 282, 302, 314, 318, 324, 330~33, 358, 407, 418

마오 쩌둥(毛澤東) 160

말로, 앙드레(André Malraux) 288

맹자(孟子) 248, 249

맹주천(孟柱天) 113

모윤숙(毛允淑) 294

무라까미 하루끼(村上春樹) 38

묵자(墨子) 249

문국주(文國柱) 388

문동환(文東煥) 381, 389

문창석 338

문홍선 198, 199

미끼 키요시(三木清) 216

미떼랑, 프랑수아(François Mitterrand) 385

미야모또 무사시(宮本武藏) 24, 37

민기식(閔機植) 89

민병산(閔丙山) 339

ㅁ

마끼아벨리, 니꼴로(Niccolò Machiavelli) 215

마띠에, 알베르(Albert Mathiez) 291

마르께스, 가브리엘 가르시아(Gabriel Garcia Marquez) 277, 284

ㅂ

바란, 폴(Paul Baran) 260

바루슈, 도미니끄(Dominique Barouch) 409

박계주(朴啓周) 115

박권상(朴權相) 399

박동운(朴東雲) 321

박범진(朴範珍) 282, 326

박성득(朴聖得) 346
박영술 219, 247
박영주 337
박우정(朴雨政) 346, 366, 392
박윤배(朴潤培) 311, 317, 322, 337,
    347, 352, 359, 361, 367, 388
박정삼(朴丁三) 338, 352
박정희(朴正熙) 89, 170, 252, 255,
    261, 265, 267, 281, 282, 293, 299,
    301, 303~07, 311, 312, 314, 323,
    324, 328, 330, 331, 333, 335~42,
    344, 361, 369, 375, 395, 417
박종만(朴鍾萬) 358, 363
박종열(朴鍾烈) 336
박종철(朴鍾哲) 397
박종태(朴鍾泰) 339, 342
박종홍(朴鍾鴻) 244
박종화(朴鍾和) 115
박중기(朴重基) 334
박태웅 411
박태준(朴泰俊) 412
박현수(朴賢洙) 338, 366
박현채(朴玄埰) 323, 334, 366
박형규(朴炯圭) 332, 336, 363, 364,
    369
방곤(方坤) 204
방달, 프랑수아즈 385
방영웅(方榮雄) 339
방우영(方又榮) 280, 328

방인근(方仁根) 154
방일영(方一榮) 252
백기범(白基範) 282, 326, 331, 358,
    365, 366
백기완(白基玩) 343
백낙청(白樂晴) 262, 276, 282, 309,
    310, 322~24, 326, 329, 331,
    337, 339, 366, 372, 374, 377,
    380, 387, 388, 390, 391
백선엽(白善燁) 232
백순기(白舜基) 298
백영서(白永瑞) 329
벅, 펄(Pearl C. Buck) 153~56,
    160, 161
범하(凡下) → 이돈명(李敦明)
베버, 막스(Max Weber) 215
베이커, 에드워드(Edward Baker)
    372, 374, 375, 376
변형윤(邊衡尹) 365
보들레르, 샤를(Charles P.
    Baudelaire) 218
보크, 데릭(Derek Bok) 379
부수영 388
부완혁(夫琓爀) 252
삐까소, 빠블로(Pablo Picasso)
    284

432

ㅅ

서남동(徐南同) 363

서동구(徐東九) 346

서봉수(徐奉洙) 390

서인석(徐仁錫) 255

서정인(徐廷仁) 206

서한태(徐漢泰) 389

선우휘(鮮于煇) 280

성유보(成裕普) 282, 358, 391, 405,
407, 414

성창환(成昌煥) 258

성한표(成漢杓) 298, 326, 366, 422

셰익스피어, 윌리엄(William
Shakespeare) 214, 384

손세일(孫世一) 280

손자(孫子) 219, 249

손학규(孫鶴圭) 336, 384

손호태 208

손희식(孫熙植) 255

송건호(宋建鎬) 349, 351, 359, 361~
63, 391, 393, 399, 407, 414,
417, 420

송요찬(宋堯讚) 232

송욱(宋稶) 280, 281

송진혁(宋鎭赫) 282

슈미트, 헬무트(Helmut H. W.
Schmidt) 396, 405

슘페터, 조지프(Joseph A.
Schumpeter) 259

스위지, 폴(Paul Sweezy) 260

스타인벡, 존(John E. Steinbeck)
200

시바 료오따로오(司馬遼太郎) 37,
38

신경림(申庚林) 210, 339

신동문(辛東門) 310, 339

신수열 388

신용석(愼鏞碩) 290

신용하(愼鏞廈) 217

신익희(申翼熙) 215, 237

신인령(辛仁羚) 335

신종교 206, 207

신홍범(愼洪範) 282, 296, 326, 366,
391~93, 397, 407, 414

심재훈(沈在薰) 290

싸르트르, 장 뽈(Jean Paul Sartre)
235, 287, 288, 309, 335

쌔뮤얼슨, 폴(Paul A. Samuelson)
259, 260

쌩쥐스뜨, 루이(Louis A. L. de
Saint-Just) 291

쏘불, 알베르(Albert M. Soboul)
290, 291

ㅇ

아라공, 루이(Louis Aragon) 288
아리스토파네스(Aristophanes)
    218
아키노 2세, 베니그노(Benigno
    Aquino II) 378
안병찬(安炳璨) 251, 386
안병훈(安秉勳) 301
안성열(安聖悅) 358
안의섭(安義燮) 313, 319
안재웅(安載雄) 336
안평수(安平洙) 334
안희경 326
앤더슨, 셔우드(Sherwood
    Anderson) 200, 201
야마모또 이소로꾸(山本五十六)
    37
양한수 337
여균동(呂均東) 388
여운형(呂運亨) 97, 386
염무웅(廉武雄) 309, 310, 339, 366
예용해(芮庸海) 321
오바마, 버락(Barack Obama) 403
오상원(吳尙源) 210
오연호(吳連鎬) 275, 276
오웰, 조지(George Orwell) 285
위고, 빅또르(Victor Marie Hugo)
    295

유건호(柳建浩) 252
유경환(劉庚煥) 299
유광열(柳光烈) 320, 322
유인태(柳寅泰) 322, 388
유인호(兪仁浩) 349, 363
유종호(柳宗鎬) 210
유진산(柳珍山) 303
유혁인(柳赫仁) 306
유홍준(兪弘濬) 338
윤공희(尹恭熙) 389
윤수경 363
윤종현(尹宗鉉) 321
윤주영(尹胄榮) 255, 306
윤충기(尹充基) 208, 386
윤치영(尹致暎) 110
윤필용(尹必鏞) 314, 315
이경일(李耕一) 346, 366
이계익(李啓謚) 216, 247, 310, 337,
    405
이광수(李光洙) 115
이근안(李根安) 347
이근팔 382
이근호 221, 225
이기양(李基陽) 209~16, 233, 283
이기영(李箕永) 140, 370
이대공(李大公) 412
이돈명(李敦明) 332, 349, 361, 362,
    365
이돈영 245

이동수 206

이명박(李明博) 181

이명재(李明載) 232

이명준(李明俊) 332

이문구(李文求) 309

이문영(李文永) 349

이미경(李美卿) 336

이바루리, 돌로레스(Dolores
    Ibárruri) 296, 297

이병도(李丙燾) 244

이병두(李秉斗) 307

이병룡(李秉龍) 193, 207, 208

이병주(李炳注, 소설가) 307

이병주(李炳注, 언론인) 361, 413

이병철(李秉喆) 267, 270

이봉수 408

이부영(李富榮) 282, 358, 391, 397

이상(李箱) 182

이상백(李相佰) 244

이상재(李相宰) 344

이수인(李壽仁) 366

이승만(李承晚) 97, 103, 106~08,
    110, 123, 124, 130, 172, 183,
    197, 199, 215, 232, 237, 238,
    243, 244, 255, 348, 399

이시영(李時英) 353, 387, 390

이신범(李信範) 381

이양하(李敭河) 205, 244

이열모(李烈模) 321, 352, 399

이용희(李用熙) 244

이우정(李愚貞) 363

이응로(李應魯) 284

이인(李仁) 106

이일(李逸) 210

이재현 382

이재호(李在浩) 206

이재홍 180

이정환(李廷煥) 258

이종구(李鍾求) 234, 240, 247, 249,
    298, 300, 310, 327, 337

이종욱(李宗郁) 329, 358, 359

이종찬(李鍾贊) 359, 414

이종호(李鍾浩) 112

이태복(李泰馥) 329

이태준(李泰俊) 159

이하응(李昰應) 367

이헌조(李憲祖) 211, 412

이형(李馨) 321

이혜경(李惠琼) 388

이호웅(李浩雄) 329

이호철(李浩哲) 210, 331, 349, 351,
    359

이홍 208

이효재(李効再) 332, 349

이후락(李厚洛) 267, 301

이휘영(李彙榮) 192, 193, 195

이희승(李熙昇) 244

임덕원(任德元) 27

임사홍(任士洪)　107

임석진(林錫珍)　211

임영신(任永信)　106, 107

임유정(任惟政)　107

임진택(林賑澤)　332

임철호(任哲鎬)　107

임화(林和)　130

임홍순(任興淳)　107

ㅈ

장 제스(蔣介石)　120, 160

장규선(張奎善)　41

장규섭　162

장규태　88, 161

장규항　137

장기영(張基榮)　266, 280, 319, 320,
　　　324, 357

장기표(張基杓)　371

장덕상(張德相)　290

장면(張勉)　215, 237, 255

장윤환(張潤煥)　358

장을병(張乙炳)　349

장익봉(張翼鳳)　217

장일순(張壹淳)　331, 389

장자(莊子)　249

장준하(張俊河)　110, 331, 386

장행훈(張幸勳)　290

잭슨, 제시(Jesse Jackson)　403

저우 언라이(周恩來)　285

전두환(全斗煥)　270, 340, 343, 344,
　　　346~50, 353, 361~63, 365, 367,
　　　369, 372~74, 379, 390, 391,
　　　393, 396, 399, 400

정경모(鄭敬謨)　386, 387

정광모(鄭光謨)　321

정구호(鄭九鎬)　348

정동채(鄭東采)　381

정몽준(鄭夢準)　414

정봉주(鄭鳳柱)　392

정비석(鄭飛石)　176

정상복(鄭相福)　337

정성배(鄭成培)　292, 293

정성현(鄭聖鉉)　329

정수웅　392

정의길　392

정일권(丁一權)　89, 294

정종식(鄭宗植)　290

정주영(鄭周永)　414

정준성(鄭駿成)　290

정지창(鄭址昌)　366

정태기(鄭泰基)　282, 326, 329, 354,
　　　361, 366, 398, 400, 401, 407,
　　　412

정태성(鄭泰成)　317

정하룡　211

조가경(曺街京)　239

436

조건영(曺建永) 338, 339, 352

조경희(趙敬姬) 321, 333

조규하(曺圭河) 211, 403

조두영(趙斗英) 193, 207, 208

조만식(曺晚植) 97

조봉암(曺奉岩) 106, 208, 215, 237

조선희(趙仙姬) 411

조성우(趙誠宇) 350

조순(趙淳) 413

조연하(趙淵夏) 303

조영서(曺永瑞) 313, 319

조용만(趙容萬) 208

조용수(趙鏞壽) 252, 417

조준희(趙準熙) 332

조태일(趙泰一) 309

조화순(趙和順) 335

조훈현(曺薰鉉) 390

주돈식(朱燉植) 298, 304

주은경 388

주효민(朱孝敏) 320, 356

지드, 앙드레(Andre Gide) 188, 191

지영선(池永善) 378

지학순(池學淳) 331

ㅊ

차승만(車承萬) 382

차재철(車在哲) 185, 193, 195, 196, 201, 205, 210

채기엽 310

채만식(蔡萬植) 167

채병덕(蔡秉德) 119

채정근(蔡廷根) 204

채플린, 찰리(Charles S. Chaplin) 58

채현국(蔡鉉國) 216, 219, 234, 247, 310, 311, 317, 337, 359, 361, 371

천관우(千寬宇) 299, 363, 363, 399

천상병(千祥炳) 210

천승세(千勝世) 338

천영세(千永世) 334

청암(靑巖)→ 송건호(宋建鎬)

체호프, 안똔(Anton P. Chekhov) 188, 189

최갑수(崔甲洙) 354

최권행(崔權幸) 354

최규하(崔圭夏) 341~43

최기일(崔基一) 110, 382

최민(崔旻) 338

최민화(崔敏和) 342

최민희(崔敏姬) 392, 394

최병진(崔秉珍) 329

최석채(崔錫采) 252, 280

최성일(崔星一) 380

최원식(崔元植) 367

최일남(崔一男) 407
최장학(崔長鶴) 391
최정호(崔禎鎬) 211
최학래(崔鶴來) 413
최혁배(崔赫培) 336

200
표완수(表完洙) 346, 366
프랑꼬, 프란시스꼬(Francisco
　　Franco) 294, 296, 297
피천득(皮千得) 210

ㅋ, ㅌ

커밍스, 브루스(Bruce Cumings)
　　372
케인스, 존 메이너드(John Maynard
　　Keynes) 259
클라우제비츠, 카를(Karl Clausewitz)
　　311
킹, 마틴 루서(Martin Luther King)
　　403
토오고오 헤이하찌로오(東郷平八
　　郎) 37

ㅍ

팔라치, 오리아나(Oriana Fallaci)
　　408, 409
팔메, 올로프(Olof Palme) 379
포, 에드거 앨런(Edgar Allan Poe)
　　200
포크너, 윌리엄(William Falkner)

ㅎ

하이네, 하인리히(Heine, Heinrich)
　　284
하종오(河鍾五) 388
한규설(韓圭卨) 42
한기호(韓淇皓) 388
한남철(韓南哲) 234, 247, 310
한만년(韓萬年) 280, 281
한승동(韓承東) 393
한완상(韓完相) 336, 349, 381
한치진(韓稚振) 182
한화갑(韓和甲) 348
함세웅(咸世雄) 324, 359, 369
허문도(許文道) 348
허삼수(許三守) 348
허정화 392
허헌(許憲) 97
허화평(許和平) 348
헌팅턴, 쌔뮤얼(Samuel P.
　　Huntington) 376
헤라클레이토스(Heracleitos)

438

218

헤밍웨이, 어니스트(Ernest M.
    Hemingway) 200, 201

헤세, 헤르만(Hermann Hesse)
    185

현희강(玄熙剛) 193

호영진(扈英珍) 258

홍난파(洪蘭坡) 212

홍남순(洪南淳) 362

홍두표(洪斗杓) 270

홍명희(洪命熹) 97, 182, 311

홍사중(洪思重) 325

홍성엽(洪性燁) 342

홍성우(洪性宇) 311, 324, 332, 349,
    350, 361

홍세화(洪世和) 285

홍수원(洪秀原) 346, 392

홍순병 207

홍순일(洪淳一) 355

홍유선(洪惟善) 320

홍종민(洪鍾敏) 358

홍종인(洪鍾仁) 252

황명걸(黃明杰) 210, 239~41, 247,
    310, 337, 339

황병태(黃秉泰) 405

황인철(黃仁喆) 332

황주량 247

황지우(黃芝雨) 350

후광(後廣) → 김대중(金大中, 정치
    인)

임재경(任在慶)

1936년 강원도 김화에서 태어나 1947년 월남했다. 서울대 영문과를 졸업하고 1961년부터 1973년까지 조선일보 기자로 일했으며, 1974년 한국일보로 이직한 후 1980년까지 경제 전문 논설위원으로 활동했다. 1974년 '민주회복 국민선언'에, 1980년에는 신군부를 규탄하는 '지식인 134명 시국선언'에 참여했고, 1980년 '김대중 과도내각'에 연루돼 한국일보에서 해임·투옥되었다. 1984년 민주언론운동협의회(언협) 결성에 참여한 후 언협과 민주언론시민연합(민언련)에서 공동대표·지도위원·이사 등을 역임했다. 1987년에는 '국민회의' 공동대표로 6월 민주항쟁에 참여했고, 1988년 한겨레신문을 창간하고 초대 부사장·논설고문 등을 역임했다. 현재 '조선민족대동단기념사업회' 회장을 맡고 있다. 저서로『상황과 비판정신』『반핵』(공편), 역서로『아랍의 거부』『아랍과 이스라엘의 투쟁』등이 있다.

펜으로 길을 찾다
임재경 회고록

초판 1쇄 발행 / 2015년 10월 30일

지은이 / 임재경
펴낸이 / 강일우
책임편집 / 정편집실
조판 / 박지현
펴낸곳 / (주)창비
등록 / 1986년 8월 5일 제85호
주소 / 10881 경기도 파주시 회동길 184
전화 / 031-955-3333
팩시밀리 / 영업 031-955-3399 편집 031-955-3400
홈페이지 / www.changbi.com
전자우편 / nonfic@changbi.com

ⓒ 임재경 2015
ISBN 978-89-364-7271-9 03810